한국 현대시의 공간연구

프락시스연구회 총서 ①

한국 현대시의 공간연구

고봉준 김경복 김원경 김학중 박성준
박주택 송기한 이 석 이성천 이지영

국학자료원

머리말

이 책은 프락시스 연구회가 그간 '공간 연구'라는 테마를 중심으로 우리 문학사에서 중요하게 다뤄져 온 시인들의 작품을 재독해하고 분석해온 연구의 소산을 정돈하고자 기획한 책이다. 프락시스 연구회 소속 연구원들이 최근 등재한 공간 연구 논문들에 더해 현대시 연구에서 공간 연구의 중요성을 인식하고 이론적 작업을 수행해온 선행 연구자들의 대표적 공간 연구 논문을 한 권으로 묶었다.

공간 연구는 최근 사회학, 지리학은 물론 문학 연구에서 중요한 연구 테마로 다루어지고 있다. 이렇게 공간 연구가 각광을 받게 된 것은 우리가 살아가는 현대사회에서 다른 어떤 영역에서보다 공간에서 급진적인 변화가 나타나고 있기 때문이었다. 현대 사회는 전통적 개념에 입각한 공간이 해체되는 시기였다. 동시에 근대를 추동하던 역사에 대한 관심이 약화되고 그 대신 공간에 대한 관심이 높아지던 시기라고 할 수 있다. 역사는 시간이란 거대한 축을 두고 기존보다 미래에 더 나은 사회의 구축을 추구하는 진보의 가치관을 전 세계에로 확장시켜 나가면서 그 영향력을 막대하게 행사해왔다. 서구에서 먼저 이룬 이중혁명의 결실, 즉 산업 자본주의의 성립과 민주주의 정치 체계의 성립을 전 세계에 보편적인 근대 체제로 수용할 것을 요청했던 것이 근대였던 것이다. 그러나 근대의 세계화는 전 세계적으로 전통적인 공간의 해체를 이끌어냈다. 여기서 말하는 전통적 공간이란 아리스토텔레스가 이 세계에 질서를 부여하는 곳이라고 생각한 장소를 포함하는 그러한 공간이다. 이론가에 따라 다른 입론으로 이에 접근하는 경향을 보이지만 대체로 이를 장소 상실이나 전통적 공간의 해체로 이해하는 경향을 보인다. 이런 이해를 보이는 이유는 근대 이후의 공간이 균질하고 보편적인 공간으로 변모했기 때문이다. 이것이 의미하는 것이 무엇인지는 현재 우리의 주거공간이 어떤 모습인가를 떠올리는 것으로 충분하다. 전통적 공간 개념에서 볼 때 우리의 거처는 우리의 유니크한 기억이 장소성과 밀접히 연결되는 곳이었다. 그러나 현대의 주거 공간은 그러한 내적인 장소성을 잃어버렸다. 주거지 자체가 균일화된 모형에 맞춰 재생산되는 상품이며 우리의 내밀한 정서적 공간이 되어야 할 방 또한 인테리어 상품이 배치되는 공간으로만 존재한다. 우리가 사는 도시는 이것의 확장된 버전에 다름 아니다. 이는 근대의 공간 시스템이 도시화였기 때문에 필연적으로 발생할 수밖에 없는 것이었다.

도시화라는 공간의 균질화는 역설적으로 시간과 역사에 대한 사유와 감각을 후퇴시키고 공간을 중요한 문제로 검토하도록 만들었다. 무엇보다 공간의 생간과 점유가 근대 체계인 자본주의의가 자본 자체와 자본의 점유를 현실화하고 이를 재생산하는 것임이 문제시되는 지점에서 이러한 경향은 강화되어 나타난다. 사회학과 지리학이 영역에서 공간 이론에 대한 연구가 나타나는 시기가 바로 이러한 문제의식과 맞닿아 있다. 특히 1970년대 이후에 이러한 연구 경향이 강화되어 나타난다. 일반적으로 앙리 르페브르나 에드워드 소자의 공간 이론 등이 이러한 맥락에 놓여 있다고 볼 수 있다. 이후에도 포스트모더니즘 건축이 기존의 건물에 대한 개념 등을 해체하고 공간을 재배치하는 방식으로 전개되거나 메트로폴리스 이후의 도시에 대한 논의들이 나타날 때에 이에 대한 비판적 검토의 지평에서 자본과 공간의 관계를 면밀히 따지는 공간 연구가 나타나는 경향을 보인다. 데이비드 하비의 연구들이 놓이는 지점이 바로 여기라고 할 수 있다. 이렇게 보면 공간 연구의 등장은 진보를 앞세운 근대 체계가 서구를 비롯한 세계 전반에서 수행되면서 시간이나 역사보다 더 중요한 문제로 공간이 대두되었기에 나타난 것이라 볼 수 있을 것이다.

　공간이 중요한 문제로 인식되면서 인류학적인 지평에서도 공간과 장소에 대한 재검토의 필요성이 요청되게 되었다. 마르크 오제는 과거와 비교해 볼 때 장소라는 개념으로는 접근하기 어려운 영역들이 새롭게 나타나고 있다는 것에 주목한다. 인류는 기존과는 전혀 다른 공간 속에서 새로운 장소성을 창출하고 살아가고 있다는 것이다. 그 장소는 대체로 장소가 없는 것들인데 이를테면 최근 우리의 삶에서 떼려야 뗄 수 없는 공간이 사이버 스페이스 공간도 이런 장소라고 할 수 있다. 이를 마르크 오제는 비장소라는 개념을 포착하려 시도한다. 이 개념의 도입으로 현대의 일상에서 점유하고 있지만 인식하지 못한 공간들을 이론적 지평 안으로 호명해온다. 마르크 오제와는 다른 지점에서 공간을 사유하지만 유사하게 기존 공간에서 나타나지 않던 공간의 차원을 포착하려는 시도를 보여준 푸코도 이 지점에서 주요한 참조지점을 제공한다. 푸코는 헤테로토피아라는 개념을 도입하면서 기존 공간 내에 새롭게 배치되면서 위상적으로 다른 공간적 특질을 갖는 공간을 호명하는데 성공한다. 이는 공간을 더욱 치밀한 위상으로 분석해 사유할 수 있다는 점에서 매우 유용한 이론적 틀을 제공한다. 이러한 지점들을 경유해서 우리가 이해할 수 있는 것은 공간 이론이 바로 현재 우리 살아가는 현실에서 직접적으로 마주하는 현대 체계의 주요 문제와 연관되어 있으며 이를 분석하지 않으면 우리가 처한 문제가 어떤 것인지 정확히 알기 어렵다는 것이다. 때문에 공간 이론을 통해 공간을 분석하는 것이 공간에 대한 해명 뿐 아니라 그 공간을 점유하며 살아가는 우리 자신에 대한 이해를 가능하게 한다고 할 수 있는 것이다.

이와 같은 이유로 공간 이론은 최근 여러 영역에 걸쳐 중요한 연구 테마로 다루어지고 있는 것이다. 문학에서도 마찬가지로 공간 연구는 중요한 연구 테마로 다루어지고 있다. 그런데 대체로 문학 연구에서는 소설과 관련되어 공간 연구가 이루어져 왔던 것이 사실이다. 이런 경향이 나타난 이유는 소설이 기본적으로 등장인물과 그 등장인물이 일상생활을 영위하는 공간이 등장하고 그에 따라 공간에 대한 인물의 인식이나 감각, 감정이 비교적 선명하게 나타나기 때문이다. 등장인물이 활동하는 공간은 실제 공간의 언어적 재현이기도 하고 스토리를 이어가면서 공간과 공간의 이동을 통해 등장인물이 마주하는 환경에 차이가 보이기도 하기 때문에 공간 분석은 소설 연구에서 중요한 연구가 될 수밖에 없었다. 이와는 반대로 시 연구에서는 공간 연구가 주목받기 시작한 것은 비교적 최근이다. 시에서는 시적 화자가 공간 인식을 직접적으로 드러내거나 공간에 대한 문제화를 중심에 두는 경향이 소설에 비해 현저히 적었기 때문이고 시에 나타난 공간에 대한 이론적 접근이 손쉽지 않아서 기존에는 공간 연구로 접근하는 연구가 거의 없었다.

그런데 앞서 논의한 공간 연구들이 소개되고 더 나아가 문학에서 공간을 다루는 이론적 방식을 현상학 등에서도 찾아 내면서 시 연구에서 공간 연구의 이론적 폭이 확연히 넓어졌다. 이로 인해 시 연구에서 공간 연구가 기존에 비해 활발해지기 시작했다. 여기서 말하는 현상학이란 하이데거를 비롯해 메를로 퐁티에 이르는 현상학의 흐름을 말한다. 이들이 제시한 현상학은 시적 주체의 내면 공간과 그 공간으로 인해 나타나는 존재론적 인식을 살펴볼 수 있게 해준다. 또한 존재론적 차원에서 주체가 처한 상태에 대해서도 접근 가능한 이론적 토대를 제공한다. 존재가 처해 있는 공간인 세계와 존재 그 자체를 연관지으면서 '세계―내―존재'란 개념을 제시한 하이데거의 작업을 통해 시에 나타난 시적 화자 또는 시적 주체의 내면을 조망할 수 있는 지점을 확보할 수 있게 되면서 내면의 공간을 시 해석과 결부시켜 풀어낼 수 있었다. 퐁티의 경우 시적 대상 또는 시적 주체의 객관적 상관물로 나타나는 몸이나 살을 독해해낼 수 있는 지평을 제공해주었다. 그 외에도 시적 주체의 내면 공간을 조망할 때 비가시적인 것의 침투를 허용하는 지점으로 이해하는 문학의 공간으로 이해하는 모리스 블랑쇼의 이론도 시적 주체가 지닌 복잡한 공간 층위를 이해하는 지평을 마련해주었다. 포스트구조주의 철학자들이 철학을 글쓰기로 비유한 지점도 공간 연구의 지평에서 재조명되면서 글쓰기 공간의 특성을 연구하는 지평을 다루는데 방법론을 제공해주기도 했다. 나아가 기록시스템인 출판이 글쓰기 공간 형성에 기여한 바도 새롭게 조명받는데 기여하기도 한다. 이러한 공간 연구의 지평 확장은 시 연구에서 공간 연구의 활성화 뿐 아니라 그 연구의 성과가 보여주는 질적 향상에도 기여했다.

시 연구에서 공간 이론의 이러한 성취는 프락시스 연구회가 중심으로 묶어내는 이 책에서도 두드러지게 나타나고 있다. 문학사의 흐름에 따라 배치된 목차를 따라 수록된 논문을 보면 공간 문제가 우리 시사를 빛낸 중요한 시인들의 시 작업에서 어떤 방식으로 나타나고 있는지를 알 수 있다. 더 나아가 시대에 따라 공간이 시인들의 일상과 내면에 어떤 압력으로 다가가고 있는지 그 특징은 물론이고 각 시인이 감내한 공간 문제가 야기한 차이점까지도 모두 살필 수 있다. 연구의 스펙트럼도 넓다. 여기

수록한 논문들은 모두 기존의 연구사적 흐름에서 충분히 논해지지 못한 지점들에 대한 재검토 작업과 더불어 공간 연구의 필요성을 제기하고 있기 때문이다.

잡지『개벽』의 글쓰기 공간에 대한 분석을 시작으로 우리 서정시의 시원인 김소월의 공간 인식, 1930년대 우리 시의 백미인 백석이 고향을 어떻게 공간화하는지에 대해 살피는 논의는 기존의 공간 연구가 누락하고 있는 특징들을 짚어낸다. 오장환, 김광균, 박팔양의 시를 중심으로 1930년대 후반 시의 도시 표상을 살피는 연구에서는 기존의 모더니즘 시의 도시표상과 달라지는 점에 대해서 짚어보고 저항 시인으로 이해되고 있는 이육사의 시에 나타난 낭만성과 '다른 공간'도 논한다. 이러한 접근은 기존 연구들이 지나치거나 누락한 지점들에 대한 재조명이기 작업이다. 이는 재만시인 심연수와 같이 기존에 거의 조명되지 못한 시인에 대한 공간 연구와『만선일보』와「만주시인집」에 실린 재만 조선인 시에 대한 공간 연구에서도 이어진다. 새로운 실증 자료를 제시하고 그것을 통해 문학 공간을 규명해내고 기존에는 단일한 공간으로 이해된 공간 속에 배치된 공간 위상을 분석하는 작업을 하는 모습을 보이는 것이다. 해방 이후의 시인인 송욱과 김종삼, 박재삼에 대한 공간 연구도 이들 시인의 시 작업에 나타난 공간 특성을 살피고 언급하는 것을 넘어 이들 시에 나타난 공간이 근본적으로 추구하고 있는 존재론적 차원이 특질을 조망하기 위한 방법으로 공간 이론을 도입하고 있음을 살펴볼 수 있다. 공간 이론은 조망하기 어려운 시적 주체의 특성을 다양한 차원에서 접근 가능하게 해주며 시 분석의 공간을 풍성하게 만들어주고 있는 것이다.

문학사적으로 중요한 시인들 중 공간 연구에서 다루지 못한 아쉬움은 보이지만 이 책에 실린 프락시스 연구회의 공간 연구 논문들은 독자들에게 우리 시사의 주요 지점을 점유하고 있는 시인들을 독해하는 데에 있어서 공간이 어떤 문제적 위치에 있고 시인들의 공간 인식과 감각이 보이는 특징이 어떤 것인지 이해할 수 있을 것이라 기대한다. 특히 우리 시사의 흐름 속에서 공간 자체에 대한 시인들의 사유 구조가 어떻게 변모해 나갔는지 추론할 수 있는 지평을 마련했다는 것을 이해할 수 있으리라 기대한다.

　그동안 프락시스 연구회 연구원들의 보여준 성취들을 되짚어가면서 묶어내는 일은 수고로웠지만 매우 가치 있는 작업이라 생각한다. 더 많은 연구원들이 연구논문을 제출하지 못한 아쉬움은 있지만 그러한 아쉬움은 이어지는 프락시스 연구회의 연구 저서에서 상쇄해나갈 수 있으리라 믿는다. 연구하고 논문으로 완성해나가는 과정에서 고생한 연구원들 모두에게 고움을 전한다. 더불어 책을 묶는 작업에서 여러 수고로운 일을 수행한 박성준 연구원에게 고마운 마음을 전한다. 마지막으로 프락시스 연구회의 공간 연구를 이끌어주신 박주택 교수님께 깊은 감사의 마음을 드리며 이번에 묶어내는 프락시스 연구회 공간 연구에 선뜻 옥고를 더해주신 고봉준 선생님, 김경복 선생님, 송기한 선생님, 이성천 선생님, 네 분 선생님께 깊이 감사드린다.

2018년 11월
프락시스 연구회 일동.

목 차

1920년대 계몽적 글쓰기 공간으로서의 『開闢』
—『開闢』에 나타난 '생활'과 '언론'의 기표를 중심으로

이 지 영

1. 문제제기

『開闢』[1]은 조선 현실의 다양한 변화를 기록하고 현상하는 매체로서 자치적 해방과 인식의 개혁을 통해 식민지 조선의 개조를 설계했다. 근대의 새로운 사상과 문물이 유입되는 난장 속에서 조선은 기성의 질서에 대한 개혁과 계도가 요구되었다. 제1차 세계대전 이후 민족자결주의 원칙에 따라 독립과 민족운동이 전개되면서, '세계의 진보과정은 필연'이므로 이에 입각하여 '개조의 목표는 이를 겨냥하고 나아가는' 것이라 보고 '과거의 불합리와 불평등을 수선'하는 작업이 필요했던 것이다.[2] 이는 일제의 지배 전략의 변화로 인한 문화 통치가 병행됨에 따라 조선의 근대화는

---

1) 『開闢』은 1920년 6월 25일부터 1926년 8월 1일 강제 폐간될 때까지 총 72호를 발간했다. 일제의 검열 정책 하에서 이러한 지속적 발행은 독자와 긴밀한 관계를 확보함으로써 신문화건설을 효과적으로 추진한 당대 획기적인 매체 이력이라 할 수 있다.
2) 「세계를 알라」, 『開闢』 1호, 9쪽.

지배와 종속으로부터 벗어나 자주적 근대 문명을 기획하는 데 있었다.

개인의 등장과 그 사회적 역할이 동시적으로 요청되는 가운데, 『開闢』은 민중 잡지를 자임하며 운동 제반의 실질적인 관계망을 구축했다. 이는 3·1운동을 통해 경험한 해방 가능성을 토대로 새로운 문화운동을 조직함으로써 조선이 처한 대내외적 위기를 타개하고자 하는 열망에 따른 것이었다.3) 무엇보다 그 실세로서 '인적·물적 토대'를 형성하고 '민중의 교화'4)를 수행했던 천도교가, 민족적 요구에 따라 자강과 번영을 위한 새로운 사회건설에의 전망을 내세우며 합당한 방법론을 모색하게 된 것은 필연적인 수순이었다. 이들은 당시 보급된 사회주의와 일제 문화정치가 작용하는 가운데,5) 새로운 사회운동의 주체로서 천도교청년회를 조직하고 『開闢』을 창간하여 신문화를 수용하는 시대적 책임을 띠고 등장한 것이다. 근대의 특수한 지형도 속에서 '교리의 연구 선전'과 '조선 신문화의 향상 발전'6)이라는 두 과제는 상호 밀접한 것이자 새로운 민족운동의 방법론으로 제시되었다.

이처럼 민족운동의 중심이었던 천도교가 출간한 『開闢』이 계몽적 성

---

3) 己未의 運動이 일어난 後 우리 全民族의 共通한 覺醒이 促成되면서 新文化의 運動을 繼起하야 이로써 民族의 改造를 더욱 힘쓰려 하얏다 改造는 文化의 建設을 意味함이며 文化의 建設은 民族의 復興을 意味함이니 新文化의 運動은 우리 全民族의 必然의 共通한 要求라 하겟다. 북려동곡, 「東西의 文化를 批判하야 우리의 文化運動을 論함」, 『開闢』 29호, 1922, 81쪽.

4) 3·1운동에서 천도교의 역할과 행보는 다음 논문을 참고한다. 김정인, 「1910년─25년간 천도교 세력의 동향과 민족운동」, 『한국사론』 32, 서울대학교인문대학국사학과, 1994. 151─156쪽.

5) '3·1운동 이후 사회단체 및 청년회 활동의 급증은 일제 문화정치로 확보된 합법적인 공간을 통해 이루어져 조선 사회운동의 중심세력으로 급성장했다.' 성주현, 「일제강점기 천도교청년단체의 창립과 그 배경」, 『문명연지』 7, 한국문명학회, 2006, 60쪽.

6) 한기형, 「『개벽』의 종교적 이상주의와 근대문학의 사상화」, 『상허학보』 17, 상허학회, 2006, 40쪽.

격을 띠며 부상하게 된 것은 조선─민족과 그들 자신을 한 데 엮음으로써 존립 문제를 확보하고자 한 데 있다.[7] 주지하듯 그 중심에는 개조론의 부상이 있었다. 서구 문명론에 대한 자기반성이 제기되면서 새로운 민족운동 방법론을 모색할 필요[8]가 있었는데, 그 중핵은 1920년대를 기점으로 분화된 계급과 개인을 지양하며 민족적 주체를 내세운 민족성 개조론이다.[9] 개조는 근대 민족으로서 수행할 정신적 활동의 근본 방침으로, 조선의 현실을 면밀하게 탐구하고 그와의 상호작용으로부터 조선인의 생활을 개진해야한다는 필요성에서 나온 것이었다. 이는 생존과 번영을 목적으로 한 근대적 자각과 단결된 이행을 통해 자치로 나아가는 한편, '정경대도(正經大道)를 취한 민족개조요 실력양성'[10]이 문명 생활을 경영할 수 있는 능력으로 해석된다. 이러한 입장은 『開闢』이 사상 선전이나 운동에의 복속이 아니라, 당면한 현실 문제를 인식하고 해결하는 담론 공간으로서 부상하게 했다. 개조론이 표방하는 근대적 사상은 식민지 민족에게 자치와 해방에의 기폭제였고, 『開闢』은 이를 실현할 실천적 차원에서 선진 사상과 종교 이념이 교접하는 공간으로 등장한 것이다. 이러한 맥락

7) 제1차 세계대전을 수습하고 전범국 처리를 위해 1919년 1월 파리강화회의가 주최된다. 윌슨의 민족자결주의 원칙에 대한 기대 속에서 조선은 독립을 요구했지만 이 회의로부터 응답받지 못했다. 이에 『開闢』은 '우리의 독립전취의 방법으로 민족주의자들은 우선 민족정신의 환기와 실력 양성을 급무로 삼아 이 방면의 운동을 제창했다.'고 밝히면서 독립운동의 일환으로서 사회운동을 주창한다. 『開闢』 1호, 1920, 3쪽.

8) 오문석은 1차 세계대전 이후 서양이 '자기반성'의 국면에 돌입하면서 조선의 지식인은 개화기 이래 '진보에 대한 회의주의'를 경험했다고 본다.(오문석, 「1차대전 이후 개조론의 문학사적 의미」, 『인문학연구』 46, 조선대학교인문학연구원, 2013, 304쪽.) 그러므로 개조론은 '서구화=진보' 공식을 승인하는 문명론에 대한 비판을 수반하며 『開闢』은 반문명론의 입장으로서 이를 수용한다고 볼 수 있다.

9) 김현주, 「민족과 국가, 그리고 문화─1920년대 초반 『개벽』지의 '정신·민족성 개조론 연구'」, 『상허보』 6, 상허학회, 2000, 217쪽.

10) 이광수, 「민족개조론」, 『開闢』 23, 1922, 47쪽.

에서『開闢』의 계몽적 성격은 현실과의 관계 속에서 민족성을 해명하는 개조의 방침이 어떻게 이행되는지 밝힐 중핵이라 할 수 있다. 조선의 자체적 발전 동력이 부재하다는 성찰에 따라 새로움[선진]에 의탁하되, 이는 어디까지나 그것을 소화할 조선적인 역량에 따라 좌우될 것이므로 민중에 내재한 자주적인 힘을 규합할 방편을 마련하고자 한 데 있었다.[11]

이로써 민족운동이 새로운 국면을 맞게 됨에 따라 세계 사조에 대한 인식과 조선의 정체성이 동시적으로 제기되고 그에 따른 의식적·물질적 차원의 개혁이『開闢』의 당면 과제로 부상하게 된다. 이와 관련한 연구로는 먼저, 민족성 차원에서 개조론의 형성 과정[12]을 조명하거나 '종교적 사회 개조'[13]로서 민족운동과의 연관성을 밝힌 논의들이 제출되었다. 신문화 운동으로서 정치·사상·교육[14]과 문예[15] 등 조선 제반에서 제출된 담론을

11) 창해거사, 「外來思想의 吸收와 消化力의 如何」, 『開闢』 5, 1920.

12) 김현주, 「민족과 국가 그리고 문화 : 1920년대 초반 『개벽』지 '정신·민족성 개조론' 연구」, 『상허학보』 6, 상허학회, 2000. 김현주는 민족성 개조론이 사회 운동의 정신적 기반을 형성하기 위한 관념적인 것이 아니라 '문화적 민족주의'의 극단적인 형식으로서 개인(계급)·문화·국가(민족) 간의 이상적인 관계를 소명하는 담론으로 평가한다. 즉 민족성 개조론은 '공통 문화'를 통해 통일된 (새로운) 민족을 구성하고자 하는 국가 장치라는 것이다. 이러한 관점은 1920년대 조선을 둘러싼 다양한 사상적 요소들이 복합적으로 작용하여 정치적인 형태로 표출되었다는 점에서 의미 있는 논의라 할 수 있다. 다만 본고는 그러한 『開闢』의 기획이 일제 '문화 정치' 와 같은 궤도를 취했다기보다는 민족 해방(저항성)과 조선적인 것의 측면에서 고안되었다는 취지를 논하고자 한다. 이 외 참조할 만한 논의로는 다음과 같다. 최주한, 「개조론과 근대적 개인—1920년대 초반 『개벽』지를 중심으로」, 『어문연구』 32, 한국어문교육연구회, 2004, 오문석, 「1차대전 이후 개조론의 문학사적 의미」, 『인문학연구』 46, 조선대학교인문학연구소, 2013.

13) 허 수, 「『개벽』의 종교적 사회운동론과 일본의 '종교철학'」, 『인문논총』 72, 서울대학교 인문과학연구원, 2015.

14) 허 수, 「1920년대 『개벽』의 정치사상 : 범인간적 민족주의를 중심으로」, 『정신문화연구』 31, 2008, 김대용, 「『개벽』의 교육론 연구」, 『한국교육사학』 34, 한국교육사학회, 2012.

15) 문예의 제도적 기반을 정초한 잡지라는 측면에서 논의된 것으로, 최수일에 따르면

검토하는 한편, 식민지 미디어로서의 매체적 위상과 성격16)을 밝히며『開
闢』의 기획력을 규명하고 있다. 이로써 우리는 당대 현실과의 길항 속에
서 사상성이나 문화(문예)운동, 또는 이들의 종합적·절충적 견해를 통해
『開闢』의 실체를 수확할 수 있었다. 앞서 검토한 연구들은 첫째, 1920년
대 이후 독립[사회]운동의 사상적 통로가 된 측면, 둘째, 문예의 제도적 기
틀을 마련한 측면에서 단편적으로 파생된 것이라 할 수 있다. 그러나 그보
다 본질적인 것은『開闢』을 둘러싼 다층적 요소에 대한 논의들이 본질적
으로 글쓰기 차원에서 드러나는 문제라는 점이다. 다시 말해,『開闢』이 전
근대와 근대의 경계에서 근대적 개인을 발명하고, 집단 지성을 통해 조선
적 근대를 기획한 글쓰기의 산실이라는 점을 간과해서는 안 되는 것이다.
본고는 선행 연구들이 제출한 의미망들(정치·경제·사상·교육·문화에 대한
사상적·제도적 검토)을 수용하되, 이들의 동시적인 영향관계를 '계몽'으로
이해하고 글쓰기 주체로서의 대응양상을 살펴보고자 한다.

『開闢』은 신경향문학의 시원지로서 '근대문학의 대중화'를 도모한 매체로 평가된
다. 최수일, 「『개벽』의 현상문예와 신경향파문학」, 『상허학보』 20, 상허학회,
2007. 이러한 맥락에서 문예는 담론과 논쟁, 등단제도를 통해 사회적 역할(계급적
전망)을 강구하는 방법론으로서, 『開闢』의 계몽적 성격과 문학사적 입지를 다진
부문이기도 하다. 참조할 만한 논의로는 다음이 있다. 한기형, 「『개벽』의 종교적
이상주의와 근대문학의 사상화」, 『상허학보』 17, 상허학회, 2006. 강용훈, 「"작가"
관련 개념의 변용 양상과 "작가론"의 형성과정─1910년대─1930년대 중반 식민
지 조선의 경우를 중심으로」, 『한국문예비평연구』 40, 한국현대문예비평학회,
2013.

16) 이 논의는『開闢』의 유통 구조와 검열 체제를 검토함으로써 매체적 특성을 논하는
한편, 그것이 근대 지식 담론의 형성 과정에 미친 영향관계를 살펴보고 있다. 한기
형, 「식민지 검열정책과 사회주의 관련 잡지의 정치 역학 :『개벽』과『조선지광』
의 역사적 위상 분석과 관련하여」, 『한국문학연구』 30, 동국대학교한국문학연구
소, 2006, 최수일, 「『개벽』 유통망의 현황과 담당층」, 『대동문화연구』 49, 성균관
대학교대동문화연구원, 2005, 송민호, 「1920년대 근대 지식 체계와『개벽』」, 『한
국현대문학연구』, 한국한대문학회, 2008.

따라서 본고가 주목하고자 하는 것은 다음과 같다. ① 계몽적 집단의 글쓰기 양태가 집단 지성을 갖춘 공동체적 주체로 탄생했다는 점과 ②『開闢』이 근대적 이성이 투사된 보고로서 당대 지식 담론을 형성했다는 점, ③ 민족의 염원과 담론이 투사된 언론의 역할을 『開闢』이라는 글쓰기 공간이 추동했다는 점. 당대의 격변 속에서 이 글쓰기 공간은 새로운 개인과 사회 건설을 동시적으로 모색한 조선적 주체의 발견이라는 점에서 중요하게 검토해야할 필요가 있다. 『開闢』의 제스처가 1920년대의 변화된 현실 조건 속에서 어떤 의미와 가치를 가지는지 방증하기 위해서는, 글쓰기의 목적과 성격을 살펴봄으로써 그 논리적 토대가 보완될 것이기 때문이다.

앞서 언급한 세 가지 문제의식을 통해 살펴볼 것은 첫째, 글쓰기와 계몽의 상관관계를 규명하는 것이다. 담론의 작동 방식이 '사건의 장소와 그 출현의 조건들을 테두리 짓도록 해주는 계열들을 수립'[17]하는 것이라면, 『開闢』은 그 조건들의 집합이며 현실과의 역학관계를 모색함으로써 신조선을 방증하는 글쓰기의 장이다. 현실을 인식하고 그 제반 조건과 관계를 맺음으로써 말하고자 하는 욕망이 담론으로 환원되는 방식을 검토할 때 비로소 글쓰기 주체의 존재방식을 해명할 수 있을 것이다. 둘째, '생활' 기표를 통해 근대적 지성의 실체와 전형을 밝히는 것이다. 여기서 '생활'은 새로운 삶을 전망하는 기표로서, 근대적 개인의 활동 영역이자 민족성을 정초하는 조선적 동력으로 제시된다. 개인과 그 사회적 역할이 동시적으로 요청되면서, 근대 지식을 분유(分有)한 주체의 개혁 가능성을 살펴본다. 셋째, 언론 주체로서 『開闢』은 민족적 연대를 형성하여 일제의 탄압을 타개하고 조선적 전망을 제시한 시대정신의 표상이라는 점이다. '언론'의 역할과 본질을 규정하고 변화와 위기에 대응하는 공동의 움직임을 형성한 측면에서 집단 지성을 실천하는 주체임을 규명하고자 한다.

---

17) 푸코, 『담론의 질서』, 새길, 2011, 41쪽.

결국 본고가 '생활'과 '언론'이라는 기표에 주목하는 것은, 『開闢』이 거느리는 글쓰기 양태들(정치·경제·사상·교육·문화의 의미망)이 '계몽'의 프레임을 통해 새로운 삶의 양식['생활']을 가로지르는 시대정신의 표상['언론']이기 때문이다. '생활'과 '언론'을 통해 담론이 출현하게 된 조건들을 이해하고, 그러한 의미망들이 상호 관계하는 공간으로서 '글쓰기'가 존립할 수 있었던 주체적 역량을 조명하고자 한다.18) '생활'과 '언론'은 근대 조선(민족)에서 그 역능을 조명하고 조직하여 격동기 조선의 주체적 역량을 시험하는 중추적 역할을 담당했다고 할 수 있다. 더 나아가 『開闢』이 사상(정신)과 운동(물질) 어느 한 편으로 수렴되는 데 그치지 않고, 현실과 접합하며 공동체적 전망을 생산하는 글쓰기 공간(場)으로서의 입지를 해명할 것이다. 이는 계몽성을 기치하며 당대 주요 담론을 생산하고 조선적 전망을 제시한 글쓰기의 속성을 이해함으로써 존재론적 위상을 밝히는 작업이라 할 수 있다.

2. 글쓰기 공간과 계몽의 상관관계

앞서 검토한 『開闢』의 이력은 조선을 구성하는 여러 부문에 걸쳐 기획된 것인데, 이 방대한 작업은 당대 어떤 매체와도 분별되는 계몽적 요소

---

18) 본고는 『開闢』의 핵심 논제들을 종합적으로 검토하면서 그것이 글쓰기 차원에서 어떤 특성과 자의식을 내장하고 있는지 규명하고자 한다. '생활'과 그 실제로서의 글쓰기를 통해 식민지 조선의 구체와 전망을 강구한 '언론'의 면모를 보여준다는 점에서 두 기표를 중점으로 살펴본다. 담론의 성격과 문제의식을 살펴보고 이를 도출한 인식 틀을 조명할 때 비로소 존립 취지를 입증할 수 있을 것으로 생각한다. 그러므로 본고는 근대를 새로운 삶의 조건으로 해석하고 조선(인)의 역능과 조선적 전망을 제시하는 글쓰기의 실제를 살펴보고자 한다. 조선(인)의 해방을 희구하는 담론의 프레임으로서 그 존재방식[계몽성]을 규명하여 당대 『開闢』이 수행한 글쓰기의 위상과 가치가 도출될 것이기 때문이다.

들을 내장하고 있다. 따라서 이 장에서는 『開闢』이 점유하는 '계몽성'의 중핵 요소들을 살펴본다. 먼저, '다수 인민이 갈앙하고 또 요구하는 소리는 곧 신이 갈앙하고 요구하는 소리니 이 곧 세계 개벽의 소리'[19]임을 천명한 '개조'이다. 여기에는 인민의 요구가 곧 신의 것임에 따라, 조선 제반에서 제기되는 문제를 파악하고 그것을 해결함으로써 새로운 생활 지평을 열겠다는 사명이 드러나 있다. 세계 인류가 부르짖는 개조에의 열망['세계대개조라하는 혁신의 기운']에 응하는 것은 창간 목적에 필연성을 부여하고 본지 『開闢』의 특성을 규정하는 한편 이로 말미암아 진정한 '개벽'이 도래함을 의미한다. 시의적 요구와 '인민'이 희구하는 바를 합치함으로써 조선의 새로운 정체성[민족성]을 탐색하는 공간이 바로 『開闢』인 것이다. 존립의 핵심 가치로서 개조는 민족적 자각을 토대로 새로운 현실성을 선취함과 동시에 그에 따른 실천적 움직임이 수반되어야 한다는 방향으로 나아간다.

이러한 방향성을 띤 데에는 창간동인을 살펴볼 필요가 있다. 주요 필진인 이돈화, 박달성, 김기전 등은 천도교청년회 회원으로, 천도교의 문화운동과 밀접한 관련이 있고 서구 사상과 문화를 수용한 지식인층이다.[20] 이들은 새로운 지식 경험을 토대로 대내외적 상황을 면밀하게 인식하며 당면한 문제를 타개하기 위한 기획을 모색했다. 신지식의 확산을 위해 신문·잡지를 구독하고 교육을 보급하며 농촌 개량 및 도시 간 원활한 교통, 각 전문가 양성, 사상 통일 및 융화를 목표로 한 실력양성운동을 기획했다.[21] 이는 인내천 교리 하 새 의식을 갖추어 민족 지위를 향상함으

---

19) 「창간사」, 『開闢』 1호, 1920, 2쪽.
20) 조규태, 「『개벽』을 이끈 사람들」, 『<개벽>에 비친 식민지 조선의 얼굴』, 모시는 사람들, 2007, 91쪽 참조.
21) 이돈화, 「조선 신문화 건설에 대한 도안」, 『開闢』 4호, 1920, 「시대정신에 합일된

로써 인간 본위의 사회 건설을 주창하는 것을 의미한다.22) 이들이 추구한 새로움[전망]은 식민지적 조건—종교적 신념—민족적 주체성이 중층적으로 얽힌 데서 발현된 것으로 볼 수 있다. 이러한 조건은 상호 영향 관계에 놓여있으면서, '천도교에의 탄압을 피해 종교 이념을 개조로서 절충하는 전략을 택함으로써 당대 지식담론들을 현실화할 토대를 마련'23)했다.

위기와 기회가 혼재하는 상황에서 『開闢』은 각성을 토대로 조선의 방향성을 정립하는 글쓰기 공간으로 제출되었다. 기성의 가치를 비판적으로 검토하는 가운데 새로운 정신적 기반을 다짐으로써 신문화 건설로 나아갈 수 있다는 데 따른 것이었다. 각 분야에서 분석과 논쟁이 기획되는데, 이를테면 조선의 신 현상으로 부상한 사회 문제, 가령 '노동문제'·'부인문제'·'인종문제' 원인을 분석하고 '자립자영(自立自營)'·'인격평등관'·'인종차별철폐'24)를 주창하는 바, 서구적 문명으로 인한 민족의 분열을 봉합하고 조선인으로서 무엇을 해야 하는가에 대한 지침을 부여한다. 한편 문예 부문에서는 국내외로 문단의 경향을 평하며 독자 투고를 장려25)하고 계급문학시비론26)을 통해 문학의 기능과 현실성에 대한 문제의식

사람性주의」, 『開闢』 17, 1921.

22) 천도교청년회는 '민족적인 자각과 실력의 양성'을 축으로 사상의 사회적 역할을 강조한다. 신문화건설의 교리해석과 선전을 위해 출판을 기획하여 이돈화, 김기전, 박달성을 중심으로 『開闢』을 창간했다. 고시용, 「천도교의 신문화운동」, 『신종교연구』 27, 한국신종교학회, 2012, 112쪽 참조.

23) 최수일, 「『개벽』의 근대적 성격」, 『상허학보』 7, 상허학회, 2001, 51-52쪽.

24) 이돈화, 「世界三大問題의 波及과 朝鮮人의 覺悟如何」, 『開闢』 2호, 1920, 2-17쪽.

25) 「현문단의 세계적 경향」(『開闢』 44호), 「신년특별문예」(『開闢』 55호), 「계급문학시비론」·「문단시평」·「독자문예」(『開闢』 56호), 「조문합평회에 대한 소감」(『開闢』 60호), 「신년의 문단을 바라보면서」(『開闢』 65호), 「해외문학」(『開闢』 71호), 「시평」(『開闢』 72호) 등의 기획을 통해 문단 문제를 비판적으로 검토함으로써 세계—조선문학의 길항관계와 전망을 논한 자리라 할 수 있다.

26) 박영희의 기획 하에 『開闢』 56호(1925.2) 계급문학의 시비를 다룬 논쟁이다. 프로

을 드러내며 프로의 입지를 다졌다. 선언·논설·시사·문예·잡문·보고 형식으로 현상을 분석하고 고찰하는 한편 논쟁으로 통해 글쓰기의 성격을 확립하는 작업이 수반되었던 것이다. 또한 개별적 투고나 기획 주제를 마련하고 연재 형식의 논평을 실으며 담론을 제공하는 데 다양한 활로를 모색할 수 있었다. 그 구체적인 면모를 살펴보면, 조선의 실상과 변천[27]을 조사함으로써 생활상을 제공하는 가운데 문제 인식을 드러내어 민족성을 정립하는 단초를 제공하는 한편, 국제정세를 검토하며 조선[민족 운동]의 방향성을 마련한다.

앞선 이력들이 내용적 차원에서 『開闢』의 정신적 기반을 다졌다면, 실증적 차원에서 '언론'은 집단 지성의 매체로서 글쓰기가 어떻게 발현될 수 있을 것인가를 강구하는 언표의 주체로 호명된다. 단순히 근대적 지식을 수집하는 데 그치지 않고 문제의식을 투사하여 현상을 분석하고 선별·종합하는 가운데 목적[계몽]에 부합하는 집합적 행위를 형성했다. 다시 말해, 『開闢』은 근대적 이해의 틀을 생산하고 조선의 특수성에 부합하는 기획을 마련하는 언론매체로서의 역할을 자임한 것이다.

1920년대 새로운 담론 형성의 주체가 모색되고 이것이 언론의 자유를 확보하기 위한 담론 투쟁으로 나아간 상황에서 『開闢』의 등장은 당대 여

측이 프로문학에 대한 확고한 입장을 제출하는 데 비해, 민족 측은 '예술이 일정한 경향에 구속될 수 없으며 문학의 독립성'(「作家로서는 無意味한 말」, 『開闢』 56호, 1925, 53쪽.)을 주창한 염상섭 외 논자들의 입장이 옅고 소략한 까닭에 심층적인 논쟁으로 나아가지는 못하나, 논쟁을 통해 프로문학의 성격을 규정하고 차후 나아갈 방향을 표면화했다는 점에서 이 기획이 의도한 바를 살펴볼 수 있다.

27) 「서울이란」(『開闢』 48호) 기획에서는 각 계층의 현황을 일괄하여 경성상을, 이후 「각지의 여름」(『開闢』 48호), 「평남 2부 14군」(『開闢』 51호), 「황해도 17부」(『開闢』 60호), 「전라남도답사기」(『開闢』 63호), 「전라북도답사기」(『開闢』 64호) 등 지방상을 검토하며 조선 생활의 실상을 기록하는 한편, 「조선의 자랑」(『開闢』 61호)을 통해 민족으로서의 자부를 드러내 개조 사업을 독려하고 민족성을 정립하고자 하는 의도를 살펴볼 수 있다.

타 신문이나 동인지와 변별되는 지위를 점한다.[28] 조선적인 것의 정체성을 정립할 새로운 방법적 모색이 필요한 시점에서 당시 발간된 ≪조선일보≫, ≪동아일보≫ 등 주요 신문은 '담론의 투쟁에 대한 원론적 지지'[29]를 표했다. 이에 종합지로서 『開闢』은 현상에 대한 다면적인 접근과 담론 형성에 용이했다. 앞서 살펴본 이력들이 보여주듯, 근대 지성의 집합소이자 민족적 투쟁의 주체로서 타 동인지와 변별되는 실천적 글쓰기를 선취한 바, 당대 계몽[담론]의 주체적 입지를 확고히 했던 것이다.[30] 다른 한편 이 시기 주요 동인지는 근대적 자아를 선취하면서 예술의 자율성을 보여주었는데, 이들이 보여준 낭만적이고 퇴폐적인 정조는 고립된 현실 조건 속에 놓인 개인의 내면을 형상화함으로써 구축한 미적 세계관이었다. "이들이 주체를 정립하는 방식은 현실 속의 실질적인 재관계로부터 규정되는 자기를 거부하고 관념적인 초월성으로 개체를 정립하는 것"[31]이어서, 상실과 결핍으로 자아를 정초하는 방향으로 나아갔다. 이

---

28) 이민주, 「1920년대 민간신문·잡지를 통해서 본 언론 상황」, 『차세대 인문사회연구』 2, 동서대학교일본연구센터, 2006, 200쪽 참조.

29) "조선사회 변화의 방법과 목표라는 거시적인 프로그램을 설득력 있게 제시하기 위해서는 긴 호흡의 글이 가능한 잡지가 주된 무대가 될 수밖에 없었기 때문일 것이다." 박헌호, 「'문화정치기' 신문의 위상과 반일검열의 내적논리 — 1920년대 민간지를 중심으로」, 『대동문화연구』 50, 2005, 239쪽.

30) "朝鮮言論界에 特히 雜誌界에 一大權威로서 存立하야오는 開闢으로 論之하면 그 記事의 豐富한 點과 內容의 充實한 點과 主義主張의 健全한 點과 經營同人의 朝鮮民衆을 爲하는 衷情의 深切하는 點으로 觀하야 또는 그 堅確한 讀者의 地盤을 有하는 點으로 觀하야 朝鮮의 文化를 向上하고 朝鮮人의 生活을 發達시기는바에 그 價値가 莫大한 것은 世人의 定評이 有하는 터인즉", 「開闢의 頻々한筆禍」, ≪동아일보≫, 1922.9.2., 1면. 이 기사에 따르면, 『開闢』이 막강한 권위를 확보할 수 있었던 것은 '풍부한 기사'와 '주의주장에 충실한 내용', '민중에의 충정을 기반으로 한 독자와의 유대'이다. 이로써 『開闢』은 담론(내부)과 운동(외부)을 동시적으로 이행하면서 계몽을 효과적으로 선취할 수 있었다.

31) 차혜영, 「1920년대 동인지 문학운동과 미 이데올로기」, 『한국문학이론과 비평』 24. 한국문학이론과비평학회, 2004, 209쪽.

는 불구의 현실을 내면화함으로써 전망이 부재하다는 인식으로 무장한 낭만적 태도라 할 수 있다. 즉 이러한 "탈정치적 성향"[32]은 현실 관계를 떠나 "식민지 지배계급의 규율권력에 대한 저항으로 나아가지 못하고 다른 차원에서 서구 근대를 수용함으로써 식민적 근대를 추종했던 것"[33]이다.

새로운 정신적·물질적 기반이 요청되는 상황에서 『開闢』이라는 글쓰기 공간은 내용적 차원(개조)과 실천적 차원(운동)을 아우르며 단연 계몽의 표지로 부상할 수 있었다. 즉 첨예한 현실 인식과 행동 지침을 동시적으로 밀고나가며 현실성을 확보했다. 근대적 자아가 선취한 낭만성으로는 현실을 체감할 수 없고 더 나은 조선에 대한 전망이 부재했기 때문이다. '덕의성(德義性)이나 사회성도 없고 통일된 사상도 없으며 다만 낭만적 비애의 독백기'[34]라는 인식이 바로 그러했다. 이에 따르면 개인은 사회와의 관계 속에서 이해되고 정립되어야 하며, 민족적 각성을 통해 비로소 진정한 조선의 이상을 실현할 수 있기 때문이다. 현실에 입각한 고뇌와 그러한 자아의 확장으로서 표현된 것이야말로 진정한 민족운동이라는 입장을 제출하면서, 현실성을 강조하는 글쓰기 매체로서의 입지를 부각하게 된다. 그러자면 우선 민중과의 긴밀한 소통을 확보해야 하고[35],

---

32) 최수일, 「1920년대 동인지 문학의 심리적 기초―『창조』, 『폐허』, 『백조』를 중심으로―」, 『대동문화연구』 36, 성균관대학교대동문화연구원, 2000, 107쪽.

33) 이에 대해 구모룡은 다음과 같이 평가한다. "민족 부르주아의 계몽주의가 전통을 부정하고 근대를 수용한 것처럼 1920년대 낭만주의자들도 조선적 전통을 부정하고 또 다른 차원에서 서구의 사상을 받아들인 데 불과하다." (구모룡, 「한국근대문학과 미적 근대성의 관련 양상―미적 근대성론의 한계를 중심으로」, 『국제어문』 29, 국제어문학회, 2004, 125쪽.) 이 시기 낭만적 포즈가 저항의 논리에 부합하는가에 대한 논의는 별도의 장이 필요하겠으나, 『개벽』이 선취한 바와 대별되는 행보 차원에서 참고한다.

34) 임정재, 「文士諸君에게 與하는 一文」, 『開闢』 39호, 1923, 31쪽.

35) 최수일에 따르면, 다양한 투고 수용은 『開闢』의 개방성을 보여주는 사례라 할 수 있는데, 이는 문예 동인지 『창조』, 『백조』, 『폐허』의 폐쇄성 내지 배타성과 대비된

그들의 실존이 걸린 현실을 기반으로 정신적·실천적 유대를 선취하는 것이 관건이었다. 이는 정신적·물질적 기반을 확보함과 동시에 민중의 감응과 이해를 근간으로 할 때 비로소 개혁이 이루어질 수 있음을 인지한 데서 비롯한 것이라 할 수 있다.

따라서 조선적 '전망'은 새로운 '현실성'을 정립하는 일이고, 그러자면 '계몽'에의 방법론적 모색은 필연한 수순이었다. 『開闢』이 점유하는 특수한 지점은, 글쓰기 주체로서 근대적 지성과 민족적 전형을 제시하며 글쓰기의 사회적 기능과 본질을 고찰하는 데 있다. 사상적 추동이나 사회운동에 매몰되지 않고, 담론과 실천을 동시적으로 이행함으로써 글쓰기의 역능을 명징하게 보여주었다는 점이다. 이는 체험 공간으로서 생활을 둘러싼 사회 현상을 진단하고 이를 여론화 하여 집단 지성을 실천적으로 승화했다는 점에서 새로운 조선의 주체가 갖춰야할 정신을 시사한다. 변화에 따른 제도와 인식의 개혁이 요청됨에 따라 조선적인 정서를 기반으로 식민지 근대성을 이해하고자 하는 프레임을 제출한 것이다. 즉, 현상에 대한 고찰을 통해 문제를 제기하고 해결책을 모색하는 담론 공간을 제공함으로써 각성을 토대로 근대 조선으로서의 정체성을 정립하고자 했다.

요컨대 『開闢』은 새로운 민족운동으로서 개조를 표방한 계몽적 매체로 부상했다. 앞서 살펴본 바와 같이 『開闢』을 구축하는 내용·형식적 요소들이 상호 맞물리며 여타 매체와 변별적인 역량을 갖출 수 있었고, 그것은 해방의 가능성과 시대적 난제 속에서 어떻게 살 것인가라는 민족적 물음이 마련한 구원책이었다. 새로운 사회건설에의 열망은 곧 계몽과 연계되고 생활과 언론의 변혁을 통해 조선적인 삶의 조건을 제시하며, 1920년대 조선이 처한 여건을 어떻게 인식하고 돌파할 것인가에 대한 실

다. 이는 스스로의 다양성을 제약하고 잡지의 대중성 획득을 어렵게 하는 요인이다. 최수일, 「『開闢』의 근대적 성격」, 『상허학보』 7, 상허학회, 2001, 20쪽 참조.

천적 담론을 구축했다고 할 수 있다. 이에 따라 식민지 조선을 둘러싼 대내외적 상황을 견지하는 한편 근대적 개인과 사회성 간의 길항 관계 속에서 조선(민족)의 정체성을 탐색하기 위한 방법론을 구해야만 했다. 급변하는 현실이 표상하는 것과 그에 대한 문제인식을 깨닫는 것에서 비롯하여, 이를 주체적으로 소화할 새로운 인간상을 모색한다.

3. 조선적 '생활'과 근대적 자아의 형성

『開闢』이 우선적으로 해결해야할 것은 도래할 근대 조선의 면모와 이를 영위할 주체의 정립이었다. 그러자면 당면한 사회 문제를 인식하고 새로운 주체의 필요성과 그 자격 및 역할을 규명해야 했다. 이는 '식민지 근대'라는 조건에 놓인 조선이 식민지로서의 무력(無力)과 근대화의 조류 사이에서 어떤 전망을 간택할 것인지와 연계되는 문제이기도 했다. '저항(해방)과 협력(친일) 문제에서 조선은 근대화와 식민성의 양가적인 변화 양상'[36]을 띠고 있었는데, 『開闢』은 이러한 조건을 전환의 기회로 해석하고 근대가 제시하는 새로운 가치에 비추어 나아갈 방향을 모색했다. 선택 여하에 따른 전망을 간파하기에 조선은 내외부적으로 역량의 한계를 지니고 있었으므로, 당면한 근대의 조건을 조선적인 방향으로 소화하는 것이 급무였다.

이러한 맥락에서 근대가 제출한 개인과 식민지 하 민족 단위를 어떻게 해석할 것인가를 규정하지 않으면 안 되었다. 조선을 둘러싼 내외부적인 상황을 견지하면서 개조를 효과적으로 이끌어내기 위해서는 구체적인 대상이 요구되므로, 근대적 개인을 민족 단위로 해석함으로써 내외부로 당면한 양가적 곤란을 돌파하고자 했다. 이때 민족성으로 제출된 "善心"

---

36) 윤해동, 「식민지 인식의 '회색지대'―일제하 '공공성'과 '규율권력'」, 『근대를 다시 읽는다』1, 역사비평사, 2006, 47쪽.

은 생활을 향상하고 모든 활동의 근원이 되는 동력이자 自己의 인격을 완성하는 지덕체를 구하는 "自强의 정신"[37]이다. 이에 따르면 진보와 병행하는 행위로서 부정의와 부조리를 폐기하고 인도정의와 평등자유를 실행해야 한다는 점에서, 개인의 실력양성은 자족이 아니라 민족 차원에서 제기되는 특수한 조건으로 볼 수 있다. 즉 조선이 세계 조류를 견지하는 지위를 점함과 동시에 국가적·사회적 위기를 타개하기 위한 근대적 방편을 제시함으로써 새로운 생활 조건을 전망할 수 있는 기회로 삼은 것이다.

조선적인 것의 테마로 제기된 '생활'[38]은 조선의 문제인식이 침투해있는 공간이자 개혁의 대상에 효과적으로 접근 가능한 영역이다. 기성세대의 산물인 과거의 조선을 비판적으로 성찰하고, 근대적 가치에 비추어 조선의 변화를 이해하는 가운데 이를 운영할 주체를 강구한다.

> 그러면우리는 어쩌케하야써 이試驗을完全히치러 모래를지고쌀을차즈머이리(狼)를물리치고 사람을벗하야 誘惑의그름자가얼른못하는 光明裏에서 生의全을表現할수잇슬가 오즉現社會의實相을透察하야 무슨 것이 自己에닥친다하면 그것의表裏를檢査하고 그것의遠因近因을精察하야써 以後의推移될것까지를理會하는道를取할外에無하다.[39]

> 卽잘살기爲하야모든生活의豐富를求할것이엇다 이곳人生의先天的 約束이며 本能的衝動이라할 것이다 그럼으로生活이라하는 것은 決코 虛飾이아니며 치례가아니며 手段이아니며 過渡가아니며 偶然이아니

---

37) 이돈화, 「朝鮮人의 民族性을 論하노라」, 『開闢』5, 1920, 7—8쪽.
38) 이재연에 따르면, '생활'은 비평기사에서 109회 등장한다. 사상과 문예를 아울러 현실 문제를 조망하고 비평 담론으로 활용했다는 점에서 실천적 활동의 주요 동력으로 제시한 키워드라 할 수 있다. 이재연, 「생활과 태도—기계가 읽은 『개벽』과 『조선문단』의 작품 비평어와 비평가」, 『개념과 소통』 18, 한림과학원, 2016, 19쪽 참조.
39) 김기전, 「社會의實相과밋그의推移에着하라」, 『開闢』 11호, 1921, 2쪽.

요 人類의 生命이라하는高尙한源泉으로솟아나오는 歸結의實在이며
旣定의行爲이며 必然의目的되는것이라 이點에서 사람이잇슴으로生活
이잇다하니보다 차라리사람이잇기爲하야生活이잇다함이더욱切實할
것이다 卽사람은自己가잇는證明으로生活을營爲함이아니요 自己를살
리는目的으로써生活을經營한다하리라[40]

인용문에 따르면 생활은 의식주에 대한 물질적인 욕구뿐만 아니라, 개
인이 스스로를 경영하는 삶의 조건으로서 실질적 행위이다. 생명으로부
터 솟아나오는 '귀결의 실행'이자 '기정의 행위'인 '생활'은 곧 생의 문제와
직결된다. 즉 실존적 조건으로서 "生命이란것은 萬有의根底에磅礴한小
宇宙의活力으로서 小宇宙自體가 自律的創造運動으로 自業自得한 永遠의
進化結晶"이자 "躍動의形式으로부터 進化하야萬有의本能을組織"[41]하는
것으로서 모든 존재의 근원이 된다. 이 자주적이고 생동하는 힘으로부터
우러나오는 생활이란, 인간 내면에서 일어나는 생의 본질에 대한 충동을
이행하는 활동이라 할 수 있다. 즉 생명의 활동은 개인이 각성을 통해 '自
己'를 발견하고, 희구하는 바를 자치적으로 이루어가는 동력인 것이다. 개
인의 고유한 내면을 발굴하고 이를 토대로 신조선의 가치를 창조할 근대
적 자아의 원천으로 해석한다.

이때 '自己'는 행동하는 지성의 실체[주체]로서, 자신과 사회의 관계를
면밀하게 파악하고 그 실상을 현상하는 문제로 이행된다. 조선의 위기는
곧 그 구성원의 운명을 조건 지었고 그들로 하여금 문제를 극복할 시대적
책무를 부여했다. 다시 말해 개인과 사회의 관계는 근대라는 조건 속에서
'개성'의 발견과 '역능'의 사회적 역할 문제로 해명된다. 이때 사회에의 봉
공은 개인이 사회를 위해 소비되거나 종속되는 것이 아니라, 상호 필수불

40) 이돈화, 「生活條件을本位로한 朝鮮의改造事業」, 『開闢』 15호, 1921, 6쪽.
41) 이돈화, 「生命의意識化와意識의人本化」, 『開闢』 69호, 1926, 4쪽.

가결한 요소로서 자각과 운동을 동시적으로 이행함을 의미한다. 개인의 역능을 발굴하여 스스로 자기 삶을 운영하고 개발할 수 있는 힘을 얻게 하고, 이로 하여금 점진적으로 사회 제반을 변화하고자 한 것이다. 이 기획의 근저에는 구체적인 단위로서의 개인이 자신을 둘러싼 사회 조건에 대해 문제의식을 가지고 임할 때 비로소 진정한 개혁이 가능하리라 판단한 데 있다. 즉『開闢』이 희구한 것은 '잘 사는 것'이고, 이는 自己를 알고 실현하는 것에서 시작된다. 물질적 풍요뿐만 아니라, 깨어있는 개인이 자기 삶을 스스로 건설하고, 이로써 현실의 실상을 관찰하고 문제 인식을 내장하여 이를 실행하는 데로 연계된다고 본 것이다. 생명의 자주적 활동으로서 '생활'은 그 어떤 외부도 아닌 개인 내면으로부터 펼쳐지며 특수한 '개성적 自己'를 발굴하면서 동시에, 사회적 개혁을 동반하는 '사회적 自己'로서 행동에 대한 당위성을 갖게 된다.

따라서 이들에게 도래할 새로운 조선은 "萬人이오즉自己의意志대로 自己의力能대로活動하는時代"[42]이다. 근대 조선인의 자격으로서 요청된 조건은 "自主自立의人物", "實際的知識", "世界的知識을通한人物", "信念의堅固한人物"이다. 특수한 기질을 지닌 영웅적 인물이 아니라, 민중이 주체가 되어 자기 역능을 발굴하고 개발함으로써 근대를 영위할 새로운 인류로서 출현할 것을 촉구한 것이다.

그렇다면 이 '개성'의 주체는 누구인가.『開闢』은 근대적 자아를 기획하면서 특히, 청년의 역량을 주요 가능성으로 보고 그들에게 개성 있는 사회적 가치로서 행동할 것을 촉구한다. 근대 사조로 무장한 조선의 청년은 자유와 평등을 지향하고 민중을 교화할 실질적인 지도자이며, 자유와 평등을 지향하고 억압으로부터 조선을 해방시킬 주체이기 때문이다. 이

---

42) 이돈화, 「新時代와 新人物」, 『開闢』 3호, 1920, 19쪽.

들은 "인텔리겐치아"[43]로서 무산계급운동을 이끄는 자이며, '생혼(生魂)'을 가진 '적자(赤子)'로서, 창조하는 힘을 가진 자[44]인데, 인격수양을 통해 '死體의 인간'(우매한 민중, 이기적 야심에 빠진 지식계급, 압박에 시달리는 학자)을 구할 새로운 인종으로 제시된다. 그러자면 현실에 대한 구체적인 인식을 토대로 구습을 청산하는 작업이 필요한데, 당시 조선은 청년을 선동하고 계도할 지도자와 교육기관이 현저히 부족한 상황에 놓여있었다.[45] 청년은 기성의 폐단을 파기하고 개인으로서의 자기 해방을

---

43) 다음에서도 강조하듯 청년은 계급운동의 주체로서 근대 지식을 갖추고 역사적 과업을 실천할 인간상으로 제시된다. "現今朝鮮社會事情으로보아,또는朝鮮青年運動,社會運動의現勢로보아小썰르조아, 階級인텔리겐챠에屬한青年의大部分이 第一線에立하엿슴으로 이歷史的事情과, 이歷史的過程에잇서서 特히朝鮮青年은, 青年맑스나青年엔겔스 의原理와熱心으로, 또는青年레닌의戰術과組織力으로 鞏固히 結束하고武將하야 青年朝鮮의無産階級運動으로引導하는 當面의任務와歷史的使命을가지고잇다는것이다." 이청우, 「過渡期에잇는青年의社會的價值ㅡ鬪爭過程에잇는青年의任務」, 『開闢』 66호, 1926, 18쪽.

44) 이돈화, 「赤子主義에돌아오라」, 『開闢』 55호, 1925, 6쪽. 그는 조선 청년이 갖춰야 할 '생혼(生魂)'이 과거의 수양을 버리고 새로운 수양을 통해 얻을 수 있다고 보고, 사회적 임무의 자각과 실행의 필요성을 강조한다. 가령 다음과 같은 구문에서도 확인된다. "萬一現在의朝鮮에서新思想을가진 青年을除한다하면 朝鮮社會는맛치生魂이업는一巨大한尸體에지내지안이할것이다 그럼으로 社會가그들에게 依囑하는바ㅡ多함과同時에 그들도 스스로 그囑望을保持할만한 力을가저야하겟다 卽修養의積功으로 울어나오는 人格의힘을길러야하겟다" 이돈화, 「現代青年의新修養」, 『開闢』 51호, 1924, 4쪽.

45) 조선의 교육제도 제반에 대한 문제인식은 다음에서도 확인된다. "朝鮮唯一의大都會라는京城으로볼지라도 官私立冊論하고 類似中學이五六個所에不過할뿐이고 地方都會의三四個高普校를合한대야 全鮮의高普가 十을超치못합니다 二千萬이나사는朝鮮全幅에 大學專門은姑捨하고 中學校한아 完全한것이업스니이것이누의탓이며 이것이누의罪임닛가?"(박달성, 「時急히解決할朝鮮의二大問題」, 『開闢』 1호, 1920, 25쪽.), "이와가티現代教育의그動機와眼目이 社會成員의個性을自然的이요 또한自由롭게發露暢達하여써完全한人格을養成하고 딸하서社會全體의圓滿한發達을期하려는데에잇지안코 오즉主體의『謀利』에잇는所以로 一便으로는特出한天才도그機會를엇지못하야부즈럽시埋沒되고 쏘一便으로當然히發達될科學藝術ㅡ文明도한갓底止되고마는不幸한結果를招致하는것이니 今日에니르기까지에 無名

동시적으로 진행해야 했던 것이다. 이러한 실태를 파악함과 동시에 과거 조선의 폐단과 악습을 폐기하고 자기 해방을 도모할 청년들의 정신 수양 운동을 촉구한다.

> 그리고보면修養은人이社會의一員으로個體되는自己의滿足과社會 되는他人의活動을調和함에잇나니卽一慾望과他의慾望을互相調和統 一함에잇는것이다그리하야그를實行코저하면全히社會의組織本素되 는各自의人格的修養을圖함에在하도다
> 무엇을가르쳐人格的修養이라하랴 換言하면人格的修養은무엇으로 써可能하랴 이를一言으로써論하면 이른바 活動이며이른바實行이이 것이다 그리하야그活動과實行은다만自個의一身을爲하는單片에不止 하고全히社會的活動의實行됨을要할것이며同時에自己로自己를解釋 하는方法이안이면不可하다46)

> 그럼으로 全朝鮮靑年會가한가지로血脈을通하며利害를相討하며 難 疑를相議하야甲의認解를乙의覺性으로補助하며 乙의缺陷을丙의啓示 로充塡하야互相愛護指導하면 這間에스스로經驗의種子가나게되고 先 見의性能이열리게되고 自信의實力이굿건케되고 風化의脈絡이通케될 것이라 그러한後에야처음으로靑年會의基礎가確實히될것이오 靑年會 의前途가열리게될것이다 "甲, 各地靑年會로各各그地方에對한一種完 全한社會敎育機關이되게하기를望한다" "乙, 各地靑年會로地方的社會 改良의中心機關이되게할것"47)

한天才가 敎育을바들만한實力을가지지못한無産者의地位에出生되엇다는偶然한事 實하나로 스스로하소연할곳도업시쓰러진數가몃몃이나되며人類의文明一幸福이 沮害된것이얼마나됨을 ——히혜알릴수가업슬것이다."(주종건, 「現代의敎育과民 衆」, 『開闢』58호, 1925, 10쪽.)

46) 박사직, 「朝鮮社會의修養問題」, 『開闢』 2호, 1920, 46쪽.

47) 白頭山人, 「一般의期待下에立한二大靑年團體」, 『開闢』 3호, 1920, 59—60쪽.

이른 바와 같이, 수양은 곧 근대 조선인으로서의 청년을 양성하는 방법론으로, 교육[근대적 각성=지성]을 통한 개혁에의 의지를 보여주는 키워드라 할 수 있다. 조선 청년의 인격 개조는 곧 실력 양성이며, 의식의 각성에 그치지 않고 조직적인 운동으로 발현될 '행동'의 문제로 해석된다. 근대 지성의 토대를 자기 해방에 부여하면서 개체로서의 개인과 그 조직으로서의 사회가 상호 조화할 수 있게 하고자 제기한 것이다. 청년회의 창설과 활동을 독려하고 규합하여, 수양을 통해 자각한 청년들이 주체적으로 연대하여 실천할 것을 희구한다. 그 조건으로서 "第一은一致行動을要할것이라 元來一吾人의短所는有始無終 有名無實하니만치大한者一업스며 그리하야그原因은大槪가一致行動에缺乏한內部의破綻으로써生하는者", "第二는活動의舞臺及基礎를鞏固히할 것", "第三은新舊思想의衝突을根底로부터解決할것"[48]을 제안한다. 즉 근대적 자아의 전범으로 제시된 청년의 소명은 각지에 산발적으로 흩어져있는 단체들을 조직화함으로써 힘 있고 구체적인 사회 운동으로 연계하는 데 있었다. '체육기관, 신간잡지종람소, 강연 또는 연설기관, 음악회, 일요강습기관' 등 조선인의 생활에 밀접한 기관을 구체적으로 설정하거나 '사우제(社友制)'와 '조선 도호(道號)'[49]를 실시하여 조선의 사정을 파악하고 당면한 문제의식을 게시함으로써 대중적 호응과 실질적 집합체를 형성하고자 했다. 생활을 떠난 실체 없는 관념적 접근이 아니라, 실제 차원에서 조선인 스스로 자신의 삶을 구할 수 있다는 것을 자각하게 할 필요에 의한 것이었다. 계몽의 주체와 대상이 고정된 관계가 아닌, 근대적 각성을 통해 등장한 개인이야말로 근대 조선의 생활을 주체적으로 영위할 역량이기 때문이다.

---

48) 이돈화, 「最近朝鮮에서起하는各種의新現象」, 『開闢』 1호, 1920, 19—20쪽.
49) 미상, 「우리의 二大宣言을」, 『開闢』 33호, 1923, 4—5쪽.

개조의 중핵으로서 '생활'은 곧 근대적 자아가 활동하고 사회적 임무를
실현할 공간이다. 『開闢』은 생활 담론을 통해 개인과 사회의 교접을 모
색하고 현실 문제를 비판적으로 현상하는 가운데, 조선적인 것이 나아가
야할 방향을 모색했다. 이로부터 조선이라는 프리즘을 가로질러 근대적
지성을 내장한 주체가 민족적 저항의 논리와 결부하여 어떻게 작동하는
지 실천적 차원에서 살펴볼 것이다.

4. 언론 주체로서의 공동체 의식과 시대정신

당시 언론에 대한 일제의 조치는 '산재해 있던 문제적 지식인을 관리하
고 통제하는 식민권력'[50]이었다. 이에 언론계[51]는 민중의 표현기관을 자
임하며 언론의 자유를 촉구했는데, 그것은 근대적 매체로서 "共同生活을
營爲코저 組織한 社會의 分子된 個人間에도 彼此言論을 尊重하여야"[52]

---

50) 박헌호는 "신문의 공공성은 식민권력의 전국성을, 신문의 일상성은 식민권력의 밀
도를, 신문의 반복성은 식민권력의 지속성을, 신문의 엘리트적 성격은 식민권력의
권위를 현상한다. 검열을 통해 식민권력은 식민지 조선인들에게 지극히 현실적이
며 구체적이고 물질적으로 감각된다."라고 서술한 바, 당시 언론매체가 검열을 통
해 자기정당성을 증명했음에도 불구하고 식민권력을 표면화하는 아이러니한 상황
에 당면했다고 본다.(박헌호, 「문화정치기 신문의 위상과 반일검열의 내적논리―
1920년대 민간지를 중심으로」, 『대동문화연구』 50, 성균관대학교대동문화연구
원, 2005, 213―224쪽.) 식민권력 하에서 이들의 대응방식이 어떠한 관점에서 참작
되어야하는가에 대한 논의는 별도의 지면이 필요하겠으나, 이 장에서는 『開闢』이
선취한 바가 민족적 저항에 놓여있다고 보고 그에 따른 언론으로서의 위상을 서술
하고자 한다.

51) 총독부 기관지인 ≪매일신보≫, 1920년 ≪조선일보≫, ≪동아일보≫, ≪시사신문≫
과 잡지 『개벽』이 창간되고, 1922년 잡지 『신생활』, 『신천지』, 『조선지광』이 신
문지법에 의해 허가되었다. 한편 1922년 『동명』은 1924년부터 ≪시대일보≫로 창
간되었다. 이민주, 「1920년대 민간신문·잡지를 통해서 본 언론 상황」, 『차세대인
문사회연구』 2, 동서대학교일본연구센터, 2006, 201―202쪽.

52) 「언론의 자유」, ≪동아일보≫, 1920.09.12.

한다는 데서 촉발된 것이었다. 민족적 문제를 놓고 여타 언론들이 매체 특성상 논설과 비평에 주력하고, 문예 전문 동인지들이 개진하는 상황에서 『開闢』은 계몽을 효과적으로 실천할 단위가 필요했다. 담론의 사회적 역할, 그러니까 변화와 위기에 대응할 공론의 장(場)으로서 대상을 집결하고 문제의식을 표면화할 필요가 있었던 것이다. 이어서 살펴보겠지만, 『開闢』은 이전과 다른 '언론'의 의미와 역할을 재규정하는 한편, 산발된 개인들의 정신을 규합하여 행동으로 표출하고자 했다.

다시 말해 근대적 각성과 생활의 개조를 기획한 『開闢』이 무엇을 어떻게 드러낼 것인가라는 문제는 '언론'으로서 사상과 사회운동을 아우르면서 민족적 해방을 꾀하는 동시에 근대적 민족성을 수립하는 문제와 닿아 있었다. 그러자면 독자(민족)와의 소통을 토대로 근대 민족성을 수립해야했고, 이때 표현 단위로서의 '여론'이란 곧 '민중적 경향'[53]이었다. 그것은 집단적 능력을 자구하기 위한 방책으로서 계몽을 실천할 최선의 방책이었던 셈이다. 당시 신문과 잡지들이 '사회적 공론을 대표하지 않고 주의(主義)가 명확하지 않음을 비판'[54]하는 한편, 진정한 언론으로서의 본령과

---

53) 이돈화가 제시한 '여론'의 덕목과 가치는 다음과 같다. "그럼으로 輿論이라하는것은 어쩐意味에서는 곳民衆的傾向이라하는말이니 民衆政治, 民衆道德, 民衆經濟, 乃至 民衆文學, 民衆藝術이라함과가티民衆의要求와民衆의希望에依하야 모든것을判決코저함과如한傾向이곳그것이라 그럼으로 輿論에 이른바世界的輿論이라하며 一國 一社會의輿論라하야 多數한民衆이自己네의期待한希望 或은自己네의厭忌하는바 事實을要求하며 或은排斥하는絶叫를일러 晋人은이를輿論이라하며 그리하야輿論의尊重은곳民衆의尊重이며 輿論의價値는곳民衆의價値로볼수잇는것이엇다"(이돈화, 「輿論의 道」, 『開闢』, 21호, 1922, 6쪽.) 이 글은 '여론'의 역할을 전면적으로 다루는 한편, 『開闢』의 방향성과 자부를 드러낸다. 즉, 이전의 조선은 '전제적 성토'와 '당파적 사리(私利)' 외에 민중의 여론이 부재하여 분별과 자각이 발달할 수 없었는데, 『開闢』이 그러한 언표의 가능성으로서 활동할 것을 당부하는 것이기도 하다.

54) 이는 『開闢』 37호(1923) 「各種新聞雜誌에 對한 批判」에 실린 것으로, 벽아자의 「東亞日報에 대한 불평」, 신철의 「朝鮮日報에 對하야」, 아아생의 「朝鮮日報의 正體」, 간당학인의 「每日申報는 엇더한것인가」, 철산인의 「雜誌『新天地』의 批判」, 통명

역할을 수립해 나아갔다. 언표의 주체로서 언론은 말하고자 하는 바 [정신]의 창조적 산물이어야 한다는 것, 자기 해방을 추구하는 공동의 움직임을 형성하고 생에 활력을 불어넣는 민족적 지표여야 하는 것이다. 『開闢』이 조선의 매체로서 지면을 확보한다는 것은 그 존립과 정체성을 바탕으로 민족 운동의 실질적 구심점으로 활동할 수 있음을 의미하기 때문이다.

  따라서 '언론'은 현장에서 발로하는 민중과 소통하고 이를 표현함으로써 보편적인 감응을 끌어낼 수 있어야 했다. 삶의 원리를 관통하는 경험적 가치를 바탕으로 민중의 심안을 형상화함으로써 그들을 감화하고, 그리하여 민중이 주체적으로 자기 삶을 경영하도록 하는 것이다. 자기가 속한 사회를 알고 그와의 관계 속에서 얻은 생활 의식과 감정을 진솔하게 표현함으로써 현실에의 능동적인 참여가 수반될 때 진정한 조선의 언론이 될 것이었다. 이러한 맥락에서 『開闢』의 행보가 구호적인 테제에 그치지 않았던 것은, 언론 주체로서의 신념과 실천적 면모였다. 현실을 관찰하고 각성한 민중의 여론을 조성하고, 이를 매체로 하여금 구체적이고 조직적인 힘을 갖도록 하는 것, 그것이 언론기관으로서 갖는 시대정신이었다. 이에 따라 언론에 대한 새로운 규정이 필요했는데, ① 일정한 주의 목적을 갖춰 사회로 하여금 개인의 발달을 확립할 것, ② 사회에 대한 관찰하는 소양을 갖출 것, ③ 공과 사를 구별할 것, ④ 질투, 비방, 중상적(中傷的) 기분을 가지지 말 것, ⑤ 여론을 주장하는 인물은 소양과 식견과 덕성을 갖출 것이 그것이다. 이는 각지각층의 민족적 요구를 수집하고 조직하는 매체로서의 정체성과 역할을 규정하는 가치 요소라 할 수 있다.[55]

학인의 「開闢에 對한 小感」, B생의 「開闢 너는 어쩌한고」 등에서 언론의 사회적 역할에 대한 비판적 고찰이 드러나 있다.

55) 『開闢』은 내용상 권두(卷頭)를 통해 몇 가지 내용으로 나뉘는데, ① 구성 및 방향 ② 간행 소감과 성찰적 회상 ③ 사업 진행 보고와 당위 ④ 양질의 원고 모집 ⑤ 사

'우리들의모든民衆으로集合된 이朝鮮民族의幸福은 우리들의 모든民衆
이 한가지로열리지아니하면 안될것이라判斷'하고 무엇보다 그 원천이
되는 '健全한言論思想의機關이 儼然히우리들의中에 多數히서잇서야하
리라는쯧'으로 '이雜誌의이름을 開闢이라'[56]한 데서 알 수 있듯, 조선(인)
의 제문제와 개편을 도모할 매체로서 그 책임과 가치를 시사하고 있다.

경영 방침이 '천하의 주시와 독자의 기대에 영합하도록 준비하는 것'인
만큼『開闢』이 표방한 것은 ① 새 시대에 대한 연마를 통한 경험 ② 희생
정신 ③ 민중(노동자)과의 연계 ④ 실(實)이익과 실(實)취미 보도이다.[57]
조선(인)에 의거한 사상을 내장한 실질적인 경험을 통해 대중성을 확보할
때 비로소 진정한 개혁이 가능하리라 판단한 것이다. 독자의 경향을 수집·
반영하는 한편, 조선의 현황과 변화를 파악하기 용이하다는 점에서 적합
한 전략이었기 때문이다. 이를테면 다양한 현상을 다루며 논제를 제공하
고, ≪독자 교정란≫·≪독자 문예란≫을 통해 기고를 유도하는 한편, 새로
운 문물이나 신간을 소개하여 흥미를 제공하거나, 어린이와 여성의 인권
을 주창하며 독자층을 확장하는 등 시의적이고 선진적인 요소를 아우름
으로써 "매호 평균 2만부 정도 발행"[58]하며 발군의 성과로 이어질 수 있었
다. 근대적 가치에 비추어 구체적인 방법론을 제시하면서 독자의 지지와
호응을 끌어내기에 충분했고, 이는 결속력을 형성하기에 유용한 것이었다.

회 현상과 문제의식 ⑥ 사상과 세계적 경향 소개로 구성된다.『開闢』이 각개분야를
아우른 연결망[네트워크]의 핵심적 지위를 확보한 것은, 이론이나 사상 검토를 넘
어 당대 자신들의 글쓰기가 표방한 정신과 목적이 무엇인가를 규명함으로써 존립
의 의미를 탄탄하게 다진 데 있다고 할 수 있다. 즉 글쓰기의 본질과 역능을 인지함
으로써 민중을 규합할 언론으로서의 정체성과 방향성을 확립할 수 있었던 것이다.

56) 미상,「권두언 ≪貴重한經驗과高潔한犧牲≫」,『開闢』28호, 1922, 2쪽.

57) 미상, 위의 글, 4—5쪽.

58) 정용서,「개벽사의 잡지 발행과 편집지의 역할」,『한국민족운동사연구』83, 2015,
148쪽 참조.

그러나 民衆의文化的進展力은 그럴사록向上되야 到處에思想團體가 組織되며 講演會 討論會가京鄕에서작구開催되며 비록出版法에 依한것이나마 雜誌가發行되며하야 己未以前과는 果然昔今의感을갓게되야섯다 이리하야 庚申의六月에開闢雜誌가創刊되고 又翌年(壬戌)에는 新生活 新天地 朝鮮之光 東明等言論雜誌가重出하야 비록拘囚의言論이나마 朝出暮死의 言論이나마 이러구저러구 써드러오든것이엿다[59]

독자와의 긴밀한 소통을 통해 유대 관계를 확보하며, 민족적 저항의 측면에서 발언권을 표면화 한다. 이는 '불온기사'와 '혁명사상선전'이라는 명목 하에 수차례 압수 처분 받으며 '안녕 질서를 문란하게'[60] 한다는 이유로 발행정지 당한 데서도 반증된다. 『開闢』의 언론 활동은 자치적 해방을 추구함과 동시에 민족의식의 고취를 의미하는 바, 일제는 그러한 기획이 내장한 정신적 유대를 견제했던 것이다.

앞선 인용문에 따르면 그간 조선은 언론의 부재에 놓여있었는데, 과거 언론은 국가의 위기에 생명과 상환되는 충을 대표하는 한편, 민간에서는 통문(通文)으로 부당을 전하던 것이 조선의 언론이었다. 이후 발행된 언론들이 신문명과 애국사상 고취에 힘썼으나 곧 일제의 제재 하에 제 역할을 하지 못한 채 이러한 상황에 이르게 되었다는 것이다. 조선의 언론이 부재하는 시기에 '대내외의 근대적 변화에 힘입어 도처에서 강연회와 토론회가 개최되면서 여론이 산발적으로 생산되고 『開闢』이 이를 한데 수렴하는 장으로 기능'[61]했다는 점은 당대 『開闢』의 위상을 짐작하게 한

---

59) 달성, 「言論界로본京城」, 『開闢』 48호, 1924, 88－89쪽.

60) 「言論界一大慘劇 開闢에 發行禁止」, ≪동아일보≫, 1926.08.03., 2쪽.

61) 김정인에 따르면, "천도교청년회는 1920년 4월부터 약 1년간 총 34회의 강연계획을 세우고 163개의 市郡을 순회하면서 강연회를 실시하여 총 7만 4천여 명의 청중을 동원했다."(김정인, 「1910－25년간 천도교 세력의 동향과 민족운동」, 『한국사론』 32, 서울대학교인문대학국사학과, 1994, 155쪽.) 그러므로 천교도단의 계몽운

다. 이는 신문지법에 의해 발간된 첫 잡지이자 공인된 조선 언론으로서 의미 있는 것이거니와, '1922년 9월 정치 및 시사 문제를 다룰 수 있는 권한을 승인'[62]받으면서 사회 문제를 공론화하는 데 더욱 공고히 하게 된 것이다. 경험적 가치와 희생정신을 기치하며 민중과 언론의 결속력을 공고히 하고, 일제의 만행을 고발하는 한편 조선인이 투쟁의 주체임을 주지하며 발언권을 쟁취하고자 했던 것이다. 이러한 언론 주체로서의 입장은 언론의 본질과 역할을 규명함으로써 존재 방식을 증명해나감과 동시에 민중의 참여와 연대를 확보하고자 하는 공동체적 함의를 띤다.

'공동체가 공동성을 생산하고 유지하는 실천의 문제'[63]라면, 『開闢』의 언론관은 각성한 개인들의 연대를 기반으로 한 계몽 공동체라 할 수 있다. 전근대에서 근대로의 변화 속에서 주체는 누구이고 무엇을 해야 하는지, 당면한 문제를 공론화함으로써 공동의 행동지침을 마련한 것이다. 이렇게 형성된 글쓰기는 근대 조선에의 재편과 민족 해방을 둘러싼 다양한 담론들이 모이고 공유되는 공간이다. 혈연이나 제도로 귀속되는 공동체가 아니라, 새로운 [공동]생활을 영위하고자 하는 근대적 개인들의 연대인 것이다. 현실 문제를 타개하고 새로운 민족상을 제시하고자 하는 공동체적 전망을 언론으로 실체화했다는 점에서 『開闢』은 새로운 공동체라 할 수 있다. 억압받고 흩어진 개체들이 자아실현을 통해 하나의 삶이 공

동은 교리의 선전과 문화발전이라는 목적 하에 민중과 접촉할 기회를 마련하며 근대적 각성을 효과적으로 촉구했다.

62) 「주목할 언론계전도」, ≪동아일보≫, 1922.9.16. 3쪽 참조.

63) 이진경, 『코뮨주의』, 그린비, 2010, 81쪽. 그에 따르면 공동성이란 공동활동을 통해 형성되며 다음의 공동활동을 규정하는 잠재성을 뜻한다. 이는 "집합적 공조"로서 공동활동에 참여한 요소들이 하나의 움직임을 집합적으로 산출하는 현상이다. (같은 책, 92~95쪽 참조.) 개인이 한 개체로서 자신의 존재를 지속하기 위해 활동하고, 그것이 더 나은 삶[새로운 조선적 전망]을 향해 움직일 때 『開闢』은 근대적 지성을 갖춘 개인들의 실천적 공동체라 할 수 있다.

동의 삶일 수 있도록 텍스트로 승화함으로써 새로운 관계를 생성하고 나누는 실천적 단위인 것이다. 더군다나 기미(己未)년 이후 동시다발적으로 민족운동의 움직임이 조성되는 가운데 민족적 요구와 열망을 규합할 기관으로 부상했다는 점에서 그 가치를 시사한다. 앞서 살펴본 창간 취지가 그러했듯 기미년의 행보를 정신적 유산으로 삼아 자주자립의 근대 조선(인)을 건설하는 데 당위를 부여하며 민중 언론으로서의 정신을 표방한다. 그래서 사적조직이나 산발적인 운동만으로는 충족될 수 없는 정신적·사상적 토대를 구축하여 결집된 행동으로 나아가게 된 것은 필연적인 행보였다. 이들의 언론 투쟁은 사회운동과 맥을 함께 하며 글쓰기의 목적의식과 정체성을 언표하고 민중을 규합하여 변화에의 요구를 실현하고자 했던 것이다. '언론의 발전 그것이 결코 민중의 옹호를 떠나 따로 발전될 수 없다하는 그것'[64]이므로 민중의 직접적인 옹호를 구하는 바는, 압박의 실상을 드러내고 여론을 조성하는 동시에 한편으로는 내부적 결속력을 다짐으로써 공동의 움직임을 형성하는 데 있다. 즉, 부당한 처사를 표면화함으로써 민중의 주목을 끌어내어 존립 위기를 타개하기 위해 언론 운동을 전개하는 방향으로 나아간다.

開闢雜誌가이미朝鮮民衆의雜誌이오一個人一團體의所屬物이안인
以上은 民衆의向上이곳이開闢의向上이오 이雜誌의努力이곳民衆의努
力인지라 民衆과한가지로興廢存亡을決하야 民衆의精神으로精神를삼

---

64) 김기전은 언론이 나아가야 할 방향이 민중과 소통하는 데 있다고 보았는데,(김기전, 「朝鮮苦—言論集會壓迫」, 『開闢』49호, 1924, 26쪽 참조.) 이를 통해 알 수 있는 바, 『開闢』의 정체성이 언론으로서 민족성을 확립하는 데 있음을 의미한다. 이 글은 언론집회압박탄핵대회와 관련하여 제출한 것으로, 결의문의 내용인즉슨, (1) 우리의 언론 및 집회에 대한 당국의 무리한 압박을 공고한 결속으로써 적극적 항거하고, (2) 언론 및 집회의 압박에 대한 항거 방법은 실행위원에게 일임함을 결의함을 내용으로 한다.(조선인, 「言論集會壓迫報告」, 『開闢』49호, 1924, 28쪽.)

으며 民衆의心으로心을삼을것밧게업슴을斷言하는것이그하나이며

　　開闢雜誌의主義는開闢이라하는「열임」이 이곳그主義가되는것이니
物質을열며 精神을열며 過去을열며現在를열며 未來를열며 乃至萬有
의正路를열어나아감이그主義인지라　　그럼으로開闢은어대까지든지
現象을否認하고 現象以上의新現象을發見하야 新進의正路를開拓함이
그둘이며

　　開闢의事業에는 스스로嚴正한批判을要하는것이라 不偏不黨 公正
嚴明한考察로 邪을破하고正을顯하야 社會를整頓하며 新運動을助長
하야 正見과正思, 正言, 正立의道를振興함이그셋이며

　　開闢은 具體的으로 社會運動 農村啓發運動等의正面에立하야 스스
로新社會建設의全責任을負擔함이그넷이라65)

　　인용문은 창간 3주년을 기념한 권두언으로, 창간사가 정신적 동력으
로서 기획의 당위를 밝혔다면, 여기서는 언론기관으로서의 역할과 취지
를 명확하게 드러낸다. 이에 따르면 『開闢』은 조선민중의 잡지로서 조선
(인)의 운명을 사명으로 삼아, 오로지 그들이 자기 생활을 스스로 경영하
는 것을 목적으로 한다. 특정 사상을 표방하지 않고 현상 너머 그 이상(전
망)을 제시하되 엄정한 비판적 안목으로 참되고 새로운 활로를 개척할
것임을 선언한다. 이 언표에 주목해야 하는 것은 『開闢』이 민족 현실에
비추어 언론관을 재규정함으로써 주체적 행보의 당위와 근간을 마련했
다는 점이다. 대중적 경향이나 재정력 등 복합적인 요인에 선재하는 뚜렷
한 신념을 기치함으로써 실천적 동력을 갖출 수 있었기 때문이다.

　　이렇듯 '언론'의 역할과 기능을 재규정하는 바, 『開闢』은 첨예한 시대정
신을 제출함으로써 새로운 공동체에 복무하는 주체적 면모를 보여준다.
주의목적을 효과적으로 도모할 방편으로서 민중과 정신적 유대를 형성하
고 이를 토대로 공동의 담론 공간을 확보했다. 이는 언론의 목적성[계몽

---

65) 미상, 「권두언 ≪돌이켜보고,내켜보고≫」, 『開闢』 37호, 1923, 3쪽.

성]을 뚜렷하게 인지한 바, 사회운동에 소비되는 부수적 역할이 아닌 실천의 표지 그 자체이다. 민중 본위를 근간으로 새로운 조선의 정체성을 자문하고 무엇을 왜 해야 하는지를 탐색하면서 취지와 주의목적을 선명하게 드러낸다. 즉 조선적인 앎[담론]과 그 실천으로서 언론은, 자유와 해방을 쟁취하고 새로운 질서를 재편하기 위한 주체적 투쟁의 실체라 할 수 있다. 이로써 『開闢』이라는 언론 주체는 당대 민족과 현실문제에 기민하게 대응하며 공동의 실천표지를 형성한 시대정신의 표상이라 할 수 있다.

5. 결론

본고는 『開闢』이 근대 조선사회건설의 주축으로 '생활'과 '언론'을 제시하며 현실에 대한 진단과 전망을 동시에 모색하는 글쓰기의 이력을 살펴보았다. 여기서 주목한 것은 당대 계몽의 주체로서 기능한 주요 동력과 글쓰기 전략이다. 글쓰기 공간으로서 『開闢』은 독립운동 이후 새로운 민족운동의 일환으로서 계몽 담론을 제공하며 조선—근대의 관계를 규명하는 가운데, 그 전망에 대한 이론적 모색과 정체성을 탐색했다. 기성의 부조리와 불합리를 파기하고 더 나은 삶을 희구하는 열망에서 비롯한 계몽성은 변화된 생활 조건에 따라 현실에 착종하는 글쓰기 공간을 생성했다고 할 수 있다.

주지하듯, 더 나은 조선에 대한 기획은 근대적 인식과 계몽 담론을 통해 새로운 생활을 고취하는 데 있었다. 이는 급변하는 현실에 기민하게 대응하며 민족 현실을 진단하고 민중을 계도할 새로운 전략이 요구된 데 따른 것이었다. 『開闢』은 글쓰기의 본질이 현실과의 연계 속에서 민족적 이상을 제시하는 데 있다고 보고, 근대 지성을 내장한 '自己'를 개조의 주체로 설정하여 생활에 입각한 민족적 자각을 이행했다. 생활 의식을 근간으로 한 실천적 글쓰기를 통해 현장을 실감하는 방법론을 제시하고 민중과의 정신적 유대를 강화하는 전략을 취한 것이다.

주목할 것은, 『開闢』이 언론 주체로서 조선의 근대성과 민족적 저항을 동시적으로 이행했다는 점이다. 집단 지성을 통해 근대와 조선의 교접을 검토하는 한편 일제에 저항적 발언권을 행사하는 '담론의 장'을 제공하고 여론을 형성했다는 점에서, 당대 신문이나 동인지와 다른 진취적 면모를 선취한 것이다. 식민지 언론으로서 가져야할 사상과 사회적 기능을 비판적으로 검토하고 새로운 민족성을 제시한 당대 계몽 담론의 집합소이자 산실(産室)로서 기능했다고 할 수 있다.

이러한 맥락에서 본고는 『開闢』이 1920년대 계몽 담론과 실천을 동시적으로 이행하는 새로운 글쓰기 주체로서 그 역량을 가늠하고자 했다. 글쓰기 공간으로서 글쓰기의 사회적 역할을 고민하고 민족 현실에 대한 엄정한 고찰과 실증적 전망을 제출한 점은, 당대 글쓰기를 이해하는 중요한 이력이라 할 수 있다. 이는 나아가 『開闢』의 글쓰기가 다양한 영향요소와 길항하며 공동의 실천적 전망을 생산하는 공간이라는 점에서 새로운 의미망을 도출한다. 사상적 경도나 사회운동의 매개 층위에서 제출된 기존의 연구 관점들을 넘어, 근대적 집단 지성을 형성하고 나누는 글쓰기 실체로 이해할 때 비로소 그 존재론적 위상이 규명되기 때문이다. 근대적 개인은 곧 새로운 공동체의 가능성이었으며, 이때 민족 문제란 '개인'과 '집단'이 서로 소통하고 연합하는 관계에서 이해되었다. 이처럼 개인과 계몽과 집단적 지성이 공동체적 관계에 놓이면서, 생활을 구축하는 다양한 아젠다를 검토하고 그로부터 집단적으로 분기(奮起)할 것을 요청하는 글쓰기가 탄생할 수 있었던 것이다.

따라서 『開闢』은 근대 지식의 주체로서 타자와 관계되어있음을 인식하고 공동의 것을 형성하는 문제에 직면해 있었다고 할 수 있다. 변화 속에서 새롭게 요청되는 바를 인식하고 그에 따른 새로운 단위[공동체]를 생산하며 공조해야 했던 것이다. '언론 주체'로서 보여준 시대정신은 개인과 접합하고 연대하는 당대 실천적 글쓰기의 표지라 할 수 있다. 이러한 관점에서 볼 때, 기성의 연구들이 제출한 바는 『開闢』의 성과를 단면적으로 살피는 데 그치고 있다. 그보다 근본적인 차원에서 1920년대의 조선적 근대를 구획한 글쓰기가 집단 지성의 장(場)으로 제출되고, 근대성과 민족성, 개인과 사회의 문제를 본격적으로 공론화했다는 점에서 재평가되어야 한다. 계몽적 글쓰기의 주체로서 당대를 관통하는 요소들의 관계를 규명할 때 비로소 『開闢』의 존재론적 가치를 확보할 수 있을 것이다.*

---

* 논문출처 : 「1920년대 계몽적 글쓰기 공간으로서의 『開闢』- 『開闢』에 나타난 '생활'과 '언론'의 기표를 중심으로」, 『국어문학』 68, 국어문학회, 2018.

참고문헌

1. 기본 자료

『開闢』, 한일문화사(영인본), 1982.

2. 논문 및 단행본

강용훈, 「"작가"관련 개념의 변용 양상과 "작가론"의 형성과정―1910년대―
　　　1930년대 중반 식민지 조선의 경우를 중심으로」, 『한국문예비평연구』
　　　40, 한국현대문예비평학회, 2013.

고시용, 「천도교의 신문화운동」, 『신종교연구』 27, 한국신종교학회, 2012.

구모룡, 「한국근대문학과 미적 근대성의 관련 양상―미적 근대성론의 한계를 중
　　　심으로」, 『국제어문』 29, 국제어문학회, 2004.

김대용, 「『개벽』의 교육론 연구」, 『한국교육사학』 34, 한국교육사학회, 2012.

김정인, 「1910―25년간 천도교 세력의 동향과 민족운동」, 『한국사론』 32, 서울
　　　대학교인문대학국사학과, 1994.

김현주, 「민족과 국가, 그리고 문화―1920년대 초반 『개벽』지의 '정신·민족성
　　　개조론 연구'」, 『상허학보』 6, 상허학회, 2000.

박헌호, 「문화정치기' 신문의 위상과 반일검열의 내적논리 ― 1920년대 민간지
　　　를 중심으로」, 『대동문화연구』 50, 2005.

성주현, 「일제강점기 천도교청년단체의 창립과 그 배경」, 『문명연지』 7, 한국문
　　　명학회, 2006.

오문석, 「1차대전 이후 개조론의 문학사적 의미」, 『인문학연구』 46, 조선대학교
　　　인문학연구원, 2013.

윤해동, 「식민지 인식의 '회색지대'―일제하 '공공성'과 '규율권력'」, 『근대를 다
　　　시 읽는다』 1, 역사비평사, 2006.

이민주, 「1920년대 민간신문·잡지를 통해서 본 언론 상황」, 『차세대 인문사회연
　　　구』 2, 동서대학교일본연구센터, 2006.

이재연, 「생활과 태도―기계가 읽은 『개벽』과 『조선문단』의 작품 비평어와 비
　　　평가」, 『개념과 소통』 18, 한림과학원, 2016.

이진경, 『코뮌주의』, 그린비, 2010.

정용서, 「개벽사의 잡지 발행과 편집진의 역할」, 『한국민족운동사연구』 83, 2015.

조규태, 「『개벽』을 이끈 사람들」, 『<개벽>에 비친 식민지 조선의 얼굴』, 모시는사람들, 2007.

차혜영, 「1920년대 동인지 문학운동과 미 이데올로기」, 『한국문학이론과 비평』 24. 한국문학이론과비평학회, 2004.

최수일, 「1920년대 동인지 문학의 심리적 기초─『창조』, 『폐허』, 『백조』를 중심으로─」, 『대동문화연구』 36, 성균관대학교대동문화연구원, 2000.

_____, 「『개벽』의 근대적 성격」, 『상허학보』 7, 상허학회, 2001.

_____, 「『개벽』의 현상문예와 신경향파문학」, 『상허학보』 20, 상허학회, 2007.

최주한, 「개조론과 근대적 개인─1920년대 초반 『개벽』지를 중심으로」, 『어문연구』 32, 한국어문교육연구회, 2004.

푸 코, 『담론의 질서』, 새길, 2011.

한기형, 「『개벽』의 종교적 이상주의와 근대문학의 사상화」, 『상허학보』 17, 상허학회, 2006.

허 수, 「1920년대 『개벽』의 정치사상 : 범인간적 민족주의를 중심으로」, 『정신문화연구』 31, 2008.

_____, 「『개벽』의 종교적 사회운동론과 일본의 '종교철학'」, 『인문논총』 72, 서울대학교인문과학연구원, 2015.

김소월의 시에 나타난 공간성 문제 연구

이 석

1. 근대적 시공간의 문제

인문지리학의 논의 범주 안에서 공간의 문제에 대한 천착은 서구의 근대 이성에 따른 인간 주체의 경험에 또 다른 시각을 부여할 수 있는 기회를 제공한다. 근대적 시공간의 문제점은 무엇보다 발전론적 역사관에 따른 절대적 시간개념과 객관적·기하학적 공간 개념의 한계이다. 인간의 경험 영역의 다양성과 구체성을 변증법적 시공간 상의 좌표로 한정지음으로써 주체에 대한 논의뿐만 아니라, 주체와 세계의 관계성에 대한 탐구의 가능성조차도 근대적 시공간이라는 한정된 인식틀의 범주에 머물 수밖에 없었다. 그러나 역사주의적 관점에 따른 근대적 좌표계의 논의에 한정되어 인문 지리적 공간을 탐색한다고 해서 그 자체로 비판받아야 하는 것은 아니다. 중요한 것은 근대적 좌표계를 벗어나는 영역에 대한 논의가 정당한 문제제기의 자격을 잃어버린다는 데 있다. 시공간의 안정된 좌표 설정은 결국 인간이 세계를 인식하고 예측하는 정당한 객관성을 담보하겠지만, 소위 역사 안에 일정한 장소를 점유하는 '문학'의 경우 서술의 한계는 곧 그 역사성의 한계와 동일한 결과로 받아들여진다는 문제점을 안고 있는 것이다. 역사 속에 존재하는 하나의 문학작품이나 특정 작가를 다른 의미 맥락에서 온전히 재해석하는 관점이 단순히 해당 작가나 작품이 지닌 제3의 의미를 발견하거나 또 다른 추가된 해석을 가하는 것에 멈추는 것을 경계하는 동시에 무엇보다 중요한 지점은 그 작품(작가)이 놓인 장소가 지니는 역사성의 한계를 작품의 한계와 반드시 대응관계에 있는 것처럼 동일하게 취급하지 않는 것이다. 작품(작가)의 한계가 반드시 그것이 놓인 역사적 공간의 한계와 일치하는 것도 아니며, 마찬가지로 작품의 가능성이 정확하게 그 시대적 공간의 '잃어버린 가능성'과 일치하는 것도 아니기 때문이다. 따라서 하나의 문학 작품에 대한 이해는 시공간의 탐색이라는 주제 속에서 이뤄지는 재론을 거쳐야 한다.

지리학적 현상으로서 문학 작품을 연구[1]하는 문학지리학의 경우, 일차적으로 주제가 되는 것은 물론 문학 작품 속에 표상되는 지리적 공간에 대한 탐구일 것이다. 그러나 '공간'의 문제가 문학 작품의 의미 해석에서 쟁점화 되는 지점은 그것이 문학사의 어느 지점을 통과할 때 비로소 발생한다고 할 수 있다. 왜냐하면 공간은 필연적으로 시간의 축과 동시에 고려될 수밖에 없으며, 따라서 통시적 관점 하에서 설정된 공간 속에서뿐만 아니라, 역사주의적 관점—특히 내재적발전론에 입각한 역사관—을 벗어나는 공시적 관점 하에서는 또 다른 공간적 좌표를 설정해야하기 때문이다. 또한, 기술된 역사가 언제나 소급적으로 발견된 변증법적 필연성[2]이라는 사후적 필연성을 통해 규정되고 있다는 사실을 간과할 수 없다.

지젝의 이론에 따르면, 상징적 이론 공간 속에서 '주체'의 존재론적 위

---

1) 이혜원, 「김소월과 장소의 시학」, 『상허학보』 17, 상허학회, 2006, 81쪽.
2) 슬라보예 지젝, 『그들은 자기가 하는 일을 알지 못하나이다』, 박정수 옮김, 인간사랑, 2004, 401쪽.

치는 "스스로 역사적 과정의 결과로 설명 혹은 자리매김"하고 하나의 단순한 계기로 환원되는 "사라지는 매개자"의 역할을 수행한다. 상징체계 속에서 '주체'가 애초에 지니고 있던 위험성, 미증유의 선택과 책임의 순간은 자명한 객관적 구조 속에서 소멸된다. 특히 역사의 '기원'(출발)이 되는 한 장소에서 주로 발견되는 이와 같은 소급 작용은 대체로 스스로의 기원을 역사라는 보편성의 지평 위에 존재하는 특별한 장소로 상승시키거나 하강(평가절하) 시킨다. 문제는 시간적 상징질서가 서사화를 통해서 '기원을 단순한 계기로 만드는 것에 어떻게 저항할 수 있을 것인가' 하는 것이다. 한국근대시의 중요한 출발점으로 평가되고 있는 김소월의 시가 전통지향적 요소와 반근대성의 측면을 통해 이해3)되어 왔으며, 동시에 근대성의 풍부한 자질들을 지니고 있다는 사실4)은 상반된 두 가지 차원을 모두 한 몸에 지니고 있는 모순일 수 없다는 점에서 본고의 논의는 시작된다. 요컨대 시인 김소월의 시적 사유가 머물렀던 공간은 한 시대의 출발점으로서의 의미를 지니는 동시에, 그 자신이 근대적 시공간이라는 특수한 상징체계 안에서 일종의 "사라지는 매개자"(주체)의 역할을 하는 존재론적 위상을 지니고 있다.

2. 동시대성과 김소월의 공간 문제

한국근대시의 출발의 장소에서 김소월의 위치는 한 시대의 종언과 도래할 시대의 시작점이라는 상호 모순되는 두 측면의 계기로서 자리 잡고

---

3) 심재휘, 「김소월 시에 나타나는 공간의 근대성」, 『우리文學硏究』 제56집, 우리문학회, 2017, 450-451쪽.
4) 이광호, 「김소월 시의 시선 주체와 미적 근대성」, 『국제한인문학연구』 제11호, 국제한인문학회, 2013, 125-126쪽.

있다는 이중의 역할을 떠맡고 있다. 지금까지 전통적 측면에서든, 근대성의 가능적 차원을 예비하는 측면에서 보다 적극적으로 근대성의 요소들을 발견하고 있는 측면에서든 풍부하게 이뤄진 논의의 맥락들을 부정할수는 없을 것이다. 그러나 김소월 시의 수용과정의 역사는 당대적 이해의폭을 크게 넘어서지 않는 범주 내에서, 남북한 이데올로기의 차이 혹은논자들의 이념적 견해 차이로 인해 상반된 평가가 동시에 존재해왔던 것이 사실이다.[5] 요컨대 김소월 시에 대한 담론 체계의 이해는 현실성의 층위에서 논의된, 소극적 주체의 형상화 그리고 미학적 저평가로 귀결된다.

김소월의 시세계를 '비극적 인식'으로 평가하는 주된 근거는 그가 현실적으로 처해있던 식민지 치하라는 민족적 현실의 비극에 있다. 이와 같은관점으로부터, 우리는 김소월이라는 고유명이 지니는 각기 다른 세 가지장소에 대해 살펴볼 수 있다. 첫 번째는 평북 정주 출생의 일찍이 개화와새로운 문명과 전통적 자연 환경이 동시에 존재하는 장소에서 성장하고안서 김억이라는 스승을 만나 궁핍한 시대의 민족정신을 일깨우게 되는계기를 마련하게 되는 김소월. 두 번째는 문학사의 지평 내에서 '김소월'이라는 시인이 지니는 역사적 위상이다. 그것은 앞서 논했던 요소들을 포함하는 상징적 질서 내의 '김소월'이라는 기표가 의미하는 장소(서정성과'한'의 미학으로 대표되는 한국 근대시의 출발선상에 놓이는 영예를 누리는 시인 김소월)이다. 그리고 또 다른 김소월은 현실의 구체적 삶의 요소와 다양한 문학사적 논의를 가로지르는 공간에 있다. 김소월이라는 시인이 창조한 '주체', 혹은 그의 이름을 통해 표상(재현)되는 '주체'의 장소가아니라, 우리가 근대적 시공간이라고 일컫는 당대의 공간 속에서 시를 썼던 '주체'로서의 김소월이 머물렀던 장소에 대해 물음을 던져야만 한다. 그

---

5) 나희덕, 「김소월 시의 수용과정」, 『한국문학이론과비평』 제17집, 한국문학이론과
   비평학회, 2002, 282-296쪽.

것은 근원적으로 김소월의 시가 지닌 동시대성에 대해 질문하는 것이다. 김소월의 시를 '다시 읽어야 할 필요성'은 시대를 관통하는 근대성의 성취의 측면에 있을 뿐만 아니라, 본질적으로 그것이 얼마만큼 '동시대성을 지니고 있는가?'하는 질문에 대한 모종의 응답과 위상을 함께한다. 보다 엄밀하게 말해서, 당대와 맺는 독특한 관계 지점으로서의 김소월이라는 공간 자체는 '동시대성'이라는 문제 제기를 가능하게 하는 측면을 지니고 있다.

'동시대적'이라는 말을 쓸 때, 기대되는 효과는 문학 작품의 각 시대별 존재양상에 주목할 수 있다는 점6)이다. 아감벤은 「동시대인이란 무엇인가?」7)라는 글을 통해서 "우리는 누구와 그리고 무엇과 동시대인인가?"라고 묻는다.

그에 따르면, 텍스트를 읽는다는 것의 성패를 좌우하는 것은 우리가 얼마만큼 그 텍스트와 '동시대성'을 생산할 수 있는가의 문제에 있다. 아감벤의 위와 같은 전언은 일차적으로 "과거의 텍스트가 지니는 의미의 본질을 이해하거나 발견하기 위해서는 그 텍스트가 생산되었던 시대의 '현재성'을 복원하는 작업에 성공하는 것을 목적으로 해야 한다는 의미"로 읽힐 수 있다. 그러나 무엇보다 과거의 텍스트가 '현재적 의미'를 지니는 것은 그것이 당대적 의미 혹은 시간의 경과와 무관하게 불변하는 진리를 구현하고 있다는 것에서 찾아지는 것이 아니라, 그것이 '비시대적'일

---

6) 강명관, 「발전사관을 넘어 국문학 연구를 생각한다」, 『한국한문학연구』 57권, 한국한문학회, 2015, 19−23쪽.

7) "이 세미나에서 우리는 몇세기 전의 작가들의 텍스트와 조금 더 가까운 시대나 가장 최근의 텍스트를 읽을 것이다. 어떤 경우든 텍스트들과 동시대적 관계를 유지하는 것이 필수적이다. 우리 세미나의 '시간'은 동시대성이고 그렇기에 우리는 이번 세미나에서 검토하는 텍스트나 작가들과 반드시 동시대인이 되어야 한다. 세미나의 성공 여부는 아마도 이러한 강력한 요청에 세미나와 우리가 얼마나 부응할 수 있는지에 달려 있다고 할 수 있다."—조르조 아감벤, 『벌거벗음』, 김영훈 옮김, 인간사랑, 2014. 22쪽 참조.

수 있었다는 점에서 타당성을 획득한다. '비시대적'이라는 것이 '동시대성'의 근원적인 불일치로 인해 '다른 시간'을 살아가는 사람을 의미하지 않는다는 것이 중요하다. 그것은 바로 그 불일치와 단절로 인해서 누구보다 '시대성'과 불가분의 관계를 지니며, 비로소 자신의 시대와 '독특한 (singular) 관계'를 맺는다.

역사와 개인이 창출하는 '독특한 관계'(주체)의 공간내기, 그것이 하나의 작품이 지니는 필생의 테마가 될 수 있다. 시대에 완벽하게 조응하는 인간은 결코 동시대적일 수 없다. 그는 시대에 붙들려 있는 만큼 자신이 사유하는 시대를 명확히 응시할 수 있는 공간을 확보할 수 없기 때문이다. 우리가 시간이라고 명명하는 어떤 공간과 공간 사이의 이접에 대한 인식, 즉 시간이 근본적으로 어긋나 있다는 것에 대한 의미가 반향을 일으키는 지점과 현재의 시점이 어떻게 조응하는지를 사유하는 것에 김소월의 시가 지닌 동시대성이 존재할 것이다. 하나의 문학이 역사적 현실의 결과물이거나, 합리적 체계의 한 요소로서 뿐만 아니라, 당대적 현실 속에서 시대와 조응하고 대결하는, 생성하는 사유의 장이었다는 것을 감안할 때, 김소월의 시적 사유가 지니는 존재론적 위치를 규명하기 위해서는 반드시 역사의 출발점으로 설정된 층위들(근대성)로부터 벗어나, 동시대성의 지평에서 김소월의 유일한 시론인 「시혼」이 어떤 좌표계에 위치하는지 물어야 한다.

요컨대 그것은 시론인 동시에 시인 김소월이 개진한 문학에 대한 일종의 '공간론'이라고 볼 수 있다. 「시혼」을 통해서 적극적으로 피력된 김소월의 문학에 대한 '공간론'은 현재적 의미를 지니고 있다.

3. 「시혼」에 나타난 공간성의 의미

김소월은 단 한편의 시론8)만을 남기고 있다. 그의 시론이 구체적으로 촉발된 계기는 「시단의 일년」이라는 김억의 시평 때문이다. 「시단의 일년」에 대한 일종의 응답으로 쓰인 시론으로서 두 글 사이에는 일정한 문맥이 존재하는 것이 사실이다. 「시혼」에 대한 기존의 연구는 주로 서구 문예이론에 입각해 시혼과 음영을 '이데아/현상', '원형/변화' 등의 이분법적 관점을 통해 분석하는 것이었다. 김정수는 최근 연구를 통해 종종 사유의 미숙함으로 치부되는 「시혼」의 해석을 김억의 서평과의 관련성 하에서 치밀하게 분석함으로써 이분법적 시각을 벗어나고 있다.9) 그에 따르면, 김억이 가리키는 중요한 시의 미적 장치는 바로 '상징'이며, 김억은 그것을 '시인의 정조를 표현'하는 주요 수단으로 여기고 있다. 그리고 그 것은 단순히 시적 표현 수단에 그치는 것이 아니라, 시적 사유에 있어서 창조적 본질처럼 다뤄진다. 다시 말해, 김억의 논의 속에서 '시혼'은 시작을 통해 사물에 직접 투사될 수 있는 것이며, 따라서 그는 예술의 독창적 표현이라는 층위에서 사물을 인위적으로 변형하는 '상징'이라는 미적 수단의 창조를 강조할 수 있는 것이다. 이는 근대적 주체 개념에서 크게 벗어나지 않는 관념이다.

김억에게 자아와 세계의 관계는 주체와 그의 인식 주관에 의해 재현된 세계 사이의 조화를 넘어서지 못한다. 이와 같은 관념의 대척점에서 바라볼 때, 오히려 김소월이 시론에서 언급하는 '시혼'과 '음영'의 관계는 단순히 대립적인 관계로 설정된 개념이 아니라, 각각이 고유한 의미를 드러내

---

8) 김소월, 「詩魂」, 『김소월 전집』, 김용직 편저, 서울대학교출판부, 1996, 495−501쪽.
9) 김정수, 「소월 시론 '시혼'에 나타난 영혼과 음영 연구」, 『국어국문학』 제166호, 국어국문학회, 2014. 166−256쪽 참조.

기 위해 쓰인 개념이라는 사실이 드러난다. 김소월에게 중요한 것은 각각의 작품 속에서 개별적으로 발견되는 '음영'의 고유성이다. 그러나 여기서 김소월은 자신이 지칭하는 '시혼'의 '영원불멸성'이 김억의 '시혼'이 암시하는 절대적 초월성과는 다르다는 것만을 드러내는 소극적인 방어적 태도에 그치는 것이 아니라, 매우 적극적인 자신만의 관점을 피력하고 있다. 김소월의 '시론'은 내재적으로도 '이분법적' 이해를 초과하는 의미들을 지니고 있다. 그리고 그것은 '낮/밤', '밝음/어둠'의 일견 대립적인 모티브의 '연속성'10)을 피력하고 있을 뿐만 아니라, 동시에 '연속성'으로 해석되는 그 부분은, 정확하게 같은 이유로 표면적인 대립을 넘어서는 자아와 세계 사이의 근본적인 '이접'을 드러내고 있다고 해석할 수 있다.

    ㉠ 적어도 平凡한가운데서는物의正體를보지못하며, 習慣的行爲에서는眞理를보다더發見할수업는것이가장어질다고하는우리사람의일입니다.
    그러나여보십시오. 무엇보다도밤에쌔여서한울을우럴어보십시오. 우리는나제보지못하든아름답음을, 그곳에서, 볼수도잇고늣길수도잇습니다. 파릇한별들은오히려쌔여잇섯서애처럽게도긔운잇게도몸을쩔며永遠을소삭입니다. 엇든째는, 새벽에저가는오묘한달빗치, 애틋한한쏘각, 崇嚴한彩雲의多情한치마쮜를비러, 그의可憐한한두줄기눈물을문지르기도합니다. 여보십시오, 여러분. 이런것들은적은일이나마, 우리가대나제는보지도못하고늣기지도못하든것들입니다.
    다시한번, 都會의밝음과짓거림이그의文明으로써光輝와勢力을다투며자랑할째에도, 저, 깁고어둠은山과숩의그늘진곳에서는외롭은버러지한마리가, 그무슨읍음에겨윗는지, 수임업시울지고잇습니다. 여러분. 그버러지한마리가오히려더만히우리사람의情操답지안으며, 난들에말라벌바람에여위는갈째하나가오히려아직도더갓갑은, 우리사람의無常

10) 김정수, 위의 글, 243−250쪽 참조.

과變轉을설워하여주는살틀한노래의동무가안이며,　저넓고아득한난바
다의쒸노는물썰들이오히려더조흔,　우리사람의自由를사랑한다는啓示
가안입닛가. 그럿습니다. 일허버린故人은쑴에서맛나고, 놉고맑은行蹟
의거룩한첫한방울의企圖의이슬도이른아츰잠자리우혜서쯧습니다.11)

  ㉠의 인용문은 김소월의 시론의 첫 부분이다. 「시혼」의 첫머리를 읽을
때 우선적으로 발견되는 것은 그의 사유가 설정하고 있는 시공간적 관점
이다. '진리'의 문제를 거론하고 있다는 점에서 김소월 역시 일관되고 불
변하는 실체적 관념을 추구하고 있다는 것을 알 수 있다. 중요한 것은 시
인이 '진리'라고 일관되게 믿을 수 있는 실체로서 거론하는 것이 과연 무
엇인가 하는 점이다. 그는 '문명의 광휘'로 상징되는 '대낮'의 시간 대신에
'밤'의 공간을 설정한다. '어둠'의 이미지로 대표되는 '깊고 어두운 산과
숲의 그늘진 곳' 그리고 '저 넓고 아득한 난바다의 뛰노는 물결'이 의미하
는 것은 무엇인가?

  여기서 '어둠'은 물론 시대의 어둠이다. 그러나 그것의 '부정성'을 곧바
로 식민지 민족 현실의 어둠과 연결 지을 필요는 없다. 오히려 그의 시론
이 지닌 '어둠'의 시공간은 시인의 현실 인식이 반드시 '역사적 사실'의 구
체성과 관련되어 있지 않을 수 있다는 것을 시사한다. 반시대적이라는 의
미에서 '동시대성'의 본질을 끄집어내는 아감벤은 그의 사유 속에서 동시
대인을 다음과 같이 정의한다. "동시대인은 시대의 빛이 아니라 어둠을
인식하기 위해, 그곳에 시선을 고정시키는 존재이다. 동시대성을 경험하
는 자들에게 모든 시대는 어둡다……어둠은 어떤 빛보다 더 직접적으로
동시대인을 비춘다. 그리고 동시대인은 그의 시대가 발하는 이 어둠의 빛
에 눈 먼 사람이다."12) 시인 김소월이 어떤 세계를 인식했는지, 그것이

---

11) 김소월, 앞의 책, 495쪽.

구체적으로 당대가 처해있던 역사적 국면이었는지, 혹은 오직 시적 세계가 직면한 현실 그 자체의 문제였는지 명확하지는 않다. 분명한 것은 김소월이 그려내고 있는 세계 이해가 '어둠'을 통해 현현되었다는 사실이며, 그것은 분명히 '어둠'에 '시선을 고정시킨 존재'로서 김소월의 '주체'(시인)로서의 고투를 드러내고 있다는 점이다. '어둠'은 오직 그것에 '시선을 고정시키는 존재'의 존재론적 고투를 통해서만 인식의 차원으로 드러난다. 시대적 현실에 '어둠'의 의미를 고정할 때, 위에서 언급한 존재론적 고투의 층위는 사라지고, 단지 현실의 부정성을 시적으로 극복하는 내면으로의 퇴행을 반복하는, 소극적 주체(시적 화자)의 형상만 남겨지는 것이다. '현실성'에 대한 문학적 성취에서 언제나 김소월의 시가 수동적 형상화의 측면으로 평가되는 것은 김소월의 세계 인식이 지닌 근원적 공간을 간과한 결과이기도 하다. '어둠'이 내뿜는 빛은 시인(동시대인)의 눈을 멀게 만들 수 있을 만큼 강력한 위험성을 지니고 있다.

ㄴ우리는寂寞한가운데서더욱사뭇처오는歡喜를經驗하는것이며, 孤獨의안에서더욱보드랍은同情을알수잇는것이며, 다시한번, 슬픔가운데서야보다더거룩한善行을늣길수도잇는것이며, 어둠음의거울에빗치어와서야비로소우리에게보이며, 살음을좀더멀니한, 죽음에갓갑은山마루에섯서야비로소사름의아름답은쌜내한옷이生命의봄두던에나붓기는것을볼수도잇습니다. 그럿습니다. 곳이것입니다. 우리는우리의몸이나맘으로는日常에보지도못하며늣기지도못하든것을, 쏘는그들로는볼수도업스며늣길수도업는밝음을지어바린어둡음의골방에서며, 사름에서는좀더도라안즌죽음의새벽빗츨밧는바라지우헤서야, 비로소보기도하며늣기기도한다는말입니다. 그럿습니다, 分明합니다. 우리에게는우리의몸보다도맘보다도더욱우리에게各自의그림자가티갓갑고各自에게잇는그림자가티반듯한各自의靈魂이잇습니다. 가장놉피늣길수도

---

12) 아감벤, 앞의 책, 27쪽.

잇고가장놉피새달을수도잇는힘, 쏘는가장强하게振動이맑지게울니어
오는, 反響과共鳴을恒常니저바리지안는樂器, 이는곳, 모든물건이가장
갓가히빗치워드러옴을밧는거울, 그것들이모두다우리各自의靈魂의標
像이라면標像일것입니다.13)

　　대립적 비유체계를 이루고 있는 ⓛ의 인용문을 문자 그대로 읽으면 대
립과 갈등의 불연속성을 강조하고 있는 것처럼 보인다. 문제는 각각의 대
립적 용어들이 어떤 관계를 맺고 있는가 하는 점에 있다. 실제로 "'적막/
환희, 고독/동정, 슬픔/선행, 죽음/생명, 어둠/밝음' 등의 체계는 '한가운데
서야 더욱, 안에서, 가운데서야 보다 더'를 반복하여 연속적인 관계를 유
지"14)하고 있다. 동시에 같은 이유로 묻지 않을 수 없는 것은 도대체 왜
김소월은 대립하고 있는 두 개의 공간적 층위를 실제로 연속적인 것처럼
쓰고 있는가 하는 점이다. 오히려 명확히 대립하고 있는 두 개의 공간을
연속적인 것처럼 쓰고 있기 때문에 마치 그것이 서로 시간적으로 '선후관
계'에 있는 것처럼 읽힐 수 있다.

　　적막/환희, 고독/동정, 슬픔/선행, 죽음/생, 어둠/밝음 등의 용어가 서로
원인과 결과처럼 놓이는 것이 아니라, 동시적으로 같은 공간 지평에 놓인
다고 본다면, 논의의 층위는 전혀 다른 것이 될 수 있다. '한가운데서야
더욱, 안에서, 가운데서야 보다 더'라는 표현은 어떤 것의 이행 관계를 나
타내기 보다는 근원적으로 대립하는 표상들이 동일한 공간에 있다는 것
을 표현하고 있다고 읽을 수 있다. '부정성'을 띠는 요소들이 삶의 긍정적
에너지의 모태임을 자각하고 있는 김소월은 우리가 이미 부정/긍정의 요
소로서 구분하고 있는 대립적 세계가 본래 연속적이라는 약속을 믿고 있

---

13) 김소월, 앞의 책, 496쪽.
14) 김정수, 앞의 글, 243쪽.

는 만큼 항상 덜 위험한 장소에 있는 것이다. 김소월이 바라보고 있는 근본적 '부정성'은 삶의 불가해한 요소들을 제거한 긍정성의 층위로 도약하는 계기가 아니라, 하나의 체계가 아무리 내밀한 연속적인 관계를 지니고 있다고 하더라도 그것은 반드시 동일성으로 수렴될 수 없는 '부정성' 위에 건립될 수밖에 없다는 것이다. 보다 근원적인 위험은 '적막'의 '가운데'에서 '환희'를 발견하고 있는 김소월의 시선에 있다. 문제는 '근본적으로 불연속적인 세계의 본질을 어떻게 긍정할 것인가'에 있다. 긍정성의 약속은 연대기적 시간의 층위 위에 존재하지 않는다. 대립하는 것의 일치를 쓰고 있는 김소월은 연대기적 시간에 위치하지 않는 시간에 대해서 말하고 있는 것이며, 결과적으로 연대기적 시간에 위치하지 않는 '이접적' 공간에서 말하고 있는 것이다.

김소월의 존재론적 위치는 명확하게 대립물이 평화롭게 일치하는 '생명'의 장소가 아니라, 오히려 '죽음'에 가까운 '산마루'(부정성 그 자체)에 있다. 앞서 열거된 대립하는 사물들 사이에서 '죽음'과 '생명'의 사이는 특별하다. 그것은 '죽음'에 '가까운' 산마루에 서서야 도달하는 장소이다. 다른 비유들이 사물의 내재적 공간 안에서 타자적 대상을 발견하는 것과는 달리, 김소월에게 있어서 '죽음'은 ('가깝다'라는 형용사로 표현된) 일정한 거리를 두고 '삶' 사이에 긴장관계를 유지하고 있다. 결코 수사적으로 처리할 수 없는 '죽음'과 '삶' 사이의 거리가 갖는 의미를 세공해야 한다. 시인의 존재는 화해와 결합의 공간이 아닌, '죽음'과 '삶'이라는 극단적 사물들의 사이 공간에 머물고 있으며, '가까운'이라는 수식어를 통해 그 극단적 거리를 좁히면서 존재하고 있다. '가깝다'는 표현은 이어지는 문장에서 반복된다. "모든 물건이 가장 갓가이 빗치워 드러옴을 밧는 거울"이라는 문장에서 '가장 갓가이'라는 부사는 시인의 존재론적 위상이 결코 초월적 세계에 있지 않으며, 존재적 사물들 사이에서 오히려 그 사물들 사이의 존재론적 차이를 드러내고 있다는 것을 의미한다.

하이데거의 현존재의 공간론이 지니는 가장 근본적인 특징 역시 바로 이 거리없앰Ent−fernung이다. 의식의 차원에서 (외적)세계를 오직 재현된 세계로 객관화하는 것이 아니라(근대철학의 구도), 그가 말하는 공간은 항상 이미 현존재와 존재자들 사이의 도구적 연관관계로 배열되어 있으며, 현존재는 의식이 아닌, 행위의 층위에서 이미 그 관계 속에 개입되어 있다.15) 즉 현존재는 이미 세계 "안에" 존재 한다.

> 거리없앰은 우성 대개 둘러보는 가깝게 함, 조달함으로서의 가까이 가져옴, 예비해놓음, 손안에 가짐이다. 그런데 존재자를 순수하게 인식하며 발견하는 특정한 방식들도 가깝게 함의 성격을 가지고 있다. 현존재에는 가까움에 대한 본질적인 경향이 놓여 있다.16)

현존재의 실존 방식은 세계와 물리적 거리를 두고 만나지 않는다. 그에게 사물은 관찰자의 눈앞에 있는 방식으로 마주치는 것이 아니라, 현존재의 일상적 행위 속에서 항상 고유한 이해를 바탕으로 관계하고 있으며, 그것은 이미 현존재의 존재구성틀을 이룬다. 하이데거의 논의에서 중요한 것은, 사물을 주시하고 응시하며 파악하는 이론적 인식에 앞서서 존재하는 우리의 행위와 존재자의 존재 방식을 바로 '도구성'을 통해 규명되고 있다는 사실이다. 김소월의 시에서 커다란 주제를 형성하는 '자연'(세계)을 우리는 어떻게 이해할 수 있을까? 소월에게 자연은 관찰자적으로 접근할 수 있는 대상이 아니다. "그의 시에서 자연은 정감의 이미지가 투

---

15) 이종관, 『공간의 현상학, 풍경 그리고 건축』, 성균관대학교출판부, 2012, 112쪽.
16) 마르틴 하이데거, 『존재와 시간』, 이기상 옮김, 까치출판사, 2006, 148−149쪽.

영된 각별한 경험의 장소이다."17) "자연과 소월 사이에는 시공간의 거리가 없다."18) 는 문장의 의미는 그것을 의미한다. 김소월은 '자연'을 있는 그대로 드러내고 있을 뿐이다. 그의 시에서 나타나는 '자연' 풍경에 "개인적 구도가 없다."19)거나, 그의 "시에서 시적화자 혹은 시적 주체의 실체적 존재감은 시적 진술 뒤에 감추어져 있다."20)라고 일컬어지는 것은 시인의 존재가 '자연' 세계를 조망하는 위치에 있는 것이 아니라, 세계─안에─존재한다는 것을 의미한다. 그러나 그것은 주체가 세계라는 연장적 공간 내부에 또 다른 공간을 점유하고 있다는 것이 아니라, 세계와 현존재는 서로가 서로에게 귀속되는 연관 관계 속에서 일정한 '방향'과 '거리'에 의해서 구성된 자리에 머물고 있다는 것을 나타낸다.

山에는 쏫픠네
쏫치픠네
갈 봄 녀름업시
쏫치픠네

山에
山에
픠는쏫츤
저만치 혼자서 픠여잇네

山에서우는 적은새요
쏫치죠와

17) 이혜원, 앞의 글, 85쪽.
18) 황현산, 「소월의 자연」, 『잘 표현된 불행』, 문학동네, 2012, 248쪽.
19) ____, 위의 책, 248쪽.
20) 이광호, 앞의 글, 138쪽.

山에서
사노라네

山에는 쏫지네
쏫치지네
갈 봄 녀름업시
쏫치지네

— 「山有花」 전문21)

　이 시에서 나타나는 '자연'을 통해 유추할 수 있는 '주체'의 장소는 불분명하다. 오직 "저만치"라는 시어를 통해 어떤 일정한 '거리'가 표현되어 있고, 그것을 통해서 미약하지만 발화주체의 자리를 추측할 수 있을 뿐이다. "저만치"라는 거리의 가까움은 '인식'을 위한 거리로 삼을 수 있을 만큼 가깝거나 일정하게 멀리 있지 않다. 오히려 그것은 대상화를 위해 확보해야 하는 객관적 거리보다는 멀리 있으며, 대상화 이전에 세계 내적으로 주체와 관계하는 하나의 실존의 양태로서는 가까이 존재한다. 그것은 눈(주관) 앞에 있는 방식으로 "저만치"에 있지 않다. 우리가 서둘러 '쏫'이라는 대상에 주관을 이입하는 것은 관찰자적(독자) 시선의 구도가 이 시 속에서는 효력을 잃어버리기 때문이다. 그러한 시각에서 발견되는 것은 단지 세계와 정면으로 대결하지 못하는 "수동적 자세"22)의 주체이다. 그러나 아직 말해지지 않은 것은, 오히려 이 시 속에서 '山'과 '쏫', 그리고 '새'의 존재가 **원근법적 조망 없이** 서로 관계 맺을 수 있다는 것이다.

　「산유화」가 창조해내는 공간에는 능동적이거나 수동적으로 대응해야 할 대상으로서의 세계는 존재하지 않는다. '생명'과 '죽음'이 '가깝게' 이

---

21) 이 글에서 인용하는 김소월 시는 권영민 엮음, 『김소월 시전집』(문학사상, 2015)에 실린 원문 표기를 따른다.

22) 김현·김윤식, 『한국문학사』, 민음사, 2002, 239쪽.

어지는 시공간 속에서 첨예한 긴장은 스스로를 열어 밝히고 있는[23], 즉 '픠여잇는'이라는 경이로움을 지탱하고 있는 '솟'이라는 '존재 그 자체'das Sein selbst[24]의 무게에 있다. 처음 발견되는 '주체'의 흔적은 단순히 '수동적인 자세'를 취하고 있는 것이 아니라, 엄밀히 말해서 일체의 동일성을 허락하지 않는 공간 속으로 지워져 있다. 그것은 오직 말소기호 아래에서 **스스로의** '부재'를 통해서만 거기에 있다. 스스로 부재의 위치로 되돌려지는 '익명적 시선'[25]은 그것의 '수동적' 외양과는 달리 우리가 눈앞의 사물과 만나는 존재적 세계의 피상성에 대한 극렬한 저항을 내포하고 있다. 그러한 '익명적 시선'은 기표로 재현할 수 없는 부정성이라는 의미에서 익명적이다. 그리고 그 부정성의 텅 빈 공간은 단지 공허한 무(無)로 존재하는 것이 아니라, 이미 어떤 것을 받아들일 수 있도록 비워진 것이다. 그것은 존재의 지평에 대한 김소월의 시적 변용에 가깝다. 동시에 그것은 소월의 시적사유가 지니는 존재론적 지평을 나타내는 것이기도 하다.

---

23) 존재를 향한 김소월의 시적 사색은, 시작과 사유의 밀접함을 단서로 언어에 대한 문제제기를 통해 존재의 문제에 접근하고 있는 하이데거의 사유와 매우 유사하다. 『형이상학입문』에서 하이데거는 언어 분석을 통해 '존재물음'의 의미를 탐색한다. 그는 자연'φύσις'(natur)이라는 단어의 개념을 그리스인들의 사유에 비추어 논구한다. 본질적으로 그것은 스스로의 운동 원리나 목적에 의해 자기 안에 생성 소멸의 원리를 지니는 존재자라는 의미를 크게 벗어나지 않는다.
"열려 펼쳐짐이란 의미의 φύσις(피지스)는 어디서나, 예를 들어, 천체의 움직임(해의 떠오름)이나, 바다의 물결침, 초목들의 성장, 짐승들과 사람이 어미의 태 속으로부터 나오는 것을 통해서도 경험할 수 있는 것이다. 그러나 φύσις(피지스), 열려 펼쳐지면서 다스림이란 우리들이 오늘날도 「자연(自然/Natur)」에 속한 것이라고 생각하는 과정들과 똑같은 의미를 내포하고 있지는 않은 것이다. 이 열려펼쳐짐, 그리고 「자기―안에서―스스로로부터―밖으로 나섬(In―sich―aus―sich―Hinausstehen)」이란 우리들이 있는 것들(am Seienden)에게서 관찰할 수 있는 어떤 과정처럼 받아들여서는 안 되는 것이다."―마르틴 하이데거, 『형이상학입문』, 박휘근 옮김, 문예출판사, 1997, 40쪽.
24) 마르틴 하이데거, 위의 책, 40쪽 참조.
25) 이광호, 앞의 글, 139쪽.

김소월의 시에 나타난 세계(자연)는 어떤 시점으로서의 원근법적 거리로 환원되지 않는다는 의미에서 하나의 '풍경'일 수 없다. 그것은 결코 '풍경'으로 제시되지 않는다. '풍경'의 발견은 일정한 거리를 필요로 한다. 주체와 대상 사이의 거리 없이 세계는 '풍경'으로 나타나지 않는다. 즉 '원근법적 거리'가 존재하지 않는다면, '풍경' 또한 존재할 수 없는 것이다.[26] 따라서 그의 시가 지닌 '시선'의 문제를 원근법적 시선(perspectiva)으로 해석하는 모든 시도는 하나의 난관에 부딪힐 수밖에 없다. 원근법적 시선은 결과적으로 세계라는 '외부성' 즉, 객관을 사유의 내부성(주관)으로 재현(투영)하는 방식이기도 하지만, 동시에 같은 이유로 주관을 객관화하는 방향으로 기능할 수도 있기 때문이다. 결국 이러한 양가적 현상은 자유로이 선택 가능한 위치에 주관적 시점을 고정시키기 때문에 발생한다.

> 왜냐하면 원근법은 그 본성상 양날의 검이기 때문이다. 즉 원근법은 물체들을 입체적으로 전개시키고 가시적으로 움직이게끔 하는 여지를 만들어 주기도 하지만, 그것은 또한 빛이 공간 속에 고루 퍼져 물체가 그림으로 해소되어버리는 가능성도 생기게 한다. 다시 말해 원근법은 인간과 물체 사이의 거리를 만들어내기도 하지만("하나는 거기에서 보고 있는 눈이고, 또 하나는 보이고 있는 대상이며, 세 번째 것은 그것들 사이의 거리이다."라고 뒤러는 피에로 델라 프란체스코를 따라 말하고 있다), 그러나 이때 그것은 또한 인간에 대해 자립적인 현존으로 맞서 있는 사물세계를 말하자면 인간의 눈 안으로 끌어들임으로써 역시 이 거리를 폐기시켜버리기도 한다.[27]

---

26) "<풍경>이란 <고정된 시점을 가진 한 사람을 통해 통일적으로 파악되는> 대상에 다름 아니다."—가라타니 고진, 「풍경의 발견」『일본 근대문학의 기원』, 박유하 옮김, 도서출판 b, 2010, 31쪽.

27) 에르빈 파노프스키, 『상징형식으로서의 원근법』, 심철민 옮김, 도서출판 b, 2014. 67—68쪽.

주장의 중심점이 어느 지점에 놓이는가 보다 중요한 것은 그것이 결국 ─ 시적 주체, 혹은 시적 화자, 서정적 주체 등─ '주체'로 표상되는 모든 (작가를 위시한 관람자의 시선까지 포함하여) 사유의 내부성에 객관성을 담보하는 하나의 중심점(소실점)에 의해 공간(의미)을 재현하고 있다는 사실이다. 그것이 주관적 세계의 객관성을 주장하든, 객관적 세계의 주관화를 주장하든, 세계와 주체가 대면하는 하나의 방법적 형식일 뿐이라는 것에는 차이가 없다. 김소월의 시적 사유가 놓인 공간은 시작에 있어서 관찰자의 위치에 놓일 수 없다. 오히려 소월에게 있어서도 이 문제는 중요한 난점이었던 것으로 보인다. 그리고 그에게도 이것은 어느 한편으로의 자유로운 선택의 문제는 아니었다.

쒸노는흰물쎨이 닐고 쏘잣는
붉은풀이 자라는바다는 어듸

고기잡이쑨들이 배우에안자
사랑노래 불으는바다는 어듸

─「바다」부분

인용된 시 「바다」의 반복되는 결구인 '어듸'라는 지시대명사는 1925년의 시집 『진달내 꼿』에서 등장한다. 그러나 이 시의 또 다른 형태는 "멀니 저멀니묾결흰그곳/ 붉은풀이고히자란바다는멀다//고기잡이사람들이배우혜안저/사랑노리를부르는바다는멀다"(『동아일보』,「독자문단」, 1921년 6월 14일자)에서 "멀리 저멀리 흰물결의 넘노는/ 붉은 풀이 고히 자라난바다는 멉니다.//고기잡이사람들이 배우에 안저서/사랑노래를 부는바다는 멉니다."(『개벽』제26호, 1922년 8월)로 변화를 겪어 이뤄진 것이다. 여기에서 중요한 것은 시어들이 지니는 표현의 효과를 해석하는 차원에서 그것을 시간적 선후관계에 의거해 일정하게 배열하는 것이 아니라, 각각의 시에 존재하는 시어의 변화가 갖는 의미이다.

'멀다'라는 시어는 어느 한 지점으로부터 다른 한 지점까지의 거리를 나타낸다. 이 시의 1921년과 22년의 판본에서 두드러지는 것은 '바다'라는 공간이 주체와 대상 사이의 명확한 단절의 거리와 함께 나타난다는 점이다. 그러나 1925년의 판본에서 '멀다'라는 시어는 '어듸'라는 지시대명사에 의해 대체된다. '바다'라는 대상의 멀리 있는 '거리'는 물리적 공간을 설정할 수 없는 '어듸'라는 불투명한 장소에 의해 지워진다. 이러한 변화가 갖는 미학적 효과 이전에, 김소월의 시적 사유 속에서 21년에서 25년 사이의 시간적 간극이 갖는 의미는 중요하다. 주체와 대상 사이의 해소될 수 없는 간극은 시인에게 오랜 시간동안 시적 사유의 동요를 불러일으키고 있다. 적어도 이 딜레마는 김소월에게 어느 한 점(장소)으로의 선택을 통해 해결할 수 있는 것이 아니다.

山우헤올나섯서 바라다보면
가루막킨바다를 마주건너서
님게시는마을이 내눈압프로
숨하눌 하눌가치 써오릅니다

……(중략)……

나는 혼자山에서 밤을새우고
아츰해붉은볏헤 몸을씻츠며
귀기울고 솔곳이 엿듯노라면
님게신窓아래로 가는물노래

흔들어 쌔우치는 물노래에는

내님이놀나 니러차즈신대도
내몸은 山우헤서 그山우헤서
고히깁퍼 잠드러 다 모릅니다

―「山우혜」부분

　이 시에서도 시어 선택의 변화가 갖는 사유의 진폭은 존재한다. 1921년 『동아일보』「독자문단」에서 등장한 최초의 시와 인용된 시의 가장 큰 차이는 '나'라는 주어의 생략이다. "그山우에 올나서 바라보면/먼바다를건너,/먼바다를건너,/님게시는마을이　눈압흐로/쏨하눌가치　써오릅니다.//……(중략)……//그山우에 밤을 새우고,/솟는해 새벽빗에 목욕하며,/귀를기울고 안젓으면/님의窓아릭의 물결소릭.//쏨을깨우는 물결소릭/님이 놀내여 차자들째엔/그山우에서 그山이우에서/어느덧 내잠이 깁헛습니다."(1921년)와 1925년의 판본에서 두드러지는 차이는 '나'라는 시어의 위치이다. 여기서도 다시 한 번 물어야 하는 것은, 시어가 선택되고 배제되는 이 긴 시간 동안 유지된 사유의 흔들림이 의미하는 것이 무엇인가 하는 점이다.

　시인은 세계를 관망할 수 있는 고정된 주관성의 위치에 머무는 것을 오랫동안 주저하고 있다. 여기에서 '나'라는 주관성만큼, 그것이 점유하는 장소로서 '山'의 공간성이 동등한 존재론적 의미를 지닌다. 주관적 세계(서정성)를 표현하거나, 혹은 객관적 세계(현실성)를 담아내는 것 못지 않게, 김소월에게 중요했던 문제는 주관성에서 출발할 수밖에 없음에도 불구하고 어떻게 세계를 있는 그대로 시적 언어를 통해 형상화할 수 있을 것인가의 문제였다. 그의 시에서 '부재하는 대상'이 의미하는 것은 주관적 정서를 표상하는 대상이거나 객관적 거리를 드러내는 지향적 대상으로 해석될 수 있는 여지가 있다. 그러나 무엇보다 그가 시작(詩作)을 통해 제시하는 '부재'는 '존재'의 궁극적 한계 지점이면서, 동시에 오직 '부재'

를 통해서만 도달할 수 있는 '존재'의 의미를 나타내고 있다. 김소월의 작품에 나타나는 풍경(자연)을 원근법적 시선에 의해 해석할 수 있는 여지가 생기는 이유는 오히려 그의 작품 속에 시선과 사물(대상) 사이에 존재하는 물리적(객관적) 거리가 무화되는 지점이 있기 때문이다. 예를 들면, 그것은 '나' 혹은 눈앞의 '사물'로부터 출발할 수 있는, 한 점에서 다른 한 점 사이의 거리가 아니다. 우리의 인식을 통해 사라지는 것은 객관적 사물 사이 혹은 주관과 객관 사이의 거리가 아니라, 내재적 공간으로서 '세계'를 이루는 존재들 간의 근원적 유착 관계이다. 그것은 내부(주관)와 외부(객관)를 형성하는 차이가 교차하는 장소(경계)에 의해 표면화된다. 앞서 살펴보았듯이, 우리에게 중요한 것은 소월의 시가 사물과 주체 사이의 거리가 소멸되는 유폐적 공간의 창조에 몰두하고 있기보다는, 사물과 주체 사이에 존재하는 일련의 '최소 거리'에 머물고 있다는 사실이다.

김소월의 시론과 시적 사유를 경유하여, 우리가 도달한 문제는 그에게 이러한 '최소 거리'의 물음이 하나의 과제상황인 동시에 시작의 중심을 이루는 또 다른 주제이기도 했다는 것이다. '최소 거리'는 내부(주관)와 외부(객관)가 갖는 안정적인 위계가 붕괴되고, 서로 교차하는 장소에서만 드러나는 미세한 차이(공간)이다. 김소월은 그 문제에 관해 사고했을 뿐만 아니라, 그 장소에서 시를 썼다.

4. 공간론의 관점에서 바라본 시작(詩作)의 의미

시인 김소월이 시작을 통해, 혹은 시적 사유를 통해 도달한 이 장소를 잠정적으로 '임의적 장소'라고 이름 붙이고자 한다. 이 불가해한 부정성의 공간을 명확한 개념으로 환원하고 한계 짓기 전에 먼저 우리에게 요청되는 것은 「시혼」의 본질이라고 할 수 있는 '영혼'의 의미에 대해 해명하는 것이다. 「시혼」 속에서 '가까움'이라는 표현이 내포하고 있는 근본적 이접의 공간은 다음과 같은 문장을 통해 탐색의 실마리를 제공한다. "우리에게는 우리의 몸보다도 맘보다도 더욱 우리게 各自의 그림자가티 갓갑고"라는 구절이 그것이다. "모든 물건이 가장 갓가이 빗치워 드러움을 밧는 거울", 그것은 하나의 '표상'이며 '영혼'을 향해있다. 이 문장을 통해 소월이 제시하고자 했던 '임의적 장소'는 그것의 잠정적인 명칭을 얻는다. 중요한 것은 소월이 지칭하는 '영혼'이 무엇을 의미하는 가가 아니라, 그가 '영혼'이라는 명명행위를 통해 무엇을 드러내고자 했는가 하는 점이다.

공간에 대한 우리의 사고는 언제나 내부와 외부를 나누는 것에서 시작된다.[28] 우리가 자아와 세계를 구분 짓는 것도 이와 같이 안과 밖으로 분할된 공간을 상정하는 것과 같은 방식으로 이뤄지는 것이다. 가라타니 고진의 공간론이 언급하고 있는 것은 이와 같은 공간 구분이 일종의 위계를 통해 나누어져 있으며, 내부와 외부는 서로 대립적으로 존재하는 것처럼 보이지만 서로가 상보적 관계를 이루는 관념일 뿐이라는 것이다. 경계가 없는 외부라는 설정은 내부라는 닫힌 공간에 대한 전제 없이는 불가능한 것이다. 반대의 경우도 마찬가지다. 내부/외부, 자아/세계가 분할 불가능하다고 보는 사고는 공간을 내부/외부로 분할하는 사고를 항상 회복시킨다. 그것이 공간적으로 내부/외부 공간의 상보성을 주장하는 것을 통해서는 아무리 그것이 '관계'의 절대성에 천착한다고 해도 여전히 내부와 외부의 경계는 단지 불명확하고 애매한 공간을 이룰 뿐이기 때문이다. '관계'의 장소를 제3의 공간으로 만든다고 해도, 여전히 내부와 외부의 사고

---

28) 가라타니 고진, 「교통 공간에 내한 노트」, 『유머로서의 유물론』, 이경훈 옮김, 문화과학사, 2002, 29쪽.

는 존재하고 있는 것이기 때문이다. 자아(내면)와 세계라는 공간의 분할은 여전히 존재한다. '관계'의 장소는 그것이 결합시키고자 하는 두 공간 사이의 크기가 절대적이면 절대적일수록 더욱 더 초월적(외부)인 의미로 귀착된다. 안과 바깥을 구분지어 공간을 지각하는 우리의 인식(위계적 차이)은 단순히 그러한 관점을 안과 밖의 관계로 이동시키거나, 혹은 그것들 사이의 결합을 이끌어내어 또 다른 공간을 마련하는 것을 통해서 해소되지 않는다.

가라타니는 공간('안과 바깥')의 문제를 두 공간 '사이'의 문제로 환원한다. 우리가 '안과 바깥'으로 지각하는 공간은 다른 층위의 두 공간 사이에서 발생하는 것이며, 오히려 이 공간과 공간 사이에서 비로소 (규칙을 공유하지 않는)타자와의 만남이 가능하다는 것이다.

> 그러나 교통 공간은 도시와 동의(同義)가 아니다. 도시가 어떤 정해진 존재(存在)를 지니는 반면, 교통 공간은 눈에 보이지 않기 때문이다. 교통 공간을 고찰하기에 어울리는 것은 바다와 사막이다. 그곳에서는 교통의 선도(線圖)와 거기 있는 결합의 강도만이 문제된다. 이를테면 그것은 비행기의 교통망과 같은 도표(다이어그램)로 표시될 수밖에 없다. 그 경우, 세르는 선형적(線形的)인 모델과 도표적 모델을 구별하고 있다. "선형성에서 '도표성'으로 향하면, 있을 수 있는 매개의 수는 풍부해지며 그 매개들은 부드러운 것이 된다. 이제 하나의 길, 단 하나의 길 따위는 없으며, 일정 수의 길이나 확률적 분포가 존재하는 것이다"(『헤르메스 1』).29)

우리가 (규칙들을 공유하는)공동체로 인식하고 있는 하나의 공간은 실제로 '매개의 수'를 한정지을 수 없는, (공동체들) 사이의 광활한 공간 위에 솟아오른 '섬'과 같은 것이다. 그리고 이 '바다와 사막'으로 표현되는 매개

---

29) 가라타니 고진, 앞의 책, 39쪽.

적 '사이 공간'은 실제로 공간과 공간을 연결하고 있는 의미로 존재하는 것이 아니라, 이질적인 것들이 본래 '무매개적'으로 충돌하던 장소로서 존재하는 것이다. 이러한 장소에서는 단지 마주침의 '강도'30)만이 문제시 된다.

『존재와 시간』에서 주제화 하는 도구적 공간 역시 깊이와 넓이, 그리고 높이의 차원성을 지니지 않는다. "따라서 그 공간은 우리와 너무 친숙하고 거리가 없어ent—fernt, 우리 눈에 띄지 않는unaufalling 공간이다. 그리고 그 도구적 존재자는 3차원적 공간 안에서 그것들이 차지하는 위치와 관계없이 항상 실천적 행위와 관계를 맺고 있기 때문에 가까움이란 성격을 갖는다."31) 하이데거와 가라타니의 공간론이 서로 이질적일 수는 있지만, 이들 사이에서 중요하게 떠오르는 유사한 문제 중 하나는, 우리가 일정한 규칙을 갖고 (선형적으로 혹은 기하학적 공간으로) 구축 할 수 있는 공간은 처음부터 하나의 주어진 장소에 존재하는 것이 아니라는 것이고, 오히려 우리가 매개적으로 발견하는 연결 지점들은 어떤 매개성 없이 존재해 왔었다는 사실이다. 이와 같은 '사이 공간', 즉 타자들 사이의 교통 공간으로서 명명할 수 없고 실체화(대상화) 할 수 없는, 단지 하나의

---

30) '강도(intensite)'는 일종의 감성적 층위에 존재하는 '힘의 크기'를 나타내는 들뢰즈의 용어이다. 가라타니 고진의 교통 공간(타자적 공간)은 '강도'의 차이에 의해 표면화된다는 점에서 들뢰즈의 개념과 큰 차이를 보이지는 않는다. 그러나 들뢰즈는 무엇보다 '강도'라는 개념을 일종의 지성적 사유와 대비되는 감성적(감각적) 대상들의 존재론적 위상을 설명하기 위해서, '감성적인 것의 존재'라는 내재적 형식 혹은 조건을 표현하기 위해 사용한다. 본고에서는 고진의 교통 공간의 성질과 들뢰즈의 감각의 내재적 형식으로서의 '강도'라는 의미의 이중성과 유사성 모두에 의거해서 본 개념에 주목하고 있다. 그러나 '교통 공간'이라는 현실의 구체적 작동 방식 (공간과 공간 사이)으로서의 장소성 뿐만 아니라, 형이상학적(존재론적) 위상이라는 차원에서, '강도'의 감성의 내적 형식이라는 내재성(내재적 차이)의 층위(들뢰즈)는 김소월의 시적 사유가 지니고 있는 존재론적 위치가 지닌 근원적 성격을 해명한다는 본고의 근본 취지에 더 가깝다고 할 수 있다.(이찬웅,「들뢰즈의 감성론과 예술론: 내포적 강도와 이미지」,『美學』제66집, 2011. 6. 103—112쪽 참조)

31) 이종관, 앞의 책, 10쪽.

'차이'로서 존재하는 공간에 머문다는 실존적 행위는 현실성 혹은 우리가 현실적으로 지각 가능한 실질적 영향력을 획득한다는 차원과는 전혀 다른 저항과 동요(動搖)가 존재한다.

소월에게 ('영혼'의 顯現으로서의) '시혼'은 "시간과 공간을 초월한 존재"이다. 그것은 "영원의 존재며 불변의 성형"이다. 그러나 그것은 어디까지나 대립적 세계를 결합하는 관계의 절대성으로서 초월적인 것이 아니라, "우리의 몸보다도 맘보다도 더욱 우리에게" '가까운' 공간을 가리키고 있을 뿐이다. 즉 그것은 '차이'를 조합(종합)하는 배후로서 (수직적)초월적인 것이 아니라 각각의 차이들 사이의 관계가 갖는 (수평적)초월성이다. 다시 말해 그것은 우리의 앞선 논의 구조 안에서 본다면, '영원의 존재'로서, '불변'하고자 하는 어떤 것의 근본적인(더 가까운) 존재 양태(실존의 방식)이다. 그것은 영원성으로서 지칭될 수 있는 어떤 실체가 아니라, 자신의 실존적 양태를 동일하게 유지하기를 원하는, 요컨대 '차이'의 공간에 지속적으로 머문다는 것을 의미한다.

ⓒ 藝術로表現된靈魂은그自身의藝術에서, 事業과行蹟으로表現된 靈魂은그自身의事業과行蹟에서그의첫形體대로끗까지남아잇슬것입니다.[32]

김소월에게 본래적 존재로 지칭되고 있는 것은 '영혼'이다. 그것은 영원성과 초월성을 특징으로 한다. 그러나 그것은 '신'과 같은 절대적 타자가 아니다. '우리와 너무 친숙하고 거리가 없어 우리의 눈에 띄지 않는 타자들'이다. 문제는 그것(수평적 초월, 즉 횡단)이 현전하는 방식으로서의 시, 즉 '예술로 표현된 영혼'의 존재이다.

32) 김소월, 「詩魂」, 『김소월 전집』, 김용직 편저, 서울대학교출판부, 1996, 497쪽.

붉은해는 西山마루에 걸니윗다.
사슴이의무리도 슬퍼운다.
써 러저나가안즌 山우헤서
나는 그대의이름을 부르노라.

서름에겹도록 부르노라.
서름에겹도록 부르노라.
부르는소리는 빗겨가지만
하눌과쌍사이가 넘우넓구나.

선채로 이자리에 돌이되여도
부르다가 내가 죽을이름이어!
사랑하던 그사람이어!
사랑하던 그사람이어!

—「招魂」부분

　　김소월에게 있어서 '초혼', 즉 죽은 이의 영혼을 부르는 행위는 시인이
라는 그의 존재론적 위치에서 '타자'를 부르는 일이며, 즉 그것은 '영혼'을
부르면서 자신의 공간('써러저나가안즌 山우헤서')에 머무는 실존적 과
업과 다르지 않다. '하눌'과 '쌍' 사이의 공간을 채우고 있는 그의 '부름'은
시적 주체가 '타자'와 만나는 방식이다. 그리고 '부름'은 시적 존재가 자신
으로 존재하는 형식이기도 하다. 이 지점에서 우리는 비로소 스스로의
'존재 그 자체'에 의해 불안에 떨고 있는 임의적 존재를 발견할 수 있다.
김소월의 「시혼」 속에서 "파룻한 별"이 "몸을 썰며 永遠을 소삭"이고 있
는 것처럼, 「초혼」의 화자는 '돌'이 되는 죽음의 공포 속에서 '부름'을 지
속한다. 소월에게 시작(詩作)은 일종에 '영원'(영혼)을 부르는 행위이며,
그것은 '죽음'과도 같은 존재자의 존재가 불러일으키는 불안과 위험 속에

서 지속적으로 머무는 실존적 결단과 다르지 않다. '부름'은 "나에게서 와서 나 위로 덮쳐온다."[33] '부름'이라는 행위에 스스로를 내맡기게 하고 있는 것은 다름 아닌 자기 자신이다. 그것은 세계―내―존재의 삶을 '세계'라는 무(無) 앞에 세우는 일이며, 그 불안의 내부에서 자신의 자명한 '존재의 사실'을 감내하는 일이다. 시인 김소월은 그러한 절대적 부정성의 공간을 초월적 대상으로 채우지 않았다. 오히려 그는 '부재하는 공간'[34]과 끊임없이 대면하고, 그 장소에 머무는 것이 시작의 본질이라는 것을 직시하고 있었을 뿐이다. 김소월에게 이 첨예한 대결 의식은 매우 확고부동한 것이었다.

앞서 살펴본 바와 같이 「시혼」의 발표는 김억의 시평에 의해 촉발되었지만, 그의 사유가 나아간 곳은 수동적인 방어적 대응이 아니었다. 그것은 매우 적극적인 형태로 피력된 김소월 자신의 예술론인 동시에 존재론적 의미를 지니는 공간론이었다. 그리고 그것은 시대적 한계의 영향 관계 속에서 대게 수동적 감상주의자로 치부되는 그의 위치를 다시 수정할 것을 요청한다. 김소월의 시적 사유가 머물렀던 장소는 현실성의 획득이나 시대적 한계를 극복하는 문제가 걸려 있는 곳이기도 했지만, 무엇보다 그 장소의 본질은 자아와 세계, 혹은 대립적은 두 세계가 합일되는 안정된

---

33) 마르틴 하이데거, 『존재와 시간』, 이기상 옮김, 까치출판사, 2006, 368쪽.

34) "사실, 소월의 시에 공간이 다채롭게 등장하는 것은 아니다. 특히, 님 관련 시에서 화자가 처한 공간이 잘 드러나지 않는 경우가 더러 있다. 그의 대표작 「진달래꽃」, 「먼後日」, 「못니저」, 「예전엔 밋처몰낫어요」 등을 비롯하여 많은 시들이 그러하다. 내면 고백의 형식을 취하기 때문이다. 그러한 시에서 공간이 등장하는 경우는 먼 곳을 강조하기 보다는 님이 없는 상황을 강조한다. 자다 깬 새벽의 방안, 집밖의 거리, 멀리 내다볼 수 있는 동네 언덕 등과 같은 공간이 그렇다. 먼곳과 이곳의 대비가 초점이다." ―심재휘, 「김소월 시에 나타나는 공간의 근대성」, 『우리文學研究』 제56집, 우리문학회, 2017, 447쪽 참조.

공간이 아니라 파편적 사물들이 도달할 수 없는 거리로 펼쳐지고 횡단하는 일종의 '사이 공간'이었으며, 하나의 존재론적 고투의 장소로서의 '경계'였다. 엄밀히 말해서, 그곳은 공간의 한계 지점으로서의 의미 보다는, 어떤 체계에도 속하지 않는 '관계의 필연성'이 부과되는 장소라고 할 수 있다.

시인은 '불변'의 존재 그 자체는 예술이라는 장치를 통과하더라도 여전히 본래의 존재 양태를 유지할 것이라고 믿는다.("그의 첫 形體대로 끝까지 남아 잇슬 것입니다") 김소월에게 있어서 미적 현현('미적 가치')으로서의 '음영'의 변화는 '영혼'의 '불변성'과 서로 충돌하지 않는다. 사물 각각이 지닌 고유성으로서 '음영'의 본질은 '영원'의 존재 방식과 배리(背理)되지 않는다. 김소월은 영원의 불변성, 즉 '사이 공간'에 체류하는 실존적 행위를 위해 '음영'의 변화('차이')를 긍정한다. '음영의 차이'가 항상 '영혼'의 '불변성'의 반영일 뿐인 것은 근본적으로 그 '차이'들이 '차이'로서 존재하기 위해서 머물러야 하는 공간은 하나의 동일한 장소이기 때문이다. 김소월은 각각의 개체들은 모두 각자의 영토를 부여받고 있고, 그것은 하나의 (초월적)체계 혹은 관점에 의해 의미를 재부여 받지 않더라도 개체적 의미를 이미 획득할 수 있다고 보는 것이다. 소월에게는 하나의 통일적 관점을 수립하는 것이 중요한 것이 아니라, 복수(複數)적인 세계와 맺는 필연적인 관계가 더 근본적이었기 때문이다. 그에게 차이는 존재의 운동 즉 한 상태에서 다른 상태로 이동해감으로써(관계맺음을 통해서) 생성되는 '강도'(힘의 크기)의 변화일 뿐이다.

국가와 같은 거대한 지배권력 아래에서 공동체를 유지하는 길은 지배계급의 단위 속에서 자신의 존재적 위치를 확보하는 것이다. 그와 같은 작동원리는 한 조직과 개인 사이에서도 일어난다. 들뢰즈는 이와 같은 억압의 구조를 코드화codage의 수단들이라 명명한다. 이 위상에서의 도구란 법, 계약 그리고 제도이다.[35] 김소월에게 있어서 '사이 공간'에 머무는 것은 바로 '코드화'에 저항하는 나름의 방식이었을 것이다. 그는 대립과 대립, 체계와 체계, 공동체와 공동체, 그 차이로서 존재하는 '교통 공간'에 머물기 위해 이동 했을 뿐이다. 물론 그것은 작가의 삶이 존재하는 현실적인 이동을 포함한다.

> 우리의 체제 속에서 유목민들이 불행하다는 것을 우리는 잘 안다. 그들을 정착시키기 위한 그 어떤 수단도 결코 약화되지 않기 때문에, 유목민들이 그만큼 힘들게 살아가는 것이다. 니체 또한 하숙집에서 하숙집으로 전전하면서 [덧없는] 그림자로 깎아내려진 이런 유목민의 한 사람으로 살았다. 하지만 유목민이 꼭 공간적으로 이동하는 사람만을 가리키는 것은 아니다. 왜냐하면 장소 위에서의 여행이 있는 것과 마찬가지로 강도 속에서의 여행 또한 있기 때문이다. 심지어 역사적으로 보면, 유목민들은 이주민의 방식으로 공간적으로 이동하는 사람들을 말하는 것이 아니라, 오히려 **이와 반대로 이동하지 않는 사람들, 즉 코드들을 벗어나되 같은 장소에 머물기 위해 유목에 스스로 뛰어든 사람들을 말한다.**(필자강조)[36]

'유목적'인 삶은 "같은 장소에 머물기 위해" 끊임없는 이동 속에 뛰어든 사람들의 존재 방식이다. 그들은 한 곳에 머물기 위해 이동한다. 한 점에서 다른 한 점으로 이동한다는 관점에서, 시작과 끝이 있는 상대적 운동으로 규정(측정)할 수 없는 '절대적 운동' 즉 운동 그 자체의 문제가 존

---

35) 질 들뢰즈, 「유목적 사유」, 『들뢰즈가 만든 철학사』, 박정태 옮김, 이학사, 2015, 261쪽.
36) 질 들뢰즈, 앞의 책, 277쪽.

재론적 층위를 지니는 유목적 존재의 이동에 있어서 중요한 것은, 시작도 끝도 아닌 '길'의 '중간/한복판'이다.[37)]

> 여보소 공중에
> 저기러기
> 공중엔 길잇엇서 잘가는가?
>
> 여보소 공중에
> 저기러기
> 열十字복판에 내가 섯소
>
> 갈내갈내 갈닌길
> 길이라도
> 내게 바이갈길은 하나업소
>
> —「길」 부분

「길」이라는 시에서 나타나는 일종의 고립감으로부터 식민지 치하의 장소 상실이라는 당대적 현실 경험과 거리를 두고 읽었을 때, 이 시에서 드러나는 정조를 다르게 볼 수 있는 여지를 준다. 실제로 김소월은 1918년부터 1927년까지 끊임없이 (오산, 서울, 동경, 정주 등지로) 이동하면서 살았다. 그의 현실적 삶 역시 정주적이기 보다는 유목적인 것에 가까웠다고 볼 수 있다. 이 시에서 드러나는 것은 오히려 그의 실제 삶과 이율배반적인 측면이 있다. '바이갈길이 하나 업'다고 말하는 시적화자의 고립감을 당대의 실향민들의 의식을 통해 설명할 수도 있을 것이다. 그러나 '열十字복판'이라는 장소가 갖는 특이성은 방향성을 잃어버린 공간이면서 동시에 방향성이 시작되는 장소라는 점에 있다. '내게 바이갈길은 하

---

37) 질 들뢰즈, 『디알로그』, 허희정·전승화 옮김, 동문선, 2005, 57—70쪽 참조.

나 업소'라는 구절이 시대적 상황에 대한 시적 재현으로 읽힐 때, 그것은 지나치게 서둘러 장소상실의 비극적 상황으로 수렴된다. 이 장소에서 근본적으로 우리는 이렇게 질문할 수 있다. 시인 김소월은 비극적 시인인가? 아니면 '비극'을 넘어서고자 하는 시인이었는가?

유랑자는 정주하지 못해 떠도는 불안한 주체이기도 하지만, 오히려 정주하기 위해 스스로 유목적 삶을 선택한 사람들이기도 하다. 그리고 그들이 이동을 무릅쓰고 지속하길 원하는 정주 공간은 '열十字복판'에 존재하는 선택의 무거움을 감내해야 하는 장소이다. 그가 지속적으로 그 공간에 머물기를 원했던 것은 우리가 발 딛고 있는 구체적인 현실만큼이나, 오히려 그것보다 더 절실하게 싸워야 할 현실이 존재했기 때문이다. 그리고 그것이 바로 현상적으로는 부동하는 것처럼 보이는 '사유'의 측정할 수 없는 아주 느린 운동이며, 자신의 사유를 억누르는 이미지들에 대해 저항하는 삶이다. 시대의 '어둠' 너머에 존재하는 '음영'의 빛을 찾는 시인의 존재론적 고투를 단지 반시대적이라는 이유로 소극적이고 감상적인 자세로 평가 할 근거는 어디에도 없다.

> 나는 숨쉬였노라, 동무들과내가 가즈란히
> 벌싸의하로일을 다맛추고
> 夕陽에 마을로 도라오는꿈을,
> 즐거히, 꿈가운데.
>
> 그러나 집일흔 내몸이어,
> 바라건대는 우리에게 우리의보섭대일땅이 잇엇드면!
> 이처럼 써도르랴, 아츰에점을손에
> 새라새롭은歎息을 어드면서.

東이랴, 南北이랴,
내몸은 써가나니, 볼지어다,
希望의반싹임은, 별빗치아득임은.
물결샌 써올나라, 가슴에 팔다리에.

그러나 엇지면 황송한이心情을! 날로 나날이 내압페는
자츳가느른길이 니어가라. 나는 나아가리라
한거름, 쏘한거름. 보이는山비탈엔
온새벽 동무들 저저혼자……山耕을김매이는.
　　 ─「바라건대는우리에게우리의보섭대일쌍이잇섯더면」전문

　현실만큼이나 '쑴'은 시인에게 구체적인 것이다. 그것은 시인이 현실
로부터 도피하거나, 내몰릴 수밖에 없는 공간이 아니라, 그가 선택한 존
재론적 의미를 지니는 매우 구체적인 장소이다. "새라새롭은歎息" 속에
서도 주체가 나아간 방향이 의미하는 것은 비교적 명확하다. 그리고 그
방향성을 인식하고 있는 존재의 근거는 비극적인 현실인식과는 별개의
것이었다. 그것은 이어지는 '가느른길'처럼 미약한 것일지도 모르지만,
"希望의 반싹임"은 시인이 바라보는 세계 속에 항상 이미 존재하고 있었
다.("하로終日 일하신아기아바지/農夫들도 便安히 잠드러서라./녕시슭의
어득한그늘속에선/쇠스랑과호믜쌘 빗치픠여라."─「녀름의달밤」부분)
　시인의 영토('땅')는 어떤 하나의 정주적 공간에 있는 것이 아니라, 그
가 바라보는('나아가리라') 세계를 향해서 끊임없이 이동하는 것을 통해
서만 도달 할 수 있는 장소였다. 그리고 희미하지만 '희망'의 '빛'을 띠고
있는 이 '어둠'의 길은 그가 도달하고자 하는 '영원' 혹은 '진리'가 존재한
다고 믿었던 장소를 향해 나아 있는 동시에 우리가 시인 김소월을 만날
수 있는 또 다른 '가느른' 길이기도 하다.

5. 결론

김소월의 시가 지닌 '공간성'의 의미를 해명할 수 있는 실마리는 그가 남긴 유일한 시론「시혼」속에 존재한다. 그리고 그의 시가 무엇을 의미하는지에 대한 해명은 시인의 시적 인식이 무엇을 의미하는지에 대한 해명을 통해 더욱 풍부해질 수 있다.「시혼」의 공간론은 그의 시작의 단편적 해설이 아니라, 매우 적극적인 세계관을 피력한 글이라고 볼 수 있다. 시대적 현실에 대한 대응이라는 측면에서, 즉 현실성의 층위에서 그의 시는 수동적 주체의 측면으로 해석되기도 하지만, 동시에 이와 같은 비판의 요소는 오히려 '비시대적'인 것으로 적극적 의미를 획득할 수 있다. 오직 시대와 일치하지도 않고, 시대의 요청에 부응하지 않는 이 간극이 다음 시대를 연다.

김소월의 시가 한국 현대시의 출발점에 놓일 수 있다면, 그가 열어 놓은 이러한 미증유의 불완전한 공간에 대한 해명이 뒤따라야 한다. 김소월의 시가 형식의 측면에서 매우 정돈되어 있었던 것에 비해서 그의 사유가 머물렀던 공간은 과거와 현재가 서로 얽혀드는 혼돈스러운 장소였다. 소월이 자신의 시가 민요시로 지칭되는 것을 싫어했던 것은38) 시에서 드러나는 운율과 민요적 모티브가 단순히 전통, 즉 과거의 것의 변용이나 차용이 아니라, 동시대적 지평 안에서 과거도 현재도 아닌 형태로 서로 결부되어 존재하는 것이었기 때문이다. 김소월의 동시대성은, 무엇보다 그가 '과거'의 시공간을 지나간 것으로서 직관할 수 있는 대상으로 처리하지 않았다는 데 있다. 따라서 그의 시의 외적 형식에서 드러나는 것과는 다르게, 시적 인식의 차원에서 그가 점유하고 있던 공간 의식은 과거와

---

38) 김종훈,「김소월의 '초혼(招魂)'에 나타난 감정 분출의 기제」,『우리어문연구』39집, 우리어문학회, 2011, 388-390쪽.

현재, 그리고 하나의 장소에서 다른 장소로 항상 이미 교차되고 이어지면서, 파괴와 생성이 시시각각 펼쳐지는 실존적 대결의 장이었다.

요컨대 시인 김소월에게 이러한 존재론적 고투의 장소는 단지 현실에 대한 비극적 인식에 따라 도달한 결과이거나 시를 통해 재현될 수 있었던 현실의 이미지가 아니라, 실존적 비극을 넘어서고자 했던 그의 시적 사유와 시작의 과정 그 자체였다고 할 수 있다.*

---

* 논문출처 :「김소월의 시에 나타난 공간성 문제 연구」, 『우리어문연구』 61, 우리어문학회, 2018.

참고문헌

1. 기본자료

김용직 편,『김소월 전집』, 서울대학교출판부, 1996.
권영민 엮음,『김소월 시전집』, 문학사상, 2015.

2. 논문 및 단행본

강명관,「발전사관을 넘어 국문학 연구를 생각한다」,『한국한문학연구』57권, 한
　　　국한문학회, 2015.
김정수,「소월 시론 '시혼'에 나타난 영혼과 음영 연구」,『국어국문학』제166호,
　　　국어국문학회, 2014.
김종훈,「김소월의 '초혼(招魂)'에 나타난 감정 분출의 기제」,『우리어문연구』39,
　　　우리어문학회, 2011.
김현·김윤식,『한국문학사』, 민음사, 2002.
나희덕,「김소월 시의 수용과정」,『한국문학이론과비평』제17집, 한국문학이론
　　　과 비평학회, 2002.
심재휘,「김소월 시에 나타나는 공간의 근대성」,『우리文學硏究』제56집, 우리문
　　　학회, 2017.
이광호,「김소월 시의 시선 주체와 미적 근대성」,『국제한인문학연구』제11호, 국
　　　제한인문학회, 2013.
이찬웅,「들뢰즈의 감성론과 예술론: 내포적 강도와 이미지」,『美學』제66집,
　　　2011. 6.
이혜원,「김소월과 장소의 시학」,『상허학보』17, 상허학회, 2006.
황현산,『잘 표현된 불행』, 문학동네, 2012.
가라타니 고진,『유머로서의 유물론』, 이경훈 옮김, 문화과학사, 2002.
　　　　　　　,『일본근대문학의 기원』, 박유하 옮김, 도서출판 b, 2010.
마르틴 하이데거,『존재와 시간』, 이기상 옮김, 까치출판사, 2006.
　　　　　　　　,『형이상학입문』, 박휘근 옮김, 문예출판사, 1997.
슬라보예 지젝,『그들은 자기가 하는 일을 알지 못하나이다』, 박정수 옮김, 인간
　　　사랑, 2004.

에르빈 파노프스키, 『상징형식으로서의 원근법』, 심철민 옮김, 도서출판 b, 2014.

조르조 아감벤, 『벌거벗음』, 김영훈 옮김, 인간사랑, 2014.

질 들뢰즈, 『들뢰즈가 만든 철학사』, 박정태 옮김, 이학사, 2015.

_____, 『디알로그』, 허희정·전승화 옮김, 동문선, 2005.

백석 시의 고향 공간화 양식 연구

송기한

1. 백석 시를 보는 한가지 관점

백석은 1912년 평북 정주(定州)에서 태어나 평양의 오산학교에서 수학했다. 잘 알려진 것처럼, 오산학교는 김소월이 다녔던 학교였다. 백석은 선배시인인 그를 몹시 선망했다고 함으로써 재학중 그를 상당히 의식했던 것으로 보인다. 백석은 「定州城」을 조선일보 지상에 발표하면서 등단을 하고 1936년 발간된 시집 『사슴』의 첫머리도 이 시로 장식한다. 이러한 사실들로 미루어 보면 그에게 '정주'는 단순히 '태어난 곳' 이상의 의미를 지닌다고 할 수 있다.[1] 백석에게 고향은 시 「고향」에 등장하는 의

---

1) 김윤식은 백석에게 '정주'라는 곳이 고향인 동시에 출세의 근거라 지적하고 있다. 정주는 당시 조선일보 사장이었던 방응모의 고향이기 때문이다. 그는 백석이 오산고보를 졸업한 후 조선일보사가 후원하는 장학생으로 일본 유학을 다녀오고 그 후 조선일보사에 입사하여 재직하게 된 배경에 '정주'라고 하는 지역적 연고성이 놓여있다고 보는 것이다. 한편 그는 백석 시의 양상을 일종의 방법론으로서의 성격을 지닌 것이라 전제하고 출세의 근거가 되었던 고향을 탈출함으로써 고향에 대해 더욱 강한 애정을 회복하는 과정으로 고찰하고 있다. 김윤식, 「백석론─허무의 늪 건너기」,

원과의 대화에서도 읽을 수 있듯[2] 유년 시절을 보낸 공간답게 '따스하고 부드러운' 곳이면서 '아버지도 아버지의 친구도 다 있'는, 말하자면 '내노라하는' 인사들을 배출한 든든한 후광이 되어 주고 있는 곳이다. '고향이 그곳'이라는 것만으로 알게 모르게 공감대가 형성되는 경험을 우리는 종종 하거니와 백석의 경우 '정주'라는 곳은 이처럼 일반적으로 지닐 수 있는 지역적 연고성을 지니는 동시에 나아가 자부심의 근거로 작용했음을 알 수 있다. 그의 시 창작 행위에 있어서 '고향'이 그 중앙에 놓이는 이유도 이와 무관하지 않다. 백석의 고향은 일반인이 회상과 추억의 대상으로 떠올리는 유년의 공간인 데에서 그치는 것이 아니라 그 자체로 광채를 뿜어내는 공간으로 격상된 자격을 부여받는다. 백석에게 고향은 자신을 자신이게 하는 것, 곧 그곳의 역사를 체험함으로써 정체성을 부여받을 수 있는 근거로서 작용하고 있는 바, 이를 다름아닌 '신화적 공간'이라 할 수 있을 것이다.[3]

고형진 편, 『백석』, 새미, 1996, 203쪽.

2) "나는 北關에 혼자 앓어 누어서/ 어늬 아츰 醫員을 뵈이었다/ 醫員은 如來 같은 상을 하고 關公의 수염을 드리워서/ 먼 녯적 어느 나라 신선 같은데/ (중략)/ 문득 물어 故鄕이 어대냐 한다/ 平安道 定州라는 곳이라 한즉/ 그러면 아무개氏 故鄕이란다/ 그러면 아무개氏ㄹ 아느냐 한즉/ 의원은 빙긋이 웃음을 띠고/ 莫逆之間이라며 수염을 쓴다/ 나는 아버지로 섬기는 이라 한즉/ 醫員은 또 다시 넌즈시 웃고/ 말없이 팔을 잡어 맥을 보는데/ 손길은 따스하고 부드러워/ 故鄕도 아버지도 아버지의 친구도 다 있었다"「故鄕」 부분.

3) 신범순은 「백석의 공동체적 신화와 유랑의 의미」(『韓國現代詩史의 매듭과 魂』, 민지사, 1992, 176쪽.)에서 백석이 펼쳐보인 토속적 세계는 단순한 추억담의 소재나열이 아니라 민간신화에 뿌리박고 있는 세계라고 함으로써 고향의 의미를 재구구하고 있다. 그러나 그 역시 소재적 차원에서의 접근에 머물고 있다. 본고는 '신화'를 과거부터 전승되어 오던, '생활의 보다 지속적 범주들'로 드러나는 '객관적인 삶의 형식'이라는 사전적 의미에서 보기보다는 그것이 지닌 텍스트적 기능의 측면에서 살펴보고자 한다. 그것은 바르뜨가 말한 '오늘의 신화', 즉 "신화는 빠롤(parole)이다. 신화를 이루는 빠롤이 어떤 종류의 빠롤인가는 중요하지 않다. 신화가 되기 위해서는 언어에 있어서 어떤 특수한 조건들을 따르기만 한다면 모든 언어는 신화가 될 수 있

공간으로서의 '신화'는 커모드 식으로 말하면 과거·현재·미래가 동시에 존재하는 시간성이 회복된, 영원한 시간이 구현되는 세계를 의미한다. 자연과학과 합리주의의 발달로 종교 혹은 전통이 말살되고 인간의 사고와 감정이 분열된 현대적 부조리에 대한 문화적 반동으로 일어나는 것[4]이 영원성이다. 그러한 까닭에 이 시간의식은 파편화되고 해체된 근대적 주체가 정체성의 회복을 추구하는 지향점이 된다.

백석의 시를 처음 접할 때 우리는 다음 몇 가지 선명한 인상을 이끌어 낼 수가 있다. 평북지방의 방언이 작위적이라 할 만큼 완고하게 사용되고 있다는 점, 평북 지방의 토속적 풍습을 강조함으로써 그곳에서의 삶의 특질, 가령 공동체적 정감이라든가 범신론적 의식을 드러내고 있다는 점, 감각적 이미지를 구사하는 데서 알 수 있듯 모더니즘 기법의 맥을 잇고 있다는 점 등이다. 이를 바탕으로 백석의 시들은, 방언을 의도적으로 구사하는 것이 지방성을 긍정하는 의미를 띤다는 측면에서 중앙성에 비견할 수 있는, 나아가 제국주의에 비견할 수 있는 거점을 확보함으로써 민족주의적 의식을 드러내는 것이라는 주장[5], 백석의 초기시가 창작방법으로서의 모더니즘의 세례를 받아 이미지즘의 창작방법을 보이지만 '사건'을 끌어들임으로써 이를 극복하고 삶의 문제를 구체적으로 다루는 서사성을 획득하고 있다는 평가[6], 유년의 평화롭고 화해로운 시각을 통해 우리 민중의 고유한 삶의 형태인 공동체적 연대의식을 형상화하고 있다는 연구[7], 또한 '고향'을 매개로 소망스런 세계에 대한 동경을 표현함으

다"고 한 기호론적 관점의 연장선에 놓여 있다. R.Barthe, 정현 역, 『신화론』, 현대미학사, 1995, 15−16쪽.

4) 커모드는 이러한 신화적 세계인식을 모더니즘의 특질이라 보고 있다. 오세영, 「문학과 공간, 『문학연구방법론』, 시와시학사, 1991, 154쪽.

5) 이동순, 「민족시인 백석의 주체적 시정신」, 고형진 편, 『백석』, 새미, 158쪽.

6) 최두석, 「백석의 시세계와 창작방법」, 위의 책, 137쪽.

로써 식민지체제의 근대지향성의 역방향에 서 있으며 이에 따라 고향상실감을 극복하고 있다는 관점8) 등으로 연구되어 왔다.

이들 연구들은 백석 시가 지닌 다양한 면모에 초점을 맞추어 그 특징들을 드러내고 있다는 점에서 공통점을 지니고 있고 일정 수준의 성과를 보여주고 있는 것도 사실이다. 실제로 백석의 시들은 평북 지방의 삶의 양태를 그려내되 그 속에서 우리 민족의 고유한 정서와 유대감을 실감있게 형상화하고 있다. 그것을 두고 민중과 민족의 서사적 삶의 구현이라 보는 것은 지극히 타당하다 할 것이다. 그런데 고향을 중심으로 한 그의 시세계가 1930년대 중반을 기점으로 집중적으로 이루어지고 있고 그 이후에는 더 이상 창작되지 않고 있다는 사실9)을 주목할 필요가 있다. 즉 그의 창작 방법이 사실상 모더니즘 기법에 해당한다는 점에서 백석의 시는 세계 문화사적 관점에서의 조망이 요구되는 것이다. 백석 시의 양상들은 엘리어트나 조이스와 같은 서구의 모더니스트들이 근대의 부조리에 맞서 모더니즘의 기법들을 만들어내고 나아가 자신들의 특수성에 기반한 신화적 공간을 찾아나섰다는 점에 비견될 수 있기 때문이다.

여기서 근대의 부조리란 자본의 전일적 지배로 전세계가 몰가치적으로 재편성됨으로써 민족의 고유성이 파괴되고 각 개인이 파편화되고 분열된 상태를 함의하는 것이다. 이를 영원성 상실의 시대로 보고 순간의 지속성을 추구했던 사람들이 모더니스트였으며, 그러한 관점에 입각하여 공간화의 창작 방법이 제시되었던 것은 주지의 사실이다. 세계적으로 볼 때, 1930년대에 등장한 신화는 모더니즘의 공간화 양식 가운데 대표적 예에 해당되는 것으로써, 심화되어 가는 자본주의의 모순 구조에 대응

---

7) 고형진, 「백석시 연구」, 위의 책, 42쪽.

8) 이숭원, 「풍속의 시화와 눌변의 미학」, 같은 책, 110쪽.

9) 백석은 1936년 시집 『사슴』을 발간한 이후 1941년까지 그의 대부분의 시를 발표한다.

하기 위한 방편으로 제시된 것이다.

이런 사실들을 고려해 보면, 백석의 고향을 중심으로 한 시적 담론은 제국주의의 횡포에 맞서 상실되어 가는 우리 민족의 고유성을 회복하려는 차원에서 제시된 것이고, 모더니즘의 시각에서 보면 신화적 세계에 해당된다고 하겠다. 백석은 평북 지방의 고유한 풍습을 지역적 특수성을 넘어서 민족성을 드러내려 하고 있거니와 여기에서 평북 지역의 구체적 지방성은 우리 민족의 보편적 풍습을 내포할 뿐만 아니라 그 자체로 신화적 공간 구축을 위한 하나의 방법론으로서의 성격을 띠고 있는 것이다.

따라서 백석의 '고향'을 중심으로 한 담론은, 즉 민족주의 내지 신화적 공간으로 읽히는 그의 시적 양상은 세계적 차원의 자본주의가 고착화되는 과정인 1930년대적 근대라는 프리즘을 통하지 않고서는 그 의미가 드러나기 힘들다. 다시 말해서 백석의 담론은 단순히 일반적이고 보편화된 민족중심주의라기 보다는 자본주의의 국제화 양태에 대한 거부의 의미가 함축되어 있는 것으로 보아야 할 것이다. 이러한 관점에 설 때 '고향'은 유년기를 보낸 공간으로 회상되는 추상적 차원에서가 아니라 그러한 회상을 통해 얻을 수 있는 구체적인 효과의 차원에서 고찰될 수 있을 것이다. 예컨대 과거에 대한 회상은 추억의 감상으로 끝나는 것이 아니고 일직선적으로 진행되어 가는 근대적 시간에 대한 역행의 의미를 내포하며, 이 때 소급된 원초적 공간은 무시간성이라는 속성으로 말미암아 근대의 시간성 자체에 대한 부정의 의미를 함축하게 되는 것이다.

이같은 접근은 백석의 시가 지닌 여러 의미망들을 단지 소재적 국면에서 단편적으로 탐색되어서는 곤란하다는 뜻이 담겨 있다. 지금까지의 연구들은 백석 시의 다양한 면면들을 세심하고 성실하게 고찰해왔으나 정작 백석 시가 구성되고 있는 방법에 대해서는 아무런 해명도 주지 못하고 있다. 백석 시의 창작 방법은 이미지즘 기법이나 방언에의 집착, 혹은 이야기체와 같은 현상적 측면에 국한되는 것이 아니라, 이 모두를 아우를 수 있는 차원에서 제기된 것이며, 그것은 세계적 차원에서 본 1930년대의 근대를 배경으로 근대에 대한 부정의 의미로서 등장한 것이다. 곧 신화적 공간 구축을 위한 총체적 과정으로서 이루어진 것이다.

2. 무시간성으로서의 신화적 공간

근대인이 자신의 형해화된 정체성을 회복하기 위하여 신화에 의탁한다고 하였을 때, 신화는 어떠한 속성을 지니고 있는가. 근대적 사건들이 발전과 진보를 목표로 일회적이고도 직선적인 진행을 이룬다고 한다면, 반복성과 지속성을 특징으로 하는 신화는 오랜 시간 면면히 계승되어 옴으로써 시간의 흐름을 무색하게 하는 원초적 경험 공간 속에 놓이게 된다. 그것은 소위 민간신화가 될 수도 있고 그 지역의 오랜 풍습이 될 수도 있으며 자아의 유년 체험이 될 수도 있다. 이들 모두는 무시간적이라는 점에서 근대적 시간과 정반대의 지점에 위치한다.

백석의 많은 '고향시'들은 그 자체로 무시간성을 특징으로 하는 신화적 공간을 형성하고 있다. 가령 귀신을 쫓기 위해 굿을 하는 등의 샤머니즘적 전통(「山地」, 「가즈랑집」, 「오금덩이라는 곳」)이나 온 가족이 모여 명절 쇠는 풍속(「여우난골族」, 「古夜」), 어린 시절의 반복되는 놀이(「고방」, 「初冬日」, 「夏畓」), 그리고 민간 신화적 상상력(「나와 구렝이」, 「古夜」, 「修羅」) 등이 그것이다.

태고의 기억으로 충만된 신화적 세계는 근대적 자아로 하여금 자신의 근원을 생각하게 만들고, 이를 통해 현재의 존재를 능가하는 생성을 경험하게 한다. 백석의 시에서 화자는 이들 세계를 강한 생동감과 흥겨움으로 형상화하고 있다. 또한 신화적 세계를 형성하는 위의 각 경험소들은 독립적으로 존재하지 않고 서로 중첩되어 제시되는데, 가령 어린 아이의 목소리로 민간의 풍습이 전달되는 부분 등이 그러하다. 백석이 인간의 자유의지에 제한을 가한다는 샤머니즘적 전통을 형상화할 때조차 무기력한 인간의 모습보다는 그에 대응하여 생존의 길을 모색하는 역동적인 인간의 모습에 초점을 맞추는 것도 이런 맥락 때문이다.

> 어스름저녁 국수당 돌각담의 수무나무가지에 녀귀의 탱을 걸고 나
> 물매 갖추어놓고 비난수를 하는 젊은 새악시들
> ——잘 먹고 가라 서리서리 물러가라 네 소원 풀었으니 다시 침노
> 말아라
>
> 벌개눞녘에서 바리깨를 뚜드리는 쇳소리가 나면
> 누가 눈을 잃어서 부중이 나서 찰거마리를 부르는 것이다
> 마을에서는 피성한 눈슭에 저린 팔다리에 거마리를 붙인다
>
> 여우가 우는 밤이면
> 잠없는 노친네들은 일어나 팥을 깔이며 방뇨를 한다
> 여우가 주둥이를 향하고 우는 집에서는 다음날 으레히 흉사가 있다
> 는 것은 얼마나 무서운 말인가
>
> —「오금덩이라는 곳」 전문

우리의 전통적인 민간신앙인 샤머니즘은 증명되지 않는 미신이라는 점에서 뚜렷한 계기 없이 부정되곤 한다. 개화기의 계몽주의적 담론에서 샤머니즘이 동양적이고 조선적인 이유로 무조건 폄하되는 것을 우리는 쉽게 보아 왔다. 그러나 과학과 이성의 이름으로 그것을 부정한다고 해서

그와 연루된 생활 태도 자체가 근절되기는 어려운 일이다. 더군다나 죽음과 동시에 영혼은 천국으로 간다고 믿는 직선론적 기독교 세계관과 달리 불교의 연기설과 같은 순환론적 세계관의 세례를 받은 우리 민족으로서는 죽음에 처해서도 영혼이 소멸되지 않고 육체를 상실한 영혼은 살아있는 자 주위를 떠나지 않고 해꼬지를 한다는 생각을 별다른 의심없이 믿어 오고 있는 터이다. 샤머니즘은 육신을 초월한 영혼의 존재를 전제하고 그들이 현세를 침해하지 못하도록 하는 인간의 소망을 표현한 것이다. 육신을 떠나 존재한다는 점 때문에 영혼은 '귀신'이 되어 살아있는 자를 공포로 몰아넣기도 한다. 대부분 두려움으로 인식되는 이러한 샤머니즘적 세계로부터 완전히 자유로운 한국인은 없을 것이다.

「오금덩이라는 곳」은 샤머니즘이 지배하는 우리의 토속적인 공간을 묘사한 시이다. 작품 속에서 등장하는 민중들은 샤먼적 세계 속에서 일련의 행동 규범을 만들어가고 있다. '녀귀(못된 돌림병으로 죽은 사람의 귀신, 제사를 받지 못하는 귀신)의 탱(탱화)을 걸고 나물매 갖추어놓고 비난수'한다거나 '여우가 우는 밤 팥을 깔고 방뇨'를 하는 행위들은 귀신을 물리치려는 방침에 다름 아니다. 이러한 행위들은 오랜 과거에서부터 현재에 이르기까지 우리 민중의 생활 습속의 하나였다.

이들 행위가 하나의 생활 형태로 고정된 것은 샤머니즘적 세계에 대한 막연한 두려움 때문에 가능했던 것이 아니라, 오랜 시간 반복되고 축적된 경험에서 비롯된 것이다. 또한 귀신들을 응대하는 민중들의 행위 속엔 그것을 달래고 쫓기 위한 방법들 역시 내재되어 있었다. 귀신을 쫓는 행위가 정해진 의식이 되어 시행되는 이유도 그 때문이다. 가령 '젊은 새악시들'의 제를 지내기 위한 의례들이나 노인들의 '팥 뿌린 후의 방뇨' 행위들이 그 본보기들이다. 이러한 행위는 예측 불허의 불행에 대해 예방의 효과가 있기 때문에 규범화될 수 있었던 것이라 볼 수 있다.

이렇게 볼 때 백석 시에서의 샤머니즘적 세계는 일반적으로 미신에 대해 갖게 되는 두려움에 무방비로 놓여 있는 상황과 그 성격이 다소 다르다는 것을 알 수 있다. 시 속의 인물들은 영혼의 세계를 가상하고 그에 대처하는 방법들을 개발해내고 있으며 이를 주체적으로 실행함으로써 알 수 없는 미래에 대비하고 있기 때문이다. 백석 시의 샤머니즘적 세계에서 우리는 인간의 자유의지가 제한당하는 모습보다는 명확히 인식할 수는 없지만 존재한다고 여겨지는 보다 확장된 세계에서 그것에 주체적이고 능동적으로 대응해나가는 적극적인 민중의 모습을 발견할 수 있다. 영혼의 세계는 화자가 말하듯 물론 '무서운' 부분이지만 그러한 세계에 대처하는 민중들의 일련의 행동을 볼 때 그 부분이 절대적으로 극복될 수 없는 것은 아니라는 점을 깨닫게 되는 것도 이때문이라 할 수 있다. 즉 백석의 샤머니즘적 세계는 두려움과 무기력보다는 능동적이고 적극적인 생성의 의미로 나타나고 있는 것이다. 그리고 이는 우리의 전통적 의식 공간이 우리 민중의 삶을 억압하기보다는 오히려 생명을 긍정하고 또 강화하고 있음을 알게 하는 대목이기도 하다.

샤머니즘적 세계가 경원시되는 예를 백석 시에서 찾아내는 것은 어려운 일이다. 특히 어린 아이의 세계와 결합될 때 그들 세계는 친근하고 생기 넘치는 공간이 되는데, 그러한 보기를 「山地」의 "아랫마을에서는 애기무당이 작두를 타며 굿을 하는 때가 많다"라는 표현에서라든가 「가즈랑집」에서 무당인 가즈랑집 할머니를 친할머니를 따르듯 좋아하는 유년기 화자의 모습을 통해 찾아볼 수 있다. 이들 세계는 전통적 삶과 분리되지 않는 부분으로서 우리 민중의 삶을 더욱 건강하고 활기차게 하는 신화적 공간에 해당된다.

또한 유년 시절에 대한 회상과 관련하여 우리는 유년기가 과거적 시간이며 원초적인 공간이라는 점에서 근대의 순차적 시간을 부정하는 가장 대표적인 지표로서 기능한다는 사실에 주목할 필요가 있을 것이다. 거의 대부분이 놀이로 채워지는 유년 시절의 행위는 반복성과 무시간성을 특징으로 한다. 유년기에 자아는 동무와 자연과 하나로 어우러져서 생명의 충일함을 경험한다. 게다가 어머니는 물론이고 모든 친척들과 동리 사람들은 자신에게 가장 우호적이고 친근한 존재로 다가온다. 자아와 대상이 분리되지 않은 상태, 시간의 흐름이 무의미한 상황이기 때문에 이 시기는 성인의 세계와 질적으로 구분되며 성숙한 자아를 형성하기 위한 전제이자 원형이 되기도 한다.

또 이러한 밤 같은 때 시집갈 처녀 막내고무가 고개너머 큰집으로 치장감을 가지고 와서 엄매와 둘이 소기름에 쌍심지의 불을 밝히고 밤이 들도록 바느질을 하는 밤 같은 때 나는 아릇목의 삿귀를 들고 쇠든밤을 내여 다람쥐처럼 밝어먹고 은행여름을 인두불에 구어도 먹고 그러다는 이불 우에서 광대넘이를 뒤이고 또 누어 굴면서 엄매에게 웃목에 두른 평풍의 새빨간 천두의 이야기를 듣기도 하고 고무더러는 밝은 날 멀리는 못 난다는 뙤추라기를 잡어달라고 조르기도 하고

내일같이 명절날인 밤은 부엌에 째듯하니 불이 밝고 솥뚜껑이 놀으며 구수한 내음새 곰국이 무르끓고 방안에서는 일가집 할머니가 와서 마을의 소문을 펴며 조개송편에 달송편에 쥔두기송편에 떡을 빚는 곁에서 나는 밤소 팥소 설탕 든 콩가루소를 먹으며 설탕 든 콩가루소가 가장 맛있다고 생각한다
나는 얼마나 반죽을 주무르며 흰가루손이 되어 떡을 빚고 싶은지 모른다
—「古夜」부분

「古夜」는 '아배가 타관 가서 오지 않는 밤' 어머니와 시집 안간 고모와 함께 보냈던 일을 회상하고 있는 시이다. 한 켠에서 '막내 고무'와 '엄매'가 바느질을 하고 있을 때 화자인 '나'는 그와 같은 화해롭고 평화로운 분위기를 만끽하고 있다. '나'는 '다람쥐'이기도 하고 '광대'이기도 하고 '응석받이'가 되기도 한다. 이 가운데에는 엄마가 들려주는 동화도 있고 놀이도 있지만 무엇보다도 '쇠든밤(말라서 새들새들해진 밤)'이나 '은행여름'과 같은 군것질거리가 있기 때문에 즐겁다. 여기서 먹는 행위는 노는 행위와 똑같이 아이의 즐겁고 천진난만한 정서를 더욱 부추긴다.

명절을 쇠는 풍속이 전개될 때 그 중심에 각종 다기한 음식이 제시되는 것도 이러한 맥락에서 살펴볼 수 있다. 한국의 명절은 일가 친척이 모두 모여 씨족 공동체를 확인하는 장이기 때문에 백석시에서의 명절 묘사는 공동체적 연대감을 확인하는 차원에서 이루어지는 것이라는 연구가 왕왕 있었다. 특히 김명인은 유년 시절에 대한 회상의 모습으로 명절 풍경이 제시됨으로써 '먹을 것'이 그 중심에 놓이게 되는 정황을 흥겨움의 분위기 및 정서와 관련시켜 탁월하게 분석해낸 바 있다.[10]

「여우난곬族」에서도 음식과 그것을 만드는 과정을 명절의 중심 요소로 부각시키고 있는 바, 이러한 과정들은 가족간의 유대감을 강화시키고 화기애애한 분위기를 고조시키는 기능을 한다. 더욱이 유년인 화자는 온 가족이 시끌벅적하게 모여 부산하게 명절을 준비하는 분위기를 몹시 즐기고 있다. 명절에 즈음한 가족은 그야말로 너와 나의 구분이 없고 갈등이 부재하는 아름다운 공동체의 장이 된다. 이러한 모습은 개별화되고 파편화된 근대적 인간관계와 극단적으로 대비되는 것이며 그 성격은 유년의 시각에서 볼 때 한층 강화되는 것이기 때문에 시인은 근대의 부정적

---

10) 김명인, 「백석시고」, 앞의 책, 98쪽.

양상을 극복할 수 있는 하나의 원초적 공간으로 그것을 제시하고 있는 것이다. 말하자면 유년기의 체험과 유년의 시각에서 본 공동체적 삶은 근대의 파괴된 일상 이면에 놓인 신화적 공간이라 할 수 있는 것이다.

신화적 공간은 형해화된 근대인의 자아정체성을 회복시켜 주는 영원하고 원초적인 힘을 지니고 있다. 민족이 위기에 처할 때 마다 전통주의적 담론이 형성되는 것도 이러한 신화의 성격과 무관하지 않다. 무시간성을 특징으로 하는 전통 및 과거의 세계는 근대의 일회적이고 선조적인 시간성에 대한 부정의 의미를 함축하고 있는 것이다.

근대에 대한 반담론으로서 제시된 모더니즘이 공간지향적인 성격을 띤다는 것은 잘 알려진 일이다. 이 공간성이야말로 근대의 직선적인 시간성에 대한 비판의 함의를 띠는 것으로 시간을 무화시키고자 하는 의도로 제기된 것이다. 신화적 세계가 그러한 공간성을 대표하고 있다면 모더니즘의 주요 기법 가운데 하나인 이미지즘 또한 공간성을 구축하는 또 다른 방법이 될 것이다.

3. 기법을 통해 이루어진 공간지향성

백석의 시에 중심적 소재로 놓이는 것이 고향이라면 백석 시의 기본 골격에 해당하는 기법은 이미지즘이라 할 수 있다. 이는 『사슴』을 처음 상재했을 때 "향토 취미에도 불구하고 일련의 향토주의와 구별되는 '모더니티'를 품고 있다"고 한 김기림의 평가에서도 확인할 수 있는 사항이다.

> 시집 『사슴』의 세계는 그 시인의 기억 속에 쭈그리고 있는 동화와 전설의 나라다. 그리고 그 속에서 실로 속임없는 향토의 얼굴이 표정한다. 그렇건마는 우리는 거기서 아무러한 회상적인 감상주의에도 불

어오는 복고주의에도 만나지 않아서 이 위에 없이 유쾌하다. 백석은 우리를 충분히 哀傷的이게 만들 수 있는 세계를 주무르면서도 그것 속에 빠져서 어쩔줄 모르는 것이 얼마나 추태라는 것을 가장 절실하게 깨달은 시인이다. 차라리 거의 鐵石의 냉담에 필적하는 불발한 정신을 가지고 대상과 마주선다[11]

   김기림의 이런 언급이 백석의 창작 방법과 관련된 것임은 두말할 나위가 없다. 김기림은 백석이 고향을 다루는 방식에 있어서 다른 향토주의자들과의 차별성을 발견하였는 바, 그는 이것을 '지적'이라고 말하고 있다. 백석 시의 '지적인 방법'은 고향을 말하되 그것을 감상적 차원에서 회상한 것이 아니라 '절제된 감정에 의해' 표현한 것을 가리키는 말이다. 물론 이러한 효과가 가능했던 것은 이미지즘 등과 같이 기교의 측면에서 사용된 모더니티 때문이다. 시작 상의 지적 태도가 '향토성'을 감상주의로부터 구해내는 계기가 된 것이다. 백석이 사용한 이미지즘은 기존의 모더니스트들이 제시했던 시각적이고 감각적인 이미지즘을 포함한 더 큰 범위를 형성한다. 그것은 소위 이야기체[12], 서사지향성[13], 사건에 대한 서술의 융합[14]등과 관련되는데 백석은 정서나 사물을 이미지화하는 것에서 그치지 않고 삶의 양태를 이미지화하는데까지 나아간다. 곧 과거 모더니스트들이 주로 정적인 이미지를 만들어내는 데 주력했다면 백석은 동영상을 보여주듯 삶의 면면들까지 이미지화하고 있는 것이다.

---

11) 김기림, 『사슴』을 안고, 조선일보, 1936.1.29, 『전집』2, 심설당, 1988, 372-373쪽.
12) 김윤식, 앞의 글, 209쪽.
13) 최두석, 앞의 글, 145쪽.
14) 고형진, 「백석시 연구」, 앞의 글, 28쪽.

갈부던 같은 藥水터의 山거리
旅人宿이 다래나무지팽이와 같이 많다

시냇물이 버러지 소리를 하며 흐르고
대낮이라도 山옆에서는
승냥이가 개울물 흐르듯 운다

소와 말은 도로 山으로 돌아갔다
염소만이 아직 된비가 오면 山개울에 놓인 다리를 건너 人家 근처
로 뛰여온다

벼랑탁의 어두운 그늘에 아츰이면
부헝이가 무거웁게 날러온다
낮이 되면 더 무거웁게 날러가 버린다

山너머 十五里서 나무뒝치 차고 싸리신 신고 山비에 촉촉이 젖어서
藥물을 받으러 오는 山아이도 있다

아비가 앓는가부다
다래 먹고 앓는가부다

아랫마을에서는 애기무당이 작두를 타며 굿을 하는 때가 많다
—「山地」전문

　인용 시에서 시인은 각각의 형상을 이미지화하기 위해 다양한 감각을
동원한다. '약수터'의 모습을 '갈부던(평북 지방에서 아이들이 조개를 가
지고 놀며 만들어 놓던 장난감)'같다고 한 것이나 '여인숙'이 다수 있는
것을 '다래나무지팽이 같이 많다'고 하는 것, '시냇물' 소리를 '버러지 소
리'라 하는 것이나 '승냥이'가 '개울물 흐르듯 운다'고 감각화시키고 있는

것등 이다. 여기엔 시각적 이미지뿐 아니라 청각, 촉각, 공감각적 이미지들이 모두 쓰이고 있다. '흐르는 시냇물'을 '버러지 소리'라 한 것은 물 소리만을 표현한 것이 아니고 물이 넘실거리는 모양과 거기에서 오는 느낌까지 묘사한 것이고 '승냥이가 개울물 흐르듯 우는' 것 역시 승냥이의 울부짖는 소리와 함께 그 모습까지 그리면서 공감각화시키고 있는 것이다. 다양한 감각의 전면적 사용은 사물을 정물화하지 않고 그것이 지니고 있는 총체적 면모를 생동감있게 구현하는 효과를 가져온다. 동적인 이미지화는 과거 이미지즘이 보여주었던 방식과는 매우 색다른 것이다.

백석의 동적 이미지 구성 방법은 여기에서 멈추지 않고 다양한 사물 내지 장면들을 마치 카메라를 이동시키며 찍어내는 듯한 착각을 불러일으킬 정도로 생생하게 그려내기도 한다. 3연의 '소와 말'의 행위, '염소'의 행동, 그리고 4연의 '부헝이'의 생활, 山아이, 그의 아비, '굿을 하는 애기무당'들로 이어지는 일련의 장면들은 마치 한 편의 영화를 보는듯한 느낌을 준다. 여기엔 상세한 서술이 없긴 하지만 '藥물을 받으로 오는 아이'를 중심으로 하여 그의 아비가 앓고 있다는 사실, 그 병의 원인이 불분명하여 굿으로 다스려보려는 정황을 일종의 서사적 흐름으로서 유추해낼 수 있다. 또한 1연부터 4연까지 전개된 숲의 정경을 묘사하는 부분은 영화에서 인물이 등장하기 전 분위기를 유도하기 위해 제시되는 도입부와 같은 것이라 할 수 있다. 여기에서 숲을 묘사하는 부분과 인물의 행동이 중심이 되는 부분은 서로 다른 이야기를 하는 것이 아니다. 전반부에서의 배경을 통해 이미 전체 서사적인 내용의 흐름이 암시되기 때문이다. 이 시에서 시선은 한 장면에 초점을 고정시키고 시간의 흐름에 따라 그것을 순차적으로 따라가는 대신 서로 불연속적인 장면들을 나열하고 있다. 이 것은 영화나 몽타쥬와 비슷한 공간성의 표현기법이라 할 수 있다.

「酒幕」 역시 이와 같은 기법으로 구성되고 있는 작품이다.

호박잎에 싸오는 붕어곰은 언제나 맛있었다

부엌에는 빨갛게 질들은 八모알상이 그 상 우엔 새파란 싸리를 그
린 눈알만한 盞이 뵈였다

아들아이는 범이라고 장고기를 잘 잡는 앞니가 뻐드러진 나와 동갑
이었다

울파주 밖에는 장꾼들을 따러와서 엄지의 젖을 빠는 망아지도 있었다
                                              ―「酒幕」전문

이 시에서 하나의 연이 하나의 장면을 구성하고 있음은 쉽게 알 수 있
다. 카메라가 있다면 4개의 씬(scene)이 컷팅(cut)이 되며 각 장면에 등장
하는 인물들은 장면의 독립성에 따라 행동을 취한다고 볼 수 있다. 한 장
면 내에서 카메라의 초점이 이동하는 곳이 있다면 2연에서이다. 2연에서
카메라의 시선은 '부엌'에서 '八모알상', '상 위', '새파란 싸리', '盞'을 향하
여 점차적으로 줌―인(zoom―in)해가고 있다. 이 작품은 이렇다할 서사
적 줄거리를 제시하고 있지는 않다. 그러나 불연속적으로 나열되는 장면
들을 통해 '주막'에서 느낄 수 있는 분위기는 충분히 전달되고 있다. 약간
의 소란스러움과 분주함, 평화로움과 따뜻함, 즐거움과 정겨움 등이 여기
에서 느껴지는데 이러한 분위기는 카메라가 포착한 대상뿐 아니라 그것
의 이동 거리와 속도에 의해서도 형성된다.

이외에도 「夏畓」, 「未明界」, 「城外」, 「秋日山朝」, 「曠原」, 「쓸쓸한 길」
등의 단형시뿐 아니라 「女僧」, 「여우난골族」 등의 장형 시에서도 이같은
영화적 기법이 사용되고 있다. 즉 단순히 정물이나 정서의 이미지가 아니라
상황이 이미지화되고 있으며 이들 이미지들이 모여 서사적 내용을 암시

하고 있는 것인데, 이는 영화가 서사를 구성하는 방식과 크게 다르지 않다. 영화는 편집 기술의 용이성으로 다양한 방식의 서사 구성을 할 수 있다. 영화적 기법들은 순차적이고 일직선적으로 진행되는 근대적 시간과 대비되는 것으로 시간성보다는 공간성을 드러내는데 효과적이다. 특히 영화의 이러한 특징을 이용한 몽타주 기법은 공간성을 더욱 극단화시킨 경우이다. 백석의 시 가운데 몽타주 기법으로 쓰여진 가장 대표적인 시는 「모닥불」이다.

　　새끼오리도 헌신짝도 소똥도 갓신창도 개니빠디도 너울쪽도 짚검
　불도 가락잎도 머리카락도 헌겊조각도 막대꼬치도 기와장도 닭의짖
　도 개터럭도 타는 모닥불

　　재당도 초시도 門長늙은이도 더부살이 아이도 새사위도 갓사둔도
　나그네도 주인도 할아버지도 손자도 붓장사도 땜쟁이도 큰개도 강아
　지도 모두 모닥불을 쪼인다

　　모닥불은 어려서 우리 할아버지가 어미아비 없는 서러운 아이로 불
　상하니도 몽둥발이가 된 슬픈 역사가 있다

　　　　　　　　　　　　　　　　　　　　　　　　　　　─「모닥불」 전문

　위의 시에서 카메라의 동선을 보면 1연의 모닥불 자체에서 2연의 모닥불 주변으로 줌─아웃(zoom─out)되다가 3연에 이르러서는 모닥불로부터 완전히 벗어나고 있음을 알 수 있다. 그런데 모닥불과 함께 타오르는 것은 '헌신짝', '소똥', '갓신창', '개니빠디'(개의 이빨), '너울쪽'(널빤지쪽), '짚검불', '머리카락' 등 온갖 잡스러운 쓰레기들뿐이다. 이것들은 망가지고 부서진 물체에서 떨어져나온 조각들이고 따라서 전혀 '돈이 되지 않는 것들'이다. 상품화될 가능성과 전혀 무관한 것, 가장 누추하고 초라하고 허접스러운 것

들이 쓰레기들이다. 이들은 값진 것들과 극단적으로 대립되는, 가장 쓸모없는 것들이다. 시인은 집요하게 이러한 것들을 모아 불태워 버린다.

그러면, 이 시에서 모닥불이 의미하는 것은 무엇인가. '재당'(육촌), '초시', '門長늙은이'(가문의 어른), '더부살이 아이', '새사위', '갓사둔', '나그네', '주인' 등은 어떤 구별이나 차별도 없이 모든 사람을 '따뜻하게' 해주는 사물이다. 그가 웃사람이건 아랫사람이건, 친밀한 자이건 소원한 자이건, 빈한한 자와 소외된 자를 비롯하여 짐승까지도 '모닥불'을 쬘 수 있다. 말하자면 '모닥불'은 개인주의적이고 합리주의적인 근대적 자아의 기준으로 볼 때 경계하게 되고 소외시키게 되는 모든 사람들을 한데 모아놓는 매개가 되는 것이다. 시인은 이들을 한 자리에 모아 균일한 성격을 부여함으로써 근대적 기준에 의해 구획되는 모든 대립관계들을 소멸시키고자 한다. 그것은 사람과 동물 사이의 구획이라든가 대소(大小) 간의 대립, '주인과 나그네' 사이, 주체와 객체간의 거리, '門長늙은이와 더부살이 아이' 등 중심과 주변 사이의 구별을 무화시킨다. 즉 근대적 의식에 의해 구획된 모든 관계망들을 해체시킬 수 있는 힘을 가진 것이 바로 모닥불이라는 사유에 이르고 있는 것이다.

모닥불을 지피는 것이 온갖 사소한 허접쓰레기를 태우는 일이라는 인식은 매우 타당할 뿐만 아니라 의미심장하다. 이것들이야말로 물질적 측면에서 가장 무가치한 것이라는 점에서 그러하다. 우리는 이 시를 통해 사물들 가운데에서 가장 반근대적인 물체들에 의해 근대를 구획하는 의식이 모두 탈각되는 과정을 엿볼 수가 있는 것이다.

이처럼 근대를 부정할 수 있는 힘은 반근대적 허접쓰레기를 모두 모음으로써 생성될 수 있는 바, 이것을 감각적으로 보여주는 것이 이 시에서의 몽타주 기법이다. '새끼오리', '헌신짝', '소똥' 등 다수의 존재들이 평등한 질을 부여받으면서 등급화된 자본주의의 관계망을 부정한다. 또한 균등한 시간을 분배받고 시간 자체를 분할함으로써 순차적으로 흐르는 근대적 시간질서를 파괴한다. 이러한 몽타쥬 기법들은 근대적 제질서에 대한 비판의 의미를 함축하는 동시에 그들을 부정할 수 있는 힘을 간직하고 있다. 따라서 1연에서 모닥불이 힘차게 타오를 수 있는 것, 그리고 그 힘을 바탕으로 2연에서처럼 반근대적 인간관계를 재구성할 수 있었던 것은 그 중심에 몽타주 기법이 있었기 때문에 가능한 것이었다.

그러나 근대의 제 관계를 부정하고 또 그럴 수 있는 힘을 지닌다고 해서 '모닥불'이 추상적 보편성을 지니는 것은 아니다. '모닥불'은 멀리 있는 것도 관념적으로 존재하는 것도 아니고 바로 우리들 곁에, 우리들 속에 존재하는 것이다. 모닥불은 바로 '우리의 역사'를 끌어안고 있는 것이다. 그것은 '어려서 우리 할아버지가 어미아비 없는 서러운 아이로 불상하니도 몽둥발이(딸려 붙었던 것이 다 떨어지고 몸뚱이만 남은 물건)가 된 슬픈' 역사를 담고 있다. 이는 지탱할 근거를 상실하고 몸 하나만 남게 된 우리 조선의 현실을 말하는 부분인데, 그렇다면 이와 같은 상황에서 우리가 인식해야 할 사실은 지금 우리가 가진 것이 '몸뚱이 하나'라는 것, 오랜 세월 동안 불쌍하고 서럽게 살아왔다는 것, 그러나 '어미아비'가 있던 행복했던 시기, '어린 시절'이 있었다는 것으로 압축된다.

위의 시에서 볼 수 있듯 백석에게 근대에 관한 문제는 조선이 지닌 상실의 역사와 분리되지 않는다고 여겨졌다. 바꾸어 말하면 근대를 극복하는 것도 조선의 몸으로 이루어내야 하는 일인 것이다. 백석은 이 시에서 근대를 넘어서는 힘을 모닥불이라고 하였거니와 모닥불은 곧 슬픈 역사를 가지고 있는 조선의 몸인 것이다.

백석의 시에서 이미지즘 내지 영화적 기법을 통한 공간화 양상은 결국 반근대적 담론을 형성하게 되었고 그 중심에는 조선이라는 실체가 놓여 있었다. 우리는 이로써 백석이 왜 그토록 고향에 집착했었는지 해명할 수 있게 된 셈이다. 고향이, 곧 '몽둥발이'만 남은 조선이, 불행한 역사를 가지고 있으나 모든 것이 충만하였던 과거 유년 시절 또한 가지고 있던 조선이 우리에게 마지막 남아있는 힘이자 모든 것이었기 때문이다.

4. 근대의 세계주의에 대한 지역주의의 대응

백석에게 고향은 마지막 남은 '조선의 몸'에 해당된다. 그것은 상실의 역사를 살아온 동시에 유년의 흔적을 지니고 있다. 조선의 몸이 소중한 이유는 그것이 슬픈 역사를 지니긴 했어도 과거의 행복했던 기억들을 담아내고 있기 때문이다. 이것을 잘 다룰 때 근대를 극복할 수 있는 힘을 발견할 수가 있다고 시인은 생각한 것이다. 「모닥불」에서처럼 모닥불과 우리 민족은 별개의 것이 아니다. 고향이 신화적 공간으로 기호화되기 시작한 것도 이와 관련된다. 신화적 공간이 근대를 둘러싼 문제를 어떤 방식으로 문제제기하고 해결코자 하는지는 서두에서 살펴보았다. 그렇다면 백석은 고향을 신화적 공간으로 만들기 위해 어떠한 노력을 기울였을까. 그것은 먼저 고향의 전통, 관습, 의식, 풍토, 역사 등 고향의 모든 면면들을 길어올리고 이해하는 일이 될 것이다. 백석이 무엇보다도 평북 지방의 다양한 삶의 양태를 재현시키려 했던 것도 이런 이유 때문이었다.

고향을 신화적 공간으로 격상시키기 위해서 백석에게 필요한 것은 기호적 실천이었다. 시인이 자신의 작품에서 의도적으로 방언을 고집한 까닭도 여기에 있다. 백석의 방언 구사는 매우 거친 것이었다. 그것은 작위적이라는 느낌이 들 정도로 집요하게 이루어지면서도 전혀 가다듬어지지 않은 채 투박하고 거친 상태 그대로 사용되고 있기 때문이다.

달빛도 거지도 도적개도 모다 즐겁다
풍구재도 얼럭소도 쇠드랑볕도 모다 즐겁다

도적괭이 새끼락이 나고
살진 쪽제비 트는 기지개 길고

홰냥닭은 알을 낳고 소리치고
강아지는 겨를 먹고 오줌 싸고

개들은 게모이고 쌈지거리하고
놓여난 도야지 둥구재벼 오고

송아지 잘도 놀고
까치 보해 짖고

신영길 말이 울고 가고
장돌림 당나귀도 울고 가고

대들보 우에 베틀도 채일도 토리개도 모도들 편안하니
구석구석 후치도 보십도 소시랑도 모도들 편안하니
　　　　　　　　　　　　　　　　　　―「연자간」전문

　이 작품은 계속 사전을 들추어야 의미가 해독될 정도로 이색적인 방언
이 많이 구사되고 있는 시이다. '풍구재'는 풍구라 하는 농기구요, '얼럭
소'는 얼룩소, '쇠드랑볕'은 쇠스랑 모양의 햇살이 비춘다하여 이름붙여
진 쇠스랑볕의 사투리에 해당한다. 또한 후치는 '홀칭이'라 하는 쟁기와
비슷한 기구를 의미하며 보십은 보습의, 소시랑은 쇠스랑의 사투리이다.
여기에다 돼지가 들려오는 모습을 '둥구재벼 온다'고 하는 부분이나 까치
가 연신 우짖는 모습을 '보해 짖'는다고 하는 것들을 보면 시인이 지방어

를 지나치게 강조하고 있는 듯한 느낌을 받게 된다. 그다지 곱지 않은 억센 억양의 평안도 지역 방언을 백석이 고집스럽게 시어로 차용하고 있는 이유는 무엇일까.

다른 어떤 시들보다 방언의 작위적 사용이 두드러지는 위의 시 속에 시인의 의식의 편린이 나타나 있다. 이 작품은 1연과 7연의 수미 상관의 구조 속에 다기한 동물들의 행태를 묘사하는 내용으로 이루어져 있다. 1연에서 1행의 '달빛, 거지, 도적개'가 즐겁고 2행의 '풍구재, 얼럭소, 쇠드랑볕'이 즐겁다면 7연 또한 1행의 '베틀, 채일, 토리개'가 편안하고 2행의 '후치, 보십, 소시랑'이 편안하다. 이는 시의 안정된 구조 속에서 그 만큼 그 속에 자리하고 있는 모든 개체들이 즐겁고 편안하다는 것을 암시한다. 각 개체들은 저마다 각각의 위치에서 상이한 모양새를 갖추고 각자의 생리에 따라 행동을 취하고 있는 것이다. 고양이, 쪽제비, 홰냥닭, 강아지, 개, 도야지, 송아지, 까치, 말, 당나귀 등 어느 것 하나 자기의 영역을 갖고 있지 않은 것이 없다. 이들 각 개체들 가운데 중심을 차지한다거나 이외의 것들을 주변으로 몰아가거나 배척하는 일 따위는 상상할 수 없을 만큼 모든 것들은 제자리에서 평화롭게 존재하고 있는 것이다.

백석이 방언을 강조하는 것도 그러한 맥락에서 생각해볼 수 있다. 각 지역이 그 어떤 세력과 권력에 의해서도 침해될 수 없는 존재 가치를 가지고 있다는 주장이 그 속에 내포되어 있기 때문이다. 여기서 지역성이라는 것이 비단 자신의 출신지를 한정하는 것이 아님은 물론이다. 그것은 근대라는 관계망 속에서 의미를 지니는 지역성을 뜻한다. 근대가 자본주의의 세력 확장으로 인해 전 세계를 통일된 시공으로 압축해 놓고 있다면 이러한 과정에 대해 문제제기하고 각 민족이 자신이 기반한 지역의 고유성을 주장하는 일은 충분히 있을 수 있는 일이다. 더욱이 제국주의에 의해 침탈당한 피억압 민족으로서는 자본의 힘을 앞세워 민족의 경계를 무너뜨리고 자신들의 이익을 위해 타자의 영역을 확대해가는 자본주의적 근대의 생태를 부정하지 않을 수 없는 것이다. 타자의 영역을 침해하지 않고 각자 자신의 고유성을 지키자는 것이 백석의 주장인데 우리는 바로 이 점에서 백석 시의 반근대성 및 민족 의식을 찾아야 할 것이다.

방언을 통해 지역성을 강조하고 그러함으로써 우리 민족의 고유성을 주장하는 일련의 과정은 자신들의 고유성을 신화화하는 모더니스트들의 태도와 다르지 않다. 백석은 우리 민족의 유일무이한 존재성을 우리 '조선의 몸'에서 찾고자 했다. 그것은 다름 아닌 조선의 민간에 뿌리 깊이 이어지는 신화, 전설, 풍습, 의례 등의 생활 습속 전체에 해당한다. 그것들이야말로 우리 민족의 훼손되지 않은 유년의 기억이며 원초적 공간이다. 이 유년의 공간에서는 모든 인간이 너와 나의 구별없이 서로 나누는 평화롭고 화해스러운 관계 속에 놓여 있다. 세상의 모든 존재는 '나'에게 우호적이며 자애가 가득찬 시선을 던진다. 만일 적대자가 있다면 삶과 죽음의 대립 정도일 것이다. 가장 사소하고 하찮은 존재도 의미있을 수 있는 곳이 바로 유년의 공간이며 그 속에서 모든 인간 사이의 적대적 관계는 소멸하고 모두가 평등하고 존엄한 가치를 지닐 것이다. 이것이 백석이 우리에게 제시하고자 했던 비전인 셈인데, 백석은 방언을 통해 지역성을 강조하고 이어 자신의 고향의 관습을 회억해내어 우리 민족의 고유한 세계를 찾으려 했던 것이다.

이러한 점에서 볼 때 백석이 전세계적으로 근대의 광포성이 극에 달했던 1936년에 『사슴』을 상재한 것이야말로 모더니즘의 본질적 맥락에 속하는 것이고 따라서 근대적 의미를 지니는 것이라 할 수 있다. 그가 가장 향토적이고 토속적인 세계를 그려내고 있음에도 불구하고 모더니스트인 김기림에게 전혀 이질적으로 느껴지지 않았던 이유도 여기에 있다. 말하자면 '고향'은 평북 정주 지역을 지시하는 것이 아니고 모든 경계를 무화시키는 자본의 힘에 대항하는 근거이자 기지에 해당하는 것이다. 이 점에서 백석의 '고향'을 방법론의 함의를 띤 것으로 본 김윤식의 지적은 타당하다 하겠다. 본고에서는 백석의 반근대적 세계관에 정향지어져 조선이라는 지역의 고유성이 주장되고 있다는 것과 이를 위해 지역을 신화화하고 있다는 것, 이것을 통해 조선 민족이 지닌 영원한 정신과 생명력을 시인이 보여주고자 했다는 점을 살펴보았다.

『사슴』이후 백석이 보인 여행은 조선이라는 지역을 탐구하고 조선의 역사성을 인식하는 차원에서 이루어지는 것들이다.[15] 근대를 부정하는 자리에 서서 '조선의 몸'을 말하고 있는 백석이 국토를 더듬고 국토에 내재하는 오랜 정신과 저력을 회억하는 것은 당연한 일이 아닐 수 없다. 식민지 현실에서 가질 수 있는 국토에 대한 애정이 상실감이 내재된 비관과 좌절의 목소리를 띄기도 하나[16] 그러한 양상 또한 그 중심에 조선이라는 지역주의가 놓여있기 때문에 가능한 것이라 할 수 있다.

5. 결론

백석은 1930년대 중반 시단에서 모더니즘이 주류를 형성하고 있던 시기 시집 『사슴』을 상재한다. 그런데 백석의 시는 모더니즘과 유사한 기

---

15) 시집 『사슴』을 발간한 이후 백석은 연작시 「南行詩抄」(1936.3)와 「咸州詩抄」 (1937.10), 「西行詩抄」(1939.11)등의 여행시를 발표한다.

16) 우리는 그러한 예의 대표적 경우를 「北方에서—鄭玄雄에게」에서 살펴볼 수 있다. "그동안 돌비는 깨어지고 많은 은금보화는 땅에 묻히고 가마귀도 긴 족보를 이루었는데/ 이리하야 또 한 아득한 새 녯날이 비롯하는 때/이제는 참으로 이기지 못할 슬픔과 시름에 쫓겨/나는 나의 녯 한울로 땅으로——나의 태반으로 돌아왔으나/(중략)/아, 나의 조상은 형제는 일가친척은 정다운 이웃은 그리운 것은 사랑하는 것은 우러르는 것은 나의 자랑은 나의 힘은 없다 바람과 물과 세월과 같이 지나가고 없다"

법을 사용하되 소재라든가 세계관에서는 기성 모더니스트들과 차별성을 보인다. 기존의 모더니스트들이 근대를 수용하고 환영하는 편에 놓여 있었다면 백석은 근대적인 것, 소위 도시적인 것과 전혀 다른 것을 소재로 취하고 있기 때문이다. 백석은 가장 전근대적인 공간을 시의 중심으로 끌어들여오면서 그러한 소재를 가장 현대적인 기법으로 구성해낸다. 다시 말해서 백석의 시는 가장 근대적인 것과 가장 전근대적인 것의 융합 형태를 취하고 있는 것이다.

그러나 모더니즘의 본래 정신이 근대를 부정하는 것이라면 백석의 시적 양상은 그다지 모순된 것이 아니다. 그는 전근대적인 공간으로서의 '고향'을 단순한 소재적 차원에서 끌어들이는 것이 아니기 때문이다. 고향은 민족주의, 전통주의, 향토주의의 관점에서 취해지는 소재가 아니고 근대적 방식으로 근대를 부정하는 차원에서 방법적으로 선택되는 것이다. 즉 그것의 자리에 다른 것으로 대체될 수도 있는 성격을 '고향'은 가지고 있는 것인데, 이는 곧 고향이 파편화된 근대인의 자아정체성을 회복시켜 줄 수 있는 보편적인 공간으로 기능함을 의미하는 것이다. 이를 모더니스트가 추구하는 신화적 공간이라 부를 수 있을 것이다.

그런데 신화적 공간이 추구되는 근본적인 이유는 근대가 지닌 시간의 진보와 공간의 확장에 기인하는 바, 신화적 공간은 이와 같은 추상화와 보편화를 부정하는 자리에서 형성되는 것이다. 이러한 정신은 시적 기법 상 시간성보다는 공간성을 중심으로 하게 된다. 백석 시를 이끌어가는 중심 기법이 이미지즘인 것을 보면 이러한 사실들이 서로 모순이 되지 않음을 알 수 있다.

백석은 이미지즘의 기법을 기존의 모더니스트와 달리 사용하고 있는데 그것은 서사적 내용을 이미지화하는 장면화의 기법을 보이고 있다는 점에서 그러하다. 장면화의 기법은 영화 제작의 기술을 응용한 것으로 공간성을 강조한다는 점에서 모더니즘 기법의 일종이라 할 수 있다. 그런데 모더니즘의 신화는 근대의 보편성에 저항하기 때문에 지역적 특수성을 지향한다. 이 점이 백석 시에서 모더니즘 기법과 '고향'이 만날 수 있었던 이유에 해당한다. 백석시는 공간성과 지역성을 본질로 하며 그것은 근대가 지닌 시간의 일반적 성격과 자본의 보편화 경향을 부정하는 자리에 놓여 있는 것이다.*

---

* 논문출처 : 「백석 시의 고향 공간화 양식 연구」, 『한국문학이론과 비평』 제21집, 한국문화이론과비평학회, 2003.

참고문헌

고형진, 『백석시 연구』, 고려대학교 석사논문, 1983.

고형진 편, 『백석』, 새미, 1996.

김기림, 『전집』2, 심설당, 1988.

김미경, 「백석시 연구」, 『현대문학연구』제154집, 1993.

김용직, 『한국현대시사』, 한국문연, 1996.

김윤식, 『우리 소설을 위한 변명』, 고려원, 1990.

신범순, 『한국 현대시사의 매듭과 혼』, 미니사, 1992.

오세영, 『문학연구방법론』, 시와시학사, 1991.

이동순 편, 『백석시전집』, 창작과비평서, 1987.

Barthe. R., 『신화론』, 정현 역, 현대미학사, 1995.

kermode. F., 『종말의식과 인간적 시간』, 조초희 역, 문학과지성사, 1993.

1930년대 후반 시의 도시표상 연구
— 오장환, 김광균, 박팔양을 중심으로

고봉준

1. 1930년대 시와 도시

1930년대 시 연구에서 '도시'는 상징적인 의미를 지닌다. 그것은 첫째, 30년대의 경성이 소비도시의 면모를 지님에 따라 '도시'가 문명과 소비의 공간으로 인식되었다는 점, 둘째, 중일전쟁 이후 모더니즘의 쇠퇴와 더불어 도시에 대한 문학적 표상이 급속히 변화하기 시작했다는 점에서 살펴볼 수 있다. 그러나 30년대의 도시표상 연구에 있어서 이 두 가지 의미는 사뭇 다른 양상을 띠는데, 그것은 30년대 중반 이후의 문학에서 모더니즘이 갖는 영향력의 변화와 직결된다. 주지하듯이 30년대의 경성은 왕조의 수도로서의 위엄 대신 근대성의 상징, 즉 소비 공간으로 면모를 띠기 시작했고, 30년대 시의 '도시성' 연구 또한 '도시(경성)'를 식민지 자본주의라는 특수성의 관점에서 이해할 것인가, 근대성의 공간이라는 보편성의 관점에서 이해할 것인가로 양분되어 진행되어 왔다. 특히 '근대성' 담론이 국문학 연구의 화두로 등장한 이후에는 1930년대 시에 등장하는

'도시'를 모더니티와 소비자본주의라는 보편성의 관점에서 이해하려는 경향이 한층 두드러지고 있다. 그렇지만 30년대 후반에 관한 최근의 연구들이 보여주듯이, 도시에 관한 보편적 이해는 중일전쟁 이후 모더니즘과 함께 점차 영향력을 잃어버리고 있었다.[1]

주지하듯이 조선총독부는 1912년 11월 총독부 고시 78호를 시작으로 1934년 7월 최초의 근대적 도시계획법인 '조선시가지계획령'에 이르기까지 다수의 경성재개발 사업을 통해 경성의 전통적인 공간배치를 해체하고 대신 종로—황금정—본정을 연결하는 남북도로와 을지로 중심의 방사상 도로망 등을 건설했다. 비록 부산, 인천, 원산 등처럼 일본의 식민지 지배와 함께 새롭게 형성된 도시는 아니었지만 경성은 전통적인 도시와 식민지 도시가 겹쳐진 '이중구조'[2]의 발달을 피할 수 없는 상태였다. 문명의 발달에 따른 공간 변화는 감성의 변화를 수반한다. 백화점을 비롯한 새로운 문명의 등장은 새로운 감성과 유행, 주체의 경험구조에 변화를 초래했고, 그것은 경성을 배경으로 살아가던 사람들의 일상과 문학 전반에 커다란 변화를 불러왔다. 1930년대의 모더니즘 문학은 바로 이 '도시' 체험이 낳은 변화된 감각의 산물이었다. 그것은 먼저 도시와 문명이라는 소재의 변화를 의미하는 것이었고, 나아가 언어와 문체, 주체의 경험 변화를 의미하는 것이었다. 물론, 특유의 이중구조로 인해 경성은 모더니티의 상징인 근대 도시로 환원될 수 없는 전통의 흔적과, 식민지라는 특수한 조건을 지니고 있었다. 그렇지만 1930년대에 '전통'과 '식민지'라는 특

---

1) 중일전쟁 이후 문학장(場)의 변화는 주로 '전통'의 재발견이라는 점에 초점을 두고 논의되고 있고, 시(詩)보다 소설과 비평에 비중을 많이 두고 있지만, 오히려 문학주조의 변화는 시에서 가장 뚜렷하게 드러난다. 중일전쟁 이후 문학장(場)의 성격변화에 대해서는 차승기, 『반근대적 상상력의 임계들』, 푸른역사, 2009를 참고.
2) 하시야 히로시, 김제정 옮김, 『일본제국주의, 식민지 도시를 건설하다』, 모티브, 2005, 35쪽.

수한 조건 또한 '도시'라는 자본주의적 경험에서 자유롭지 못했는데, 이 환원불가능한 지점과 특수한 조건 등이 1930년대 시에서 도시 표상의 다양성을 가능하게 원인이었다. 유파나 경향에 상관없이 대부분의 시인들이 도시에 머물렀고, 도시에 관한 시를 썼으며, 고향을 떠나 도시로 향했던 것만큼은 부정할 수 없는 사실이다. 1930년대의 '경성'이 19세기 유럽 모더니티의 수도였던 파리만큼 강력한 중심성을 갖고 있지는 못했지만, "도시 체험의 충격이 근대성의 수준보다는 체험의 새로움"[3]에 더 크게 좌우되고, 모더니티의 관점에서 도시는 국가의 일부가 아니라 그것과 별개로 존재한다는 사실을 감안하면 이 시기 경성이 도시 체험의 공간으로 지니고 있었던 위상을 짐작할 수 있을 듯하다.

그렇지만 '도시(성)'에 대한 시적 표상은 1937년 이후 급격히 변화되기 시작한다. 이러한 변화는 식민지 후반기로 갈수록 더욱 뚜렷해지는데, 이와 관련하여 김종한은 30대년 중반 이전 시에서의 '향수'는 민족주의의 영향이지만, 30년대 중반 이후 신세대들의 시에서의 '향수'는 민족주의와 무관한 현대인의 상실감을 나타내는 낭만주의의 흔적일 뿐이라고 주장[4]했다. 실제 이 시기의 시적 경향은 모더니즘의 영향에서 벗어나 생명주의와 전통주의로 양분되고 있었고, 30년대 전반까지 시단을 이끌어온 모더니즘은 부정과 극복의 대상으로까지 인식되기 시작했다.[5] 모더니즘에

---

3) 전봉관, 「1930년대 한국 도시적 서정시 연구」, 서울대 박사학위논문, 2003, 5—6쪽.

4) 김종한, 「시단개조론」, 『조광』1940.3.

5) 30년대 후반의 시적 경향은 한 마디로 모더니즘의 부정과 극복으로 요약할 수 있다. 이 시기에 발표된 오장환의 『성벽』(1937)과 『헌사』(1939), 정지용의 『백록담』(문장사, 1941), 『사슴』 이후의 백석 시, 『와사등』 이후의 김광균, 장만영의 『양』(1937)과 『축제』(1939) 등은 모더니즘의 영향 밖에서 새로운 시세계를 찾기 시작했다. 이런 변화는 신세대의 시에서도 확인된다. ≪문장≫을 통해 등단한 이호우와 김상옥, 모더니즘의 후예였던 김종한, 향수(鄉愁)의 세계에 주목했던 오일도, 장서언, 이한직, 이용악의 『분수령』(삼문사, 1937)과 『낡은 집』(삼문사, 1938), 신석초의 「바

대한 비판적 성찰의 절정은 김기림의 「모더니즘의 역사적 위치」(1939)였다. 중일전쟁을 전후해서 모더니즘의 영향력이 위축된 이후의 시단, 특히 신세대의 시적 주조는 "생명파적 윤리적 경향과 신비적 회화적 경향과 그 양자의 절충적 경향, 그리고 공리파적 경향으로 분리"6)되기 시작했는데, 이 과정에서 도시적 감수성과 도시 공간에 대한 문명적 이해는 사라지고 대신 '자연', '고향', '전통'과 같은 가치들이 부각되기 시작했다. 이런 맥락에서 보면, 부정적이든 긍정적이든, 도시성의 흔적이 드러나는 오장환, 김광균, 박팔양의 시는 과도기적 성격을 띠고 있다고 평가할 수 있으며, 아울러 중일전쟁 이후의 시의 도시표상이 이전 시기와 어떻게 달라졌는가를 확인할 수 있는 계기를 제공한다고 볼 수 있다. 이들의 시에서 드러나는 도시표상은 대개 모더니즘의 영향으로 해석되어 왔지만, '전통'과 '고전'에 대한 관심이 급증하는 시대적 분위기, 그리고 30년대 후반 이후 이들의 시적 지향이 '도시성'에서 이탈했다는 사실을 고려할 때, 이들의 시에서 '도시'를 모더니티의 보편적 공간이나 모더니즘의 흔적으로 해석하는 것은 재고되어야 할 듯하다. 본 논문은 이들 세 사람의 시가 '도시'라는 30년대 문학의 일반적 범주를 포함하고 있으면서도, 본격적으로 전통과 고전의 세계로 진입하지 않았다는 사실에 주목하려 했다. 이들의 시는 모더니즘의 영향력이 지배적이었던 30년대 전반의 도시표상과 식민지 후반기 '전통'과 '고전'의 세계 사이에 위치하고 있으며, 이 과도기적 성격은 30년대 시에서 도시표상의 변화를 고찰할 때 중요한 준거점을 제공한다고 생각한다.

라춤」(『문장』, 1941.4), 조지훈의 「고풍의상」(『문장』, 1939.4)과 「승무」(『문장』, 1939.12)와 「봉황수」(『문장』, 1940.2) 등이 이 시기에 발표·출간되었다.
6) 한형구, 「일제 말기 세대의 미의식에 관한 연구」, 서울대 박사학위논문, 1992, 46쪽.

2. 오장환 : 식민지 근대성과 병리성의 공간

오장환은 1933년 『조선문학』을 통해서 등단했다. 그렇지만 첫 시집의 자서("이 시집은 1936~37 양년, 즉 저자의 약년기에 노작한 바 일부분이다.")에서 스스로가 밝히고 있듯이, 그는 등단 이후 귀국 때까지 별다른 창작활동을 하지 않았다. 이 시기 그는 일본에서 유학했다. 주지하듯이 그가 본격적인 창작 활동을 시작한 것은 대략 1936~1937년이었는데, 이 는 그가 카프의 해체와 문단의 주조 상실이라는 변화된 정세 속에서 시작 (詩作)했음을 말한다. 동시대의 시인들이 회고하듯이, 1930년대의 오장환은 "보들레르와 베를렌느 같이 고독한 심신으로 거리에서 다방에서 자나 깨나 살아오던"[7] 거리의 시인("사뭇 돼지구융같이 늘어선/끝끝내 더러운 거릴지라도/아, 나의 뼈와 살은 이곳에서 굵어졌다"(「병든 서울」)) 이었고, 도회의 시인이었다. 그렇지만 이때의 '도회'는 모더니스트들의 도시와는 달랐다. 1930년대 중반 오장환의 시는 식민지 현실에 대한 비판적 인식을 도시적 암흑과 우울의 정조로, 나아가 데카당한 분위기로 표출한다. 그의 시세계는 30년대 후반 이후 비애와 퇴폐, 슬픔과 절망, 근대 문명과 도시에 대한 데카당한 부정 같은 모더니즘적 경향에서 향토적 서정의 세계로 변모해 갔고, 이러한 경향은 해방 이전까지 지속되었다. 이러한 시적 변화는 한 개인의 관심 이동이라고 평가될 수 있지만, 그것은 동시에 1937년 이후 문학장(場)의 변모에서 기인하는 결과처럼 보인다.

오장환의 첫 시집은 『성벽』(1937)이다. 비참한 현실과 도시 문명의 부정성, 봉건적 잔재에 대한 비판적 시각이 돋보이는 이 시집에서 '항구'와 '도시'는 근대성의 부정적 공간으로 형상화된다. 비애와 우울, 피로한 여정과 상실감으로 점철된 초기 시에서 '항구'는 전통적인 세계와 대비되면

---

7) 이봉구, 「「성벽」 시절의 상환」, 김학동 편, 『오장환 연구』, 시문학사, 1990, 284쪽.

서 페이소스의 기원으로 설정된다. 최남선에서 임화에 이르기까지 '항구'는 "있어야 할 당위의 공간"8)이었지만, 오장환에게 '항구'는 끝없는 상실과 방황을 상징하는 인간 존재의 운명이자 식민지 현실의 상징적 공간으로 표상될 따름이다. 또한 김기림의 모더니즘에서 감각과 취향, 즉 '도시'가 모던한 소비 공간이었다면, 오장환의 시에서 '도시'는 식민지적인 삶의 비극성을 함축하고 있는 축도로서 기능한다. 오장환의 시에서 '도시'는 '병든 서울'이라는 표현처럼 항상 비정상적이고 퇴락한, 음울한 공간으로만 인식된다. 오장환의 시에서 '도시'가 타락과 부패라는 부정성의 공간으로 인식된다는 것, 그것은 근대에 대한 시인의 태도는 물론 '도시'라는 근대 자본주의의 상징을 바라보는 시인의 세계관을 단적으로 증명한다. 설령 문명비판의 요소를 띠고 있었다 할지라도 스스로를 세계 시민의 한 사람으로 규정했고. 코스모폴리타니즘이라는 근대성의 세계에 열광했던 김기림과 달리, 오장환의 시에서 '도시'는 무엇보다 우울하고 남루한 공간으로 형상화된다.

폐선처럼 기울어진 고물상옥(古物商屋)에서는 늙은 선원이 추억을 매매하였다. 우중충한 가로수와 목이 굵은 당견(唐犬)이 있는 충충한 해항의 거리는 지저분한 크레용의 그림처럼, 끝이 무디고, 시꺼먼 바다에는 여러 바다를 거쳐온 화물선이 정박하였다. (중략)
망명한 귀족에 어울려 풍성한 도박. 컴컴한 골목 뒤에선 눈자위가 시퍼런 청인(淸人)이 괴춤을 훔칫거리며 길 밖으로 달리어간다. 홍등녀의 교소(嬌笑), 간드러지기야. 생명수! 생명수! 과연 너는 아편을 가졌다. 항시의 청년들은 연기를 한숨처럼 품으며 억세인 손을 들어 타락을 스스로이 술처럼 마신다.

— 「해항도(海港圖)」 부분

8) 서지영, 「오장환 시의 모더니티 연구」, 『한국근대문학연구』 제2권 제1호, 한국근대문학회, 2001, 146쪽.

어포의 등대는 귀류(鬼類)의 불처럼 음습하였다. 어두운 밤이면 안개는 비처럼 내렸다. 불빛은 오히려 무서웁게 검은 등대를 튀겨놓는다. 구름에 지워지는 하현달도 한참 자욱한 안개에는 등대처럼 보였다. 돛폭이 충충한 박쥐의 나래처럼 펼쳐 있는 때, 돛폭이 어스름한 해적의 배처럼 어른거릴 때, 뜸 안에서는 고기를 많이 잡은 이나 적게 잡은 이나 함부로 투전을 뽑았다.

—「어포(魚脯)」전문

오장환의 첫 시집에서 '항구'는 가장 인상적인 공간의 하나이다. 문명에 열광했던 시인들, 또는 문명과 근대성을 동일한 것으로 간주했던 모더니스트들의 계몽적 비전과 달리, 오장환의 시에서 '항구'는 '어둠'의 공간일 따름이다. 그의 시편들은 '문명'과 '도시'에 열광하기보다는 오히려 그것들을 비판적으로 바라보고 있다. 인용시에서 확인되듯이, 항구에 덧씌워져 있는 암울한 기운 또한 이와 다르지 않을 것이다. 「여수(旅愁)」에 등장하는 "신뢰할 만한 현실은 어디에 있느냐'라는 짙은 탄식은 시집 전체를 통해 그려지는 항해와 여정이 신뢰할 수 있는 현실의 부재와 무관하지 않음을 말해준다. 「해항도」의 첫 구절은 오래된 물건들을 매매하는 한 상점을 배경으로 삼고 있다. 항시(港市)에 위치한 이 상점을 화자는 '폐선처럼 기울어진', '우중충한 가로수', '충충한 해항의 거리'처럼 부정적이고 어두운 이미지로 묘사한다. 이 시에서 항구도시는 '바의 계집'으로 상징되는 매춘, '풍성한 도박', '아편'이 난무하는 세계이고, 화자는 그 세계 속에서 "연기를 한숨처럼 품으며 억세인 손을 들어 타락을 스스로이 술처럼 마"시는 청년들의 모습을 본다. 죽음을 향한 이들의 향연은 "윤락된 보헤미안의 절망적인 심화(心火)"(「매음부(賣淫婦)」)와 같은 절망감 이상이 아니다.

절망적인 분위기는 「어포」에서도 동일하게 나타난다. 이 시에서 '등대'는 밤바다를 비추는 계몽/문명의 빛이 아니라 '귀류(鬼類)의 불'처럼 음습하게 빛난다. '밤'과 '안개', 그리고 '불빛'의 조합으로 형상화되는 포구의 모습은 사뭇 을씨년스럽고 우울하다. 짙은 안개로 인해 사위를 분간할 수 없을 때, 그리고 어둠 속에서 희미하게 반짝이는 하현달이 마치 등대처럼 보일 때, 사람들은 '투전'에 몰입한다. 오장환의 시에서 현실의 비정상성, 즉 "신뢰할 만한 현실"의 부재는 주로 매춘(매음녀, 기녀), 도박(투전), 가난으로 상징된다. 오장환의 시에서 이 현실부재의 원인은 '식민지'라는 조건과 무관하지 않다. 「성씨보」의 한 구절("성씨보와 같은 관습이 필요치 않다")을 근거로 오장환의 초기 시를 전통과의 단절에 대한 의지로 이해하는 연구들이 있지만, 실제 오장환은 전통과의 단절을 통해 근대를 긍정하는 문명론자와 달리 구습(봉건적 유습과 신분제)의 폐지를 통한 근대의 형성을 꾀한 진보주의자로서의 면모가 더욱 강하다. 그러나 그의 시에서 목격되는 근대의 풍경들이란 병적인 상태 이상이 아니었는데, 이 문제의 이면에는 때때로 권력의 흔적이 짙게 투영되어 있다.

전당포에 고물상이 지저분하게 늘어선 골목에는 가로등도 켜지지 않았다. 죄금 높다란 포도(鋪道)도 깔리우지는 않았다. 죄금 말쑥한 집과 죄금 허름한 집은 모조리 충충하여서 바짝바짝 친밀하게는 늘어서 있다. 구멍 뚫린 속내의를 팔러 온 사람, 구멍 뚫린 속내의를 사러 온 사람. 충충한 길목으로는 검은 망토를 두른 주정꾼이 비틀거리고, 인력거 위에선 차(車)와 함께 이미 하반신이 썩어가는 기녀들이 비단 내음새를 풍기어가며 가늘은 어깨를 흔들거렸다.

　　　　　　　　　　　　　　　　　　　　　―「고전(古典)」전문

직업소개소에는 실업자들이 일터와 같이 출근하였다. 아무 일도 안하면 일할 때보다는 야위어진다. 검푸른 황혼은 언덕 알로 깔리어오고 가로수와 절망과 같은 나의 긴 그림자는 군집(群集)의 대하(大河)에 짓밟히었다.

(중략)

제 집을 향하는 많은 군중들은 시끄러이 떠들며, 부산히 어둠 속으로 흩어져버리고, 나는 공복의 가는 눈을 떠, 희미한 노등(路燈)을 본다. 띄엄띄엄 서 있는 포도(鋪道) 위에 잎새 없는 가로수도 나와 같이 공허하고나.

(중략)

어디를 가도 사람보다 일 잘하는 기계는 나날이 늘어나 가고, 나는 병든 사나이. 야윈 손을 들어 오랫동안 타태(惰怠)와, 무기력을 극진히 어루만졌다. 어두워지는 황혼 속에서, 아무도 보는 이 없는, 보이지 않는 황혼 속에서, 나는 힘없는 분노와 절망을 묻어버린다

—「황혼(黃昏)」 부분

오장환의 시에서 '병'은 "신뢰할 만한 현실"의 부재이자 비정상성에 대한 상징이다. 그의 시 도처에는 '병'이 산재해 있다. 아니, 그토록 많은 '병'들은 차라리 현실 전체가 병으로 가득하다는 것을 증언하고 있다. 그러므로 훗날의 '병든 서울'이라는 모티프는 해방 이후의 혼란만을 가리키는 수사가 아니었던 셈이다. 「고전」에서의 도시 공간은 빈민가이거나 변두리로 설정되어 있다. 전당포와 고물상이 늘어선 골목, 포장이 되지 않은 도로, 집과 집이 빼곡하게 붙어 있는 곳. 이러한 공간은 30년대 모더니즘의 상징인 소비도시 '경성'과는 거리가 멀다. 항시(港市)의 음울함, 도시의 가난과 병적 상태를 형상화할 때에 오장환은 '충충'이라는 표현을 반복해서 사용한다. '병'과 함께 '충충'이라는 이 느낌의 표현이야말로 그가 도시 공간에서 받았던 대표적인 이미지였던 것이다. 이 시에서 '도시'는 다방—백화점—기차로 상징되는 '모던의 세계'가 아니라 "구멍 뚫린 속내의"로 상징되는, 가난마저 매매해야만 하는 '가난의 세계'이고, 검은 망토의 주정꾼들이 비틀거리는 '절망의 세계'이며, "하반신이 썩어가는 기녀들"로 상징되는 '매음의 세계'이다. 「황혼」의 화자는 이 가난, 절망,

매음의 세계에서 "병든 나에게도 고향은 있다"라고 외친다. 절망과 향수가 뒤엉킨, 그러나 '고향'으로 상징되는 농경사회에 대한 향수와는 달리 도시에서의 병적 우울과 절망이라는 주조야말로 오장환의 시세계를 압축적으로 보여주는 것이다. 이 세계 위에서 사람들은 "직업소개에는 실업자들이 일터와 같이 출근하였다"처럼 하루하루 실업의 불안한 나날을 영위한다. 또한 "어디를 가도 사람보다 일 잘하는 기계는 나날이 늘어나가고"처럼 기계는 문명이라는 이름으로 세상을 장악하기 시작한다. 이 문명에 대한 시인의 비전은 "꽃밭을 허황하게 만드는 문명", "꽃밭에서는 끊일 사이 없는 교통사고가 생기어났다."(「화원(花園)」)처럼 비관적이다.

> 쓰르갯바람 못 쓰는 휴지쪽을 휩싸아가고
> 덧문을 척, 척, 걸어닫은 상관(商館)의 껍데기 껍데기에는 맨 포스터 투성이
> 쫙 퍼지는 번화가의 포스터
> 주보(酒甫)
> 초저녁 북새통에 것을 비뚜루 쓴 시골영감
> 십년지기처럼 그 뒤를 따라 나가는 늙은 좀도적!
> 음험한 눈자위를 구을리며 쑹덜쑹덜 수군거리는 거지
> 헌 구두를 홈키어잡고 달아나는 아편쟁이 눈썹이 싯푸른 청인(淸人)은 홈침홈침 괴춤을 추썩거리며 어둠 밖으로 나온다.
> 불안한 마음
> 불안한 마음
> 생명수! 생명수! 과연 너는 아편을 가졌다.
> 술맛이 쓰도록 생활이 고달픈 밤이라 뒷문이 아직도 입을 다물지 않은 중화요리점에는 강단으로 정력을 꾸미어나가는 매음녀가 방게처럼 뼛낙질을 하였다.
> 컴컴한 골목으로 드나드는 사람들 ─ 골목 뒤로는 옅은 추녀 밑으로 시꺼먼 복장의 순경이 굴뚝처럼 우뚝 다가섰다가 사라지고는 사라

지고는 하였다.

영화관―환락경. 당구―마작구락부―도박촌.

―「야가(夜街)」 전문

인용시 「야가(夜街)」는 오장환 시의 나타나는 도시 이미지를 가장 압축적으로 보여주는 작품이다. 1936년 12월 『시인부락』에 발표되었던 이 시의 모티프는 같은 지면에 함께 발표되었던 「해항도」와 상호텍스트적인 성격을 띠고 있다. 괴춤을 추썩거리며 골목길을 황급히 빠져나오는 청인(淸人)의 형상, 그리고 "불안한 마음/불안한 마음/생명수! 생명수! 과연 너는 아편을 가졌다"라는 구절은 「해항도」의 일절 "생명수! 생명수! 과연 너는 아편을 가졌다"를 반복하고 있다. 그러나 「해항도」와 달리 이 시는 '도시'라는 공간의 이면에 도사리고 있는 권력의 일면을 보여준다는 점에서 「해항도」와 구분된다. 밤거리 풍경이라고 말할 수 있는 이 시의 제목은, 그러나 김기림이나 이상의 시에 등장하는 '백화점'과 기묘한 대조를 이루면서 식민지 경성의 어두운 일면을 탁월하게 그려내고 있다. 실제로 1930년대는 백화점의 시대였다. 도심 곳곳에 쇼윈도우와 백화점이 들어서면서 식민지의 수도 경성은 왕조의 도시로서의 위엄을 상실하고 급속하게 자본주의에 편입되었고, 그것은 '소비'와 '취향'이라는 근대성의 상징처럼 여겨지기에 이르렀다. 그러나 오장환에게 도시는 '야가'라는 제목처럼 거리의 음울한 풍경으로 비쳐질 따름이다. 바람이 온갖 휴지들을 쓸어가는 밤거리, 덧문마저 잠근 상점의 외벽에는 번화가의 포스트들이 즐비하게 붙어 있다. 이 공간에서 움직이고 있는 인물들을 잠시 살펴보자. 시골영감, 시골영감의 뒤를 따르는 늙은 좀도둑, 걸인, 아편쟁이, 매음녀……

「고전」이 변두리나 빈민촌의 형상이라면, 「야가」는 도심지의 형상에 가깝다. 그러나 이 시에서도 '도시'라는 근대성의 보편적 형식을 발견하기는 불가능하다. 그것은 도시의 형상을 띠고 있으되 '불안한 마음'들만이 들끓고 있는 병든 도시이기 때문이다. 물론 이 시에 등장하는 인물들을 익명적 주체, 즉 군중과 동일시하기는 어렵다. 그것은 차라리 '시골영감'처럼 봉건적 잔재이거나 '매음녀'처럼 근대적 화폐경제에 묶여서 살아가는 인간 군상에 가까운 듯하다. 흥미로운 사실은 "영화관—환락경. 당구—마작구락부—도박촌"으로 연결되는 도박과 향락의 자본주의적 문화 이면에 "시꺼먼 복장의 순경"을 배치시켜 놓았다는 점이다. '순경'은 "우뚝 다가섰다가 사라지"는 존재라는 점에서 일견 위압적으로 느껴지지 않을 수도 있다. 그러나 반대로 이 시는 위압의 정도와는 무관하게, 그러한 도박과 향락의 문화 이면에 '순경'으로 상징되는 제국주의의 권력이 깊숙이 연루되어 있음을 보여주고 있다.

오장환의 시는 '도시'에 주요 공간으로 설정하고 있고, 모더니즘의 세례를 받았지만 근대성의 빛을 좇기보다는 그것을 비판하는 방향에서 출발했다. 오장환의 눈에 비친 경성의 형상은 이식된 근대가 식민지인들의 삶을 얼마나 황폐하고 불행하게 만드는지를 보여주기 위해 선택된 것들이었고, 그는 질병 상태에서 벗어나지 못하는 조선의 현실을 '병', '설움', '그리움', '눈물', '떠돎'(행인, 여행자) 같은 감정으로 표현했다. 도시를 부정적인 공간으로 묘사하면서도 도시적 서정에서 벗어나지 않았던 그의 시는 『헌사』이후 전통적인 자연과 농경의 세계로 나아가기 시작했는데, 이는 오장환의 시세계가 병리성에 대한 비판에서 정상성에 대한 탐구로, '도시'라는 부정적 공간에서 '농촌'이라는 긍정적 공간으로 이동했음을 의미한다.

3. 김광균 : 현대의 방향상실과 분열된 낭만주의

김광균은 1926년 『중외일보』에 「가는 누님」을 발표하면서 등단한 이래 1920년대에는 전통적인 시어를 바탕으로 고독과 슬픔, 상실 등을 표현했고, 30년대 초반에는 사회현실을 반영한 몇몇 작품들을 발표하기도 했다. 가령 「실업자의 오월」에서는 "컴컴한 공장의 지하실에 황폐해가는 ××의 거리에/짓밟힌 현실이 낳은 모—든 가슴아픈 회억(回憶)과 눈물을 실고/고뇌에 묻힌 우리들의 봄은 그대로 가고/낙화진 봄의 폐허공원의 벤취에/고달픈 실업자의 무리는 헤매인다"처럼 "저주와 기아"로 상징되는 실업상태에 처한 군상들이 들끓는 공원의 모습을 묘사하기도 했고, 「창백한 구도」에서는 "지금 애상의 안개 속에 헤매는 우리들의 마음 속에—/허무러진 시대와 떠나가는 감정의 한숨 섞인 회억(回憶) 속에—// 공황의 애사를 지켜오던 몰락된 생활의 여음을 실고—"처럼 경제공황으로 인해서 "허물어진 시대"를 표현하기도 했다. 두 편의 시에 등장하는 "짓밟힌 현실"과 "허무러진 시대"가 식민지의 현실을 가리키는지, 아니면 보편적인 모더니티로서의 도시를 가리키는지는 분명하지 않지만, 일어로 발표된 "식민지에도 봄이 찾아 왔다. 벚꽃은 필 것이다. 공원의 잔디 위에서 관청의 공무원과 상인은 착취되는 우리들을 비웃을 것이다. 거리에 식민지의 부르조아를 태우고 시보레는 달린다. 소작인을 ××해 세운, 산 위의 별장에 피아노 음이 새어 나온다. 마을 아래에는 오늘도 우리의 노역과 눈물이 계속된다."(「日本の兄弟よ」)9)를 고려하면 그것들이 '식민지'와 '근대'라는 이중의 질곡을 가리키는 것이라고 해석할 수도 있다.

그런데 1935년을 전후해서 김광균의 시는 변모하기 시작한다. 그의 첫

---

9) 김광균, 「日本の兄弟よ」, 『戰旗』, 1930.6 ; 이숭원 외, 『시의 아포리아를 넘어서』, 이룸, 2006, 157쪽에서 재인용.

시집『와사등』에「외인촌」을 제외하면 1935년 이전에 창작된 작품이 한 편도 포함되어 있지 않다는 것 역시 주목할 대목인데, 이는 1939년 시집 출간 당시에 의도적으로 이전 시기의 작품들을 제외했다는 것을 의미한다. 그의 텍스트에서 이 변화와 선택의 근거를 발견하기는 어렵지만, 이 변화에 종래의 모더니즘적 지평과는 다른 시적 세계를 추구해야 한다는 의식이 개입되어 있었던 것만큼은 분명해 보인다. 실제로 김광균의 텍스트에 회화적 이미지가 도시 풍경을 지배적인 이미지로 삼게 된 것은 1935년 이후이다.10) 이는 '시어'의 경우에도 마찬가지인데, 1940년에 발표된「서정시의 문제」는 이러한 시적 변모가 이 시기에 사실상 완결되었음을 보여주는 예라고 할 수 있다. 이 산문에서 시인은 "시에 있어서의 대상(현실)이 있는 이상, 이 대상에 근본적인 변화가 있을 때 이 대상을 담는 용기(시) 역시 변화해 할 것"처럼 '현실'과 '시'의 관계를 '대상'과 그것을 담는 그릇, 즉 '용기'에 비유한다. 신세대론의 하나로 제출된 이 산문의 핵심 요지는 "19세기는 19세기가 끝나는 마지막 날의 한 장의 '캘린더'로 없어져 역사상의 존재가 되었고, 20세기에 존재하는 우리는 20세기의 정신과 감정과 감각을 노래할 뿐이다."처럼 19세기와 20세기의 문학을 구분하는 것이었다.

현대의 교양과 감정을 흔들려면 반드시 거기에 적합한 문학내용과 새로운 형태 및 새로운 서정정신을 갖추기 전에 어렵다도 생각하여도 무방할 것 같다.…(중략)… 오늘의 문명이 추상적인 것보다 구체적인 것, 청각보다 시각, 관념보다 수학으로 조직된 것으로 보아, 우리가 탐구할 형태가 보다 음악적인 것에서 보다 조형적인 것으로 될 것은 넉

10) 이에 대해서 윤지영은 김광균의 초기작들이 근대적이라고 평가되는 이유는 그의 시가 도시의 근대풍경에 주목했기 때문이 아니라 전통과 근대가 혼합된 풍경마저 '도시의 근대적인 풍경처럼 보이게 만들기 때문이라고 지적했다. 윤지영,「김광균 초기작의 근대적 면모」,『어문연구』112권, 한국어문교육연구회, 2001, 178쪽.

넉히 자신할 수 있다. 대전 이후로 미래파, 입체파, 초현실파 이렇게
시가 회화운동과 행동을 같이해 온 것이 결코 이유가 없는 것은 아닐
것이다. 새로운 시가 자연의 풍경에서 노래할 것을 발견하지 못하고
정신의 풍경 속에서 대상을 구했고, 거기 사용된 언어도 목가적인 고
전에 속하는 것보다는 도시 생활에 관련된 언어인 것도 사실이다. 오
늘에 와서 현대의 형태가 조형으로 나타나고 발달된다는 사실은 석유
나 지등(紙燈)을 켜든 사람에게 전등의 발명이 '등불'에 대한 개념에
중요한 변화를 주듯이, '형태의 사상성'을 통하여 조형 그 자체가 하나
의 사상을 대변하고 나아가 그 문학에도 어느 정도의 변화를 일으키
는 데까지 갈 것도 생각할 수 있다.[11]

　인용문의 크게 세 가지 내용으로 요약할 수 있다. 첫째, 현대에는 현대
에 적합한 문학내용과 그것을 담을 새로운 형태, 이른바 새로운 서정정신
이 필요하다는 것. 둘째, 근대 이후의 서정시가 음악보다는 회화와의 연
관성을 더욱 강조하면서 발전해 왔다는 것, 셋째, 새로운 시가 '자연'의
풍경이 아니라 '정신'의 풍경 속에서 대상을 구하고, 목가적인 고전이 아
니라 도시 생활에서 언어를 구한다는 것이다. 여기서 흥미로운 지점은 세
번째, 그러니까 "석유나 지등을 켜든 사람에게 전등의 발명이 '등불'에 대
한 개념에 중요한 변화"를 준다는 대목이다. 언어와 표상의 관계를 문제
삼고 있는 이 지점은 그의 모더니즘이 소재적인 차원의 새로움, 다시 말
해 「오후의 구도」에 등장하는 '아네모네', '보표', '카―텐' 등의 새로운 사
물로 환원될 수 없음을 의미한다. "조형 그 자체가 하나의 사상을 대변"
한다는 것은 새로운 사물의 등장이 사물에 대한 개념, 나아가 그것을 매
개로 발생하는 감정과 정서의 변화를 촉발한다는 것이며, 이는 석유나 지
등이 지배적인 시대에 '등불'의 의미와 전등의 발명 이후에 '등불'의 의미

---

11) 김광균, 「서정시의 문제」, 『인문평론』 1940.2.

가 사뭇 다를 수밖에 없다는 것을 가리킨다. 그러므로 김광균은 도시적인 소재나 언어의 발견, 특히 그것을 회화적인 이미지를 통해서 표현함으로써 19세기와는 다른 정서와 서정의 필요성을 강조하려 했던 셈이다. 같은 맥락에서 그는 "모필에 먹을 묻혀 쓰던 시"와 "타이프라이터로 찍은 시" 사이의 호흡과 시각효과의 차이를, "역전마차를 타는 것"과 "특급열차를 타는 시대"의 속도감각의 변화를, "물소리나 닭의 울음소리에 깨는 사람"과 "비행기나 전차의 폭음에 깨는 사람"의 생활 정서나 자연에 대한 질감의 차이에 주목하야 한다고 주장한다.

그렇지만 「서정시의 문제」에서 보인 '새로운 시'에 대한 강조를 그의 시 전체에 적용하는 것은 다소 무리가 있다. 그것은 이 글이 1940년에 시단의 신세대론이라는 성격 하에서 발표되었으며, 20년대의 재래적 서정이나 30년대 초반에 그가 보였던 사회현실에 한 발 다가선 작품들과 무관한 것처럼 보이기 때문이다. 주지하듯이 30년대 후반에 등장한 시단 신세대론에서 새로운 세대의 시인들은 카프의 경향문학과 정지용, 김기림의 모더니즘을 모두 극복의 대상으로 설정했다. 이것은 김광균의 모더니즘이 30년대 모더니즘의 연속선상에 놓여 있지 않다는 것을 의미한다. 이 두 시기 사이, 그는 <시인부락>(1936)과 <자오선>(1937) 동인활동을 했다. 말하자면 김광균의 시세계는 초기의 전통 서정에서 출발하여 30년 무렵에는 가난과 착취처럼 사회성이 짙은 작품들을 썼고. 1935년 이후에는 도시와 고향(유년)의 대비 속에서 도시적 우울과 고독, 슬픔 등을 노래했다고 볼 수 있다.[12] 그렇지만 1935년 이후의 그의 시가 음악성 대신 회화성을 부각시켰다는 점, 사물과 언어의 변화가 서정의 성격을 바

---

12) 이 시기에 김광균은 고향인 개성을 떠나 항구도시 군산에서 신혼살림을 시작했다. 때문에 이 시기 도시나 항구의 모습을 배경으로 설정하고 있는 시편들에서 두드러지는 향수, 고독, 우울 등은 이러한 내면의 표현이라고 볼 수 있다.

꾼다는 사실을 포착하려 했다는 점, 자연적 풍경마저 도시적인 언어로 표현하려 했다는 점에서, 여타의 모더니즘 시와 달리 고독, 향수, 우울, 감상에 압도된 시적 주체를 일관되게 그려냈음에도 불구하고 시적 근대성을 추구했다고 평가할 수 있다. 문제는 그의 시적 근대성이 '도시'와 '문명'에 대해서 긍정적인 반응으로 연결되지는 않다는 점이다. 그의 시에서 '도시'는 희망과 긍정의 공간이 아니라 방향상실과 그로 인한 고독, 슬픔, 우울의 공간으로 그려지고 있다.

> 차단―한 등불이 하나 비인 하늘에 걸려 있다.
> 내 호올로 어딜 가라는 슬픈 신호냐.
>
> 긴―여름해 황망히 나래를 접고
> 늘어선 고층 창백한 묘석같이 황혼에 젖어
> 찬란한 야경 무성한 잡초인양 헝클어진채
> 사념 벙어리되어 입을 다물다.
>
> 피부의 바깥에 스미는 어둠
> 낯설은 거리의 아우성 소리
> 까닭도 없이 눈물겹고나
>
> 공허한 군상의 행렬에 섞이어
> 내 어디서 그리 무거운 비애를 지니고 왔기에
> 길―게 늘인 그림자 이다지 어두워
>
> 내 어디로 어떻게 가라는 슬픈 신호기
> 차단―한 등불이 하나 비인 하늘에 걸리어 있다.
> ―「와사등」 전문

1938년 『조선일보』에 발표된 이 시는 '전등'의 발명이 '등불'에 대한 감성의 변화를 불러온다는 「서정시의 문제」의 문제의식과 맞닿아 있지만, '도시'를 "내 호올로 어딜 가라는 슬픈 신호냐"처럼 방향상실과 불안의 공간으로 묘사하고 있다. 시인은 고층건물이 늘어선 거리에 내려 앉은 어둠에서 "무성한 잡초"처럼 헝클어져 있는 무질서함을 읽어내고, 낯선 거리의 아우성에서 눈물겨움을 느낀다. 도시 문명의 특징 가운데 하나인 대중은 "공허한 군상의 행렬"처럼 무의미하고, 그 무의미한 일상은 "무거운 비애"를 낳는다. 여기에는 '새로운 시'의 추구라는 현대적인 감각은 존재하지만, 박팔양이 "기쁨과 슬픔이 교차되는 네거리"라는 진술을 통해서 확인하려 했던 도시의 양면성에 대한 인식조차 발견되지 않는다. 도시 공간에서 느끼는 우울과 향수 등의 감정은 『와사등』 전체를 지배하고 있다. 가령 항구와 바다를 공간적 배경으로 설정하고 있는 「오후의 구도」에는 전통적인 서정시에서는 등장하지 않던 언어와 소재들이 많이 나타나지만, "하이얀 추억의 벽 위엔 별빛이 하나/눈을 감으면 내 가슴엔 처량한 파도 소리뿐"처럼 '추억'을 매개로 한 처량함의 정서로 귀결된다. 「해바라기의 감상」을 이끌고 있는 이미지는 "퇴색한 작은 마을이 있고/마을 길가에 낡은 집에서 늙은 어머니는 물레를 돌리고"처럼 화자의 고향과 유년에 맞닿아 있는 농촌 풍경이고, 「향수의 의장」 역시 "슬픈 기억의 장막 저편에/고향의 계절은 하이얀 흰 눈을 뒤집어 쓰고", "낙엽이 쌓인 옛 마을 옛 시절이/가엾이 눈보라에 얼어붙은 오후"처럼 황혼의 시간을 배경으로 과거와 현재를 대비시킴으로써 특유의 향수를 자극하고 있다. 「벽화」에서는 "옛 기억이 하─얀 상복을 하고/달밤에 돈대를 걸어 내린다"라는 구절처럼 과거의 기억을 현재적 시간 속으로 불러들임으로써 유년의 아늑함을 표현했고, 그 유년의 기억 속에는 "조락한 역로" 근처에서 방랑했던 기억과 "죽은 누나의 하—얀 얼굴"처럼 피어나던 돌담 위의 박꽃이 펼쳐진다. 「석고의 기억」의 '향수', 「가로수」의 "길 잃은 세피아의 파—란 눈동자", 「밤비」의 "사라진 정열"과 "추억의 날개", 「성호부근」의 "여윈 추억"과 "낡은 고향", "어린 향수" 등 역시 동일한 맥락에서 이해할 수 있다.

1930년대 후반 김광균의 시에서 '도시'는 문명의 공간이지만, 바로 그 이유에서 고독과 향수, 우울과 비애의 공간이기도 하다. 문제는 김광균 시의 도시표상이 도시 자체의 속성이 아니라 그것과 대면하는 주체의 심리상태가 투영된 결과물이라는 사실인데, 이는 이러한 도시표상이 시인 개인의 일상적 체험의 산물이 아니라 '방향상실'로 상징되는 일제후반기의 시대정신과 세대의식을 담지하고 있음을 의미한다. 김광균 시에 대한 기존의 연구들은 1930년대 모더니즘의 연장선에서 김광균 시의 모더니즘적 요소를 강조하고 있지만, 실제로 모더니즘이 더 이상 추구되어야 할 모델이 아니었던 30년대 후반의 시적 지형 속에서 김광균은 현대인의 방향상실을 언어화하려 했다. 동시대의 시인들이 낭만주의적 세계관에 근거하여 현대의 방향상실을 전통적인 언어로 표현하려 했음에 비해, 그는 그 방향상실이 현대적인 언어와 감각에 의해 표현되어야 한다고 믿었던 듯하다. 김광균과 비슷한 시기에 태어나 활동했던 김종한은 김광균의 이러한 시적 특징을 신비성과 조형적 수법의 결합이라고 평가했는데, 이것은 김광균의 모더니즘이 해체된 방식의 낭만주의 의식을 내포하고 있다는 평가였다.

4. 박팔양 : 센티멘탈리즘의 극복과 과도기적 양가성

박팔양은 1923년 『동아일보』에 「神의 酒」를 발표하면서 문단에 나왔다. 1926년 초기 카프(KAPF)에 가입했으나, 1927년 조직 개편 직전에 탈퇴한 것으로 알려져 있고, 1934년 6월 구인회에 참여하면서부터 카프적인 경향성과는 일정한 거리를 유지한 작품을 썼다. 『시와 소설』에 이름만 있을 뿐 작품이 실려 있지 않다는 사실로 미루어보면 그가 이태준이나 정지용과의 친분 때문에 구인회에 가입한 것은 사실이지만, 실제 구인회에서 활발한 활동을 한 것은 아닌 듯하다.13) 이 시기 그의 문학에 대한 이해는 1927년 『조선문단』에 발표한 「문예시평」에서 가장 잘 드러난다. 이 글에서 그는 "프로문예라 하더라도 그 중에는 볼세비즘의 문예와 아나키즘의 문예가 있고 더욱 널리 신흥문예라 하면 기성문예에 대해서 전기 무산계급의 문예 이외에도 표현파·미래파·입체파·다다이즘 등"처럼 세기 초 유럽의 표현주의, 미래파, 입체파, 다다이즘 등을 무산계급의 문예와 함께 신흥문예의 한 조류로 인식14)했는데, 이는 그의 카프 활동이 신흥문예의 지류에 지나지 않은 것이었다고 볼 여지도 있다. 주지하듯이 박팔양은 카프에서 활동할 당시에도 모던, 즉 현대적인 것에 깊은 관심을 가졌다. 그는 "현대에 사는 이상 현대의 사람이 되지 않으면 아니 된다. 물론 현대의 나쁜 것(短處)만을 취하고 본뜨는 것은 불가하지만 현대의 좋은 것은 얼마든지 배우고 본뜨고 이용하고 그리고 생활에까지 받아들여 와야 할 것이다. 현대의 남녀 또는 현대풍의 남녀는 현대를 이해하지 아니하면 아니 된다."15)처럼 유행으로서의 모던(취향)과 구분되는 현대에

---

13) '구인회'와 관련하여 그의 활동이 알려진 것은 그가 구인회 주최의 제2차 문학 공개
　　강좌에 참석하여 「조선신시사」를 강의했다는 사실 정도이다.
14) 박팔양, 「문예시평」, 『조선문단』 1927.2, 58쪽.

대한 이해의 중요성을 누차 강조했다.

　박팔양 시에서 '도시'의 의미는 첫 시집『여수시초』(1940)에 실린 몇몇 작품들에서 확인할 수 있다.『만선일보』기자로 재직 당시 출판한 이 시집에는 카프는 물론 구인회의 흔적 역시 드러나지 않는다. 전체 7개의 테마를 중심으로 자선(自選)된 47편의 시를 담고 있는 이 시집은 '근작(近作)'과 '구작(舊作)'이라는 항목을 제외하면 사실상 '자연·생명', '도회', '사색', '애상', '청춘·사랑'의 다섯 개 테마로 구성되어 있는데, 이러한 구성은 30년대 이후 박팔양의 시세계를 가늠하는 중요한 잣대가 된다. 앞에서 살폈듯이, 이 시집이 출간될 당시 문단의 주조는 카프의 경향문학도, 구인회의 모더니즘도 아니었다. 비평계에서는 신세대론과 전통론이 논쟁의 대상이 되고 있었고, 시단에서는 전통주의의 영향력이 한층 높아지고 있었다. 특히, 순수시론이나 생명시파의 등장은 이 시기의 시문학이 35년 이전의 문학적 주조에서 벗어나 있음을 보여주는 사건이었다. 때문에 박팔양의 시집에서 '도회'에 실려 있는 여섯 편은, 비록 박팔양의 '도시' 인식을 가장 구체적으로 보여준다고 할지언정, 7개의 테마 가운데 하나에 불과한 것이었다.

　박팔양의『여수시초』에 실려 있는 여섯 편의 도회시는 발표 시기에 따라 두 개로 나뉜다. 그 하나는 1926년, 즉 카프의 성원으로 활동할 당시에 창작된「도회정조」「인천항」「태양을 등진 거리 위에서」이고, 다른 하나는 1934년, 즉 구인회 가입 이후에 창작된「하루의 과정」「점경」「근영수제」이다. 또 하나, 두 시기 사이인 1930년 창작된「새로운 도시」를 추가할 수 있다. 박팔양은 카프에서 활동할 당시에도 '도시'에 대한 관심을 표방한 바 있는데, 가령 1927년『조선문단』에 발표한「윤전기와 사층집」

---

15) 박팔양,「진실한 의미의 모던이 되자」,『조선일보』1929.4.10.

은 "××! ××! ××!/輪轉機가 소리를지른다/PM. 7－8 PM. 8－9/ABC. XYZ./符號를 보렴으나/한時間에 ＋萬장式박어라!"처럼 문명을 근간으로 기존질서의 파괴가 야기하는 충격을 다다이즘적인 수법으로 그려낸 작품이다. 이는 등단 무렵의 박팔양이 재래의 서정이 아니라 새로운 예술에 대해 깊은 관심을 갖고 있었음을 의미한다. 그렇지만 이 시집에 실려 있는 20년대의 도시 시편들은 문명의 충격을 다다이즘처럼 형식의 파괴를 통해 그대로 드러내기보다는 객관적 시선으로 그려내고 있는 것처럼 보인다.

도회는 강렬한 음향과 색채의 세계,/나는 그것을 얼마나 사랑하는지 모른다./불규칙한 직선의 나열, 곡선의 배회,/아아, 표현파의 그림 같은 도회의 기분이여! …(중략)…오오－현대문명이 이곳에 있어,/경찰서, 사법대서소, 재판소, 교수대,/학교, 교회, 회사, 사교구락부, 정거장,/보험실, 연구소, 운동장, 극장, 음모단의 소굴,/아아 정신이 얼떨떨하다.//아침에는 수 없는 사람의 무리가 머리를 동이고/일터로－일터로－밥먹을 자리로/저녁에는 맥이 풀려 몰려나오는 사람의 무리가/위안을 구하려, 향락장으로 향락장으로－/연극장과 도박장과 유곽과 기생집은/한집도 빼놓지 않고 만원이다.//기생이 인력거 위에 높이 앉아/값비싼 담배를 피우면서 연회장으로 달릴 때,/순사는 다 떨어진 양복에 헬메트를 쓰고/네거리에서 STOP과 GO를 부른다./거미새끼들 같이 모였다 헤어지는/상, 중, 하층의 각 생활군을 향하여.//어떻든 이 도회란 곳은/철학자가 혼도하고 상인이 만세부르는 좋은 곳이다./그ㅁ ㅁ한 기분과 기분의 교류는/어느 놈이 감히 나서서 정리하지를 못한다./마치 그는 위대한 탁류의 흐름과 같다.

－박팔양, 「도회정조」 부분

박팔양에게는 '모던'에 대한 분명한 지향이 있었다. 그에게 '모던'은 취향이나 유행과 달리 시대의 변화에 대한 인식과 같은 것이었다. 그는 '모던'에 대해서 "현대의 또는 근대의 가장 큰 특징은 모든 것을 과학적으로 생각하는" 것이라고 규정했고, 사유의 과학화와 실천의 전투화가 현대인의 필수조건이라고 주장했다. 박팔양 시의 도시적 감수성은 이 시대의 변화에 대한 감각이 문학에 투영된 결과처럼 보인다. 김기림과 마찬가지로, 그는 도시적 감수성에서 19세기적인 센티멘탈리즘의 흔적을 지우려고 노력했다. "그러나 이는/감상적 시인의 글투!/우리는 센티멘탈하게 울지 않기로 작정한 사람이다"(「태양을 등진 거리 위에서」) 박팔양의 시에서 도시, 즉 모던의 세계는 양가성을 띠고 등장한다. 그는 한편으로는 "강렬한 음향과 색채의 세계", "직선과 사선, 반원과 타원의 선과 선"으로 만들어진 도회 건물들의 무질서함에 대해서 '사랑'의 감정을 느끼지만, "문명기관의 총신경"이 집중되어 있는 그곳에서 "아아 정신이 얼떨떨하다"처럼 충격을 경험한다. 시인은 감정의 양가성을 드러내기 위해 구체적인 공간이 아니라 '거리'를 선택하는바, 박팔양의 도시 서정시는 모두 거리를 배경으로 삼고 있다.

박팔양에게 '도시'는 무엇보다도 양면성의 공간이다. 시인은 "기쁨과 슬픔이 교차되는 네거리"로 상징되는 도시 공간에서 '우울'을 느낀다. 때문에 그의 도시 시편들은 거의 대부분이 동일한 구조를 지니고 있다. 그의 시는 첫째, 도시의 경쾌한 인상에서 출발하여 우울한 감정으로 귀결된다는 것, 둘째, 아침에서 시작되어 저녁으로 이어짐으로써 하루 전체를 시간적 배경으로 삼는다. 인용시를 보자. 1·2연에서 시인은 표현주의 그림 같은 도회의 기분과 음향의 '난조(亂調)'를 경험한다. 도시가 연출하는 밝은 이미지는, 그러나 3·4연에서 "사흘 굶은 노방의 음악가"와 전차의 평행선 궤도가 종국에 교차하리라는 것에 대한 '근심'으로 바뀐다. 6연에서는 '충격'으로, 7연에서는 반복되는 일상의 피곤, 그것을 위로받기 위해 향락장으로 몰려가는 도시인들의 쓸쓸한 이면을 그린다. 8연에서는 도시생활을 "상, 중, 하층"처럼 계급의 위계로 묘사하고, 이를 "값비싼 담배를 피우면서 연회장으로 달"려 가는 기생의 인력거와 "다 떨어진 양복에 헬메트를 쓰고" 있는 순사의 모습을 통해 대비시킨다. 도회의 거리 풍경을 파노라마적인 시각으로 담아내는 이러한 시각은 마침내 도시에서 "탁류의 흐름"을 읽어내고, 그것은 마지막 연에서 '외로움'과 '비애'로 바뀐다. 시공간의 변화에 그에 결부된 정서의 변화는 비슷한 시기에 창작된 「태양을 등진 거리 위에서」에서도 동일하게 반복되는데, 이 시에서 시인은 "서름과 희망이 뒤범벅된" 황혼의 거리 위에서 도시가 "피로한 잠"에 잠겨 있음을 본다.

도회.
밤 도회는 수상한 거리의 숙녀인가?
그는 나를 고혹의 뒷골목으로
교태로 손짓하며 말없이 부른다.

거리우의 풍경은 표현파의 그림.
붉고 푸른 채색등, 네온싸인,
사람의 물결 속으로 헤엄치는 나의 젊은 마음은
지금 크나큰 기쁨 속에 잠겨 있다.

쉬일사이 없이 흐르는 도회의 분류(奔流) 속으로
내가 여름밤의 조그마한 날벌레와 같이
뛰어들제. 헤엄칠제. 약진할제.
아름다운 환상은 나의 앞에서
끈임없이 명멸하고 있다.

그러나 이윽고 나는 나의 피로한 마음 우에
소리도 없이 고요히 나리는 회색의 눈(雪)을 본다.

아아 잿빛 환멸 속의 나의 외로운 마음아.
페이브먼트 우엔 가을의 낙엽이 떨어진다.

이것은 1933년대의 서울
늦인 가을 어느 밤거리의 점경,
기쁨과 슬픔이 교차되는 네거리에는
사람의 물결이 쉬임없이 흐르고 있다.

　　　　　　　　　　　　　　　　　—「점경」 전문

　박팔양의 시에서 '도시'의 정서는 낮의 화려함과 밝음이 아니라 '황혼'
과 '저녁'의 우울, 비애, 적막, 슬픔 등으로 지각된다. 이러한 시적 구성은
1934년에 창작된 세 편의 시에서도 동일하게 드러난다. 「하루의 과정」에
서 시간은 "동편 들창에 비치는 여명"과 "붉은 볼에 행복을 미소하는 젊
은 남녀의/오고가는 발자취 소리"가 들려오는 "럿슈·아워"에서 시작되어
"오후 네 시의 권태"를 거쳐 "도시의 사람을 유혹하는 향락의 밤"으로 이
동한다. 「근영수제」에서 시간은 "거리등불 깜박이는 도회의 한밤"으로
설정되어 있는데, 시인은 도회의 거리를 거니는 "지향없는 걸음"에서 "애
처로운 밤"과 '울음'을 끄집어낸다. 인용시 「점경」은 "밤 도회"를 시간적
배경으로 삼고 있다는 점에서 「근영수제」와 유사하지만 "붉고 푸른 채색
등, 네온싸인"을 "표현파의 그림"에 비유하고 있다는 점에서 1920년대에
창작된 「도회정조」와도 일맥상통한다. 1933년의 도시의 밤 풍경을 묘사
한 이 시에서 '숙녀'에 비유된 도회의 밤은 시인을 "고혹의 뒷골목"으로
유혹하고 있다. 1—3연이 도시의 밤 풍경이 연출하는 매력에 관한 이야
기라면, 4연부터는 도시의 매력이 피로, 환멸, 외로움으로 바뀌는 정서적
반응에 관한 이야기이다. 시인은 이 감정의 변화를 "기쁨과 슬픔이 교차
되는 네거리"라고 묘사하는바, 이러한 도시의 이중성과 그것들의 '교차'

는 박팔양 시의 핵심적인 인식에 속한다.

이처럼 박팔양의 시에서 '도시'는 무엇보다 '거리'라는 새로운 경험 공간의 발견과 연관된다. 1930년대의 경성은 빛―중심부를 지니고 있었고, 이는 '거리'가 높은 인구 밀도와 교통밀집, 다양한 스펙터클들의 연쇄로 구성되었음을 의미한다. 근대도시에서 '거리'는 불특정 대중들의 공간이다. 따라서 비단 백화점만이 아니라 도시의 대로를 따라 형성되는 빛의 거리, 즉 백화점과 다방, 산책로와 마천루 등이 도시체험의 중요한 공간적 대상이 된다. 뿐만 아니라 대로를 따라 질주하는 전차와 택시, 버스 등의 문명 체험 역시 같은 맥락에서 이해할 수 있다. 박팔양은 이 거리 위에서 희미하나마 베일에 싸인 군중의 모습을 발견하고 있는데, 그들은 거리를 '집'으로 여기는 창녀, 갱, 노동자, 실업자, 넝마주이 등이다. 그렇지만 박팔양의 군중에 대한 이해는 계급적인 관심보다는 풍경과 점묘의 수준에 그치고 있다. 이는 도시 풍경을 묘사하는 그의 태도가 자본주의에 대한 극복의 의지나 식민 현실에 대한 이해에서 출발한 것이 아니라 도시의 양면성, 즉 빛과 어둠이 교차하는 장소로서 '도시―거리'를 포착하기 때문이고, 황혼과 밤의 시간 속에서 도시인의 피로, 환멸, 우울, 고독 등을 읽어내려 하고 있기 때문이다.16) 그렇다면 박팔양의 시가 보여주는 '도시'에 대한 양가성은 현대인이 도시에 대해 갖는 일반적인 심리적 태도였을까? 그렇지만 여기에서 간과하지 말아야 할 것은 이 양가성이 박팔양

---

16) "도회! 사람과사람이 개아미색기끌듯하고 골목과골목이바둑판줄가티 縱橫으로뚫린곳에 아름다운 근대문명윗곳이피어잇다 화려한 「쎄피―트멘트스토어」白晝를 비웃는數萬燭電燈 …(중략)… 그러나 우리는도회라는그곳에서데굴데굴러잇슴직한 「행복」 대신에 실상무엇을 보는가 거긔에는 煤煙에 가리워 暗黃色이된 陰鬱한 太陽이잇다 無數한사람들이 마섯다가 배아터노흔 下水道들가티 不潔한 空氣가잇다 汚物로더립힌 식커먼 내ㅅ물이잇다" 박팔양, 「자연과 생명」, 『동아일보』 1928.8.8―8.9.

의 20년대 시가 아니라 30년대 시의 특징적인 면모, 다시 말해서 카프에서 구인회로 옮겨가는 과정에서 목격되는 것이고, 30년대 후반 이후에는 양가적 대상으로서의 '도시'라는 소재마저 시에서 사라지고 만다는 사실이다. 홍미롭게도 이러한 시적 변화는 카프에서 구인회로, 구인회에서 『만선일보』 기자로, 다시, 해방 이후에는 우익문화단체 전조선문필가협회로 변화를 거듭했던 그의 사상적·미학적 태도 변화와 일정한 연관성을 지니고 있는 것처럼 보인다. 이런 점에서 보면 '도시'에 대한 그의 양가적 감정은 시인 개인의 입장이나 정세의 변화와 무관하지 않았음을 알 수 있다.

5. 나오며

표상이란 심적 현상을 가리키는 동시에 구체적인 형상을 의미한다. 대상을 마음속에 떠올리는 심리적인 조작과 관련되면서, 또 한편으로는 대상의 대체물을 구체적으로 제시하는 물질적인 행위에 관련되는 것이 바로 표상이다.[17] 심리적·물리적 재현전화(representation)로서의 표상은, 때문에 특정한 대상에 관련된 문학적 차별성을 해명하는 데 유용한 출발점이 된다. 1930년대 시에서 '도시'는 특별한 의미를 갖는다. '도시'는 자본주의라는 근대성의 보편적인 측면과 식민지라는 근대성의 특수한 측면이 동시에 결합되어 있는, 이중적인 질곡의 공간이었다. 그렇지만 30년대 시의 도시 표상은 중일전쟁을 기점으로 크게 변화하기 시작했다. 이 변화는 30년대 중반 이후에 급속하게 확산되기 시작한 전통론의 영향과 결코 무관하지 않은 것처럼 보이는데, 이것은 모더니즘의 영향이 쇠퇴하는 과정과 일맥상통한다. 모더니즘의 영향력이 강하게 작용하고 있던

17) 이효덕, 박성관 옮김, 『표상 공간의 근대』, 소명출판, 2002, 19쪽.

1935년 이전 시기에 도시는 일반적으로 '소비'와 '취향'의 공간으로 표상되었다. 이상과 김기림이 여기에 해당한다. 한편 카프의 해체에서 중일전쟁에 이르는 시기에 문단의 화두는 '도시'가 아니라 '전통'이었다. 이러한 문학적 경향의 변화를 상징하는 것이 바로 1939년 2월 창간된 ≪문장≫이었다. ≪문장≫의 전통주의는 식민지 후반기 문학의 성격 변화를 가장 첨예하게 보여주는 사건이었는데, 이를 전후하여 한국 근대시에서 '도시'를 시적공간으로 삼는 태도는 사례를 찾아보기 어려울 정도로 위축되고 만다. 오장환, 김광균, 박팔양의 시는 이 변화의 한 가운데에 위치하고 있었고, 그럼에도 불구하고 전통주의로 완전히 함몰되지 않는 면모를 보여주고 있다. 물론 30년대 후반에서 40년대 초반에 이르면 이들의 시세계 역시 전통주의로 빠져들기 시작하는데, 이 논문에서 고찰하고 있는 30년대 중반 이후의 시편들은 전통주의의 영향에도 불구하고 도시성에 대한 시적 인식을 보여주고 있다.

1930년대 중반 오장환의 시에서 '도시'는 가난, 우울, 절망의 공간으로 그려진다. 농촌과 도시의 가치 대립을 전제하고 있는 그의 시는 도시를 어둠의 공간으로 표상함으로써 1930년대의 암울한 현실을 그려내는 데 집중했다. 특히 경성이라는 공간을 매음과 도박, 죽음의 공간으로 형상화하는 장면들에서는 식민지 지배라는 현실의 무게를 엿볼 수 있다. 한편 1920년대에 전통적인 세계에 주목했던 김광균 역시 30년대 중반 이후에는 도시에 관한 시편들을 발표하기 시작했다. 일반적으로 그의 시는 회화성을 부각시키고 사물과 언어의 혁신을 꾀했다는 점에서 시적 근대성의 범주로 평가되지만, 그는 고독, 향수, 우울, 감상에 압도된 시적 주체를 그려냄으로써 도시를 희망과 긍정의 공간으로 묘사하는 경향과는 커다란 차별점을 보여주었다. 그의 시에게 도시는 방향상실, 그리고 그로 인한 고독, 슬픔, 우울의 공간으로 그려진다. 카프와 구인회를 거쳤던 박팔양 역시 30년대 중반 이후에는 도시를 배경으로 하는 다수의 작품을 썼다. 오장환과 달리 모던에 대한 강력한 지향을 갖고 있었던 그였지만, 박팔양의 시에서 '도시'는 낮의 밝음이 아니라 '황혼'과 '저녁'의 우울, 비애, 적막, 슬픔 등으로 일관되고 있다. 홍미로운 것은, 오장환이나 김광균과 달리 박팔양의 '도시'가 양면성을 띠고 있다는 사실이다. 오장환이 도시에서 절망만을 읽어내고, 김광균이 도시에서 고독만을 읽어낸 반면, 박팔양은 도시의 우울을 강조하기 위해서 시에 도시의 밝음과 어두움을 동시에 투영시킨다. 이것은 그가 두 이미지의 대조 안에서 창작했다는 사실을 말해주며, 이를 위해서 그는 '거리'라는 공간을 적극적으로 시화(詩化)했다. 때문에 박팔양의 시는 희미하게나마 창녀, 갱, 노동자, 실업자, 넝마주이 같은 '군중'의 모습을 형상화하고 있지만, 군중에 대한 그의 이해는 계급적인 관심이 아니라 풍경과 점묘의 수준에 그치고 있다.

1930년대 문학사에서 카프의 해체로 압축되는 이념적 좌표의 부재와 중일전쟁 이후 모더니즘의 영향력 감소는 문학의 주조변화와 관련해서 중요한 의미를 갖는다. 시에서 드러나는 도시표상의 변화 역시 이들 사건과 무관하지 않은데, 이는 도시화와 근대화가 동일한 의미로 통용되고 자본주의 일반에 대한 비판과 저항이 '도시'라는 자본의 공간에서 모색되던 30년대 전반과 달리, 30년대 중반 이후 시인들은 모더니즘의 영향에서 벗어나 '전통'의 세계로 나아가기 시작했다는 것을 의미한다. 물론, 이 경우에 '전통'을 탈근대적이라고 평가하는 것은 해석의 비약에 해당하는데, 그것은 '전통'에 대한 관심 자체가 근대적인 의식의 한 축을 형성하고 있기 때문이다. 그럼에도 불구하고 30년대 중반을 기점으로 시에서의 도시표상의 변화는 매우 중요한 문학사적 사건처럼 보인다. 이것은 앞서 지적

한 것처럼 모더니즘의 영향력이 쇠퇴하기 시작한 징후이며, 모더니즘의 외부에서 새로운 문학적 돌파구를 마련하려는 시대적인 관심의 산물이기 때문이다. 이런 맥락에서 30년대 시와 도시성의 영향관계를 해명하는 데 집중되었던 기존의 연구, 특히 이상과 김기림 문학에서의 '도시'의 의미를 확인하는 기존의 연구들이, 중일 전쟁 이후 시와 도시성의 관계를 해명하는 데 그대로 적용되어서는 안 된다고 생각한다. 전자에 있어서 그 영향관계는 모더니즘에 의해 뒷받침되고 있지만, 후자에 있어서 모더니즘은 더 이상 커다란 영향력을 발휘하지 못하고 있기 때문이다.*

---

* 논문출처 : 「1930년대 후반 시의 도시표상 연구- 오장환, 김광균, 박팔양을 중심으로」, 『한국시학연구』 25집, 2009.

참고문헌

1. 1차 자료

김광균, 「서정시의 문제」, 『인문평론』1940.2.

김재용 편, 『오장환 전집』, 실천문학사, 2002.

김학동 편, 『김광균 전집』, 국학자료원, 2002.

김학동 편, 『오장환 전집』, 국학자료원, 2003.

박팔양, 『여수시초』, 박문서관, 1940.

박팔양, 「문예시평」, 『조선문단』1927.2.

박팔양, 「자연과 생명」, 『동아일보』1928.8.8—8.9.

박팔양, 「진실한 의미의 모던이 되자」, 『조선일보』1929.4.10.

2. 2차 자료

김종한, 「시단개조론」, 『조광』1940.3.

서지영, 「오장환 시의 모더니티 연구」, 『한국근대문학연구』제2권 제1호, 한국근대문학회, 2001.

앤디 메리필드, 남청수 외 옮김, 『매혹의 도시, 맑스주의를 만나다』, 시울, 2005.

엄성원, 「한국 모더니즘 시에 나타난 '항구'의 주제학적 연구」, 『현대문학이론연구』26권, 현대문학이론학회, 2005.

윤지영, 「김광균 초기작의 근대적 면모」, 『어문연구』 112권, 한국어문교육연구회, 2001.

이숭원 외, 『시의 아포리아를 넘어서』, 이룸, 2006.

이효덕, 박성관 옮김, 『표상 공간의 근대』, 소명출판, 2002.

전봉관, 「1930년대 한국 도시적 서정시 연구」, 서울대 박사학위논문, 2003.3

하시야 히로시, 김제정 옮김, 『일본제국주의, 식민지 도시를 건설하다』, 모티브, 2005.

한형구, 「일제 말기 세대의 미의식에 관한 연구」, 서울대 박사학위논문, 1992.

차승기, 『반근대적 상상력의 임계들』, 푸른역사, 2009.

이육사 시에 나타나는 낭만성과 '다른 공간'들

박성준

1. 문제제기

이육사는 그 짧은 생애에 비해 다양한 삶의 질곡을 겪어온 인물이다. 1930년대 초부터 40년대 초반까지 주로 집중된 문필 활동과 30년대 중반 이후부터 주력해온 시작활동 이력을 제외하더라도 독립운동가, 사회주의 사상가, 아나키스트 사상가, 번역가, 시사평론가 등으로 활동했다. 이육사는 사회·역사학적 지평에서 다양하게 고찰될 수 있는 인물이라 할 수 있다. 문필 활동과 관련하여 현재까지 육사 문학을 평가하는 여러 관점들이 공존하고 있겠으나 윤동주와 더불어 일제 강점 말기에 '저항시인'으로 규정된 사례가 가장 두드러진다. 특히 육사 문학 연구에 있어서 민족주의적 경향을 가장 활발하게 복원해냈던 1970년대부터 현재까지의 연구 방향들[1]이 그러하다. 이봉구, 신석초, 김춘수, 김윤식 등에 의해 회

---

1) 이육사의 동생 이원조에 의해 발간된 『陸史詩集』(서울출판사 1946년)에서 서문을 쓴 신석초, 김광균, 오장환, 이용악 이래로, 1974년 『나라사랑』에서 마련한 특집과 『문학

고·정리2)된 이육사의 생애가 이 연구들의 토대가 되면서 육사 문학을 다각적으로 바라볼 수 없게, 그 통로를 봉쇄한 측면이 없지 않다. 물론 이와 같은 평가 잣대가 근거 없는 억측이거나 육사 문학의 숭고성을 훼손하는 결과를 초래한 것은 아니지만, 육사 문학의 보다 명징하고 다양한 해제의 가능성에 있어서는 퇴보적 성격을 갖는다. 이육사의 전기적 생애와 사회 활동에 너무 경도되어 육사의 작품을 역사적 조건 안에서 해석하려는 경향이 두드러졌던 것이다. 물론 이런 '신성화, 우상화의 압력', '시 해석의 도식성'3)에 따른 가치 평가의 문제까지도 일찍이 점검된 바가 있다. 이후 육사 문학을 평가하는 과정에서 활로가 된 부분은 새롭게 드러난 전기적 사실을 토대로 한 논고들이었다.

김희곤4)과 강만길5)에 의해 복원된 항일운동사 전개 과정과 육사의 전

사상』에서 1976년과 1986년에서 마련한 특집 원고에서 이와 같은 경향성이 심화되었다. 대표적으로 김인환, 「이육사론」, 『월간문학』, 1972. 10.; 이은상, 「서리묻은 새벽길의 역사」, 『시문학』, 1973. 12.; 김종길, 「육사의 시」, 『나라사랑』, 1974 가을.; 홍기삼, 「이육사의 저항활동」, 『나라사랑』, 1974 가을.; 김학동, 「육사 이원록 연구」, 『진단학보』, 1975. 10.; 이남호, 「육사의 신념과 동주의 갈등」, 『세계의 문학』, 1984 봄. 등등 그 서지만 정리하더라도 수백 편에 달한다.

2) 이봉구, 「육사와 나」, 『문화창조』, 1947. 3.; 신석초, 「육사의 추억」, 『현대문학』, 1962. 12.; 신석초, 「이육사의 생애와 시」, 『사상계』, 1964. 7.; 김춘수, 「그는 신념의 시인이었다」, ≪한국일보≫, 1964. 5. 14.; 김윤식, 「소월·육사·만해론」, 『사상계』 1966. 8.; 김윤식, 「절명지의 꽃」, 『시문학』, 1973. 12.

3) 김흥규, 「육사의 시와 세계인식」, 『문학과 역사적 인간』, 창작과비평사, 1980, 75 – 79쪽.

4) 김희곤, 「이육사와 의열단」, 『안동사학』 1집, 안동대학교 사학회, 1994년;
_____, 「이육사의 생애에 대한 재검토」, 『한국근현대사연구』 13집, 한국근현대사학회, 2000;
_____, 「이육사의 민족문제 인식」, 『한국독립운동사연구』 24집, 독립기념관 한국독립운동연구소, 2004;
_____, 『새로 쓰는 이육사 평전』, 지영사, 2000;
_____, 『이육사 평전』, 푸른역사, 2010.

기적 활동, 그리고 일본 유학 과정에서의 아나키즘 사상의 유입과 중국에서의 학제 사항에 따른 사회주의 사상의 경도, 조선혁명군사정치간부학교에 입교하여 의열단 단원들과 관계를 맺었던 사실들을 근거로 해서 육사 문학을 그간의 연구사와는 다른 방식으로 재해석하려는 중론6)들이 그것이다. 특히 이와 같은 재해석의 의미는 이육사를 복원하는 과정에서 그를 '아나키스트'나 '사회주의 혁명가'로 쉽게 명명할 수 없었던 그간의 어려움들을 반증해준다. 해방공간에서 출간된 시집 『육사시집』 이후 김학동, 심원섭, 이동영, 김용직·손병희 등이 전집 작업7)을 거듭해왔지만, 분단 이후 남한 문학의 정치적 공간 조건 아래에서 진행된 작업이라는 점에서 육사 문학에 가해진 '보수적 민족주의'라는 정치성을 지우기는 힘들다. 남한 문단을 형성하는 과정에서 이육사를 사회주의자로 명명하기는 어려웠을 것이다. 그리고 또 한편으로는 이육사의 성장 배경과 혈통적 관계를 중심8)으로 그의 시학을 동양 시학적 관점 혹은 주리론적 관점으로

5) 강만길, 「조선혁명간부학교와 육사 이활」, 『민족문학사연구』 8집, 민족문학사학회, 1995.

6) 류현정, 「이육사의 정세인식」, 『안동사학』 7집, 안동사학회, 2002; 김경복, 「이육사 시의 사회주의 의식 연구」, 『한국시학연구』 12집, 한국시학회, 2005; 하상일, 「이육사의 사회주의사상과 비평의식」, 『한국민족문화』 26집, 부산대학교 민족문화연구소, 2005; 정우택, 「조선혁명군사정치간부학교와 이육사, 그리고 <꽃>」, 『한중인문학연구』 46집, 한중인문학회, 2015.

7) 이육사의 전집으로는 김학동, 『이육사 전집』, 새문사, 1986; 심원섭, 『원본 이육사 전집』 집문당, 1986; 이동영, 『이육사』, 문학세계사, 1992; 김용직·손병희, 『이육사 전집』, 깊은샘, 2004.가 있다. 박현수가 엮은 『원전주해 이육사 시전집』(예옥, 2008.)은 발표 원문들을 대조하고 그간의 논자들의 논의를 정리하여 집대성했다는 데 의미를 가진다. 본고의 시 텍스트는 박현수가 엮은 전집을 토대로 한다.

8) 이육사는 1904년 4월 4일(음력) 경상북도 안동구 도산면 원촌리 881번지에서 태어났다. 육사의 집안은 퇴계의 14손이며 6대조 이구운은 형조참판을 지냈고, 고조부는 통덕랑을 지냈으며 조부 이중직은 보문의숙(당시 초등 신식교육기관) 초대 교장은 맡는 등 오랜 기간 벼슬과 글을 함께해 온 문필가 집안이었다. 여기서 이육사(본명 이원록)는 이가호와 김해 허씨 허길 사이에서 태어난 6형제 중 둘째였다.

해석하는 논의들이 박현수[9]를 중심으로 진행되고 있다.

이런 두 층위의 논의들은 이육사의 행적과 그곳을 통해 드러난 의식적, 사상적 토대를 추적함으로써 육사 문학의 저항성의 실체를 '사회주의 사상'과 '혈통 중심의 민족(선비) 의식'으로 파악하고 육사 문학의 다양한 활로를 개척했다는 점에서 그 의의를 가진다. 그러나 각 편에 대해 이미 절대화된 도식의 틀에서 크게 벗어나지 못하고 있으며, 밝혀진 사료들과 전기적 사실들을 통해 다시금 이육사의 생애와 문학을 조명한다는 측면에 머물고 있다는 것이 한계점이다.

본고는 이런 거시적인 고찰의 온당성을 모두 부정하지 않는 가운데, 이육사 시가 가진 '당대 문학적 가치'에 주목한다. 실제로 육사의 시편들에서는 저항적 측면 이외에도, 낭만적 면모와 모더니티의 내재 현상, 그리고 그에 따른 세계와의 불연속 속에서 갖는 퇴폐주의(데카당) 현상까지 두루 고찰할 수 있는데, 이는 그간 연구가 육사의 시를 1930년대의 문인 그룹 안에서 고찰하지 못한 점 때문에 생겨난 문제점들이다. ≪조선일보≫(1930년 1월 3일자)에 발표했던 말(馬)의 해, 신년 축시 「말」이후, 육사가 작품 활동에 집중했던 1930년대는 주지하듯 모더니즘이 우리 문학에 유입되고 확장된 시기였다. 물론 이런 시기적 근접성으로 인해 그의 시를 모더니티로 간주하는 것은 무리가 있다. 그러나 일찍이 김흥규가 「小公園」, 「바다의 마음」, 「狂人의 太陽」 등을 경박한 이미지즘을 가진 시로 평가[10]하면서 이육사 시의 시적 실패를 모더니즘의 측면에

---

9) 박현수, 「이육사의 주리론적 수사관과 「서울」의 해석」, 『새국어교육』 61호, 한국국어교육학회, 2001; 박현수, 「이육사 문학의 전거수사와 주리론의 종경전신」, 『우리말 글』 25집, 우리말글학회, 2002; 유병관, 「이육사 시의 유교적 전통」, 『한국시학연구』 11호, 반교어문학회, 2004; 이상숙, 「이육사 시의 동양시학적 분석을 위한 시론」, 『한국시학연구』 12호, 한국시학회, 2005.

10) 김흥규, 앞의 글.

서 규명한 바 있으며, 미적 완결성에 대해 연구한 근래의 몇몇 논자들은 육사의 시를 근대적 측면에서 숭고미11), 화자의 아이러니 현상12) 등으로 해명했다. 사상적, 지향적 갈피를 잡지 못하고 혼종된 당대 문인 그룹의 정신적 내상을 육사 역시 겪었던 것으로 추론된다. 이러한 현상은 그의 전기적 행적에서도 그 단서를 찾을 수 있다. 명문 유림의 자손이었다는 봉건적 기질과 육사가 보여 왔던 사상적 관계, 그에 따른 사회 인식에서의 부딪힘도 그러하다. 노동운동가 김태엽의 증언으로 드러난 육사의 일본에서의 행적은 '흑우회' 활동을 통한 아나키즘의 유입으로 요약될 수 있다. 여기서 육사는 일본인 무정부주의자 이와사 사쿠다로, 가토오 이치부 등과 다과회를 열며 아나키즘을 습득했던 것으로 보인다.13) 그리고 중국에서 의열단이 건립한 '조선혁명군사정치학교'에 1기생으로 입학하여 윤세주 등과 어울렸던 행적과 조선에서의 독립운동가 이정기, 조재만과의 관계를 살펴보아도 그렇다.14) 「自然科學과 唯物辨證法」(『大衆』, 1934년)이란 글에서도 나타나 있듯이 레닌 사회주의 혁명 사상을 대중적으로 알리는 데 기여하는 측면들이 이육사가 '아나키즘'에서 '사회주의 사상가'로 변모하는 모습을 반증해준다. 물론 그러면서도 ≪조선일보≫ (1938년 12월 28일자)에 발표한 수필 「季節의 五行」과 『農業朝鮮』(1940년 10월)에 발표한 수필 「銀河水」 등에서 '고향' 공간을 회고하여 회귀의

---

11) 김점용, 「이육사 시의 숭고미」, 『한국시학연구』 17집, 한국시학회, 2006; 이재복, 「한국 현대시와 숭고─ 이육사 와 윤동주를 중심으로」, 『한국언어문화』 34집, 한국언어문화학회, 2007.

12) 황정산, 「이육사 시의 시적 화자와 아이러니」, 『한국문예비평연구』 42집, 한국현대문예비평학회, 2013.

13) 김희곤, 『새로 쓰는 이육사 평전』, 지영사, 2000, 62─63쪽.

14) 이 전기적 사실에 관해서는 김희곤의 최근 책 『이육사 평전』,(푸른역사, 2010.)과 「이육사 독립운동에 대한 연구 성과와 과제」(『한국근현대사연구』 61집, 한국근현대사학회, 2012.)에 자세히 고찰돼 있다.

식을 내재하고 있는 부분들, 또 후기에 한시를 창작하는 등의 행적 등은 육사가 봉건적 기질 또한 늘 함께 가지고 있었다는 것을 추론할 수 있는 사료이다.

이와 같은 이육사의 특징은 '비동일화의 화자 양상'으로 "주자학, 사회주의적 문학, 의열단"과 같은 "세 층위의 담론구성체"15)로 고찰되어야 마땅하다. 세 층위 이외에 더 보충해보자면, 당대적 미적 특질을 얼마나 수용하고 있는지에 대한 고찰16)이다. 당대 문인 그룹들에게서 나타났던 현실과 자아 간의 불연속적인 측면이 육사 문학에서도 작용되어 왔으며, 그것이 다만 식민지 도시와 자아 간의 관계 속에서 발전된 것이 아니라 대륙의 경험을 통한 사회주의 사상에 심취 그리고 사회주의 이상 국가를 건설하고 싶다는 낭만주의적 특질에서부터 기인하고 있다. 이와 같은 특

---

15) 조두섭은 이육사 시의 주체형태 분석을 통해 1930년대 시의 한 특징을 밝힌다. 즉 당대 다양한 조건 속에 놓인 이육사의 시적 면모를 조망한 것이다. 조두섭은 이육사의 시를 두고 "당대 카프 해산 이후 계급주의의 내성화, 모더니즘의 경박성, 시문학파의 언어적 감수성과는 다른 시적 방식으로 역사의 방향성을 가늠하는 고통의 순간에 깨달음의 서정적 방식이 있다. 이것은 담론구성체의 동일화가 아니라 '타자'를 발견한 비동일화의 주체 형태"라고 평가한다. ― 조두섭, 「이육사 시의 주체 형태」, 『어문학』 64집, 한국어문학회, 1998, 330쪽 참조.

16) 조두섭의 세 가지 층위의 담론 구성체의 맥락과 동의하는 가운데, 이육사의 시를 고찰해보는 토대 연구 층위를 세 가지 담론층위가 아닌 네 가지 담론 층위로 재고될 필요가 있다. 본고가 주목하는 것은 이 네 가지 층위를 관통하고 있는 '낭만성'에 있으며, 낭만적 기질을 드러내는 미적 지표를 '다른 공간'에 대한 사유로 잡는다. 네 가지 층위는 다음과 같다. (①②③이 '인간 이육사'에 관심을 가지고 있다면, ④는 ①②③을 아우르는 '시인 이육사'에 대한 고찰이라 할 수 있다.)
　① 주자학적 층위 : 봉건 유림의 후손으로써의 문필활동
　② 사회주의 사상가적 층위 : 아나키즘(일본), 사회주의 사상(만주) 등과 접촉된 문필활동
　③ 의열단 및 항일 독립운동가의 층위 : 독립운동가의 문필활동
　④ 당대 문인그룹과의 미적 공유의 층위 : 1930년대 문인들과의 미적 교우와 '시인 이육사'의 문필활동

질은 육사의 시에서 이곳이 아닌 다른 장소감 혹은 태초의 공간들을 통해 구현된다. 본고는 이육사의 '당대적 미적 특징'을 구명하는 것에 그 목적을 두고 육사 시에서 엿보이는 의식적 낭만 세계의 공간성들을 탐구하고자 한다. 미지에 대한 탐구를 통해 드러나는 '다른 장소성들'의 연출과 '낭만'과 '재현' 사이의 불온성, 그리고 그 기저에 깔려 있는 식민지 시대의 지식인들의 퇴폐적 성향까지, 육사가 남긴 시편들에서 두루 살펴볼 수 있기 때문이다.

2. 이육사 시의 낭만성 : "별"의 의미 재고

이육사가 1930년대 당대 문단과 교류했던 지점은 1935년 정인보를 통해 신석초를 만나 『다산문집』 간행을 돕는 시점부터이다. 이후 『新朝鮮』에서 편집을 주관하고, 『子午線』과 『詩學』 편집에 참여하면서 문단 활동을 확장한다. 여기서 '육사(陸史)'라는 필명17)으로 발표한 「春愁三題」 (『新朝鮮』, 1935년 6월)와 「黃昏」(『新朝鮮』, 1935년 12월)은 신년 축시의 성격으로 발표한 「말」과 달리 이육사가 본격 문단에 진출한 시편이라는 점에서 시사를 갖고 있다. 이듬해 1월에도 『新朝鮮』에 「失題」를 발표하고, 12월에는 번역 소설 「故鄕」(『朝光』, 1936년 12월)과 시 「한개의 별을노래하자」(『風林』, 1935년 12월)를 발표한 것을 보면, 이육사는 본

---

17) 이육사는 1927년 장진홍 의거에 의해 투옥 생활을 한 이후, 수인번호를 호로 사용한다. 사용된 필명은 '대구 이육사(大邱 二六四)', '육사(戮史)', '육사생(肉瀉生)', '이활(李活)', '육사(陸史)'로 글의 성격이나 육사의 전기적 삶과의 영향관계에 따라 다양하다. '육사(戮史)'의 경우는 역사를 살육하겠다는 강인한 뜻이 서려 있고, 육사생(肉瀉生)의 경우는 고기를 먹고 설사를 한다는 의미를 띄고 있다. 즉 일제를 포함한 제국주의 세계에 대한 비아냥거림을 뜻하는 것이다. '이활(李活)', '육사(陸史)'의 경우도 역사를 다시 세우고 쓰겠다는 강인한 의지가 투영된 필명들이다. 이에 대한 더 자세한 논고는 김희곤, 『새로 쓰는 이육사 평전』, 지역사, 2000, 27-28쪽 참조.

격적 시작 활동을 이 무렵부터 해온 것으로 보인다. 그리고 최근 발굴된 이용악이 육사에게 보낸 엽서(1936년 6월 29일)와 오장환이 보낸 엽서 (1938년 4월 18일 소인), 김기림이 보낸 편지(1942년, 5월 7일 추정)[18]등 으로 추정해볼 때 당대 문인들과도 교류와 친분이 있던 것으로 추론이 가능하다. 특히 여기서 이용악이 이육사를 '이활(李活)'이라 호명한 것에 주목할 만하다. 『新朝鮮』에 시를 본격 발표하기 전, '이활'이라는 이름으로 활동한 문필 경력[19]을 이용악은 이미 알고 있었으며 전화를 요구하는 대목으로 보아, 육사가 본격적 시작 활동을 하기 전에도 오래 교우했던 것으로 파악된다. 뿐만 아니라 루쉰의 소설을 번역한 이력도 그러하고, 「魯迅追悼文」(≪조선일보≫ 1936년 10월 23~29일자)을 발표한 이력[20]을 참고해보더라도 당대의 경향과 문학의 자장 아래 있는 문인들과 일정 부분 교류한 측면이 있었을 것이다.

　여기서 주목할 점은 임화와의 관계다. 임화와 실제로 교류했던 실증적 자료는 찾아볼 수 없다. 그러나 임화가 「조선문화와 신휴마니즘론」[21]을

---

18) 이용악, 「이활 사형에게」, 『원전주해 이육사 시전집』, 박현수 엮음, 예옥, 2008, 253–255쪽; 오장환, 「이육사 형께」, 위의 책, 256–257쪽; 김기림, 「이형께」, 위의 책, 258–259쪽.

19) 이육사는 시사 평론에 한정에서 모두 '이활(李活)'이라는 이름을 사용했다.

20) 이 무렵 1933년부터 37년까지 육사가 발표한 주요 산문들을 정리해보면, 마르크스, 레닌주의를 수용한 「自然科學과 唯物辨證法」, 장재석과 중국 국민당을 비판적으로 검토한 「五中全會를 앞두고 外分內裂의 中國政情」, 「危機에 臨한 中國政局의 展望」, 「公認 깽그團 中國靑幇秘史小考」, 「中國 新國民運動의 檢討」, 「中國農村의 現狀」 등의 시사 평론들은 사회주의 사상을 기반으로 노동자, 농민의 생존권 쟁투와 중국의 국민당 정부를 제국주의와 결탁한 독재 "깽단"으로 보고 있는 글이다. 그리고 국제정세를 다룬 「國際貿易主義 動向」과 「1935년과 露佛關係 전망」 또한 유럽의 정세를 다루는 글이기도 하지만 베르사유 조약의 수호와 관련해서 소련을 지지자로 판단한다는 부분에서 소비에트 연방체제에 대한 친연성이 드러난다.

21) 임화, 「조선문화와 신휴마니즘론」, 『碑版』, 1937. 3., 82–83쪽.

『批判』에 발표할 때, 이육사도 같은 주제22)로 「朝鮮文化는 世界文化의 一輪」23)을 1년 뒤에 발표했다는 사료가 남아 있다. 때문에 두 글의 특성상 논쟁을 하고 있는 것처럼 보인다. 임화는 김오성의 네오휴머니즘론이 니체 철학에서 기인한 초인론으로 보고, 조선의 문화 위기를 극복하려는 시도는 좋으나 그것은 결국 나치즘이 될 수밖에 없다고 주장한 반면 이육사는 김오성의 대안적 모색을 인정하면서도 니체 철학24)이나 나치즘과 같은 서양 근대사상과 문화에 의존하지 말고, 우리 정신문화의 전통에서 발견할 수 있는 지성으로써 새로운 시대를 다뤄야 한다고 주장한다. 이와 같은 간접적 논쟁은 이육사가 당대 문단과 교류했던 면면들을 드러내고 있다.

이보다 조금 앞선 시기에 임화는 카프 해산 이후 맹원들이 개별자로 고립된 상황에서 고리끼의 '혁명적 낭만주의'25)를 수용한다. 그는 「낭만

---

22) 여기서 간접 논쟁의 장을 열었던 글은 김오성의 「네오 휴마니즘」(≪조선일보≫ 1936. 10. 1.)이다. 1930년대 휴머니즘에 관한 비평적 고찰은 고봉준, 「1930년대 비평장과 휴머니즘」, 『한국문학이론과 비평』 40집, 한국문학이론과비평학회, 2008 참고.

23) 이육사, 「朝鮮文化는 世界文化의 一輪」, 『批判』, 1938. 11.

24) 이육사와 니체의 영향관계에 관해서는 김정현, 「1940년 한국에서의 니체수용」, 『니체연구』 26집, 한국니체학회, 2014; 동시영, 「육사 시의 니체철학 영향 연구」, 『한국어문학연구』 30집, 동악어문학회, 1995 참고.

25) "고전적 마르크스주의 문학론에 혁명적 낭만주의의 개념이 첨가된 것은 1934년 「사회주의자 리얼리즘」의 강령이 채택되면서 부터였다. 이 선언에서 주창자 고리키는 소위 브르조아 낭만주의라 부르는 것이 현실과 절연되고 결국에는 절망적인 니힐리즘으로 귀착된다고 비판하면서도 현실에 대해 혁명적 태도를 진작시키는 류의 낭만주의는 필요하다고 언급한 것이다. 즈다노프는 이러한 '혁명적 낭만주의'를 '고양된 영웅주의와 장엄함 퍼스펙티브들'과 연관시키고 그것이야말로 사회주의 리얼리즘의 필수불가결한 구성요소라고 선언했다." 사회주의 리얼리즘에서 낭만주의 요소를 도입한 관점은 ①관념주의를 토대로 프로레타리아 이상주의 내포 ②분출하는 감정과 파토스로 논리와 이성 초월을 통한 혁명 고취 ③레닌이 주창한 혁명의 필연적인 꿈을 수반하는 낭만성으로 압축할 수 있다.(오세영, 「사회주의 리얼리즘이란 무엇인

정신의 현실적 구조」에서 "역사주의적 입장에서 인류 사회를 광대한 미래로 인도하는 정신", "창조하는 몽상", "사실적인 것의 객관성에 대하여 주관적인 것으로 顯現" 등으로 당대에 필요한 '낭만정신'을 표현하면서, 사회주의 리얼리즘의 중요한 요소로써의 낭만정신을 지향할 것을 주장했다. 낭만주의론 뿐만이 아니다. 1934년에서 36년은 임화가 기교주의 논쟁을 동시에 해오던 시기였다. 당대의 시 양식을 복고주의, 기교파, 경향시로 나누고 그 가운데 복고주의를 비판하고, 기교파 시에 대한 창작방법론을 일정 부분 인정하면서 현실과 생활에서 묘파될 수 있는 시대정신의 중요성과 주체의 실천적 면모를 강조했다. 다시 말해 언어와 감정의 문제를 두루 중요시하면서 동시에 '혁명적 낭만주의'의 실천적 면모를 강조한 셈[26]이다. 이와 같은 문단의 기류 속에서, 이육사의 경우도 사상적 친연성이 있는 경향파 문학에 속한 사람들과 교류하며 임화의 논의들을 독서[27]했을 것으로 보인다. 또한 그런 측면이 아니더라도 이육사의 초기

가?」, 『문학과 그 이해』, 국학자료원, 2013, 193−196쪽 참조.) 또한 이와 같은 특징을 오장환의 시를 통해 간결하게 축약해 놓은 논의는 다음과 같다. "1인칭 주체의 목소리를 과감하게 전경화되는 형태를 의미하며, 아울러 현실비판의 태도로부터 벗어나 사회주의 혁명으로 완수된 독립국가의 미래를 염원하는 혁명적 낭만주의의 미적 이념을 실천하는 길"(박윤우, 「오장환 시집 『붉은 기』에 나타난 혁명적 낭만주의에 관한 고찰」, 『한중인문학연구』 40집, 한중인문학회, 2013, 74쪽 참조.)이라 할 수 있다.

26) 이와 관련된 자세한 논고로는 최호진, 「혁명적 낭만주의로 본 임화의 시관」, 『현대문학이론연구』 55집, 한국문학이론학회, 2013 참고.

27) 임화와의 교류관계를 설명하는데 있어 이보다 실증적 추론이 가능한 부분이 있다. 1931년 1월 20일에 레닌 탄생일을 기념하며 이육사는 대구 시내의 격문을 배포하는 '대구격문사건'을 일으키는데, 이 사건을 주도했던 11명 중에 '이갑기'라는 인물이 있다. 이갑기는 "서울에서 카프에 가입하고 <신건설> 활동 등 문화활동 및 출판활동에 관여"한 카프의 맹원이었으며, "극단 <신건설>의 「서부전선 이상 없다」에 임화, 이귀례, 백철 등과 함께 이갑기도 출연"한 행적이 추적된다. 이갑기가 연극에 출연했을 때가 1933년 11월로 추정되는데, 이육사는 1933년 6월 중순의 중국에서 루쉰을 만나고 7월 서울 85번지 '문명회'의 집에 머물며 그 해를 넘겨 서울에

시편들에서 보이는 낭만주의적 이미지 배열과 지향적 실천의 모습 등은 육사 시의 당대적 가치를 짐작해볼 수 있다. 우선 낭만성이 투사된 다음 시를 살펴보자.

아주 헐벗은 나의 뮤―즈는
한번도 기야싶은 날이 없어
사뭇 밤만을 王者처럼 누려왔소

아무것도 없는 주제였만도
모든것이 제것인듯 뻐틔는 멋이야
그냥 인드라의 領土를 날라도 단인다오

고향은 어데라 물어도 말은 않지만
처음은 정녕 北海岸 매운 바람속에 자라
大鯤을 타고 단였단것이 一生의 자랑이죠

계집을 사랑커든 수염이 너무 주체스럽다도
醉하면 행랑 뒤ㅅ골목을 돌아서 단이며

체류한다. 서울 체류 기간에 같이 옥고를 치룬 이갑기가 출연한 연극을 보았을 것으로 추정되며, 이때 임화와의 일면식도 가능했을 것으로 보인다. (이와 관련된 자세한 기사들과 사료는 정우택, 앞의 글, 참고.) 그리고 임화와 만남 이후라는 가설을 잡아놓고, 1934년 2월 『형상』에 실린 「1934년 문단에 대한 희망」이라는 앙케트에 대한 응답을 살펴보면, 그 전문은 "외국의 문학 유산의 검토도 유산이 없는 우리 문단에 필요한 일이겠지만 과거의 우리나라의 문학에도 유산이 적지 아니합니다. 좀 찾아보십시오. / ―거저 없다고만 개탄하지 말고"이다. 여기서 다시 추론할 수 있는 것은, 이육사가 임화와 대립각을 세운 「조선문화는 세계문화의 일류」의 주장과 유사한 측면을 가지고 있다는 것이다. 외래의 것이 아니라(그것이 사회주의든, 모더니즘이든) 우리 문학의 과거에서 발견할 수 있는 유산에 치중하여 육사는 응답하고 있다. 그러나 육사의 산문들에서 보이는 서양 문학에 대한 독서량이나, 시에서의 이국적 어조사용 등은 이와 같은 이육사의 견해를 반하고 있는 측면이 있다. 다시 말해, 육사의 시는 1930년대의 당대적 조건 아래 복합적인 창작방법론을 수용한 것으로 보인다.

枕보다 크고 흰 귀를 자조 망토로 가리오

그러나 나와는 몇 千劫 동안이나
바루 翡翠가 녹아 나는듯한 돌샘ㅅ가에
饗宴이 벌어지면 부르는 노래란 목청이 외골수요28)
밤도 시진하고 닭소래 들릴 때면

그만 그는 별 階段을 성큼성큼 올라가고
나는 초ㅅ불도 꺼져 白合꽃 밭에 옷깃이 젖도록 잤소
— 「나의 뮤—즈」 전문

이 시에서 화자의 뮤즈는 '시인의 예술혼'29)이 되지 못하는 궁핍한 처지이다. "아주 헐벗"어 있으며, "한번도 기야싶은 날"도 없이 어둠30)만 가득한 공간에 놓여 있다. 희망 없는 세계에서 밤을 노래하는 시적 화자는 자신의 뮤즈와 접촉되는 순간 장소의 무화를 경험한다. "인드라", "大鯤"과 같은 신화적 공간에서 호출된 시어들은 시적 공간을 아득한 낭만성으로 되돌리는 동시에 어디에도 정착할 수 없는 방향 감각을 보여준다. 이를테면 화자는 아무것도 소유하지 않은 상태로 "그냥 인드라의 領土"를 불러오는데, 여기서 "그냥"의 의미에 주목할 필요가 있다. 인도 베다

---

28) 박현수는 이 부분에서 연 갈이를 해야 한다고 주장한다. 필자도 이와 같은 주장에 동의한다. 한시의 영향을 받아, 이육사는 다수의 다른 시편들에서도 형식상 행간의 정갈함을 지향하고 있다.

29) 이희중, 「이육사 시 재론」, 『어문논집』 35집, 안암어문학회, 1996, 673쪽.

30) 이육사 시에서 빈번하게 등장하는 시공간은 밤과 겨울이다. 밤의 경우 더 정확하게 말하면, 「曠野」의 1연에서처럼 "닭 우는 소리"가 들리는 밤에서 새벽으로 이행되는 시공간일 때가 많다. 대다수의 논자들은 새벽으로 향하는 열린 공간으로써 새벽(닭 울음)을 인식하고 있는 한편, 필자는 밤이 가지고 있는 불투명성과 그곳에서 고뇌하는 시적 화자의 곤궁한 입장 속에 함몰되어 있는 낭만적 의식의 기저를 살피고자 한다.

신화에 등장하는 인드라 신은 태양까지 항복시키는 아주 호전적인 신이다. 그런 신의 영토를 "그냥" 불러다가, 하염없이 날아다닌다는 화자의 행동은 어둠으로 표상되는 이 세계에 대항할 의지를 잃은 채, 넋을 놓아버린 인간 군상의 모습이라 볼 수 있다.

북해에 살고 있는 상상 속 동물인 "大鯤"을 이야기할 때도 "타고 단였단것이" 자랑이라고 말하며 일종의 허언과 같은 무용담을 늘어놓는다. 때문에 이 부분들은 자칫 시인이 자신의 낭만성에 도취되어 세계를 그릇되게 인식하고 있는 것처럼 보이기까지 한다. 하지만 이런 무용담을 늘어놓고 있는 화자가 머문 장소가 밤의 공간이라는 것에 주목해보자. 공간이 지워진 자리에서 시적 화자는 쇠락한 자신의 뮤즈를 불러들이기 위해 더 광활하고 이국적인 공간을 건설해놓은 것이다. 다시 말해 "인드라의 領土", "大鯤"과 같은 거대하고 아득한 과거의 시간을 경유한 낭만적 공간은 한 치 앞도 볼 수 없는 밤의 세계와 병치되면서, 화자는 자신이 나아갈 이상적 길을 목도해낸다. 하지만 그런 이상의 길은 4연에서 제시된 것과 같이 실제적으로는 "행랑 뒤ㅅ골목"일 뿐이다. 그러니 그 밤마저 화자는 "시진(澌盡)"해버리는 것이다. 밤이 물러나고 "닭소래"가 들려오더라도 화자와 뮤즈는 어떤 충만한 상태로 몰입되지 않는다. 오히려 어긋남의 상태에 놓여 있으며, 지형적 거리감을 두고 뮤즈는 달아나버린다. 이 시의 말미에서는 뮤즈를 이상향의 공간인 "별" 속으로 내보내주고 화자는 스스로 회안에 젖어서 현실의 참담함도 잊은 채 잠이 들어버린다. 이와 같은 마무리는, 그간 육사의 시에서 고찰되지 않았던 순연한 낭만성이라 할 수 있다.

또한 "별 계단"으로 상징되는 공간의 이행과 건설은 이육사의 시편들에서 육사 특유의 "대륙적이고 웅혼한 남성적 기질"31)의 어조와 조응하며, 낭만적 이상 공간을 연출한다. 이와 같이 '세계에 대한 불화'[32]를 표현해내고 있는 시편들은 시편 자체를 두고만 보았을 때에는 명확한 방향성을 가지고 형상화되지 않는다. 오히려 세계를 타진해가는 하나의 방법론적 사유로서 내재되어 있는 낭만성이다. 그런 점에서 육사의 시는 근대기 서양으로 유입된 낭만주의[33]와도 차이가 있으며, 임화가 인식하고 있는 낭만성과도 차별점을 갖는 자생성이 있다. 이런 육사의 '자생적 낭만성'을 「한개의별을노래하자」에서 더 살펴보자.

> 한개의 별을 노래하자 꼭한개의 별을
> 十二星座 그슷한 별을 었지나 노래하겟늬
>
> 꼭 한개의 별! 아츰날때보고 저녁들때도보는별
> 우리들과 아—주 親하고그중빗나는별을노래하자
> 아름다운 未來를 꾸며볼 東方의 큰별을가지자
>
> 한개의 별을 가지는건 한개의 地球를 갓는것
> 아롱진 서름밖에 잃을것도 없는 낡은이따에서
> 한개의새로운 地球를차지할 오는날의깃븐노래를
> 목안에 피ㅅ때를 올녀가며 마음껏 불너보자

---

31) 김점용, 앞의 글, 32쪽.

32) 황정산, 앞의 글, 315—316쪽.

33) 여기서의 낭만주의란 유승겸이 역술한 『중등만국사』(1907) 이후 1920년대 김태욱의 「근대문학의 연원」(≪매일신보≫ 1923. 1. 5.~8.)과 김석향의 「최근 영시단의 추세」(『해외문학』 1호, 1927. 1.)에서 본격으로 소개된 낭만주의를 말한다. 이육사의 낭만성은 이 서구의 낭만성과 다소간의 차이를 보인다. 일본 유학과 만주 경험을 통한 사상적 이데올로기에서 비롯된 낭만성이라 할 수 있다. 한국근대기의 낭만주의 유입에 관한 더 자세한 논고는 박호영, 「1920년대 낭만주의시의 특질」, 『한국근대기 낭만주의 전개 연구』, 박문사, 2010 참고.

처녀의 눈동자를 늣기며 도라가는 軍需夜業의 젊은동무들
푸른 샘을 그리는 고달픈 沙漠의 行商隊도마음을 축여라
火田에 돌을 줍는百姓들도沃野千里를 차지하자

다같이 제멋에 알맛는豊穰한 地球의 主宰者로
임자없는 한 개의 별을 가질 노래를 부르자

한개의별 한개의 地球단단히다저진 그따우에
모든 生産의 씨를 우리의손으로 휘뿌려보자
嬰粟처럼 찬란한 열매를 거두는 饗宴엔
禮儀에 끄림없는 半醉의 노래라도 불너보자

렴리한 사람들을 다스리는神이란항상거룩합시니
새별을 차저가는 移民들의그틈엔 안끼여갈테니
새로운 地球에단罪없는노래를 眞珠처럼 훗치자

한개의별을 노래하자 다만한개의 별일망정
한 개 또한개 十二星座모든 별을 노래하자.
　　　　　　　　　　　　　　　—「한개의별을노래하자」전문

　　여기서의 "별"은 "'미래'에 대한 무한한 신뢰와 긍정을 담은 시인의 '의
지'"34)를 보여주는 것이기도 하고, 이육사의 전기적 상황과 사상적 맥락을
고려해보았을 때 "노동자나 농민에 대한 혁명의식 고취"35)를 상징한다. 동
시에 "사회주의 사회로서의 조국을 건설하고 싶은 열망"36)이 투영된 "별"

34) 김춘식, 「근대시의 이념과 시적 윤리— 이육사 시의 서정성과 윤리성」, 『배달말』
　　56집, 배달말학회, 2015, 273쪽.
35) 류순태, 「이육사 시에서의 '고향'의 의미화 연구」, 『남도문화연구』 제24집, 순천대
　　학교 남도문화연구소, 2013, 105쪽.
36) 김경복, 앞의 글, 87쪽.

로 의미화될 수 있다. 하지만 이 시에서의 "별"의 의미를 「나의 뮤—즈」에서처럼 '지금 여기'가 아닌 이행된 공간 지각으로서의 "별"로 인지해본다면, "별 계단"은 시적 화자의 뮤즈가 밤의 공간성과 함께 사라지고 있는 과정을 드러낸 구체적인 이미지이자 정념태라 할 수 있다.

우선 "한개의 별"은 화자와 청자가 모두 '노래'를 통해 가닿을 수 있는 이상적 공간이다. 아침과 저녁마다 잠시 보는 흔하디흔한 보잘것없는 별들이지만, 그중에서 "우리들과 아—주 親하고그중빗나는별을노래하자"고 화자는 청유한다. 즉 노래를 통해 별에 가닿는 순간, 우리는 "아름다운 未來를 꾸며볼" 수 있고, 그런 '공동체적 염원'이 "東方의 큰별"로 제시되고 있는 것이다. 이와 같은 정황을 역으로 말한다면 '지금 이곳'은 "한개의 별"도 노래할 수 없는 장소이며, 우리에게 친근하고 빛나는 별을 가슴에 품어볼 수도 없는 억압의 공간인 셈이다. 때문에 별을 노래하는 행위란 다른 세계로의 열림을 상징하는 행위태이다. 별은 세계이고, 별은 또 하나의 지구이다. 이를테면 "한개의새로운 地球를차지할 오는날의깃븐 노래를/ 목안에 피ㅅ대를 올녀가며 마음껏 불너보자"라고 3연에서 화자가 말할 때, 이미 화자는 미지에 대한 감탄과 열망에 사로잡혀 그 알 수 없는 미지의 공간으로 가서 다가올 날들("오는 날")을 "깃븐노래"로 목 놓아 염원하고 있다. 그리고 3연에서까지 읽히는 '무모한 낭만성'과 5연의 "임자없는 한 개의 별"이나 6연의 "찬란한 열매를 거두는 饗宴엔/ 禮儀에 끄림없는 半醉의 노래라도 불너보자"와 같은 구절들이 만나면서 일종의 자조적인 분위기와 세계에 대한 비아냥거림을 함께 자아내고 있다. 이는 육사 초기 시편에서 나타는 이상주의적 특징의 하나라고 할 수 있다. 육사는 낭만적 아나키즘에서 사회주의 사상으로 넘어가는 과도기를 겪었다. 이 과정에서 '개인적 화자'는 '공동체적 화자'의 면모로 변화했으며, 개인의 불화는 대중의 선도나 개도의 정념으로 발전해갔다. 그의 저널 활동 또한 "별"을 노래할 수 없는 땅에서 느끼는 좌절 극복의 한 방향성으로 진행되었으며, 그렇게 발전된 공동체적 목소리는 '나의 뮤즈'를 '우리의 뮤즈'로 변화시킨다. 이런 '공동체적 뮤즈'의 호출은 육사가 가지고 있던 자생적 낭만성이다.

특히 4연에서 제시되고 있는 "처녀의 눈동자를 늣기며 도라가는 軍需夜業의 젊은동무들"과 "沙漠의 行商隊", "火田에 돌을 줍는百姓들"과 같은 명확한 노동자와 농민계층의 계급의식이 투영된 대상들을 주목해서 볼 만하다. 낭만적 정조로 낙원을 꿈꾸는 사회주의 혁명가의 간절한 염원이 '나'의 서정적 자리를 축약시키면서 더 큰 세계를 향해 열리고 있다. 하지만 "별"의 낭만으로 이행된 공간의 명확한 전망은 이 시에서 찾아볼 수 없다. "새로운 地球에단罪없는노래를 眞珠처럼 훗치자"라고 말하고 있지만 이 또한 정언명령일 뿐, 명징한 행동 규약으로 작용되지는 않는다. 때문에 쉽게 혁명적 낭만주의로 기울어지지도 않는다. 다시 말해 육사 시에 나타나는 낭만적 정조가 행간 내부에 적절하게 포진되어 있기는 하지만, 명확히 그러한 미지의 공간이 무엇인지 제시되고 있지 않는 측면이 있다. 앞선 시편과 마찬가지로 '혁명적 낭만주의'의 이야기 구조를 띤 시편들과는 일정 거리를 두고 있으면서도, 마치 경향파 시의 구호성을 공유하고 있는 것 같은 「한개의별을노래하자」는 이육사 시의 '낙원을 찾기 위한 희망의 원리'[37]를 드러내는 독특한 가편이다.

---

37) 박주택, 「이육사 시의 낙원의식 연구」, 『어문연구』 68집, 어문연구학회, 2011, 472쪽.

3. '다른 세계'에 대한 염원과 헤테로토피아 : '무지개'의 의미

이육사 시가 가지고 있는 독특한 낭만성을 당대 수용된 낭만주의로 모두 수사하기에는 어려움이 있다. 이러한 문제의식은 육사뿐만이 아니라, '현해탄'으로 표상되는 근대 이식의 장소와 '만주'로 표상되는 '낙토'의 의미 공간을 형상화해나가는 1930년대 당대 문인들의 공통된 실존적 내상이라 할 수 있다. 일본이라는 타자를 통해 유입된 식민지 근대 시스템의 억압은 억압인 동시에 '다른 곳'이 가지고 있는 가능성의 영토라는 측면에서 그들은 매혹이 되었다. 특히 대륙 이주를 통한 경험은 제국주의 억압을 응전하는 새로운 방법적 모색이라는 측면에서 논의할 만하다. 실제 전기적 삶 속에서 이육사가 일본 유학 가운데 아나키즘과 접촉했다는 점과 중국 대륙을 오가면서 사회주의 사상에 짙게 노출되었다는 점은 이와 같은 낭만적 염원이 보다 증식되었을 것이라는 추측을 가능하게 한다. 하지만 이런 낭만적 염원은 희망을 내재하기보다는 '지금 이곳'의 황폐화를 딛고, 식민지 지성의 '실패'를 의식화하면서 내재되기 마련이다. 다만 이육사의 경우, 보다 실천적 의지가 투영된 그의 삶이 반영되었다는 측면에서 논의된 면이 없지 않다. 육사 시에서의 언어 운용의 감각 측면만을 따로 떼어놓고 살펴보더라도 그렇다. '한자어'와 '서구 외래어'가 혼종적으로 사용된 흔적[38])을 쉽게 발견할 수 있다. 이런 혼종성을 통해 육사의 시를 자기 정체성을 지키려는 토착주의와 서구라는 타자 간의 대결로 볼 것인가, 아니면 당대 문인들의 혼란적 요소로 볼 것인가, 하는 문제는 '전통'과 '근대'

---

38) "喬木, 蝙蝠, 臙脂, 大鵬, 火華, 蛟龍, 亢奮, 十二星座, 沃野, 笏과 같은 한자어와 코―카사스, 커―텐, 쓴드라, 왈쓰, 보헤미안, 파이프, 라이플선, 사라센, 뮤―즈, 파라솔 같은 서구 외래어는 각각 전통과 근대라는 의미를 표상한다. 전자가 육사의 한학적 소양과 매개하며 전래적이고 전승적인 가치에서 출발하였다면 후자는 육사가 처한 시대적 환경과 깊이 매개한다." 박주택, 앞의 글, 455쪽.

라는 이항대립적 사고에 지나지 않는다. 의식 구조의 토대를 밝히려고 한다면, 어느 곳에 두더라도 각각의 논리성을 보증하는 사료들만 나열될 뿐이다. 다만 그곳에서 육사의 시가 지향하는 점이 어디에 있느냐 하는 질문을 수행해야 한다. 그의 산문을 통해 자아의 실존적 지향성을 살펴보자.

> 내가 들개에게 길을 비켜줄수 잇는 謙讓을 보는사람이 업다고해도 正面으로 달려드는 표범을 겁내서는 한발자욱이라도 물러서지 안흐려는 내길을 사랑할뿐이오. 그럿소이다 내길을 사랑하는 마음 그것은 내自身의 犧牲을 要求하는 努力이오 이래서 나는 내 氣魄을 키우고 길러서 金剛心에서 나오는 내詩를 쓸지언정 遺言은 쓰지안켓소. 그래서 쓰지못하면 죽어光石이되어 내가뭇친瘠土를 香氣롭게 못한다곤들 누가 말하리오 무릇 遺言이라는것을 쓴다는 것은 七十을 살고도 가을을 경험하지못한 俗輩들이하는일이오 그래서 나는이 가을에도 아예 遺言을 쓸려고는하지안소 다만나에게는 行動의 連續만이 잇슬따름이오 行動은 말이아니고 나네게는詩를 생각한다는것도 行動이되는까닭이오 (밑줄: 인용자)
>
> ─「季節의 五行」부분

육사 연구에 있어서 자주 인용되고 있는 「季節의 五行」은 그가 가지고 있는 사회적 실천의식과 예술관이 그대로 투영되어 있다. 밑줄로 강조한 인용 부분을 살펴보면, 먼저 '자신의 길을 사랑하는 마음'이란 육사를 둘러싼, 육사에게 주어진 길이 이미 스스로를 억압하고 있다는 가혹한 상태를 담보한다. 그러니 육사가 자신의 길을 사랑하는 마음은 "한발자욱이라도 물러서지 안흐려는" 결단이요 "犧牲"인 것이다. 이러한 강인한 정념은 삶을 위협하는 어떠한 상황에서도 깨달음("金剛心")을 얻어 앞으로 전진해갈 것이라는 다짐과 이상향의 추구로 드러난다. 즉 자신의 시작 행위가 "遺言"이 되지 않고 "行動"이 될 것이라는 시사는 육사가 시 쓰는 행위를 자신의 이상을 실천하는 행동방식 중 하나로 둔다는 의미를 가지고 있다. 시라는 예술 양식 속에 행동과 실천이라는 운동태를 내재하겠다는 의미이기도 하다. 그러므로 육사의 시에서 자주 다른 세계에 대한 낭만적 정신 고양이 목격되는 것 또한 이런 운동과 실천의 함의가 그의 시에서 작동하고 있기 때문이다.

이육사의 시편들에서는 어느 곳인가 닿으려고 하는 움직임과 역동적 장소들로 시공간을 조직하는 경우가 빈번하다. 이를테면 「黃昏」의 경우 병중 상태라는 화자의 정황을 내세워 "내 골방의 커—텐을 것고", 난 후에 이동하게 되는 공간들의 경로가 장중하게 표현된다. "바다"나 『고비』沙漠", "『아푸리카』綠陰속" 등으로 재현되는 거시적 공간은 "골방"이라는 미시성과 대립한다. 즉 화자의 사적 공간들과 대립되면서 웅숭깊은 대륙 지향적 사고가 투사[39]되고 있다. 「路程記」의 경우도 마찬가지다. "밤마다 내꿈은 西海를密航하는 「쩡크」와 갓해/ 소금에 짤고 潮水에 부프러 올넛다"에서 육사가 내면화하고 있는 생활이란 비관적 의식과 격정적 혁명 의지와 낭만성을 가지고 있다. 화자가 '이동'하고 있는 길은 즉 "머!ㄴ港口의 路程에 흘너간 生活을 드려다보"는 반성적 자아의 자각의 길이다. 육사는 시편들 속에서 그 길을 이행하고 있다. 그러니 그것은 의식의 좌절을 투영하는 데 있어서도 이곳에서 저곳으로 '건너가는 것', 중간의 의미인 동시에 알 수 없는 목적지를 두고 '미지'를 사유하는 노래라 할 수 있다. "내가부른노래는 그밤에江건너갓소"(「江건너간노래」)와 같은 구절처럼 늘 이동하고 있는 행위태로써 형상화되고 있는 것이다. 이런 의식적 지향은 이곳에 뿌리내린 정념이 아니라 '다른 곳'을 지향하는 공간의 이동과 관련이 깊다.

---

39) "황혼의 추구는 닫혀버린 축소된 세계에서 확대된 열린 세계를 추적하는 것이며, 육사에게 있어서는 그것이 그 시학의 근본" — 이어령, 「자기 확대의 상상력— 이육사의 시적 구조」, 김용직 편, 『이육사』, 서강대학교 출판부, 1995, 142쪽.

이러한 이상향의 공간과 '다른 장소들'을 푸코가 언급한 '헤테로토피아'[40]로 부를 수 있다. 유토피아가 실제 장소를 점유하지 않는 관념적 균질 장소를 제시한 데 반해, 헤테로토피아는 실제 장소를 점유하고 있는 실존이면서도, 장소와 장소 간의 배치의 이질성에 따라 일상의 세계에서 이질의 세계로 건너가도록 하는 공간의식이다. 이를테면 이육사가 오갔던 만주의 공간이 그렇다. 만주에 대한 근래의 연구들[41]이 만주가 유토피아의 공간이 아니었음을 해명하는 한편, 일제의 정책과 이해관계 등이 적용되는 제국주의의 "행복한 사냥터"[42]이자 근대 초기의 축소판 격인 '독해되기 위한 공간'(날조의 공간)[43]으로써의 만주로 당대의 만주를 해명하고 있다. 여기서 헤테로토피아의 공간 개념을 차용한다. 혼돈과 모순이 가득한 만주의 다층적인 정체성을 고찰해보면 이육사가 당대에 가지

---

40) "유토피아는 실제 장소를 갖지 않는 배치이다. 그 배치는 사회의 실제 공간과 직접적인 또는 전도된 유비관계를 맺는다. 그것은 그 자체로 완벽한 사회이거나 사회에 반한다. 그러나 어쨌거나 유토피아는 근본적으로, 그리고 본질적으로 비현실적인 공간이다. 마찬가지로 아마도 모든 문화와 문명에는 사회 제도 그 자체 안에 디자인되어 있는, 현실적인 장소, 실질적인 장소이면서 일종의 반(反)배치이자 실제로 현실화된 유토피아인 장소들이 있다. 이 안에서, 실제 배치들, 우리 문화 내부에 있는 온갖 다른 실제 배치들은 재현되는 동시에 이의제기당하고 또 전도된다. 그것은 실제로 위치를 한정할 수 있지만 모든 장소의 바깥에 있는 장소들이다. 이 장소는 그것이 말하고 또 반영하는 온갖 배치들과는 절대적으로 다르기에, 나는 그것을 유토피아에 맞서 헤테로토피아라고 부르고자 한다." ― 미셸 푸코, 이상길 역,『헤테로토피아』, 문학과지성사, 2014, 46―47쪽.

41) 김학중,「재만 조선인 시에 나타난 "다른 공간" 문제 연구」,『비교한국학』23권 1호, 국제비교한국학회, 2015; 곽은희,「틈새의 헤테로토피아, 만주」,『인문연구』70호, 영남대학교 인문과학연구소, 2014; 이성천,「만주국 국책이념의 문학적 투영 양상에 관한 논의 고찰」,『한국시학연구』40호, 한국시학회, 2014; 김미란,「'낙토' 만주의 농촌 유토피아와 공간 재현구조」,『상허학보』제33집, 상허학회, 2011.

42) 헨리 위그햄, 이영옥 역,『영국인 기자의 눈으로 본 근대 만주와 대한제국』, 살림, 2009, 253쪽.

43) 앙리 르페브르, 양영란 역,『공간의 생산』, 에코리브르, 2011, 230―232쪽.

고 있던 만주의 정념태 또한 유추가 가능하다.

이육사에게 만주는 사회주의 사상과 사회주의 이상 국가 건설의 꿈을 품을 수 있었던, 낭만적 판타지를 경험하게 했던 공간이자 식민지를 살아가는 억압의 자아와 자신이 품고 있는 이상적 지성주의를 실천할 수 있는 '의식의 땅'이었다. 다시 말해 그곳이 육사 스스로의 태생적 땅이 아니라는 것에서 단절이 있고, 불연속성의 배치 공간이다. 즉 만주는 육사에게 반(反)—공간의 관념인 동시에 사회의 역동적 평형체계를 깨는 새로운 저항의 방식으로써의 진보적 '다른 공간'의 실체라 할 수 있다. 육사의 시에서 자주 반복되는 북방의식 또한 이와 같은 측면에서 이해가 가능하다.

매운 季節의 챗죽에 갈겨
마츰내 北方으로 휩쓸려오다

하늘도 그만 지쳐 끝난 高原
서리빨 칼날진 그우에서다

어데다 무릎을 꿇어야 하나?
한발 재겨 디딜곳조차 없다

이러매 눈깎아 생각해볼밖에
겨울은 강철로 된 무지갠가보다.

─「絶頂」 전문

화자가 "北方으로 휩쓸려"온 이유는 "매운 季節의 챗죽에 갈겨"라는 표현에서도 알 수 있듯이 억압의 상황 때문이다. '겨울'이라는 시간과 "챗

죽"이라는 억압적 표상은 식민통치 상황을 쉽게 유추하게 하고, 항일투사가 겪은 고난과 그에 대한 저항의지의 표출로 이 시를 인식하게 한다. 그러나 "北方"이라는 공간은 육사에게 사회주의 사상을 습득하고 사회주의 이상 국가를 수립할 수 있을 것이라는 혁명 의지와 낭만 의식을 심어준 '실증적 공간'이라는 것을 상기해보았을 때, 북방은 이육사의 '헤테로토피아'이다.

"하늘도 그만 지쳐 끝난 高原"에서 '고원'의 의미 또한 정신과 이상의 상승 상태가 평평하고 넓게 펼쳐진 상징적 이상의 장소로 읽어낼 수 있다. 다시 말해, "하늘도 그만 지쳐 끝난"다는 '고원'은 세계를 다시 시작하는 곳. 즉 "까마득한 날에/ 하늘이 처음 열리고/ 어데 닭 우는 소리 들렷으랴"(「曠野」)와 같은 창세기의 풍경을 상징하는 듯한 공간으로 새로운 세계에 대한 이육사의 열망과 낭만적 가능성을 내포하고 있는 것이다. '지금 이곳'은 폐허이고 절망적 '겨울'이기 때문에 이곳에서는 세계를 다시 시작할 수 없고, 다른 세계에 대한 새로운 계획마저 수립할 수가 없다. "여기 가난한 노래의 씨를 뿌"(「曠野」)리기 위해서는, 세계를 다시 건축하거나 정신의 절정에 다다른, 고원의 정신적 고양의 상태를 경험한 후에나 가능한 것이다. 그토록 육사가 "바라던 손님"(「青葡萄」) 또한 "하늘 밑 푸른 바다가 가슴을"(「青葡萄」) 여는 근원과 시원의 상태로 '지금 여기'의 공간들을 되돌리고 나서야만 가능해진다. 즉 '고원'(「絶頂」)과 '창세기적 공간'(「曠野」), '바다의 열림'(「青葡萄」)과 같은 현실에서 세울 수 없는 '다른 공간'들의 호출은 북방이라는 실제 장소를 경유해서 표상되고 있는 것이다. 그러므로 그곳에 닿기 위해서는 "어데다 무릎을 꿇어야 하"는지 고민하는 정신적 고양의 상태와 "서리빨 칼날진 그우에" 서는 것과 같은 육신의 고행 상태를 충분히 거쳐야만 한다. 정신과 육신의 절실한 고행 상태는 "한발 재겨 디딜곳조차 없다"라는 화자의 공간 인식으로 보다 가중되고 있다. 이러한 인식의 심화는 "이러매 눈깜아 생각해볼밖에"라는 구절에 와서는 화자가 내면을 성찰하는 행위로 실천된다. 이 과정을 모두 거치고 나서야, 화자는 무한히 열리고 있는 현존 공간에 들어서게 되는 것이다. 고행으로 건너온 '강철 무지개'라는 낭만성이 짙은 공간으로 말이다.

그간 「絶頂」 말의 '강철로 된 무지개'에 관해 여러 논의가 혼재[44]되어왔다. 그중에 '강철로 된 무지개'의 실체를 불경 중 금강경에 나오는 금강심과 단단한 금강석(다이아몬드)의 형상으로 추적한 논의[45]는 '강철 무지개'의 실증적 물상을 해명했다는 측면에서 주목해볼 만하다. 현실에서 실현될 수 없는 희망은 '강철 무지개'(다이아몬드)의 실체적 낙원, 즉 헤테로토피아로 실현된다. '금강심'과 같은 완전한 깨달음의 공간은 푸코식으로 말하면 현실 세계의 법칙 속 다른 고유한 열림과 닫힘을 통해 "모든 공간에 대한 이의 제기"를 하며 성취된다. 식민지였던 당대 현실 속에서 '완전한 깨달음'이라는 불가능한 낭만적 이상향이 개입되면서 반(反) 공

---

44) '강철로 된 무지개'에 관해 여러 논의들이 혼재되어 있다. 이 구절을 김종길은 앞의 글에서 '비극적 황홀', 김흥규는 앞의 글에서 '비극적 자기 확인'으로 보았다. 또한 이희중은 앞의 글에서 유혹과 공존하는 비유 형태를 밝히면서 화자의 고통이라는 측면에 초점을 맞춘다. 그 밖에도 권영민은 '강철로 변한 뱀', 오세영은 '비극적 초월', 정한숙은 '쇳덩어리로 만든 물지게', 장도준은 '무지개로 위장된 강철인 부정의 세계' 등으로 해제하고 있다. ― 박현수, 앞의 책, 113쪽 참고.

45) 홍용희는 「季節의 五行」에서 "금강심(金剛心)에서 나오는 내 시를 쓸지언정 유언은 쓰지 않겠소"를 인용하며, 금강경에 나오는 금강석의 깨달음과 「絶頂」에서의 "강철로 된 무지개"를 대응시킨다. 이는 ""한발 재겨디딜 곳조차 없는" 극한의 상황 속에서도 추호도 흔들리지 않고 평상심을 지킬 수 있는 "금강심"의 정신세계를 가리키는 것으로 해석된다. 시적 자아는 극한적인 외적 고통의 상황을 내면화시키면서 동시에 스스로 외적 고통을 고통으로 인식하지 않는 내적 단련의 결정체에 도달한 것"이라고 분석하며, '강철로 된 무지개'의 실증적 존재 양식을 추적한다. ― 홍용희, 「거경궁리의 정신과 예언자적 지성」, 『한국문학연구』 38집, 동국대학교 한국문학연구소, 2010, 279쪽.

간으로써의 헤테로토피아는 이육사로 하여금 모든 장소들과 맞서는 강인한 이상적 공간 즉 '강철 무지개'로 현현하는 것이다. 이렇게 제시된 이상향은 금강석과 같이 한없이 투명하고, 쉽게 연마가 되지 않는 단단한 정신과 육체를 통해 화사하게 빛나는 무지개의 세계를 꿈꾸는 것으로 복권된다. 그러므로 '강철 무지개'는 이육사가 자신의 이데올로기를 실천하려던 실증적 장소다.

4. 불온한 세계에 대한 퇴폐주의와 공간 인식 :
「狂人의 太陽」, 「阿片」의 경우

앞서 살펴본 바와 같이 이육사가 가지고 있던 '금강심'의 정념은 그가 지향해왔던 '다른 곳들(실제적 유토피아)'을 꿈꿔왔다는 이상향과 맞닿아 있다. 소위 항일 의지가 투영된 가편들로 평가되어 온 「絶頂」, 「曠野」와 같은 시편들도 '불가능한 꿈'을 전경화한 것임에 주목할 필요가 있다. 여기서 '불가능한'이라는 수사의 가능성은 육사가 겪고 있던 식민지 조선의 억압적 사태들과 1930년대 문단 내부에서 공유하고 있던 문제들과 조우한다. 즉 "세계 부정이라는 현실 인식"과 암울한 꿈과 죽음의 정념들로 가득 찬 '감상적 이미지즘'[46]의 기저를 이루는 당대의 퇴폐주의가 육사의 시편들 속에서도 나타나 있다.

---

46) "육사의 시는 정지용이 근대적 가치 수용과 극복의 과정에서 낭만적 태도를 지녔던 것과 마찬가지로 '동경과 꿈', '모험과 방랑'이 기저를 이룬다. 육사는 김기림이나 이상이 추구했던 모더니즘 시학과는 달리 이상화의 '동굴'과 '밀실'(「빼앗긴 봄에도 봄은 오는가」) 그리고 회월의 암울한 '꿈'과 '죽음'(「월광으로 짠 병실」)이 가득한 감상적 이미지와 닮아 있다. 육사의 이러한 태도는 현실과 세계 부정이라는 현실 인식에도 불구하고 낭만주의 사조론의 영향에서 크게 벗어나고 있지 못하다." ― 박주택, 앞의 글, 466─467쪽.

김홍규는 실패한 이미지즘으로 육사 시의 일부를 언급[47]하며 이육사 시가 가지고 있는 신성화의 허상적 측면을 부각시켰다. 이와 별개로 박주택은 이육사와 당대 모더니스트였던 정지용의 시를 비교 고찰한다. 1930년대 시인들이 서로 영향을 주고받으며 현대시의 형식적 기반을 공유했다는 점을 현대시사의 상호텍스트성의 관점에서 비교 언술하고 있다. 이육사와 정지용의 시에서 공유되고 있는 '실향 의식'도 그렇고, 같은 제목으로 쓴 「絶頂」에서의 상승적 이미지즘의 공유 관계, 행간 사이를 나눈 기표의 유사성[48] 등을 예시로 들며, 육사의 시를 "'재현'과 '낭만' 사이에서 충돌"로 인식하고 있다. 이런 형식론적 관점뿐만이 아니라 재현되고 있는 '불온한 세계 그 자체'[49]를 인식하는 부분에서도 육사는 '광인'의 면모를 보인다. 여기서 불온한 세계에 대한 인식이란 육사 시의 낭만적 파토스를 제공하는 경유지이다.

> 분명 라이풀線을 튕겨서 올나
> 그냥 火華처름 사라서 곱고
>
> 오래 나달 煙硝에 끄스른

---

47) 김홍규는 앞의 글에서 「소공원」, 「바다의 마음」, 「광인의 태양」 등을 "경박한 이미지즘"으로 평가했다. 그러나 각 편에 대한 자세한 해제나 구체적인 실패 지점에 대해 언급하지 않고 있다.

48) 박주택, 앞의 글, 19번 주석 참조.

49) 이육사의 시의 낭만성을 규명하는데 있어서, 본고 16번 주석 "④ 당대 문인그룹과의 미적 공유의 층위"를 함께 고려해야한다. 2장과 3장에서 '별'의 의미나 실제 낭만지향의 공간인 '무지개'의 의미 재고는 육사 시편 내부에 자리 잡고 있는 낭만성의 내재 현상을 살펴본 것이다. 4장에서 주로 다룰 내용은 그간 육사 연구에 있어 제대로 점검하지 않고 있었던 기존 문인들과 상호텍스트적 영향관계에 대한 문제제기이다. 육사 시의 낭만성에 파토스를 제공하는 '불온한 세계 그 자체'에 대한 탐구는, 육사 개인의 사적 경험이라기보다는 당대 문인들이 공유하고 있던 미학적 층위라고 할 수 있다.

얼골을 가리면 슬픈 孔雀扇

거츠른 海峽마다 흘긴 눈초리
항상 要衝地帶를 노려가다

—「狂人의 太陽」전문

이 시는 회화적 이미지가 돋보인다. '라이플총'을 든 시적 화자가 총을
쏘는 순간 어떤 감상에 사로잡히는지, 그 짧은 찰나적 심상을 여러 행위
태들과 공간 이미지들을 교차 편집하면서 화자의 심상을 개진해나가고
있다. 화자는 총을 쏘는 순간에 눈앞에 튀어 오르는 불꽃("火華")을 바라
보는 장면을 '곱다'라는 형용사로 표현한다. 총구에서 빠져나오는 총알과
화약 파편을 곱게 바라보는 화자의 정념이란 일종의 결의이다. 육사는 군
사간부학교에서 사격을 배운 바 있다. 무장 전투를 통해 자신의 이상 실
현에 가닿고자 했던 실천적 혁명 의식의 표상으로 총구에서 빠져나오는
불꽃을 '곱게 핀 꽃'으로 재현하고자 했던 것이다.

또 2연에서는 총을 쏜 이후에 연기가 생겨 앞을 볼 수 없는 상황을 "孔
雀扇"으로 얼굴을 가리고 있는 모습으로 형상화한다. 국가 단위의 의식
행사 때나 쓰이던 "孔雀扇"의 화려한 문양에 비유한 것을 보면 육사는 사
격을 거룩한 의식의 행위로 인식하고 있는 듯하다. 이러한 정신적 고양
상태는 광활한 공간 의식과 조우하며, 3연에서 "해협", "要衝地帶" 등으
로 뻗어나간다. 여기서 주목할 점은 제목이 「狂人의 太陽」이라는 것이
다. 제목과 시의 이미지들을 종합해서 견주어보면, 총구에서 빠져나온 불
꽃이 이육사에게는 '태양'과 같다는 비유로 읽힌다. 즉 그 잠깐의 불꽃이
화자에게는 '태양'과도 같은 거대하고 생명력이 넘치는 대상이며, 그 불
꽃으로 하여금 '지금 이곳'의 태양을 다시금 건설하고자 하는 심사를 투

영한다. 다시 말해 '재현 가능성'의 이미지들보다 '불가능한 재현 방식'을 시적 화자가 택함으로써 이육사가 딛고 있는 세계는 불가능성의 세계, 즉 불모로 가득 찬 폐허의 공간으로 역전되어 제시되는 것이다.

이런 의식적 투사는 2연에 "슬픈 공작선"의 언술 조화에서도 드러난다. "공작선"의 화려함 앞에 "슬픈"이라는 수사를 사용해서 역설적 구문을 만들고 있는데, 이 역설적 부딪힘은 세계에 대한 개선 의지의 표지이자, 동시에 '비현실적 이상'을 추구하는 이육사의 낭만성이 '금강심'ㅡ'태양'50)으로 사유되고 있는 것이다. 다시 말해 「狂人의 太陽」은 형식적 이미지즘을 차용한 형상을 띠고 있으며, 내용 역시 '낭만'과 '재현' 사이를 오가는 불온한 정서다. 이에 더 나아가 「小公園」과 같은 시편은 이국적 향수에 젖은 감상적 모더니티의 한 면모를 엿볼 수 있다. "그넘에 비닭이 보리밧혜 두고온/ 사랑이 그립다고 근심스레 코고을며"와 같은 구절이나 "힌오리째만 분주히 밋기를차저/ 자무락질치는 소리 약간들이고"와 같은 풍경 묘사에서 육사는 소공원의 이국적 정취에 젖어 감상이 가득한 관찰자로서의 화자를 내세우고 있다. 시편 말미에 "파라솔 돌이는 異國小女들"의 모습이 제시되면서 "望鄕歌"를 부르는 실향 의식 등이 표현되기도 하지만 「小公園」의 전체적 심상은 어느 이국의 공원에서 화자가 느끼는 감상적 향수에 가깝다. 즉 육사 역시 자신이 처한 상황은 감추면서도 이미지를 내세워 시적 심상을 표출해내는 당대 이미지즘의 이해와 한계를 같이 겪고 있던 것으로 보인다.51) 이와 관련해 「阿片」을 더 살펴보자.

---

50) "제목의 "광인"은 이 시 전체 주어로 비현실적인 이상을 추구하는 존재를 의미하고, "태양"은 육사의 "금강심"(「季節의 五行」)과 같이 광인이 추구하는 어떤 정신적 경지에 비유" ― 박현수, 앞의 책, 120쪽.

51) 김학동은 이동영의 글 「이육사의 抗日運動과 生涯」를 참고하여, 이육사의 문단 내부의 활동과 교분 관계를 설명한다. 이 시기 이육사는 신석초는 물론 『子午線』 동인들과 "박영희, 김기림, 김광균 등과도 교분이 있었던 것으로 보인다. 이것은 박영

나릿한 南蠻의 밤
蟠祭의 두레ㅅ불 타오르고

玉돌조다 찬 녁시잇서
紅疫이 반발하는 거리로 쏠려

거리엔 「노아」의 洪水 넘처나고
위태한 섬우에 빛난 별하나

너는 고 알몸동아리 香氣를
봄바다 바람실은 돗대처럼오라

무지개가치 恍惚한 삶의 光榮
罪와 겻드러도 삶즉한 누리.

—「阿片」전문

　이 시는 형식적 이미지즘의 차용을 지나, 일종의 퇴폐주의로까지 읽히
는 측면이 있다. 신석초의 회고[52]를 참고하면, 「阿片」, 「蛾眉」, 「子夜曲」
과 같은 시편은 육사가 『子午線』 동인에 참여하면서 한창 시를 발표하던
시기의 작품이며, 이 시기 문인들과 술을 마시며 밤거리를 누비던 전기적
경험이 투영되어 있음을 확인할 수 있다. 또한 임화가 1930년대 말 신세대
시에 편재된 '데카당'이야말로 현대시의 본질로 파악한 면면들을 미루어볼

　희, 이기열, 윤곤강 등은 육사에게 시집을 보냈고, 김기림은 자기의 시를 평해달라
　고 편지를 보낸 것으로 미루어 알 수가 있다." (김학동, 『이육사 평전』, 새문사
　2012, 55쪽 참조.) 다시 말하면, 육사는 경향파 시인들은 물론 김기림, 김광균과 같
　은 모더니스트들과도 교분 관계를 가졌고 그 영향 관계 아래 시작 활동을 했을 것
　으로 보인다. 모더니즘의 이해와 한계라는 테제 속에서 김기림이나 김광균이 그러
　했듯 이육사 역시 소박하게나마 모더니즘의 영향 관계 아래 놓여 있었던 것으로 추
　론된다.
52) 신석초, 「이육사의 인물」, 『나라사랑』, 1974 가을.

때 육사의 시에 나타난 이런 '퇴폐성'을 주목하지 않을 수 없는 이유다.

1연부터 제시되는 "나릿한 南蠻의 밤"이란 이미 아편에 취한 착란의 밤을 묘사하는 구절이다. 환락에 젖은 시적 화자는 마약에 취해 걸어가고 있는 도시 뒷골목을 '홍역을 앓고 있는 거리("紅疫이 반발하는 거리")'로 묘사하고 있다. 그리고 약에 젖은 몸을 짐승처럼 가누고서, "반제(蟠祭)"의 행위를 시작한다. 즉 제 몸을 제물로 바치는 행위, 그런 방탕한 허무주의자의 모습으로 스스로를 표현한 셈이다.

뿐만 아니다. 화자가 거닐고 있는 도시 뒷골목은 "거리엔「노아」의 洪水 넘쳐나"는 공간이다. 이곳은 방주를 만들어 도망을 갈 수밖에 없는 땅이며, 신에게 버림받은 땅으로 묘사되고 있다. 그러므로 이곳은 "위태한 섬"이며 "빛난 별하나"라는 꿈 또한 허무한 꿈인 것이다. 즉 "알몸동아리 香氣를/ 봄바다 바람실은 돗대처럼오라"라는 구절과 같이 헐벗은 채로 나아갈 수밖에 없는 전망 없는 땅으로 이 도시는 묘사된다. 그리고 "너"라는 지칭 때문에 '향기를 가진 몸'은 여성으로까지 상징될 수 있다. 즉 4연의 사태는 마약에 취해 향락가의 여성과 성교를 나누는 장면으로까지 연상이 가능하다. 여기서 "玉돌조다 찬 넉"으로 살아가는 화자는 이런 유혹이나 관능적 세계를 탐미하며 "바람실은 돗대"를 따라 어디든 타성에 의해 흘러갈 수 있는 대상으로 전락한다. 이런 수동성은 육사의 시에서 찾아보기 드문 정서적 현상이라 할 수 있다.

볼노는 참된 거주를 위한 요구[53])에 관해 정리하면서 춤의 본질적 의미

---

53) 볼노는 공간의 점유를 관해, '집'을 '몸'의 연장으로 보았다. 때문에 거주란 몸의 소유와 집에 거주함의 유사성과 관계한다. 그것은 메들로 퐁티의 표현을 빌리자면 '나는 내 몸에 거주한다'라는 체현의 의미이며 존재론적 맥락에서 이해할 수 있는 영역이다. 이에 볼노는 참된 거주의 과제, 즉 참된 존재의 과제를 세 가지로 요약한다. ①공간에서 불안정하게 방황하는 도피자와 고향이 없는 상태에서 요구로 일정 장소에 정착하여 개인 공간을 마련해야하는 요구이다. 나머지 두 가지 요구는 개인

를 제시한다. 춤은 합목적적 행위를 갖지 않으며 행위 자체를 넘어서는 행위이다. 방향성이 없고, 제약이 없으며 늘 현재적 가치를 지니고 팽창과 감소, 상승과 쇠퇴만으로 존재하는 행위라 할 수 있다.[54] 때문에 이런 운동태는 일상의 행위를 뚫는 낭만적 사유 체계만을 갖는다. 여기서는 윤리관이나 역사성이 작동되지 않고 존재의 사유 구조가 실현되지 않는다. 다만 행위로만 존재하는 현재성이 강하게 발현된다. 즉 이러한 초월의식이 이육사의 「阿片」에서는 이동 중인 시적 화자의 모습으로 나타난다. 마약에 취한 화자의 걸음걸이는 춤추는 형상과 다르지 않다. 화자가 딛고 있는 땅은 실제로 평지일 테지만 홍역을 앓고 있는 울퉁불퉁한 질감으로 묘사되고 있다. 그러니 화자는 제대로 걷고 있다는 착각과 달리, 몸은 요동치고 있으며 어디로 향할지 모르는 무목적성을 가지고 "洪水가 넘쳐나"는 듯한 과장된 움직임으로 밤거리를 누빈다. '홍역 앓는 땅', '바람', '홍수'와 같은 운동태들은 화자의 춤을 상징하는 유사 이미지들이라 할 수 있다. 특히 "무지개가치 恍惚한 삶의 光榮/ 罪와 겻드러도 삶즉한 누리"와 같은 구절에서는 이렇게 약에 취해 방향성 없는 삶을 살아도 지금

공간에서 참된 주거 방식을 실현하지 못할 위험의 상태에서 발현되는 요구이다. 그에 따라 ② 위협적이고 위험한 외부 공간도 삶에 포함시켜 내부와 외부 공간의 긴장 상태를 이겨내는 요구 ③ 위협적인 외부 공간의 긴장이 지속되더라도 자기 집의 군건함에 전폭적 신뢰를 가지고 큰 공간에 몸을 맡기며 그곳을 자기의 보호 공간으로 인식하는 요구이다. 예를 들어 춤에서 느끼는 공간 경험과 같은 것이다. ─ 오토 프리드리히 볼노, 이기숙 역, 『인간과 공간』, 에코리브르, 2011, 398-399쪽 참고.

54) "춤에서는 역사적 사건이 보호하지 않는다. 춤추는 사람은 역사적 흐름에서 벗어나 있다. 그의 체험은 현재에 머무르는 체험이며, 미래에 종결된다는 어떤 암시도 보여주지 않는다. 춤을 추는 사람은 순간의 움직임 속에서 영원을 손에 넣는다. 이는 다른 측면에서 주체와 객체의 긴장이 풀린다고 했던 말과 일맥상통한다. 이런 측면에서 보아도 춤에서 느끼는 쾌락은 심오한 형이상학적 경험에서 비롯된다. 춤을 출 때 인간은 합목적적인 행위와 구성이 지배하는 일상의 현실적인 세계를 뚫고 나온다." ─ 오토 프리드리히 볼노, 위의 책, 326-327쪽.

이곳의 절망을 이겨낸다는 잠깐의 황홀 때문에, 현실의 삶을 포기하려는 퇴폐성이 강하게 드러난다.

이와 같은 향락은 절망의 현실을 뚫고 나온다는 측면에서 퇴폐 기저에 자리 잡은 식민지 시대 문인들의 탈주 의식을 담보하고 있지만, 우리가 육사의 시에서 좀처럼 찾아볼 수 없는 '윤리적 자아'의 부재라는 측면에서 이육사의 시편 전체를 재고해볼 만한 중요한 시편이라 할 수 있다. 항일에 대한 민족적 윤리나 사회주의 이상 국가 건설이라는 사회주의자의 혁명 의식과 같은 윤리관도 끼어들지 못하는 철저히 낭만성으로만 휩싸인 세계인 것이다. 그러니 「阿片」에서의 "무지개"와 「絶頂」에서의 "무지개"는 전혀 다른 상징물이다. 후자의 경우 현실을 개진하며, 견인해 나아갈 방향성이 깃들어 있는 반면, 전자의 경우는 관능과 유혹의 절정을 감각화하고 있는 당대 모더니스트들의 감상주의적 이미지에 머물러 있다. 그러므로 이 같은 감각 지향성의 구절들은 지각될 수 없는 세계에 대한 탐미나 욕망이라 불러보아도 부족함이 없다.

5. 결론

한국전쟁 이후 이육사를 복권하는 과정에서 그를 항일독립운동가나 애국지사, 반제국주의자의 모습으로 일괄한 면이 없지 않다. 육사를 '저항시인'이라 칭하면서 항일투쟁의 전기적 사실만을 기반으로 그의 시를 저항시의 관점에서 주로 탐독해왔다. 이육사는 독립투사이기도 했지만 시인이었다. 특히 1990년대 이후 김희곤 등에 의해 '사회주의자 이육사'의 관점에서 그의 전기적 삶이 재조명되면서 육사 문학의 보다 다양한 해제가 가능해졌다. 그러나 그가 시를 본격적으로 발표했던 1930년대에 대한 당대적 근접성이나 육사의 시의 미적 특질 등은 여전히 간과되고 있는 면이 없지 않다.

본고는 육사의 투사적 자질을 그대로 인정하는 가운데, 육사가 겪고 있던 1930년대 문단과 육사의 시편들, 그리고 그의 저널 활동을 기반으로 해서 '시인 이육사'를 복권하는 방식을 취한다. 육사가 시인으로서 겪게 된 근대의 풍경과 사상에 종합적으로 접근하는 일이란 육사 문학의 보다 본질적인 접근이라 사료된다. 주지하듯 이육사 시의 사상적 기반은 전통주의 동양의 시학이기도 하고 사회주의 혁명 사상이기도 하다. 그러나 육사 문학에서 유독 당대에 공유되었던 낭만성을 간과한 면이 없지 않다. 이육사는 그의 사상적 친연성에 의해 당대 경향파 시인들과 교우관계를 맺고 있었으며, 신석초와 더불어『子午線』동인과도 두터운 친분 관계가 있었고, 김기림, 김광균 등과도 친분이 있었던 것으로 보인다. 즉 사회주의뿐만이 아니라 모더니즘의 이해와 한계라는 측면에서 소박하게나마 육사의 시에서 이미지즘이 현현되고 있다.

이와 같은 관점에서 이육사의 시는 불가능한 이상 세계를 꿈꾸는 낭만적 공간 의식을 갖는다. "별"이라는 아득한 공간을 통해 자신의 이상을 실현하고자 했으나 그것은 경향파의 '혁명적 낭만주의'와는 차별되는 것이었다. 「한개의별을노래하자」에서 드러나듯이 공동체적 이상향을 꿈꾸며, 금강심의 정념을 통해 '강철로 된 무지개'라는 이상 공간을 육사는 탐미했다. 그리고 그는 허망한 관념적 공간인 유토피아를 꿈꾼 것이 아니라 북방과 만주로 표상되는 '헤테로토피아'의 공간성을 시편들 속에서 형상화하며, 실천 의지가 투사된 시작 활동을 해왔다. 육사에게는 윤리관이 분명한 낭만성만 있는 것이 아니라 윤리관이 부재된 낭만성 또한 「阿片」등의 시에서 감상적 이미지즘 혹은 퇴폐주의로 드러나기도 한다. 그러므로 당대 문인들의 패배 의식이나 탈주 욕망 또한 이육사 역시 공유하고 있던 것으로 보인다.

이러한 낭만성은 이상화의 "침실"인 동시에 "빼앗긴 들"로 표상되는 사적 공간과 공동체적 주조 공간의 재배치와 유사하다. 또는 심훈이 '그 날'을 염원하며 자기 주체의 소멸 의지를 투사한 것이나 소월이 "강변 살자"라고 소극적 청유의 공간을 통해 표상한 공동체적 염원과도 맞닿아 있다. 육사는 "별"과 '강철 무지개', "고원(북방)"등을 통해서 식민지 제국주의의 억압에 대항하는 실제 실천 강령의 장소인 '헤테로토피아'를 꿈꿨다. 그리고 육사는 이상을 실현할 수 없다는 절망의 장소로 도시의 뒷골목을 설정한다. 뒷골목을 배회하는 아편쟁이의 장소감(춤과 같은 장소)을 통해 식민지 지식인들이 가졌던 '장소 상실'의 허무 의식까지 자신의 시에서 구현해냈던 것이다.

그간의 연구가 '시인 이육사'의 면모를 많이 놓치고 있었던 것이 사실이다. 이육사는 독립투사이기도 했지만 시인이었다. 늘 불가능한 꿈을 꾸면서 자신의 불온과 시대의 불온을 거울삼아, 세계를 개진하기 위해 더 높은 경지의 미지를 꿈꾸는 낭만주의자의 면모를 이육사의 시에서 찾아볼 수 있다.*

---

* 논문출처 :「이육사 시에 나타나는 낭만성과 '다른 공간'들」,『한국문예창작』제36호, 한국문예창작학회, 2016.

참고 문헌

김용직·손병희,『이육사전집』, 깊은샘, 2004.
박현수,『원전주해 이육사 시전집』, 예옥, 2008.

국내 논문 및 평문

강만길, 「조선혁명간부학교와 육사 이활」, 『민족문학사연구』 8집, 민족문학사
　　학회, 1995.
김경복, 「이육사 시의 사회주의 의식 연구」, 『한국시학연구』 12집, 한국시학회,
　　2005.
김미란, 「'낙토' 만주의 농촌 유토피아와 공간 재현구조」, 『상허학보』 제33집, 상
　　허학회, 2011.
김정현, 「1940년 한국에서의 니체수용」, 『니체연구』 26집, 한국니체학회, 2014.
김춘식, 「근대시의 이념과 시적 윤리— 이육사 시의 서정성과 윤리성」, 『배달말』
　　56집, 배달말학회, 2015.
김학중, 「재만 조선인 시에 나타난 "다른 공간" 문제 연구」, 『비교한국학』 23권
　　1호, 국제비교한국학회, 2015.
김흥규, 「육사의 시와 세계인식」, 『문학과 역사적 인간』, 창작과비평사, 1980.
김희곤, 「이육사 독립운동에 대한 연구 성과와 과제」, 『한국근현대사연구』 61
　　집, 한국근현대사학회, 2012.
＿＿＿, 「이육사와 의열단」, 『안동사학』 1집, 안동대학교사학회, 1994.
＿＿＿, 「이육사의 민족문제 인식」, 『한국독립운동사연구』 24집, 독립기념관 한
　　국독립운동연구소, 2004.
＿＿＿, 「이육사의 생애에 대한 재검토」, 『한국근현대사연구』 13집, 한국근현대
　　사학회, 2000.
동시영, 「육사 시의 니체철학 영향 연구」, 『한국어문학연구』 30집, 동악어문학
　　회, 1995.
류순태, 「이육사 시에서의 '고향'의 의미화 연구」, 『남도문화연구』 제24집, 순천
　　대학교 남도문화연구소, 2013.
류현정, 「이육사의 정세인식」, 『안동사학』 7집, 안동사학회, 2002.

박주택, 「이육사 시의 낙원의식 연구」, 『어문연구』 68집, 어문연구학회, 2011.

박현수, 「이육사 문학의 전거수사와 주리론의 종경전신」, 『우리말 글』 25집, 우
리말글학회, 2002.

_____, 「이육사의 주리론적 수사관과 「서울」의 해석」, 『새국어교육』 61호, 한
국국어교육학회, 2001.

신석초, 「육사의 추억」, 『현대문학』, 1962. 12.

_____, 「이육사의 생애와 시」, 『사상계』, 1964. 7.

_____, 「이육사의 인물」, 『나라사랑』, 1974 가을.

오세영, 「사회주의 리얼리즘이란 무엇인가?」, 『문학과 그 이해』, 국학자료원,
2013.

유병관, 「이육사 시의 유교적 전통」, 『한국시학연구』 11호, 반교어문학회, 2004.

이남호, 「육사의 신념과 동주의 갈등」, 『세계의 문학』, 1984 봄.

이봉구, 「육사와 나」, 『문화창조』, 1947. 3.

이성천, 「만주국 국책이념의 문학적 투영 양상에 관한 논의 고찰」, 『한국시학연
구』 40호, 한국시학회, 2014.

이어령, 「자기 확대의 상상상력— 이육사의 시적 구조」, 김용직 편, 『이육사』,
서강대학교 출판부, 1995.

이은상, 「서리묻은 새벽길의 역사」, 『시문학』, 1973. 12.

이재복, 「한국 현대시와 숭고— 이육사 와 윤동주를 중심으로」, 『한국언어문화』
34집, 한국언어문화학회, 2007.

이희중, 「이육사 시 재론」, 『어문논집』 35집, 안암어문학회, 1996.

정우택, 「조선혁명군사정치간부학교와 이육사, 그리고 <꽃>」, 『한중인문학연
구』 46집, 한중인문학회, 2015.

조두섭, 「이육사 시의 주체 형태」, 『어문학』 64집, 한국어문학회, 1998.

최호진, 「혁명적 낭만주의로 본 임화의 시관」, 『현대문학이론연구』 55집, 한국

문학이론학회, 2013.

하상일, 「이육사의 사회주의사상과 비평의식」, 『한국민족문화』 26집, 부산대학
　　교 민족문화연구소, 2005.

홍기삼, 「이육사의 저항활동」, 『나라사랑』, 1974 가을.

홍용희, 「거경궁리의 정신과 예언자적 지성」, 『한국문학연구』 38집, 동국대학교
　　한국문학연구소, 2010.

황정산, 「이육사 시의 시적 화자와 아이러니」, 『한국문예비평연구』 42집, 한국
　　현대문예비평학회, 2013.

국내외 단행본

김학동, 『이육사 평전』, 새문사, 2012.

김희곤, 『새로 쓰는 이육사 평전』, 지영사, 2000.

_____, 『이육사 평전』, 푸른역사, 2010.

박호영, 『한국근대기 낭만주의 전개 연구』, 박문사, 2010.

미셸 푸코, 이상길 역, 『헤테로토피아』, 문학과지성사, 2014.

앙리 르페브르, 양영란 역, 『공간의 생산』, 에코리브르, 2011.

오토 프리드리히 볼노, 이기숙 역, 『인간과 공간』, 에코리브르, 2011.

헨리 위그햄, 이영옥 역, 『영국인 기자의 눈으로 본 근대 만주와 대한제국』, 살
　　림, 2009.

재만 조선인 시에 나타난 '다른 공간' 문제 연구
—『만주시인집』과『만선일보』문예란 시를 중심으로

김 학 중

1. 시작하며

본고는 만주국 개국 10주년 기념 시집인『만주시인집』[1]과『만선일보』
문예란[2]에 실린 시를 중심으로 살펴보면서 그 시편들에 나타난 '다른 공
간'의 문제를 살펴보려는 시도이다.『만주시인집』과『만선일보』문예란
의 시 작품들에는 만주, 북방, 고향, 방, 무덤 등의 공간이 여러 시인들의
다양한 시편에서 두드러지게 나타난다. 재만 조선인 시에 나타나는 이 공

---

1) 오양호의『만주시인집의 문학사 자리와 실체』의 부록에 실린『만주시인집』영인본
   을 기초 자료로 하였다.『만주시인집』은 박팔양이 편집한 만주국 개국 10주년 기념
   시집으로 1942년 9월 29일에 第一協和俱樂部文化部에서 간행되었다. 본고에 인용
   된 시의 페이지는『만주시인집』영인본의 페이지를 표기했음을 밝혀둔다.
2) 오양호의『만주조선인문학연구』의 부록에 실린『만선일보』문예란 발췌본을 기초
   자료로 삼았다. 본서를 기초 자료로 삼은 이유는 현재까지 나온『만선일보』자료 중
   최초의 자료이기도 하고 그 외의『만선일보』문예란 수록 작품의 경우 대부분 유실
   되었기 때문이다. 본고에 제시되는 페이지는『만주조선인문학연구』의 페이지임을
   밝혀둔다.

간들은 일제의 지배 이데올로기를 재현하는 장소(만주), 유랑의 공간(북방), 향수의 공간(고향), 내적 저항의 공간(방)으로 논해져 왔다. 그런데 이들 공간은 역과 항구 등 도시와 관련이 있는 몇몇 공간을 제외하고는 상당수의 시편들이 만주의 농촌이나 만주의 광막한 대지 공간과 관련이 있다. 이는 만주에 이민한 조선인들이 대부분 농촌 공간에 거주한 것과 연관이 있다.

만주는 조선이 일제에 의해 식민 지배를 받게 되면서 많은 조선인들이 이주해간 공간이다. 특히 1910년대에서 1930년대에 이르는 시기에 일제의 압제가 점점 가속화되면서 만주로의 이민이 활발해졌다. 초기에는 주로 연변 지역을 중심으로 한 간도 지방의 이주가 두드러졌으나 1930년대 후반부로 갈수록 동북 3성을 중심으로 한 지역으로 이주가 이루어졌다.3) 이러한 이주는 초기에는 농촌 중심에서 점점 변모해 도시로도 이민을 하는 경향을 보이기도 한다. 하지만 기본적으로 만주로의 이민은 농촌을 중심으로 이루어졌다. 이는 1930년대 말 일본 관동군 사령부가 제정한『재만조선인지도요강』을 통해서 알 수 있듯이 이주 정책의 중심에 농민들의 경제활동, 즉 농산물 생산이 이민 정책을 결정하는 중요 잣대가 되었기 때문이다.4) 물론, 이러한 통제가 완벽했다고는 말할 수 없다. 그렇지만 만주 내 조선인 이주민 상당수가 농민이었던 것은 부정할 수 없다.

이는 재만 조선인 시인들의 작품에도 영향을 주었던 것으로 보인다.『만주시인집』과『만선일보』문예란 시들 중 상당수의 작품에 농촌 공간이 두드러지게 나타나는 것이다. 이들 작품들의 작가들 대부분은 실제로 농사와 관련된 직업을 수행하고 있지는 않았는데 때문에 시 작품에 드러

---

3) 김경일 외,『동아시아의 민족이산과 도시』, 역사비평사, 2004, 19쪽 참조.
4) 앞의 책, 45쪽 참조.

나는 공간으로 농촌이 두드러지게 나타나는 것은 작가들의 실제적 삶과 밀착해 있는 것이라고는 생각하기 어렵다. 오히려 일제의 통치와 연관성 속에서 창작된 것으로 판단할 수 있을 것이다. 일제는 1930년대 후반에 서 1940년대에 이르는 시기동안 조선 내에서의 조선어 문학 활동을 금지 하면서도 만주국에서 조선어로 작품 활동을 비교적 자유롭게 할 수 있게 제도화5)해두었는데 『만주시인집』과 『만선일보』는 이러한 일제의 제도 하에 제작된 것들이었다. 일제가 조선어 문학 활동을 허락한 것은 일제가 만주에서 지배 이데올로기로 삼은 '오족협화'를 실현하기 위한 한 방책이 었기 때문이다.6) 때문에 이 지면들에 실린 작품들은 조선어로 쓰였지만 일제의 이데올로기를 옹호하는 양상을 보이기도 한다.

하지만, 『만주시인집』과 『만선일보』 문예란의 시들이 묘사하는 만주 는 일제가 내세운 오족협화를 노래하는데 그치지 않고 있다. 특히, 고향

---

5) 김영주, 김미란, 김재용, 김훈겸, 이동진, 이성천, 오양호 등의 기존 논의에서 만주국 의 지배 담론에 대한 논의는 자세히 이루어졌다.

6) 김미란의 「'낙토' 만주의 농촌 유토피아와 공간 재현구조」와 와타나베 나오키의 「식민지 조선의 프롤레타리아 농민문학과 '만주' : '협화'의 서사와 '재발명된 농본 주의'」에서 이에 대해 자세히 기술되어 있다. 일제는 이를 위해 만주를 독자적인 공 간으로 제시하며 만주국의 국민을 이루는 다섯 민족들이 만주를 보는 관점을 통합 하려고 하였다. 그런데 일제는 이런 통치를 위하여 일관성을 보이지 않는다. 후속 연구로 밝혀야 할 필요가 있겠지만 만주국 내에 대다수를 이루는 중국인을 포섭하 기 위한 방책으로 내세운 오족협화와 왕도낙토는 만주를 포장하는 이데올로기로 어 느 정도 작동하기는 하였다. 그러나 만주국을 구성하는 서로 다른 민족들의 갈등 상 황에 대해서 효과적으로 작용하였는지 의문이 든다. 조선어 문학 활동을 제도화한 정책을 펴는 것 같이 다른 국가 구성원들과 구별이 지어지는 활동을 허용한 것도 그 렇다. 오히려 오족협화의 지배 이데올로기는 허구적이었고 실패한 이데올로기라는 것이 기존의 연구의 입장인 것으로 보인다. 특히 『만주, 동아시아 융합의 공간』에 실린 김재용의 「한설야의 『대륙』과 만주 인식」 등의 연구에서 오족협화의 허구성 이 심층적으로 논의되고 있다. 오족협화를 선전하기 위한 『만주시인집』 등에서도 오족협화가 심층적으로 다루어지고 있지는 못하다. 그런 점에서 오족협화는 일제가 제시한 상상의 공동체였다고 볼 수 있다고 하겠다.

과 방, 무덤 공간을 묘사하는 부분에서는 일제의 통치 이념들과 차이를 보이는 묘사들이 상당수 나타난다. 이러한 공간을 묘사하는 시들 중에는 고향, 방, 무덤 공간을 묘사하는 것을 통해 만주가 일제가 묘사하는 '왕도 낙토'와는 거리가 먼 공간임을 보여주기도 하는 것이다. 이는 만주에서의 궁핍한 삶을 드러내는 방식으로 행해진다. 그리고 이러한 시적 묘사는 곧 고향에 대한 향수로 이어진다. 그런데 재만 조선인 시에 나타나는 향수의 정서에는 단순히 고향에 대한 낭만적 향수만 나타나고 있는 것은 아니다. 재만 조선인 시는 이 지점에서 고향이란 향수의 공간에 이 향수를 수행하는 공간인 만주와 만주 내의 조선인 마을을 겹쳐놓는다. 무엇보다 마을을 이루는 집들과 그 집 안의 구체적 장소인 방이 향수의 공간인 고향과 겹쳐서 놓여 있다. 이 겹침은 만주라는 공간에 고향이란 공간을 기입하는 것과 마찬가지가 된다. 이로 인해 시가 묘사하는 고향은 단일한 공간인 동시에 애매성을 지닌 공간으로 변하게 된다. 만주와 고향은 서로 닮아 있으면서도 이질적인 공간으로 드러나며 이는 실제 만주의 농촌과 고향의 농촌의 유사성과 결부되면서 만주라는 공간을 문제화하게 된다.

문제화의 결과는 두 가지로 나타난다. 먼저 만주가 향수의 공간으로 치환된다. 만주의 유랑민과 이민자들에게 궁핍함과 고단한 삶의 장소인 만주의 농촌이 향수의 대상이 되는 공간으로도 등장하게 되는 것이다. 다음으로 고향은 귀향할 수 없는 공간이 된다. 뿐만 아니라 고향은 전혀 다른 공간으로 변모하는데, 이는 귀향 불가능성을 더욱 강하게 환기하는 공간이자 살아서는 도달할 수 없는 공간으로 묘사된다. 바로 무덤의 공간으로 나타나는 것이다.

이렇게 볼 때, 재만 조선인 시들은 고향과 방, 무덤의 공간이 만주라는 공간에서 배치되고 겹쳐지는 방식에 따라 그때그때 다른 공간으로 드러나게 되는 것을 재현하고 있다. 이는 실체하는 공간인 만주에 배치된 공간들이 숨기면서 문제화하고 있는 것에 대해 논의해볼 필요가 있다는 것을 의미한다. 이어지는 논의에서 이렇듯 문제화하고 있는 다른 공간을 어떤 방식으로 읽고 분석해야 하는지에 대해 논하면서 재만 조선인 시에 나타난 다른 공간 문제를 다루어나가도록 하겠다.

2. 다른 공간의 원리와 만주

재만 조선인 시에 나타난 공간을 살피는데 있어서 이제 중요하게 다루어져야 할 것은 그 공간이 단일한 공간으로 이해되기에는 미세한 차이를 내포하고 있다는 것을 이해하는 데에 있다. 이제 재만 조선인 시에 나타난 표면적 투명성은 그 안에 잠재하고 있는 불투명성을 내포한 것으로 이해되어야 한다. 그렇다면 이를 읽어내기 위해 우리는 어떻게 재만 조선인 시에 나타난 공간에 다가가야 할 것인가. 이를 위해 본고는 푸코가 제안한 헤테로토피아 개념에 주목하였다.

헤테로토피아는 우리말로 '다른 공간들'로 번역할 수 있는데, 실제 공간 내의 배치의 변화와 기존 공간에 겹쳐지는 공간에 의해 위상이 바뀌는 방식을 읽어내는데 도움이 되는 개념이다. 무엇보다 헤테로토피아 공간은 언어로 인해 발생하는 공간, 특히 언어 놀이를 통해 형성되는 다른 공간을 이해하기 위해 도입된 것이다. 즉, 시적 언어의 배치에 의해 다른 공간이 드러나는 방식을 이해할 수 있는 기초를 제공한다.

뿐만 아니라 헤테로토피아를 다른 공간의 중심개념으로 삼을 때 우리가 얻을 수 있는 이점은 또 하나 있다. 위에서 언급하였듯이 헤테로토피아 개념은 실제하는 공간을 바탕으로 정립된 개념이다. 이를 통해 하나의 돌파구가 열리는데, 기존의 연구에서 만주 공간을 다룰 때 사용하였던 유토피아의 개념과 차별성을 얻을 수 있다는 점이다. 헤테로토피아 개념은 만주가 유토피아가 아니었다는 논의를 풀어나가는 방식과는 다른 논의의 지점을 열 수 있다. 만주가 일제에 의해 의사 유토피아로 활용되었다는 것은 일제가 내세운 '왕도낙토'와 같은 선전문에서 쉽게 찾을 수 있다. 일제는 만주국 성립과정에서 통치적 합리성을 가지고 만주국의 공간을 활용하고자 하였다. 이는 특히 일제의 식량증산계획 등과 관련이 있다. 이는 특히 중일전쟁 이후 강화되는데 당시 만주국의 일본 기관들은 재만 조선인이나 조선 이주농민들을 활용해 식량 증산을 꾀했다. 이러한 방침 하에 일제는 방임적으로 허용하던 조선인 이주 정책에 변화를 주어 이주 회사를 통한 '집단 이주', '집합 이주'를 실시하는 등 통제 이민 정책을 실시했던 것이다.[7] 이러한 통치적 합리성은 그러나 단순히 이민 정책을 조선총독부의 공문서나 관동군의 공문서의 차원에서 다룬 것이 아니다. 그것은 '왕도낙토'와 같은 일제의 지배 이데올로기를 담은 슬로건 등과 함

---

7) 이에 대해서는 『만주, 동아시아 융합의 공간』 2부에 실려 있는 김기훈의 「만주의 코리안 디아스포라」에서 아주 상세히 다루어지고 있다. 김기훈은 만주로의 조선인 이민을 일본 제국 내 이민으로 규정하면서 만주 이민과 관련된 일제의 정책 변화를 살펴보고 있다. 그는 크게 방임정책기와 통제정책기로 나누고 있는데 이 분기를 나누는 기점이 되는 시기를 중일전쟁으로 분석하고 있다. 방임정책기와 통제정책기를 구분하는 가장 큰 특징은 일제가 어떤 정책 방향으로 이민에 개입하는가이다. 통제정책기에 조선인 이민은 집단 이민, 집합 이민의 형태로 이민 회사를 통해 이주가 진행되었다. 김기훈의 논의에 따르면 일제의 이런 통제이민정책은 성공적이지 못했다. 일제의 이민정책이 실패하고 있는 부분에 대해서는 『동아시아 민족이산과 도시』 서론에서 언급되는데, 여기서 일제의 이민정책의 실패가 만주로 유입된 조선족 이민자들의 도시 유입과 연관됨을 논하고 있다. 본고가 주목하는 것은 이러한 일제의 이민정책의 성공여부가 아니라 일제가 만주를 식민지 식량 증산 기지로 이해하고 이에 대한 통제를 시도하였다는 것이며, 특히 만주 이민을 통해 유입된 조선인들이 실제로 농촌에서 쌀 생산을 위해 황무지를 개간하여 고향과 유사한 관경의 수전 개간지를 만들었다는 것이다.

께 다루어졌고 '오족협화'와 같은 통치이념과도 연관되어 다루어졌다.

문제는 이것이 재만 조선인의 의식에서 어떻게 작동하였는가보다 이 것인 어떤 흔적으로 남았는가를 살펴보는 데에는 유토피아의 허구성을 밝히는 논의만으로는 충분하지 않다는 것이다. 재만 조선인 시를 살펴봄에 있어서 문제가 되는 것은 유토피아가 아닌 만주를 아는 것이 아니라 그러한 환상이 없는 공간인 만주에서 살아내면서 견뎌낸 것이다. 재만 조선인 시에는 그러한 삶이 문제화한 공간이 남아있는 것이다. 헤테로토피아 개념은 이렇게 재만 조선인이 삶으로 감내하면서 만주라는 공간을 어떻게 재현하는지를 미세하게 살펴볼 수 있는 가능성을 보여준다.

이 지점에서 헤테로토피아에 대한 정의를 살펴보는 것이 도움이 될 것이다. 푸코는 다음과 같이 헤테로토피아를 정의한다.

내 관심사는 수많은 배치들 가운데 몇몇에 한정된다. 그것들은 다른 모든 배치들과의 관계에서 흥미로운 특성을 지닌다. 즉 그것들이 지시하거나 반영하거나 반사하는 관계의 총체를 중단시키거나 중화 혹은 전도시키는 양태를 보이는 것이다. 이 공간들은 어떤 면에서는 다른 모든 배치들과 관계를 맺지만, 동시에 그것들에 어긋난다. 거기에는 크게 두 가지 유형이 있다.

우선 유토피아가 있다. 유토피아는 실제 장소를 갖지 않는 배치이다. 그 배치는 사회의 실제 공간과 직접적인 또는 전도된 유비관계를 맺는다. 그것은 그 자체로 완벽한 사회이거나 사회에 반한다. 그러나 어쨌거나 유토피아는 근본적으로, 그리고 본질적으로 비현실적인 공간이다.

마찬가지로 아마도 모든 문화와 문명에는 사회 제도 그 자체 안에 디자인되어 있는, 현실적인 장소, 실질적인 장소이면서 일종의 반(反) 배치이자 실제로 현실화된 유토피아인 장소들이 있다. 이 안에서, 실제 배치들, 우리 문화 내부에 있는 온갖 다른 실제 배치들은 재현되는 동시에 이의제기당하고 또 전도된다. 그것은 실제로 위치를 한정할 수 있지만 모든 장소의 바깥에 있는 장소들이다. 이 장소는 그것이 말하고 또 반영하는 온갖 배치들과는 절대적으로 다르기에, 나는 그것을 유토피아에 맞서 헤테로토피아라고 부르고자 한다.8)

　실제 장소를 갖지 않는 배치인 유토피아와는 반하는 헤테로토피아라는 개념은 현실 공간에 자리한 '다른 공간'을 읽는 중요한 지평을 마련해 준다. 푸코에 따르면 한 공간 안에도 다양한 배치가 있으며 그로 인해 다른 공간이 자리할 수 있음을 말해주고 있다. 이렇게 다른 공간이 있는 공간으로서 헤테로토피아를 이해할 때 우리가 주의할 것이 있다. 그것은 헤테로토피아라는 '다른 공간'을 분석하는 담론을 단순히 '틈새의 공간'9)을 읽는 담론으로 이해하는 것이다. 헤테로토피아는 단순히 공간의 틈새에 놓인 공간이 아니다. 헤테로토피아는 실제하는 공간의 위상이 변해 발생하는 공간이고 양립불가능한 공간을 마주하는 공간이기도 하며, 시간이 단절되는 공간으로 나타나기도 한다. 또한 또 다른 현실공간을 구축하는 공간이기도 하다. 때문에 단순히 헤테로토피아를 틈새의 공간으로 이해하는 것은 다른 공간인 헤테로토피아의 특성을 축소하는 것이라고 할 수 있다.

　푸코가 제시한 헤테로토피아의 6가지 원리10) 중에서 본고가 중점적으

---

8) 미셸 푸코, 『헤테로토피아』, 문학과지성사, 2014, 46−47쪽.

9) 곽은희의 「틈새의 헤테로토피아, 만주」가 대표적이다. 현재 만주 연구에 있어서 푸코의 헤테로토피아 개념은 도입 단계에 해당된다. 아직까지는 문학연구보다 문화연구나 역사연구에서 만주에 대한 기억을 다룰 때 논의되고 있다. 그런데 이런 연구의 지평에서 만주는 즉각적으로 헤테로토피아에 해당되는 것으로 이해되고는 하는 경향이 보인다. 이는 문제가 있다. 헤테로토피아의 개념에 대한 지평은 이런 지점에서 유토피아의 대체적 개념 정도로 이해되고 있는 양상이다. 앞으로의 개념 수용 과정에서 헤테로토피아 개념에 대한 다양한 시도들이 이러한 문제점을 극복하게 할 것이라고 본다.

10) 푸코는 『헤테로토피아』에 실린 「다른 공간들」이란 짧은 논문에서 헤테로토피아

로 다룰 부분은 세 번째 원리와 네 번째 원리, 그리고 여섯 번째 원리이다.
—본고는 재만 조선인 시에 나타나는 고향, 방, 무덤 공간을 논의의 중심
으로 다루는데 이들 원리가 논의를 풀 열쇠를 제공해주기 때문이다.— 세
번째 원리는 양립불가능한 복수의 공간 또는 복수의 배치를 하나의 실제
장소에 나란히 구현할 수 있음을 논한다. 이 원리는 만주의 농촌에 재만
조선인의 고향인 조선의 농촌을 겹쳐놓으려고 했던 일제의 통치 시도가

의 6가지 원리를 제시한다. 간략히 정리하면 다음과 같다. 첫 번째 원리에서 푸코
는 세계의 문화들 가운데 헤테로토피아를 구축하지 않은 문화는 없을 것이라고 논
하며 두 가지 유형의 헤테로토피아를 제시한다. 1) 위기의 헤테로토피아, 이 공간
은 특권화된, 신성한, 혹은 금지된 장소들이다. 원시사회에 존재한 헤테로토피아,
오늘날 이전의 헤테로토피아이다. 이 장소는 과도기에 있는 사람들—청소년, 달거
리 중인 여성, 임신 중인 여성, 노인 등—에게만 허용되는 장소이다. 기숙학교, 군
대, 신혼여행지 등이 여기에 속한다고 할 수 있다. 2) 일탈의 헤테로토피아가 있다.
이 공간은 사회적 규범의 요구나 평균에서 벗어난 행동을 하는 사람들이 들어가는
곳이다. 요양소, 정신병원, 감옥 등이 거기에 속한다. 두 번째 원리는 역사가 흘러
가면서 한 사회는 이전부터 계속 존재해왔으며 존재하고 있는 헤테로토피아를 완
전히 다른 방식으로 작동시킬 수 있다는 것이다. (예: 묘지, 교회) 세 번째 원리, 헤
테로토피아는 서로 양립불가능한 복수의 공간, 복수의 배치를 하나의 실제 장소에
나란히 구현할 수 있다고 한다. (예: 정원, 양탄자) 네 번째 원리, 헤테로토피아는 대
게 시간의 분할과 연결된다. (예: 묘지) 다섯 번째 원리, 헤테로토피아는 언제나 그
것을 고립시키는 동시에 침투할 수 있게 만드는 열림과 닫힘의 체계를 전제한다.
일반적으로 우리는 헤테로토피아적 배치에 자유롭게 접근할 수는 없다. 우리는 거
기 강제로 들어가거나, 아니면 어떤 의례, 정결의식에 따라야만 한다. (예: 군대, 감
옥) 여섯 번째 원리, 헤테로토피아의 마지막 특징은 그것이 나머지 공간에 대해 어
떤 기능을 가진다는 것이다. 이러한 기능은 두 가지 극단적인 축 사이에서 펼쳐진
다. 한편으로 헤테로토피아는 환상 공간을 만들어내는 역할을 수행한다. 그 공간은
모든 현실 공간을, 그리고 인간 생활을 구획하는 모든 배치를 (환상공간보다도) 더
욱 환상적인 것으로 드러낸다. (예: 매음굴) 이것을 환상의 헤테로토피아라고 부를
수 있다. 다른 한편, 이와는 반대로 우리 공간이 무질서하고 정리되어 있지 않고 뒤
죽박죽이라고 보일 만큼 완벽하고 주도면밀하고 정돈된 또 다른 공간, 또 다른 현
실공간을 만들어냄으로써 그 기능을 가지게 되는 헤테로토피아도 있다. 그것은 보
정의 헤테로토피아라고 할 수 있다. (예: 식민지) 여기에서 푸코는 몇몇의 경우에
식민지들은 전 지구적 수준에서 공간의 조직화라는 문제와 관련해 헤테로토피아
의 역할을 수행했다고 평가한다.

어떤 맥락에 놓여 있는지 이해하는데 도움을 준다. 이는 '다른 공간'인 고향의 문제화를 야기한다. 네 번째 원리와 관련해서 우리는 이후에 이어지는 논의에서 고립의 문제를 이해하는데 공간 문제를 대입할 지점을 확보할 수 있다. 방과 무덤이 지닌 다른 공간의 문제를 야기하는 원리가 바로 이것이다. 다음으로 여섯 번째 원리가 묘사하고 있는 보정의 헤테로토피아인 식민지 문제와 연결된다. 이것은 일제가 공간을 영토화하고 재분할했는가와 연관된다. 앞서 살펴본 일제의 통치적 합리성에 의해 만주를 식량 증산 기지로 인식한 것은 바로 이 보정의 헤테로토피아의 원리를 따르고 있었던 것이다. 이 원리는 그런 점에서 앞의 두 원리 모두의 근원이 되는 원리가 되겠다.

만주에 대한 일제의 보정의 헤테로토피아는 무엇보다 '왕도낙토'와 '오족협화'라는 이데올로기를 통해 재만 조선인에게 영향을 준다. 그런데 이 보정의 헤테로토피아가 은폐하려는 것이 있다. 그것은 만주국 건국의 이데올로기적 허구성을 가리는 것이며, 일제의 수탈 매커니즘을 가리는 것이기도 하다. 또한 일제의 통치가 근본적으로 결여하는 것, 즉 근대적 국가 체계와 이를 작동하게 하는 상상의 공동체—오족협화는 실제하지 않는 상상의 공동체를 구성하는 이데올로기이다.—를 작동시키기 위해 근대국가의 기원을 가리는 작업을 한 것으로 볼 수 있다. 일제는 '왕도낙토'뿐 아니라 동방요배나 신사참배 등 일본 제국주의를 찬양하는 것을 강요했다. 이는 국가를 찬양하는 종교적 차원의 세속화와 관련이 있으며 이를 통해 일제의 국가 이데올로기에 '영광'이라는 기표를 기입하려는 것으로 볼 수 있다.[11] 이는 서구의 근대국가 체계 분석에서 종교의 권위를 세속

---

11) 조르조 아감벤은 *The Kingdom and Glory*에서 어떻게 경제가 정치의 차원을 넘어 근대 체계에서 우월한 위치에서 서게 되었는지 질문한다. 그러면서 근대국가가 추구하는 국가의 '영광'이 권력의 차원과 어떤 관계가 있는지 살핀다. 이는 오늘날 자

화하여 국가의 것으로 삼으려고 했던 작업과 맥락을 같이 한다. 즉, 이는
일제가 근대 민족국가의 상상적 공동체를 구축하기 위해 국가 이데올로

본주의 체계 내에서 정치 대신 경제가 문제화되고 있는 다양한 지평을 근본적으로
살펴보기 위한 시도로 보인다. 아감벤은 우선 중세 기독교를 검토하면서 기독교에
기독교 경제라는 차원이 있음을 계보학적으로 밝힌다. 여기에서 아감벤은 중세 기
독교가 '신비로운 경제'라는 인식을 도입함으로써 기독교 세계를 공고히 하려는 시
도를 하였으며 이것이 중세 기독교 체계의 형성에 큰 역할을 하였음을 지적한다. 이
러한 작업이 기독교에 필요했던 이유는 신의 은총이라는 것을 재현하여 이를 바탕
으로 정치적으로 기독교 회의주의자들이 제기하는 문제를 봉쇄하려고 했기 때문이
다. 이런 맥락에서 아감벤은 기독교 패러다임이 정치적이라기보다 경제적이었다고
주장한다. 어떤 면에서 이러한 성찰은 막스 베버가 『프로테스탄티즘의 윤리와 자본
주의 정신』에서 검토한 부분과 맥락이 유사하다. 그러나 아감벤은 기독교 경제의
차원이 프로테스탄트의 등장 이전에 이미 존재하고 있음을 밝히고 있다는 점에서
훨씬 더 계보학적으로 기독교 경제를 논의하고 있다. 문제는 기독교 경제가 단순히
자본주의 정신으로 변모하였다는 것이 아니기에 발생한다. 아감벤의 논의의 차별
성은 여기에 놓여있다고 생각된다. 아감벤은 근대 체계가 들어서면서 국가가 기독
교의 전략을 세속화한다고 논한다. 여기에서 '신비로운 은총'은 '영광'으로 바뀌어
강조된다. 이 '영광'은 근대국가가 추종하는 일종의 스펙터클이다. 아감벤은 이를
The Kingdom and Glory의 제7장 The power and Glory에서 '영광'과 '권력'에 대해
분석하면서 치밀하게 다룬다. 여기에서 아감벤은 '영광'이 제의, 세레모니, 열병식
등과 관련이 있음을 분석하는 대목은 주목을 요한다. 아감벤은 고대 로마부터 로마
제국에 이르는 시기의 권표 분석을 수행하면서 국가 세레모니 등이 기독교를 거쳐
근대에 이르면 위험스러울 정도로 전체주의의 의식에 가까워지고 있다고 논한다.
'영광'은 이 지점에서 권력과 관련될 때 근대적으로는 국가적 세레모니라는 형식으
로만 나타나는 것이다. '영광'은 여기에 이르면 정치적으로 신학적으로 두 번 배제
된다. '영광'은 그렇게 한번은 인간의 법에서 다른 한번은 신학적인 법에서 배제되
면서 이 둘 사이를 치환하게 하는 서명을 우리의 몸에 남긴다. 근대국가가 이러한
작업에 반복적으로 매달리면서 만들어나가는 의식은 국가에 대한 숭배 혹은 예배
의식이며 이는 근대국가가 박물관 등에 공을 들이는 방식으로 나타난다. 근대국가
가 이러한 작업에 매달리는 이유는 '영광'을 바탕으로 근대국가의 경제 체제의 빈
공간, 즉 정치적 차원의 부재를 가리기 위함이다. 배제됨으로써 포함된 정치적 차원
은 근대국가 체계의 기원을 환기한다. 국가의 '영광'은 이 기원을 은폐하기 위한 메
커니즘에 다름 아닌 것이다. 때문에 아감벤은 이 기원을 벤야민이 「역사의 개념에
대하여」에서 논의했던 역사와 마찬가지로 기원을 다시 현재화하는 작업을 바탕으
로 다시 우리 앞에 도래하도록 해야 한다고 주장하는 것으로 보인다.

기에 '영광'이라는 기표를 기입한 것임을 말한다. 이러한 차원에서 볼 때 일제의 지배 이데올로기의 문제는 단순히 허구적이거나 재만 조선인을 궁핍한 상태에 처해 놓았다는 차원의 것이 아님을 알 수 있다.

지금까지의 논의를 바탕으로 실제 재만 조선인의 시에서 문제화되고 있는 '다른 공간'의 문제에 다가가보도록 하자. 먼저 고향의 다른 공간을 살펴보자.

3. 고향의 다른 공간

재만 조선인 시에서 고향은 향수를 불러일으키는 공간으로 묘사되고 있다. 이렇게 향수되고 있는 고향은 농촌의 풍경 재현으로 우리 앞에 펼쳐진다. 그런데 이러한 향수가 불러내는 고향이 일으키는 농사일과 흙과의 친연성은 만주에 이민 온 조선인들에게 어떤 동요를 야기한다. 물론이 동요는 아주 미묘한 것이어서 우리 앞에 잘 드러나지 않는다. 그것이 발생하는 이유는 만주의 농촌이 어느 시점에서 미묘할 정도로 고향의 농촌과 닮아가기 때문에 발생한다. 이는 결과적으로 만주의 농촌 공간과 고향 공간의 친연성을 환기하는데 문제는 이것이 고향에 대한 향수의 정서 때문에 고향의 공간에 만주의 농촌 공간이 배치되는 결과를 낳는다는 것이다. 고향과 만주는 사실 결코 양립할 수 없는 공간이다. 고향은 재만 조선인들이 떠나온 공간이고 만주는 재만 조선인이 실제 거주하는 공간이다. 그런데, 향수라는 방식을 통해서 고향을 불러낼 때 이 두 공간이 함께 배치되어 나타난다. 더불어 고향의 공간은 만주의 농촌 공간이라는 실제하고 있는 공간에 기입되는 방식으로 나타난다. 이렇게 해서 고향은 이제 서로 양립불가능한 공간이 양립한 공간이 된다. 이제 고향은 다른 공간을 내부에 배치하게 되면서 문제화된다. 헤테로토피아의 세 번째 원리를 통해 분석할 수 있는 이러한 양상은 결과적으로 어떤 것을 문제화하는가? 이 장에서는 재만 조선인 시들을 살펴보면서 이를 논해보고자 한다.

재만 조선인 시에서 고향의 공간이 문제화되는 것은 만주의 농촌과 관련이 있다. 재만 조선인들은 만주의 농촌공간을 고향을 재현하는 방식으로 구성하려고 하였다. 그것은 일제가 원했던 수전 방식의 경작공간을 만드는 방식이었다. 그것은 고향을 재현하면서 동시에 만주의 경작지를 확보하는 방식이었다. 그것은 한편으로는 일제가 선전하는 '왕도낙토'를 실현하는 방식으로 보이지만 실제적으로는 일제의 지배 이데올로기를 거쳐 조선인 스스로가 추구하는 '낙토'의 모습, 즉 고향을 재현하는 방식으로 나타난 것이다. 즉, '왕도낙토'의 지배 이념 안에 조선인들은 조선인 스스로가 이상으로 여기는 그러한 공간인 고향을 겹쳐 놓고 있었다는 것이다. 이로 인해 고향이란 공간에는 재만 조선인 자신이 거주하는 만주의 농촌이 함께 배치되게 된다. 재만 조선인 시에 나타나는 고향은 고향의 상실과 고향의 향수가 겹쳐 있는 장소가 된 것이다. 때문에 만주에 대한 낭만적 동경은 간단히 다룰 수 있는 것이 아닌 것이다.

아래에 인용한 시는 어떻게 조선인 스스로가 고향을 만주에 옮겨 놓았는지를 잘 보여주고 있다.

> 언제나 즐거운 동무
> 언제나 情드난 동무
> 흘근 내 쎠요
> 흘근 내 살이요
> 흘근 내 피요
>
> 내손에 못이박히고

내등이 다―달어도
내힘이 다 가는데 까지
흘근 나와갓치왓고
흘근 나와갓치살고
흘근 나와갓치죽고
내발에 미트리를 신고
내머리에 수건을 쓰고
한쪽박아지에 목숨만 가지고
흘글차저 여기 왓소
흑글파러 여기 왓소

언제나 쓰난 해와함께
일하기 즐거울샌
쌍파기 즐거울샌
千萬年이 흘너도 흘너도
흑과갓치 살갯소
흑과갓치 죽갯소
　　　―신상보, 「흑과갓치살갯소」, (『만주시인집』 18―19쪽.) 전문

　　『만주시인집』에 실린 신상보의 시는 흙에 관한 친밀감을 표현하면서
바로 이런 친밀감을 갖는 공간인 만주를 찾아왔다고 표현하고 있다. "내
발에 미트리를 신고/내머리에 수건을 쓰고/한쪽박아지에 목숨만 가지고/
흘글차저 여기 왓소/흑글파러 여기 왓소"라는 표현이 그것을 함축해서
보여주고 있다. 이를 통해 강화되는 것은 만주라는 땅이 흙과의 친연성을
가진 공간이라는 점을 가리키는 것에 그치지 않는다. 바로 만주야말로 고
향의 것을 가진, 고향 그 자체라고 할 수 있는 공간으로 표현되면서 고향
이란 공간에 다른 공간이 양립하게 된다. 이는 양립불가능한 공간이 함께
배치된 것으로 이해할 수 있는 것이다.

이렇듯 만주는 재만 조선인에게 고향의 대용물이며 동시에 고향이며 늘 향수하게 하는 공간이다. 만주의 농촌은 재만 조선인에게 있어서 이국이며 동시에 고향인 것이다. 이는 고향을 향수하게 하는 것을 가능한 것으로 보이게 하면서 고향에 대한 향수를 불가능한 것으로 만든다. 이때의 고향은 분명 장소를 가진 공간이지만 만주라는 공간에 '다른 공간'으로 기입되어 있는 공간이기 때문이다.

'다른 공간'으로서의 고향은 그렇다면 어떤 문제를 우리에게 제기하는가? 시에 있어서 고향은 본래적으로 기원적인 것의 지평을 가리킨다.[12] 그런데 이 기원적 지평이 기원적인 것이 아닌 지평에 기입될 때 기원은 은폐된다. 그 지점에서 회상은 기원적인 것을 문제화하지 못하고 고향이라는 기원적 장소를 잃어버리게 된다. 이렇게 될 때 회상은 불가능해지고 기표의 연쇄와 같은 상상력이 상실된 공간만이 우리 앞에 놓이게 된다.

『만주시인집』에 실린 시들 중 이러한 문제화가 드러나는 시에는 김조규의 시와 함형수의 시가 있다. 먼저 김조규의 경우를 살펴보자. 김조규는 1930년대에 시현실 동인과 연관된『맥』등에 참여하면서 초현실주의적인 작품에 두각을 보였다. 그러던 상황에서 만주로 이동하게 되면서 만주국 내에서 재만 조선인들의 궁핍한 삶을 형상화한다. 여기에서 그치지 않고 김조규는 만주국의 지배 이념의 허구성을 폭로하는 작품도 썼다. 흥미로운 점은 주제적으로 사회적 억압에 대한 비판을 보이면서도 초현실주의적인 기법을 접목하기도 한다는 점이다. 김조규는 이를 통해 기존 문

---

12) 마르틴 하이데거의 후기 저작인 『회상』은 횔덜린 시의 가장 큰 성취를 기원적인 것에 대한 회상, 곧 고향으로의 정신적인 여행을 지속적으로 가능한 차원으로 돌려놓는 시적 작업을 한 것에 있다고 본다. 여기에서 기원은 본래적인 것이 축적되고 되돌려지는 차원이다. 고향에 대한 향수는 회상과 마찬가지로 기원적인 것을 사유하는 것으로 가능한 것인데, 재만 조선인에서는 문제화되는 부분은 이 기원을 잃어버렸을 가능성이 있다는 점에서 기인한다.

단의 형식적 초현실주의를 극복했다는 평가13)도 받는다. 그런데 김조규의 성취는 거기에서만 그치고 있지 않다. 김조규의 시에서 고향은 '다른 공간'을 통해 문제화되고 있으며 이는 앞서 논한 고향의 기원이 은폐되는 것을 드러내는 방식으로 나타나고 있다. 김조규가 어떻게 이러한 '다른 공간'의 문제를 시적으로 형상화하고 있는지 아래의 시를 살피면서 논의해 보도록 하겠다.

胡弓
어두운 늬의들 窓과함씨 영 슬프다

山하나 업다 들어보아야 기인 地平線
슬픈 葬列처럼 黃昏이 흐느낀다
저녁이 되어도 눈을 못쓰는 이마을의 思想과
胡弓의 줄만 골으는 瞑目한 이마을의 思想과
胡弓
아픈 典說의 마디 마디 哀然한 曲調

기집애야 웨 燈盞을 고얼줄 모르느뇨?
늬노래 듣고 어둠이 점점 걸어오는데 오호 胡弓
어두운 들窓을 그리는 記憶보다도
저녁이면 燈불을 밧드는 風俗을 배워야 한다.

─어머니의 자장 노래란다.
─일허버린 南方에의 鄕愁란다.

밤새 늣길려 느뇨? 胡弓

13) 이성혁, 「1940년대 초반 식민지 만주의 한국 초현실주의 시 연구」, 『우리문학연구』 34, 우리문학회, 2011, 358쪽.

(저기山으로 가거라 바다로 나려라 黃河로 흘너라)
어두운 늬의 들窓과 함께 영 슬프다.
　　　　　　　　　—김조규, 「胡弓」 전문, (『만주시인집』, 40−41쪽.)

　1연에서 "山하나 업다 들어보아야 기인 地平線"이라고 노래하는 것을
보아 이 시가 재현하고 있는 장소는 만주의 농촌이라는 것을 알 수 있다.
시적 화자는 자신이 있는 곳으로 흘러드는 슬픈 곡조에 귀를 기울이고 있
다. 그것은 옆집의 들창 너머에서 들려오는 호궁의 슬픈 곡조이다. 그 곡
조에는 낯선 땅에서 살아가는 삶의 고단함과 무력함이 담겨 있다. "슬픈
葬列처럼 黃昏이 흐느낀다/胡弓의 줄만 골으는 瞑目한 이마을의 思想과/
胡弓/아픈 典設의 마디 마디 哀然한 曲調"라고 노래하는 것에서 이를 잘
느낄 수 있다. 이국의 땅에서의 삶은 슬픔을 감내하기 위해 그저 호궁의
줄만 고르며 연주하는 것 정도가 허락되는 것이다. 이러한 슬픔의 분위기
를 더욱 강조하는 것은 2연에서 묘사되고 있는 "어두운 들窓"에서 이다.
호궁의 연주자는 슬픔을 연주하며 불을 켜지 않은 것이다. 때문에 화자는
"저녁이면 燈불을 밧드는 風俗을 배워야 한다."라고 노래하는 것이다.
　그런데, 호궁이 연주하는 노래는 "어머니의 자장 노래"이며 "南方에의
鄕愁"가 겹쳐져 있는 노래이다. 타향에서의 슬픈 노래는 어린 시절의 안
온한 베갯머리를 상기시키는 자장가 혹은 떠나온 남쪽에 대한 향수의 곡
조이다. 이 노래가 여는 공간은 따뜻함이 깃드는 순간의 공간을 창조하는
것이며 그럼으로써 기원을 상기시키는 것이다. 그래서 화자는 이 노래가
"山으로 가거"나 "바다로 나"리던가 "黃河로 흘너"가기를 바라는 것이다.
문제는 이 흘러감의 지향성이 불가능한 공간을 향해 있다는 것이다. 왜냐
하면 호궁의 연주자인 들창 너머의 "기집애"가 떠나온 남방은 단순히 떠
나온 남방이 아니라 "일허버린 南方"이기 때문이다. 고향은 상실된 채로

타국인 만주의 지평선이 보이는 마을, 바로 그 장소에 자리하고 있다. 그것은 고향의 '다른 공간'이다.

자신들의 삶을 영위하고 있는 장소인 마을에 '다른 공간'으로서의 고향이 기입되어 있다는 것, 바로 이 점은 문제적이라고 할 수 있다. 다른 공간인 고향은 이미 항상 마을에 있지만 마을 사람들은 그 공간에 무감각하다. 화자가 "이마을의 思想"이 "瞑目(명목)"이라고 노래하는 이유는 바로 여기에 있다. 마을 사람들은 만주라는 공간에, 일제의 지배 이데올로기가 보이지 않게 작동하는 마을의 공간에 눈이 멀어―중독되었다는 점에서 ―있고 동시에 눈이 감겨 있다. 다른 장소는 보이지 않는다. 헤테로토피아로서의 고향, 이 고향은 배제된 채로 향수되며 향수되는 것으로 배제되고 있다. '다른 공간'인 고향은 그렇게 추방되어 있다.

「호궁」에 나타난 '다른 공간'인 고향은 이미 추방되어 있는 장소이며 바로 그렇기에 거기에 있다. 그것은 바로 "마을의 사상"이 본래적으로 잃어버린 고향이다. 바로 그러한 이유에서 고향이 '다른 공간'으로 자리하고 있는 이 마을, 그 마을의 헤테로토피아를 깨우는 음악이 울리는 장소는 늘 어둠 속에 있을 수밖에 없는 것이다. 그것은 마치 눈 안에 있는 것을 가리키고 있는 것으로 보이는데, 때문에 그것은 음악을 통해서가 아니면 눈 밖으로 나올 수 없는 것이다. 이러한 공간 문제는 화자에게 "어두운 늬의 들窓과 함씨" 슬픈 정서를 줄 수밖에 없는 것이다. 바로 이런 점 때문에 고향에 대한 향수는 불가능한 것이 된다.

어두운 공간이며 '다른 공간'인 고향, 그것은 재만 조선인에게 할당된 농촌을 문제화하는 공간이며 동시에 고향 공간의 가능성이다. 그러나 일제의 지배 이념에 의해 관리되는 재만 조선인 농촌 마을은 이에 대해 감각하지 못하고 있다. 때문에 시인은 "瞑目(명목)"이라는 시어를 통해 이

를 문제화하고 있는 것이다. 기존의 김조규 시에 대한 논의에서 아포리아
처럼 다루어진 "暝目(명목)"이란 시어는 바로 이러한 차원에 대한 시적
조응의 결과라고 할 수 있겠다.

다음으로 함형수의 시를 살펴보자. 함형수는 <시인부락>으로 활동
한 시인으로 알려져 있다. 그는 그다지 주목받지 못한 시인이었다. 초기
의 함형수 시는 <시인부락>의 시적 특성과 맥락을 같이 한다. 이는 함
형수가 시인부락의 시인들인 서정주, 유치환 등의 북방행 시의 영향을 받
았다는 것을 의미한다. 이 시기 순수시를 지향한 함형수는 사회적인 감수
성을 드러내지는 않았다. 그러던 것이 만주로 넘어오면서 시적 세계에 변
모가 발생한다.『만주시인집』등에 실린 시편들이 그의 변모를 대표한
다. 이 시기 함형수의 시들은 만주에서의 윤리의 문제를 발견하는 것으로
나아간다[14]고 논해진다.

이러한 함형수의 변모는 공간 문제와 연관이 깊다고 판단되는데, 본고
의 논의에서 볼 때 함형수도 앞서 살펴본 김조규의 시와 마찬가지로 고향
의 '다른 공간'를 문제화하고 있는 것으로 보인다. 함형수의 시를 살펴보
며 좀 더 자세히 논해보자.

> 그들은 뭇는다 내가 갓섯던 곳을
> 무엇슬 하엿고 무엇을 어덧는가를
> 그러나 내무엇이라 대답할꼬
> 누가 알랴 여기 돌아온것은 한개 덧업는 그림자 뿐이니
>
> 먼— 하늘 끗에서
> 총과 칼의 수풀을 헤염처
> 이손과 이다리로 모—든 무리를 뭇찔럿스나

---

14) 오양호,『만주조선인문학연구』, 문예출판사, 1996, 85—92쪽.

그것은 참으로 쏘하나의 肉體엿도다
나는 거기서 새로운 言語를 배웟고 새로운 行動을 배웟고
새로운 나라(國)와 새로운 世界와 새로운 肉體와를 어덧나니
여기 도라온것은 실로 그의 그림자 쑨이로다
　　　　　　—함형수,「歸國」전문, (『만주시인집』, 46쪽.)

　이 작품은 일견 평범해 보이는 작품이다. 오랜 타향살이 후에 귀향하
는 화자의 모습을 형상화하고 있는 것으로 보이기 때문이다. 단지 이 귀
향이 특이한 것은 이를 "歸國"이라고 하는 것이다. 고향으로 돌아가는 과
정을 대부분의 재만 조선인 시인들이 "귀고" 또는 "귀향"으로 표현하는
것과 차이를 보인다. 이는 『만주시인집』에 실린 유치환의 「귀고」를 떠올
릴 때 더 두드러진다. 유치환은 「귀고」에서 그리던 고향에로의 귀향을
노래하며 고향의 풍경을 아름답고 서정적으로 묘사한다. 반면 함형수는
고향에 돌아가는 것을 그렇게 낭만적으로 묘사하지 않는다. 게다가 "귀
국"이라는 표현을 통해 귀향이 우리가 잃어버린 "국"과 관련이 있을 수
있음을 넌지시 암시한다. 이런 내용적인 문제로 파고들기 이전에 「귀국」
의 창작 시기를 염두해볼 때에도 살펴야할 문제가 있다. 함형수는 『만주
시인집』을 간행할 시기에 만주에 있었던 것으로 보인다. 그리고 함형
수가 한반도로 돌아온 시기는 해방 이후로 추측[15])되는데 이를 감안하
면 「귀국」은 상상력에 의해 묘사되고 있는 귀향을 우리에게 보여주고 있
다고 생각된다. 이는 어떤 의미를 지니는가? 그에 대해 논해보기 위해 시

---

15) 조규익은 『해방전 만주지역의 우리 시인들의 시문학』에 실린 「함형수와 그의 시」
　　의 서두에서 함형수의 이력에 대해서 요약적으로 제시하고 있는데, 그는 만주로 이
　　주해 지내다가 해방 후 북한 지역으로 이동했던 것으로 보인다. 이 기록 이외에 함
　　형수가 만주 체류 시 조선에 다녀간 기록을 찾지 못했고 그의 일대기적 정보를 찾
　　는 것 자체도 쉽지 않다. 다만 본고는 이를 통해 함형수가 「귀국」을 창작할 시기 귀
　　향한 경험이 있지 않을 가능성이 있고 이 시에서 묘사되는 귀향이 상상일 수 있다
　　는 가능성에 무게를 두고자 한다.

를 좀 더 분석해보기로 하자.

1연은 첫 부분에서 고향에 돌아온 화자를 맞이하는 고향의 태도를 묘사한다. 화자는 이 질문들을 받으면서 귀향의 기쁨을 즐기고 있는 것은 아닌 것으로 보인다. 왜냐하면 1연 말미에서 "내무엇이라 대답할꼬/누가 알랴 여기 돌아온것은 한개 덧업는 그림자 뿐이니"라고 노래하고 있기 때문이다. 이것은 질문하는 사람들에 대한 대답이라기보다는 일종의 독백인데, 주목을 요하는 것은 자신의 귀향을 그림자의 귀환으로 형상화하는 부분이다.

이러한 화자의 인식은 2연에서 "나는 거기서 새로운 言語를 배웟고 새로운 行動을 배웟고/새로운 나라(國)와 새로운 世界와 새로운 肉體와를 어덧나니"라고 노래하는 것과 연관이 있어 보인다. "여기 도라온것은 실로 그의 그림자 쑌이로다"라는 2연의 마지막 행이 바로 따르고 있기 때문이다. 화자는 만주에서, 타향에서 온몸으로 삶을 감내하였다. 문제는 거기에서 화자는 새로운 나라를 얻었다는 것이다. 이러한 인식은 만주국에서 새로운 삶을 살았다고 말하는 것과 마찬가지이다. 거기에서 화자는 새로운 나라뿐 아니라 새로운 세계 그리고 새로운 언어와 새로운 육체를 얻었다. 이는 매우 문제적이다. 여기서 새로운 것들을 얻었다는 것은 본래적인 것으로 귀향할 수 있는 것, 혹은 귀향해야 하는 것을 잃었다는 것이 된다. 육체가 바뀌지도 않았는데 새로운 육체를 얻었다는 표현은 이러한 잃어버림을 강조하는 것에 다름 아니다. 이는 앞서 살펴본 김조규의 「호궁」에서 "잃어버린 남방"으로 귀향할 고향이 표현되는 것과 맥락을 같이 한다. 이러한 시적 인식 때문에 함형수는 귀국한 것을 "그림자"라고 표현하는 것이다. 여기서 귀향의 불가능성이 강조되는데, 왜냐하면 정작 귀향해야 할 존재는 귀향하지 못하고 있고 그러한 차원에서 자기 자신의 기원은 잃어버린 것으로 나타나기 때문이다. 본래적인 것의 귀향이 불가능해지게 되면서 귀향이란 시어의 사용도 불가능하게 한다. 그러기에 화자는 자신이 고향에 돌아온 것을 "귀국"이라고 표현하는 것이다. 이제 고향은 고향으로 귀향하지 못한다. 그것의 차원은 새롭게 주어졌던 나라라는 지평에서 추방되어 있다. 함형수가 '다른 공간'인 고향의 부재에 대해서 감각하는 것은 바로 이렇게 시적으로 표현되고 있는 것이다.

여기서 다른 공간인 고향, 헤테로토피아로서의 고향은 부재를 통해 현존의 지평을 우리에게 환기하고 있다. 때문에 이는 필연적으로 고향의 상실을 의미한다. 거기에는 그림자로 돌아온 자신, 고유함을 잃어버린 자신만이 있다. 그리고 고향의 그림자인 "지상"만이 있다. 그래서 함형수는 "나는 저 아득한 한눌을 치어다 볼재/마음은 슬퍼지고 외로움으로 눈물이 작고 난다/저 나라에서도 나나 쏘 여기처럼 이러케 孤獨할까바"(「悲哀」, 『만주시인집』, 48쪽.)라고 노래하는 것이다. 그가 마주하는 고독은 바로 이러한 지평에서 야기되는 것이다.

지금까지 살펴본 시인들의 작품에서 나타난 고향의 다른 공간들은 양립불가능한 고향의 두 공간, 고향―또는, 고향의 기원적 공간―과 만주의 농촌―또는, 고향을 은폐하는 가상의 고향 공간―이 양립하는 가운데 공간을 문제화하였다. 이를 통해 고향은 귀향 불가능한 장소가 되었다. 고향이 귀향 불가능한 장소로 그 기원이 은폐되면서 우리는 고향을 잃어버리게 된다. 이에 따라 이러한 '다른 공간'의 문제는 이제 북방 만주를 고향으로 향수하는데 이르기까지 한다.

北風이 가슴을 콕콕 짜르는 밤
나의 旅情은 외롭게 北方을 찾어간다

그 故鄉 白樺林 숲속에서는
하로종일 가마귀가 서러웁게 울고
禮拜堂 보이는 夕暮의風景은
나의 浪漫性을 자라내엇다.

國境에서는 하로에 멧번씩인가
素朴한 傳說을실고 썰매가 往來한다.
少年인 나의 손고락을 입에물고
몰내 고개우에서 썰매와 離別한다.
그째에는 眞珠가튼눈물이 쌤을시처주엇다.

어미는 콧물을 훌적훌적 드러마시면서
조고만 溫突房에서 童話를 들려준다.
나는 어미물팍에 지태여
자장가 듯는것처럼 어느새엔가 잠이든다.

星座의色彩가 大理石처럼 선듯한 밤
나의 旅情은 오늘도 쏘 외롭게
追憶을 두고온 북방을 차저가누나.
　　　　　—장인석, 「北方의 詩」 전문, (1940. 1. 13)[16]

　『만선일보』 문예란에 실린 장인석의 시 「북방의 시」는 유년 시절을
만주에서 보낸 화자의 기억을 묘사하고 있다. 1연에서 화자는 차가운 "북
풍"을 맞으며 북방인 만주를 향수하기 시작한다. 2연에서 화자는 소년시
절 보낸 만주의 추운 겨울의 어느 날을 회상한다. "少年인 나의 손고락을
입에물고/몰내 고개우에서 썰매와 離別한다./그째에는 眞珠가튼눈물이
쌤을시처주엇다."라는 진술이 이를 보여준다. 이러한 추억은 어머니와도
연결된다. 3연에서 묘사되는 모습은 우리 고향의 겨울 어느 날, 차가운

---

16)오양호, 『만주조선인문학연구』, 문예출판사, 1996, 321쪽.

바깥에서 놀다가 돌아온 아이를 맞이하는 어머니의 모습을 연상시킨다. "나는 어미몰싹에 지태여/자장가 듯는것처럼 어느새엔가 잠이든다."는 이런 정서의 절정을 보여준다. 이제 고향은 북방이 되었다. 이제 "나의 여정은 오늘도 쏘 외롭게/추억을 두고온 북방을 차저가누나."라고 노래하면서 고향의 기원을 추방시킨다. 그렇게 다른 공간의 위상에서 고향 공간의 배치를 만주 쪽으로 바꾸어 놓는다.

4. 방과 무덤의 다른 공간

다음으로 '다른 공간'으로서의 방에 대해 논해보고자 한다. 앞 장에서 살펴보았듯이 만주에서의 공간 문제는 '다른 공간'으로서의 고향과 연관이 있었다. 만주라는 공간에 고향이 기입되면서 고향은 기원적으로 상실되게 되었고 결과적으로 고향으로의 귀향 불가능성을 보여주었다. 그렇다면 방은 어떤 공간 문제를 가지는가? 더불어 방의 공간에 겹쳐지는 무덤의 공간은 어떤 것을 문제화 하는가? 고향으로의 귀향 불가능성이 나타날 때, 향수할 수 있는 낭만적 가능성마저 막혔을 때 방의 공간은 중요한 공간으로 등장한다. 방이란 공간에서 나타나는 다른 공간은 본질적인 차원을 문제화하여 우리 앞에 제시하기 때문이다.

방의 공간에서 살펴볼 수 있는 '다른 공간'은 윤리와 진리의 공간이다. 방은 고립된 공간에 불과하지만 바로 그런 고립성으로 인해 외부 세계가 지탱하지 못하는 윤리와 진리를 보존하고 있기도 하다. 문제는 방의 공간이 무덤이란 공간과 서로 겹쳐져 나타나게 된다는 것에 있다. 방과 겹쳐져 나타나는 공간인 무덤은 방보다 윤리와 진리의 부재를 더욱 강화하는 공간으로 방 뿐 아니라 늘 고립된 방인 마을의 공간성을 드러내준다. 무덤인 마을의 공간성은 앞서 살펴본 귀향 불가능성의 심화된 양상이며 동시에 왜 그러한 귀향이 불가능해졌는지를 더욱 심화해서 우리 앞에 보여준다. 윤리와 진리가 부재할 때 우리에게 돌아갈 고향은 없다. 그것이 바로 윤리와 진리의 공간의 부재가 가리키는 것이다. 윤리와 진리의 공간은 죽음의 공간에 겹쳐져 있는 것이다.

이러한 겹침으로 인해 방과 무덤 공간은 근대 국가체계 특히 일본의 제국주의가 근본적으로 결여하고 있는 것이 무엇인지를 문제화하는 장소가 된다. 방과 무덤 공간이 진리와 윤리의 부재 더 나아가 진리의 윤리가 죽음의 장소에 배치되어 있음을 보여줄 때, 이는 일본 제국주의가 윤리와 진리의 부재를 제국의 '영광'으로 가리고 있음을 환기한다. 이는 매우 중요한데, 고립된 공간, 죽음의 공간이 나타나는 방과 무덤의 공간이 그것이 의도하든 의도하지 않았든 저항의 장소를 형성하게 된다는 것이다. 이러한 장소성을 획득하게 되는 방식은 초대의 형식을 통해 시작된다.

재만 조선인 시에 나타나는 방이란 공간은 "천사"를 초대하는 장소이며 동시에 "천사"가 도래하는 장소이다. 나아가 방은 진리의 빛이 비치는 장소이며 신에 대한 진지한 물음을 감행하는 곳이기도 하다. 방, 그 공간은 내밀하다. 때문에 그것은 "실내"라고 다루어지기도 하며 더욱 압축되고 축소되어 "하나의 손바닥"으로 나타나기도 한다. 방에는 다른 공간들로 내밀하다. 이 방의 '다른 공간'은 김조규의 시 『호궁』에서 "어두운 들창"이 달려 있던 바로 그 방을 연상하는 것으로 시작해 다가갈 수 있다.

본래적인 것이 흘러나오던 곳, 다른 공간인 고향이 마을에 깃들 수 있는 장소였던 곳, 그곳을 이미지화하는 것은 방이다. 이 방은 향수가 시작되는 장소이며 그 자체의 불가능성을 환기하는 장소이기도 하다. 또한 만주의 농촌 공간이 결여하고 있는 상상력을 보존하고 있는 공간이다. 방은 오직 생존과 그 생존에 의한 노동, 생산만을 위한 식민지의 식량 증산을 위한 비자연적인 노동으로써의 농업을 행하는 마을이 잃어버린 진리와 윤리의 상상력이 잉태되는 자리를 환기한다. 이 공간은 식민지라는 일제의 보정의 헤테로토피아 아래서 '다른 공간'으로 저항의 지평을 마련하는 그런 장소인 것이다. 식민지를 분할하고 그 분할을 통해 통치적 합리성을 확보하고 그것을 통해 지배 이데올로기의 형식을 채우려는 일제의 의도가 무화되는 장소, 방은 바로 그러한 공간이며 그렇기에 죽음의 차원, 본래적으로 숨겨져 있는 차원과 친연성을 띤 공간이다. 아래의 시들을 통해 이를 좀 더 살펴보도록 하자.

파아란 煙環속엔 天使가 산다
天使는 憂愁를 宿命 진엿다

오늘밤도 말업시
나의 室內로 天使를 조용이 불너들이다

天井으로 올으는 煙氣는 외로운 憂愁의 舞라한다
회오리낙엽도 안인 휘파람도 안인
天井과 벗하는 쓸쓸한 思想이라 한다

가슴을 콕 쑤신다 오란다 草上時計
손을 드니 오오 열손가락이 透明코나

고양이도 안산다 花盆도 업다
울지도 안흘란다 외롭지도 안흘란다
실내
우리 슬픈天使는 숨소리 하나업는 房속만이 좃단다.
　　　　　　　　—김조규, 「室內」 전문, (『만주시인집』, 42쪽.)

시 「室內」가 보여주고 있는 방은 "天井으로 올으는 煙氣는 외로운 憂愁의 舞"가 행해지는 곳이다. 이는 마치 성소에서 봉해지는 성스러운 의식을 연상시킨다. "天井과 벗하는 쓸쓸한 思想"만이 여기서 연기로 피워지는데 이는 슬픔도 없고 "숨소리 하나 없"는 장소를 채우는 것이 어떤 성질의 것인지 알려준다. 여기에 천사는 초대되고 도래한다. 그것은 잠시의 순간이지만 본래의 세계가 기원화해야 할 것이 무엇인지 상기시킨다. 그것은 숨어 있는 것으로 바로 그러한 성질 때문에 '방'으로만 찾아들려고 한다. 왜냐하면 이 방이 기원적인 장소로써 세계를 환기하기 때문이다.

이 숨겨진 공간의 장소성은 연기와 같은 것이라 방밖으로 나가면 금세 사라진다. 그것은 노래와 같다. 함형수의 시에서 이러한 '방의 본래적인 모습은 앞서 그가 「귀국」에서 잃어버린 것으로 암시했던 신체성을 환기한다. 존재의 방, 그것은 바로 존재의 신체이다. 신체는 이데올로기의 지평이 가장 권력화하기를 바라는 지평, 지배 이데올로기가 가장 첨예하게 드러나는 지점이다. 이는 일제의 '오족협화'와 '왕도낙토'가 그토록 지배하고자 하는 것이 어디를 가리키는지 밝혀준다. 함형수는 시를 통한 저항의 지평을 새로운 국가와 새로운 영토의 지점을 그림자로 만드는 작업에서 확보한 것으로 보인다. 그리고 이는 아래에서와 같이 자신의 신체 안에 잠재하고 숨어있던 귀향의 지평, 즉 지배 이데올로기에 길항하는 "피투성이"의 "진리"가 위치하고 있는 자리, 바로 "하나의 손바닥"을 밝혀준다.

> 나는 하나의 피투성이된 손바닥밋태 숨은 天使를 보앗다
> 時間의 魔術이여 物質이여 몬지 갓튼 感傷이여
> 天使가 깨여나면 씻어진 空間을 내음새가 돈다
>
> 아름다운 皮膚의 湖水여 노래의 忘却者여 쌔라

眞理의 빗(光)치여 어두운 寢床이여 돌(石)이여 눈물이여
나는 하나의피투성이된 손바닥우에 異常스러운 天使를 보앗다
　　　　　　　　　　　　　　─함형수, 「나는하나의손바닥우에」 전문,
　　　　　　　　　　　　　　　　　　　　　(『만주시인집』, 47쪽.)

　　1연에서 화자는 손바닥 밑에 숨은 천사를 발견한다. 그것은 "時間의
魔術이"며 "物質(물질)"이다. 그것은 먼지 같은 "感傷(감상)"이다. 천사,
그것은 찢어진 공간에만 깃드는 것이다. 그 공간은 "들창"을 연상시킨다.
천사는 신체에서 발견되지만 그것은 신체의 틈을 넓히는 것을 통해 "연
기"와 같은 "내음새"를 느끼게 하도록 한다. 이 공간의 특성은 헤테로토
피아의 개념과 맥락을 같이 한다. 그리고 이 공간은 지배 이데올로기가
결여하고 있는 기원적인 인간의 가능성과 상상력을 보존하고 있다. "眞
理의 빗(光)치여 어두운 寢床이여 돌(石)이여 눈물이여"라는 호명에서는
화자에 의해서 이 장소에, 이 공간에 자리하고 있어야 할 것들이 호명된
다. 2연의 시작에서 "망각자여 깨"라고 말하는 이유가 바로 그 때문이다.
그리고 이는 천사에 대한 인식을 "異常스러운 天使"로 수정하는 계기가
된다. 그것은 '다른 공간'의 지평을 환기하는 대상으로서만 거기에 드러
날 수 있기 때문이다. "망각자"인 우리는 오직 그렇게 할 때에만 '다른 장
소'인 방에서 천사를 감각할 수 있는 것이다.
　　천사에 대한 감각은 더 나아가 신에 대한 감각으로 나아간다. 신에 대
한 감지는 천사보다 더욱 강력하게 윤리와 진리의 초대를 촉구하며 신의
부재의 현재성을 밝혀준다. 물론 신을 감지하는 자리 또한 다른 장소로서
환기되는 방이다. 방은 신이 초대되고 그 초대로 부재가 드러나는 신의
공간이다. 이것이 어떻게 드러나는지 살펴보자.
　　아래의 인용시에서 볼 수 있듯이 찢어진 틈새로 내음새를 연기로 올리

던 진리의 차원은 "광선"을 통해 신의 지평을 열어 준다. 그것은 때문에 "또 하나의 문"을 가르친다는 표현을 가능하게 하는 것이다.

멀—니 暗黑속을 쑬코오는 히미하나마 확실한 光線과갓치
아모리 衰弱한 肉體와 아모리 敗北한精神에게도
쏘하나의 門을가르치는
나의神은 그런 慈悲의 神이리라

(중략)

地上에 사는 온갓것의 享樂과
地上에 사는 온갓것의 자랑과
地上에 사는 온갓것의 價値와
地上에 잇는 地上에 잇는 온갓 모—든것을 가지고도 바쑬수업는
나의神은 그런 高貴한 神이라라

해와 달과 별과
動物의 系列과
植物의 種類와
人類의 歷史와 이모—든 것을
單한번의 憤怒로서 재가 되게할수 잇는
나의神은 그런 恐怖의 神이라라
　　　　—함형수, 「나의神은」 부분, (『만주시인집』, 44—45쪽.)

　이 시에서 함형수는 신 그 자체가 아니라 "나의 신"을 이야기한다. 그 이유는 이 지평이 '방'이라는 축소된 다른 세계에서 이루어지기 때문이다. 그러나 여기서 요청되는 신의 속성은 절대적인 신에게도 요구되는 그런 것이다. 이는 보편적인 진리로서 가능해야할 신인데, 문제는 화자가

살고 있는 세계는 이러한 신이 부재하고 있다는 점이다. 동시에 방이라는 공간은 이 부재를 가장 잘 나타내주고 있는 공간이다. 왜냐하면 방은 고립된 장소이기 때문이다. 이러한 특성은 방이 지닌 다른 공간의 특성, 방이란 공간이 가리키는 이면적 특성을 상기시킨다. 그 지평에 겹쳐져 있는 것이 바로 '무덤'이다. 그리고 이는 방의 공간이 죽음과 겹쳐진 공간이며 그로 인해 윤리와 진리의 부재, 신의 부재를 드러내는 '다른 공간'인 무덤임을 드러내고 있다. 그런데, 무덤 공간 방, 방인 무덤 공간은 시간과 단절된 헤테로토피아로 나타나며 이 공간들은 나란히 배치되어 방이며 무덤인 공간들이 이룬 '다른 공간'인 마을을 우리 앞에 펼쳐 보인다. 그 마을은 묘지의 공간을 환기한다. 다음의 인용시를 보자.

> 靜穩의집
> 무덤은 너무나 寂寥하다
>
> 하도 故鄕을 그렷기
> 넉시나마 南쪽을 向해ㅅ도다
>
> 외로운 밤엔
> 별비치 慰撫의 손을 나린다는데
>
> 墓碑업는 무덤들이
> 옹기 옹기 정답게 둘너안젓구나!
>
> 눈보라 사나웁든
> 매든만흔 歷史를 이얘기 하는거냐.
> ―천청송, 「先驅民」 부분, (『만주시인집』, 60―64쪽.)

인용된 부분은 『선구민』의 부분으로 묘지에 대한 묘사하고 있는 후반부 부분의 일부이다. 여기서 묘사되는 무덤은 마치 고립된 공간인 방의 특성과 유사한 맥락을 가진다. "靜穩의집/무덤은 너무나 寂寥하다"라는 표현에는 이런 맥락이 얹혀 있다. 이 무덤은 남향으로 놓여 있으며 "매든 만흔 歷史를 이얘기"를 하는 공간으로 묘사된다. "옹기 옹기 정답게 둘너 안젓구나!"에선 마치 집들이 둘러앉은 마을을 연상시키고 있기도 하다. 문제는 바로 이러한 마을의 공간이 무덤과 같다는 인식일 것이다. 거기에는 윤리와 진리가 부재하고 세계로부터 고립된 방의 공간이 함께 배치되어 있다. 그것은 방이며 무덤이며 마을이자 묘지이다. 이러한 공간의 겹침은 고향으로의 귀향이 왜 불가능한지도 암시한다. 우리는 죽음의 공간, 즉 윤리와 진리가 부재하는 공간에 놓여 있으며 바로 그렇기에 우리의 본래적인 장소인 고향으로 돌아갈 수 없는 것이다.

그러나, 고립된 공간으로서의 방, 이 방이 우리에게 열어 보여주는 공간의 장소성은 죽음의 장소성만 환기하는 것은 아니다. 그것은 동시에 보편적인 것의 부재와 그 부재의 초대를 통해 미래의 지평에 이러한 진리의 차원을 보존해 주는 것이기도 하다. 재만 조선인 시인들이 만주에서 살던 당시에는 윤리와 진리의 지평은 배제되고 있던 차원이다. 태평양 전쟁을 일으키고 대동아공영권을 내세우며 아시아에서 근대를 초극한 국가가 되고자 했던 일본이 시대를 지배하던 때이다. 그 때에 만주에서는 본래적으로 인간의 상상력을 가능하도록 했던 진리에 대한 질문과 같은 아주 본질적인 질문도 꺼내기 어려운 시대였다. 그렇기 때문에 이 질문의 장소—배제된 죽음의 장소성으로서의 질문의 장소—를 마련해두는 것, 그러한 다른 장소를 보존하는 것 자체가 중요한 과업일 수도 있다. 이러한 점에 입각해 볼 때, 그리 많은 편수를 보이는 것은 아니지만 '다른 공간'으로서의 방을 시적으로 형상화하고 있는 작업은 충분히 의미 있는 일이라고 할수 있다. 또한 이것이야말로 본래적인 저항의 지평, 진리라는 귀향할 고향으로 우리를 이끄는, 바로 그러한 저항을 가능하도록 하는 작업이라고평할 수 있다.

더불어 재만 조선인 시가 '다른 공간'으로서의 방과 무덤을 보여주는 작업이 일제의 근대 국가 기획이 결락하고 있는 것이 무엇인지 역설적으로보여주고 있다는 점은 흥미로운 부분이다. 반복적인 이야기가 되겠지만그것은 진리에 대한 물음이었다고 할 수 있다. 이 질문의 근본화는 근대국가가 권력을 통해 강화하려는 '영광'이라는 차원을 문제화하는 지점이다.

일제가 추진한 만주국의 지배 이념인 '오족협화'와 '왕도낙토'의 담론은 대동아공영권에 따른 만주국의 국가 이념의 기반을 닦는 것이었다. 하지만 좀 더 살펴보면 이것이 근대국가가 강조하는 '영광'이라는 것에 바탕을 두고 있다는 것을 쉽게 알 수 있을 것이다. 이는 근본적으로 근대 국가가 진리 혹은, 윤리의 지평을 결여하고 있다는 지점을 보여주고 있다.대신 거기에는 근대 체계에서 국가의 승리, 경제적 풍요, 승전 등의 영광된 기표만이 자리하고 있다. 일제는 이러한 국가의 '영광'을 대동아공영이라는 지평에서 지속적으로 시도하였다.

위에서 살펴본 재만 조선인의 일련의 시들은 방과 무덤의 다른 공간을바탕으로 일제가 추구한 '영광'이 결여하고 있는 것, 바로 그것을 재현하고 있다. 이런 지점에서 볼 때, 재만 조선인 시의 '다른 공간' 문제는 기존과는 다른 지평에서 일제와의 저항의 지점을 새롭게 도출할 수 있다는 것을 가리킨다. 여기까지 살펴보면 재만 조선인의 '다른 공간' 문제는 우리에게 재만 조선인 시를 좀 더 면밀히 검토할 것을 요구하고 있는 것으로보인다.

5. 나가며

　지금까지 재만 조선인 시, 그 중에서도 『만주시인집』과 『만선일보』 문예란 시를 바탕으로 '다른 공간'의 문제를 살펴보았다. 여기서 '다른 공간'이란 헤테로토피아의 개념을 바탕으로 드러나는 공간이다. 기존의 공간에 기반을 두고 있지만 그 공간들이 배제하거나 포함하는 것을 통해 양립불가능한공간이 함께 배치될 수 있는 것을 보여주었다. 이를 통해 살펴본 바, 재만 조선인 시에는 고향과 방, 무덤 등의 공간에 '다른 공간'이 양립되어 형상화되어 있음을 살펴볼 수 있었다. 이는 보정의 헤테로토피아, 즉 식민지 공간을 형성함에 있어서 일제가 공간을 분할하고 영토화하는 작업을 통해 통치적 합리성을 추구한 것의 영향 속에서 형성된 것이었다.

　고향의 '다른 공간'은 일제의 지배 담론에 의해 만주 이주 조선인들이 만주의 농촌에 할당되는 것과 연관되어 있다. 주의 농촌공간은 조선 이주민들이 떠나온 공간인 고향을 모방하여 일구어낸 공간으로 이 과정에서 고향은 만주에 기입되었고 이것은 고향을 문제화하게 되었다. 이를 통해 고향은 재만 조선인들을 그림자와 같은 존재로 만들었고 귀향의 불가능성을 환기하였다.

　방의 '다른 공간'은 근대 국가체계, 즉 일본의 제국이 근본적으로 결여하고 있는 지점을 우리에게 환기하고 있었다. 그것은 윤리와 진리의 공간이었다. 그런 점에서 이를 드러내는 방의 '다른 공간'은 저항의 공간으로 인식될 수도 있음을 살펴보았다. 방은 진리와 윤리를 우리에게 환기하고 있는데, 그러한 재현이 우리에게 문제적인 이유는 방이란 공간의 고립성 때문이었다. 이러한 특성은 무덤의 '다른 공간'으로 방과 마을이 배치되고 있음과 맥락을 같이 한다. 무덤은 방보다 진리의 부재를 더욱 강화하는 공간으로 방 뿐 아니라 늘 고립된 방인 마을의 공간성을 드러내 주었다. 방과 무덤이 진리와 윤리의 부재와 더 나아가 진리의 윤리가 죽음의 공간인 무덤에 배치되어 있음을 보여줄 때, 이는 일본 제국주의가 제국의 '영광'으로 가리려고 하는 결핍의 지점이 무엇인지 우리에게 보여주는 것임을 살펴보았다.

지금까지 재만 조선인 시에 나타난 '다른 공간' 문제에 대해 살펴보았다. 작품의 수가 제한적이고 그 작품에 대한 일반적인 독해가 주조를 이루는 연구환경 속에서 본고가 시 텍스트에 대한 과도한 의미화 작업을 수행한 것이 아닌가 하는 의문이 들기도 한다. 하지만 시 작품의 텍스트를 여러 차원에서 살펴보고 담론화하려는 작업은 중요하다고 할 수 있다. 본고는 헤테로토피아의 개념 도입을 통해 일제의 지배 이데올로기와 통치적 합리성이 재만 조선인 시에 '다른 공간'의 문제를 야기했음을 논했는데, 이는 일제 지배 이데올로기의 스펙터클인 '영광'의 허구성을 우리에게 보여주었다.

제국의 '영광'이 은폐하고 있는 허구성은 단순히 일제의 선전구호가 허구적인 메시지를 전달한다는 인식과는 맥락이 다르다. 일제의 지배 이데올로기는 통치적 합리성과 면밀히 연관되어 있었다. 이는 근대적 국가 시스템의 맥락에 놓여 있는 것이었다. 공간의 지배는 재만 조선인의 시에 깊은 영향을 남겼으며 이들 작품은 그 자체로 저항을 메시지화하거나 저항을 요청하는 작업을 수행하지 않았음에도 저항의 지평을 우리에게 환기하고 있다는 것을 보여주고 있었다. 저항의 근본적인 지점을 우리에게 제시해주었기 때문이다.

결론적으로 재만 조선인 시의 '다른 공간' 재현은 우리에게 그들이 어떤 저항의 지점을 획득했는가를 보여준다고 하겠다. 우선 재만 조선인은 고향에 기입된 허구적 고향에 의해서 기원적인 고향을 상실했다. 이는 기원적 고향을 다시 공간화하는 작업이 필요함을 우리에게 환기한다. 기원을 다시 고향과 같이 늘 회귀할 수 있는 지평으로 되돌리는 작업은 근대 민족국가가 그 성립을 위해 상상의 공동체를 구축하고 그 바탕으로 국가의 '영광'을 기입한 것을 문제화하는 것이다. 그러니까 그것은 저항의 기원이 되는 것이다. 이 기원은 저항을 부른다. 그렇게 할 때, 저항은 기원을 지속적으로 기원으로서 돌아오도록 공간을 만들어 나가는 것임이 드러난다. 그것은 근대국가의 체제 이념에 근본적으로 저항하는 것이다. 이렇게 볼 때, 재만 조선인 시에 나타나는 '다른 공간'이자 헤테로토피아인 고향, 방, 무덤은 이미 있는 장소인 기원적인 국가라는 영토에 근거하면서도 그것에 새로운 배치를 가능하게 하여 저항의 지평을 열고 있는 것으로 볼 수 있다.

이러한 지점을 인정한다면 재만 조선인이 다른 공간화한 지평이 하나 더 우리에게 다가온다. 그 공간은 시라는 언어 공간이다. 재만 조선인이 기원화한 고향, 방, 무덤은 바로 시라는 재현 공간에 배치된 것이기 때문이다. 시라는 공간 안에 저항의 공간을 가져다 놓았을 수 있다는 인식은 시에 대한 다른 영역에서의 독해에서도 영향을 미칠 수 있는 인식이다. 이 지평의 기원을 재만 조선인 시에서 찾을 수 있다고 할 때, 본고는 재만 조선인 시의 연구를 기존의 제한적인 영역에서의 연구에서 벗어난 좀 더 보편적인 연구 지점에 가져다 놓을 수 있다고 기대한다.

이렇게 볼 때, 새로운 독해의 시도는 재만 조선인 시 연구에 다른 맥락을 부여하고 특히, 우리 문학사에서 1940년대 시기 연구를 풍부하게 하는데 도움을 줄 것이라 기대한다. 앞으로 이에 대한 연구를 지속적으로 시도하면서 본고의 부족한 부분들을 보완할 수 있도록 하겠다.＊

＊ 논문출처 : 「재만 조선인 시에 나타난 "다른 공간" 문제 연구―『만주시인집』과 『만선일보』 문예란 시를 중심으로」, 『비교한국학』 23권 1호, 2015.

참고문헌

1. 자료

박팔양 외, 「만주시인집」, 오양호, 『만주시인집의 문학사 자리와 실체』, 역락, 2013.

천정송 외, 「<만선일보> 문예란 발췌본」, 오양호『만주조선인문학연구』, 문예출판사, 1996.

2. 소논문

곽은희, 「틈새의 헤테로피아, 만주」, 『인문연구』 70호, 영남대학교 인문과학연구소, 2014.

김미란, 「'낙토' 만주의 농촌 유토피아와 공간 재현구조」, 『상허학보』 제33집, 상허학회, 2011.

김영주, 「재만 조선인 시에 나타난 디아스포라 인식과 만주성 연구」, 『한국문학논총』 제58집, 한국문학회, 2011.

_____, 「재만 조선인 시문학의 만주성 재현 연구」, 『시문학』 제112집, 한국어문학회, 2011.

김훈겸, 「재만 조선인 시문학의 디아스포라적 양상 : 일제말기 유치환, 김조규의 시를 중심으로」, 『한국언어문화』 28호, 한국언어문화학회, 2005.

신주철, 「김조규의 이중적 시 쓰기의 양상과 그 의미」, 『우리문화연구』 제32집, 우리문학연구회, 2011.

이동진, 「만주국의 조선인: 디아스포라와 식민 사이」, 『만주연구』 제13호, 만주학회, 2012.

이명찬, 「한국 근대시의 만주 체험」, 『한중인문학연구』 13호, 한중인문학회, 2004.

이성천, 「만주국 국책이념의 문학적 투영 양상에 관한 논의 고찰」, 『한국시학연구』 40호, 한국시학회, 2014.

이성혁, 「1940년대 초반 식민지 만주의 한국 초현실주의 시 연구」, 『우리문학연구』 34, 우리문학회, 2011.

이인영, 「만주와 고향 :『만선일보』 소재 시에 나타난 고향의식을 중심으로」,

『한국근대문학연구』 26, 한국근대문학연구회, 2012.

장성규, 「일제 말기 카프 작가들의 만주 형상화 양상」, 『한국현대문학연구』 21, 한국현대문학연구회, 2007.

전월매, 「일제 강점기 재만조선시인 범주와 거류형 시인의 만주 인식」, 『만주연구』 제9집, 만주학회, 2009.

진영복, 「재만조선인의 내선일체 담론과 균열」, 『한민족어문학』 제58집, 한민족어문학회, 2011.

최봉룡, 「만주국의 국적법을 둘러싼 딜레마 : 조선인의 이중국적 문제」, 『한국민족운동사연구』 제69집, 한국민족운동사학회, 2011.

와타나베 나오키, 「식민지 조선의 프롤레타리아 농민문학과 '만주' : '협화'의 서사와 '재발명된 농본주의'」, 『한국문학연구』 제33집, 한국문학연구회, 2007.

3. 단행본 및 외국도서

김경일, 『동아시아의 민족 이산과 도시』, 역사비평사, 2004.

김재용, 『만주, 경계에서 읽는 한국문학』, 소명출판, 2014.

김창선, 『만주문학 연구』, 역락, 2009.

안영길, 『만주문학의 형성과 성격』, 역락, 2014.

오세영 외, 『한국현대시사』, 민음사, 2007.

오양호, 『만주시인집의 문학사 자리와 실체』, 역락, 2013.

_____, 『만주조선인문학연구』, 문예출판사, 1996.

조규익, 『해방전 만주지역의 우리 시인들과 시문학』, 국학자료원, 1996.

한석정 외, 『만주, 동아시아 융합의 공간』, 소명출판사, 2008.

오카다 히데키, 『문학에서 본 만주국의 위상』, 역락, 2008.

미셸 푸코, 『말과 사물』, 민음사, 2012.

_____, 『헤테로토피아』, 문학과지성사, 2014.

마르틴 하이데거, 『회상』, 나남, 2011.

Giorgio Agamben, *The Kingdom and Glory*, Stanford Univ Pr, 2011.

심연수 문학 공간의 실증주의적 고찰

이 성 천

1. 서론

이천 년대 이후 중국과 한국 학계에서는 일제강점기에 활동했던 재만 시인 심연수(1918.5.20—1945.8.8) 문학에 대한 논의를 꾸준히 거듭해 왔다. 한·중 양국에서 불과 십여 년 사이에 발표된 9편의 석·박사 학위논문과 100여 편이 넘는 연구논문 및 평론, 신문기사를 포함한 산문 글의 숫자는 이 점을 분명하게 반영한다. 그간에 중국조선족문학사와 한국문학사에서 거의 알려지지 않았던 심연수 문학과 그에 대한 연구는 이천 년대부터 현재에 이르는 동안 가히 기하급수적으로 늘어난 상태인 것이다. 이전까지 중국조선족문학사는 물론 한국문학사에서 단 한 차례도 본격적으로 소개[1]되지 않았던 심연수 문학이 이처럼 연구의 활성화를 맞이한

---

* 이 글은『국제어문』제60집(2014)에 게재한 것을 일부 수정하여 재수록 한 것임을 밝혀둡니다.
1) 한국현대문학사에서 심연수 시인의 이름을 최초로 호명한 연구자는 오양호인 것으

근본적인 이유는 다음의 몇 가지 사실에서 비롯된다. 첫째, 이천 년대 들어 중국 조선족 문학계를 대표하는 김룡운이 심연수 시인의 동생 심호수 씨를 통해 대량의 육필 원고를 '발굴'하였다는 점2), 둘째, 곧 이어 2000년 7월 <중국조선민족문화예술출판사>가 한민족 이주 100년을 맞이해서 중국조선족의 민족문화유산을 정리하기 위해 출판 기획한 『20세기중국조선족문학사료전집』의 제1집으로 육백 여 페이지에 이르는 『심연수 문학 편』을 단행본으로 간행하였다는 점3), 셋째, 중국 연변 내 다수의 문예잡지와 출판사가 "심연수 문학"을 특집으로 다루거나 신문이 대대적으로 기사화하였다는 점4), 넷째, 한국의 주요 신문들이 이에 가세하였다는 점5), 다섯 째, 무엇보다도 시인의 고향인 강원도 강릉 지역을 중심으로 <심연수선양사업위원회>가 조직되어 선양사업6)을 주도하며 논의의

로 보인다. 오양호는 『일제강점기 만주 조선인 문학연구』(문예출판사, 1996, 161-165쪽.)에서 1939년 12월1일부터 1940년 9월 23일까지 <만선일보>에 문예란에 발표된 201수의 시작품과 시인을 검토하면서 심연수 시인을 처음으로 언급하고 있다. 하지만 오양호의 이 글에서 심연수가 차지하는 비중은 거의 없다고 해도 무방하다. 여기서도 오양호 교수는 심연수 시인을 '비전업 문인', '문학지망생, 혹은 '기타 무명시인'으로 매우 간략하게 소개한다.

2) 심연수의 육필 원고는 동생인 심호수가 땅 속에 묻어 간직하고 있다가 2000년 초 세상에 공개한 것으로 알려져 있다. 이와 관련된 내용은 『20세기중국조선족문학사료전집』 제1집 『심연수 문학 편』의 「발간사」에 비교적 상세하게 기록되어 있다.

3) 『20세기중국조선족문학사료전집』 제1집 『심연수 문학 편』은 수정·보완되어 2004년 3월 1일에 재차 간행된다.(2004년 간행된 이 책은 이하 『심연수 편』으로 약함.)

4) 이 시기 심연수 문학을 본격적으로 다룬 중국 연변의 문예지와 신문은 아래와 같다. 『문학과 예술』, 『연변문학』, 『도라지』, 『은하수』, <연변일보>, <흑룡강 신문>, <연변 라지오텔레비죤신문>. 이명재, 「민족시인 심연수 문학론」, 『심연수 편』, 535쪽 참조.

5) 당시 심연수 시인과 유고 발굴을 소개한 한국의 신문 및 방송은 다음과 같다. <조선일보>, 2000. 1: <한겨레신문>, 2000. 8. 16: <강원도민일보>, 2000. 8.16 기사 외 다수: <대한매일>, 2001. 4-연재, 이외에도 시인의 고향인 강원지역에서 발행되는 신문은 근자에까지 심연수 문학과 관련된 기사를 매년 보도하고 있다.

활성화를 유도하였다는 점 등이 그것이다. 그 결과, 현재 심연수 시인은 중국과 한국 학계에서 공통적으로 윤동주에 버금가는 민족시인 혹은 저항시인으로 평가되고 있다. 가령, "암흑기의 민족의 별", "일제 암흑기의 대표적인 저항 시인", "문단에 솟아난 또 하나의 혜성", "저항시인 윤동주와 쌍벽을 이룰지도 모르는 시인"[7]이라든지 "민족시인 심연수의 유고들은 바로 식민지시대 한국문학의 보류였던 연변 조선족 자치주에서 이루어진 작품들로서 문학사적인 의미가 더욱 짙은 연구 대상"이자 "작품 실적이나 삶의 발자취 및 문학사적 위상 면에서도 결코 윤동주에 못지않은 문학의 실체"[8]와 같은 국내외의 호의적인 평가들은 이 같은 사실을 단적으로 보여준다. 현 단계 심연수 시인은 최소한 이들 연구자의 논의에서만큼은 "윤동주와 쌍벽을 이루는" "또 하나의 詩聖"으로 거듭난 지 오래인 것이다.

　본 연구자는 선행연구가 축적한 이 같은 결과에 대해 학계에 처음으로 본격적인 이의를 제기한 적이 있다.[9] 이 글에서 필자는 시인의 '전기적 사실과 시적 진실'의 모순성, '기행시조 연구에 나타난 문학사적 왜곡', '시 해석에 나타난 의미의 과잉과 의도적 오류의 문제', '<일본대학> 졸업일자와 학병 문제의 실증적 고찰'을 각 장의 소제목으로 제시하며 기존의 심연수 문학연구가 노정한 심각한 오류와 한계에 대해 집중적으로 검토했다. 하지만 필자의 문제 제기가 있은 이후에도 심연수 문학과 관련된 후속 논의들은 논리적 모순과 의도적 왜곡의 혐의가 짙은 주요 선행연구

---

6) 심연수선양사업위원회가 주관하는 "심연수 문학상"은 대표적 사례에 해당한다.

7) 김룡운, 「문단에 나타난 또 하나의 혜성」, 『20세기중국조선족문학사료전집』, 연변인민출판사, 2000,

8) 이명재, 「민족시인 심연수 문학론」, 『심연수 편』, 534쪽.

9) 이성천, 「재만시인 심연수 문학연구에 나타난 몇 가지 문제」, 『어문연구』70호, 어문연구학회, 2011.12,

의 큰 틀에서 벗어나지 못하고 있다. 오히려 이들 연구자들은 앞선 논의를 무분별하게 수용하며 반복적으로 재생산하고 있는 실정이다.

본고의 목적은 이 지점에서 자연 발생한다. 금번 논문에서 필자는 이제까지의 선행연구가 노출한 논리적 모순과 한계, 실증적 자료 확보의 미숙성, 더 나아가 연구자의 불성실한 태도 등에 대해 순차적으로 검토하고자 한다. 텍스트 해석과정에 나타난 선행연구의 오류, 시인의 전기적 사실과 관계된 역사적 모순, <일본대학> 졸업일자의 실증적 고찰 등은 그 세부 내용에 해당한다. 다소간 중복 논의의 위험성에도 불구하고 본고가 이 연구를 감행하는 이유는, 무엇보다도 기존에 첨예한 쟁점이 되어 왔던 핵심 사안들을 일시에 해소할 수 있는 새로운 '자료'를 확보했기 때문이다. 특히 본고가 비판의 대상으로 삼은 이른바 "선행연구" 목록에는 필자 본인의 논문도 포함된다는 점을 미리 밝혀두는 바이다. 이런 측면에서 본 연구는 자기비판 또는 자기 수정의 의미를 함의한다. 뿐만 아니라 거듭 강조하는 바, 본고의 이러한 작업은 심연수 문학의 온전한 이해에 도달하고자 하는 선행연구자들의 목표와 궁극적으로 일치한다.

2. 시작품에 나타난 대동아 전시체제의
총동원제와 문학사의 왜곡

심연수 문학을 연구하는 논자들은 최근에까지 그의 전기적 사실 및 행적과 관련해서 다음의 몇 가지 항목을 지속적으로 주목해왔다. 예를 들면 1918년 5월 20일 강원도 강릉군 경포면에서 태어나기는 했으나 일찌감치 간도로 이주하여 유년기를 그곳에서 보내고, 일본 유학을 한 후 1945년 8월 15일 광복 직전 28세에 요절한 시인의 생애가 일제강점기의 양심적 지식인을 대표하는 윤동주의 그것과 유사성을 보인다는 것, 간도 용정에 위치한 동흥중학교 재학시절 소설가 강경애에게 직접적으로 문학수업을 받았다는 것, 일본 유학시절 동기생 이기형과 몽양 여운형을 만났다는 것, 습작시절부터 노산 이은상을 '공경'하여 죽기 직전까지 그의 시조집을 간직하였으며, 이런 영향으로 시조형식의 작품을 많이 생산하였다는 것, 일제의 학병 징집을 피해 7월로 예정된 <일본대학>의 졸업식에 참가하지 않고 1943년 7월 만주 용정으로 되돌아왔다는 것 등이다. 시인의 생애사와 행적에 관한 내용은 주로 동생 심호수의 회고와 시인을 기억하는 지인들의 증언을 바탕으로 재구되었다. 특히 심연수 문학의 '우수성'과 민족의식 및 반일사상을 강조하는 대다수의 논문들은 면밀한 작품 분석을 통해 이 사실을 유추하기보다는 '기억과 증언'을 환기함으로써 논의를 이어간 혐의가 없지 않다. 그리하여 결과적으로 심연수 시인을 습작기부터 간도 용정에서 소설가 강경애에게 본격적인 문학수업을 받았으며, 전통 장르인 시조형식을 적극적으로 차용한 민족 시인이었고, 일제 학병을 적극적으로 거부하는 등 투철한 반일의식과 저항의식을 보유한 제2의 윤동주로 '기록'하고 있다.

이에 따라 필자는 이전의 논문에서 소문과 추정, 구술과 기억의 파편들이 재구한 이 같은 사실을 무조건 부정하고자 하는 것은 아니지만 이들의 주장이 나름의 설득력을 지니기 위해서는 이 시기 시인의 내면을 드러내주는 작품 분석이 동반되어야 함을 지적하였다. "문학 연구가 한 개인의 전기적 사실에 국한되는 것이 아니라면, 그 어떤 연구방법론도 작품에 대한 이해에서 출발"해야 함에도, 이들의 연구는 "기억과 소문, 추정과 연구자의 심증을 바탕으로 그의 문학작품을 재단하는 듯한 인상"[10]을 강

---

10) 이성천, 위의 논문, 369쪽.

하게 받았기 때문이다. 그리하여 필자는 우선적으로 심연수가 1940년대에 발표한 시편 「대지의 젊은이들」과 기행시조 「신경」을 세밀하게 분석한 후, 이 과정에서 심연수의 일부 시편에는 당시 만주국의 건국이념과 일제의 통치사상에 동화된 시적 화자의 모습이 보이며, 이 사실은 기존 선행연구의 평가와는 달리 최소한 이 무렵의 심연수 시인은 왕도낙토(王道樂土), 오족협화(五族協和) 등과 같은 일제의 왜곡된 통치 이념에 담긴 역사적 사실을 인지하지 못했거나, 현실인식의 치열성이 확보되지 못했음을 주장했다. 그리고 그간에 심연수의 시세계를 시종일관 민족시인 혹은 저항시인으로 규정해왔던 다수의 논문들은 전면적으로 재검토되어야 함을 요청한 바 있다.

여기서 필자가 이전의 연구를 재론하는 이유는, 그럼에도 불구하고 이후에 전개된 심연수 문학 연구가 여전히 '기억과 증언'으로 재구된 시인의 전기적 사실에 크게 의존하기 때문이다. 따라서 이 장에서는 심연수의 또 다른 작품 분석을 통해 그의 시에 나타난 역사의식 및 만주국 국책이념의 수용 양태를 구체적으로 살펴보기로 한다. 아울러 현재 진행되는 심연수 문학 연구의 근본적인 문제점을 파악해보기로 한다.

> 가을은 좋은 때/끝없이 푸른 하늘에/가벼이 뜬 조각구름/더욱이나 좋을세라//淡靑의 하늘 아래/익어 가는 가을 原野/굶고서 보아도 배부를/가을의 마음.//황금으로 성장할/그의 몸이기에/헤쳤던 가슴을 여미고/님을 찾아 들길로//맑아져 내리는 시내에/보드랍게 잡혀지는 물무늬에도/어딘가 사늘한 맛이/흐르고 있지요..//석양에 비춰진/눌게 구름 아래/잠자리 찾는 갈가마귀 떼도/떠드는 가을의 소리//어둠에 싸여지는/밭두렁 지름길에/새 뿔 나는 소를 끌고/애쓰는 가을의 아들//묽게 어둔 가을밤/버석이는 수수대에/소리 듣고 짖는 개도/가을의 守護兵.//지새는 가을 밤/사늘한 새벽하늘/서릿발 진 이슬에/黎明은 깨어 간

다.//하늘 곧게 오르는/아침 연기에/정신 나는 가을이/소리 없이 여물
어 간다.

— 「대지의 가을」 전문11)

　가을은 좋은 때/끝없이 푸른 하늘에/가벼이 뜬 조각구름/더욱이나
좋을세라//淡靑의 하늘 아래/익어 가는 가을 山野/굶고서 보아도 배부
른/가을의 마음.//단풍으로 성장할/그의 몸이길래/헤쳤던 가슴을 여미
고/님을 찾아 산과 들로//맑아져 내리는 시내에/보드랍게 잡혀진 물무
늬에도/어딘가 싸늘한 맛이/흐르고 있다//석양에 빛어진/눌게 구름 아
래/잠자리 찾는 갈가마귀떼도/떠도는 가을의 소리//어둠에 싸여지는/
밭두렁 지름길에/새 뿔 나는 소를 끌고/애쓰는 가을의 아들//묽게 어둔
가을밤/벅석이는 수수대에/소리 듣고 짖는 개도/가을의 수호병/지새
는 가을 밤/서늘한 새벽하늘/서릿발 진 이슬에/여명은 깨어난다.//하늘
곧게 오르는/아침 연기 그 기대에다/달아올려라 힘차게/이 땅의 일군
총동원 신호를.

— 「대지의 가을」(이본) 전문12) (밑줄 필자)

　심연수 작품세계의 주목할 만한 특징은 작품 창작일자가 비교적 뚜렷
하게 제시된다는 것이다. 이 점은 그의 일기문 및 편지글은 물론 많은 양
의 시작품과 몇몇 소설, 희곡 등 장르 전반에 걸쳐 공통적으로 나타나는
현상이다. 그런데 이 사실은 심연수 시세계의 시기별 주제적 유형을 고찰
하는 데 매우 유효한 시사점을 던져준다. 주지하듯이 한 시인의 가치체
계, 특히 민족의식이나 항일의식과 같은 시인의식의 문제는 단기간 내에
폭넓은 변화를 보이기 어려운 까닭이다. 또한 심연수 작품 창작일자의
'선명성'은 기존의 선행연구가 반복해 온 주제의식의 단절성, 작품 해석
과정에서 보이는 의미의 과잉, 의도적 오류와 같은 제반 문제를 해결해

11) 황규수,『일제강점기 재만조선시인 심연수 원본대조시전집』, 한국학술정보, 2007
12) 황규수 편, 『비명에 찾는 이름』, 아송, 2010

줄 수 있을 것으로 기대된다.

인용시는 근자에 시인의 고향인 강릉에서 개최된 <제7회 심연수 전국시낭송대회>[13]에서 낭송[14]된 작품으로, 1940년 9월 17일에 창작된 것으로 알려져 있다. 여기서 위의 작품을 소개하는 이유는 심연수의 시편들에는 '이본'이 제법 많이 존재한다[15]는 단순한 사실을 지적하려는 것이 아니다. 무엇보다도 '이본 연구'를 통해 1940년대를 관통하는 심연수 시세계의 주제적 특성과 시인의 '일관된' 현실인식, 나아가 당대 만주국의 국책이념이 그의 시에 어떤 방식으로 나타나고 있는가를 밝히는 데 목적이 있다. 특히 이런 접근방식은 지금까지 심연수의 시세계를 항일정신, 민족의식, 순수 서정, 자연 친화, 낭만성, 귀농의식 등으로 의미를 부여하며 긍정적으로 평가해 온 기존의 논의를 전면적으로 거부하는 의미를 지닌다.

이 시에서 논의의 단초는 '총동원'이라는 단어에 놓여 있다. 일제는 1937년 중일전쟁을 일으키면서 국가체제를 본격적인 전시체제로 전환한다. 이 시기 일제는 전시국가총동원령(1938)을 발동하고 태평양전쟁(1939)을 일으키면서 근로보국대, 국민징용령, 조선민사령개정을 통한 창씨개명, 조선사상범예방구금령, 전쟁수행을 위한 조선미곡증산 5개년계획을 발표한다. 이에 따라 국민개로운동 등 일련의 식민정책은 내선일

---

13) "민족시인 심연수 시인의 문학정신을 기리"(<강원도민일보>, 9. 11일자 기사)기 위한 <심연수문학제>의 일환으로 열리는 <심연수 전국시낭송대회>는 2013년 10월 5일 현재 제8회를 맞이한다. 주최는 강릉시이고, 주관은 강릉 mbc와 심연수 선양사업회이며, 후원은 강원문화재단과 한국시인협회이다. 이 행사에서 여전히 심연수 시인은 윤동주에 버금가는 저항시인으로 규정되고 있다.

14) 제7회 심연수 전국시낭송대회는 황규수가 편찬한 『비명을 찾는 이름』(아송, 2010)에 수록된 70편의 작품을 낭송의 대상 작품으로 제시했다. 황규수의 이 책에는 두 번째 인용한 「대지의 가을」 이본이 실려 있다.

15) 도합 320여 편의 작품 중, 이본으로 보이는 작품은 120편이다.

체, 황국신민화, 대동아공영권의 실현을 위해 강제되었다. 그 결과 1940년대에 이르면 정치, 경제, 사회, 문화 등 모든 부문이 전쟁수행을 위해 총동원체제로 돌입한다. 이 과정에서 산업력의 확충과 그것을 지탱할 철과 석탄 등의 안정적 공급은 전쟁의 승리를 위한 최대의 요건이 되었다. 그 뿐 아니라 장기전, 대소모전으로 점차 전쟁의 형태가 전환된 이상, 교전국에 의존하지 않고 자원과 식량을 상시적으로 확보해두는 것은 필수조건이 된다. 그것은 바로 자급자족권의 형성이라는 과제와 직결되었다. 그러한 관점에서 볼 때 일본에게 그것은 만주 이외에는 달리 구할 곳이 없었다. "지나 자원을 등한시하는 자는 실로 신의 나라 일본의 파멸을 의도하는 자"[16]라는 이 무렵 일본군 장교의 발언은 이러한 총동원체제의 상황을 함축적으로 전언한다.

일제 총동원체제의 국책사업은 농촌지역에서도 예외가 아니었다. 1940년 『인문평론』 창간 1주년 현상모집이 '생산소설'과 관련된 것이었으며, "농촌이나 광산이나 어장이나를 물론하고 씩씩한 생산 장면을 될 수 있는 대로 보고적으로 그리되 그 생산장면에 나타나 있는 국책이 있으면 그것도 고려할 것"이라는 '생산문학' 권장 광고는 이를 입증한다. 이처럼 일제말기의 총동원체제, 이로 인한 농민 수탈과 식량 생산 장려의 모순은 국가와 민족과 지역을 초월하여 동아시아 전체에서 실현되고 있었던 것이다.

이렇게 볼 때, 일본의 총력제체제가 일차적으로 감행되고 있었던 만주지역에서 "이 땅의 일군 총동원 신호를" "힘차게" 달아 올리려는 「대지의 가을」의 시인 의식은 많은 것을 환기한다. 그것은 심연수의 이 시가 1940년 4월과 5월에 각각 창작된 또 다른 작품들, 즉 「대지의 젊은이들」(4.3)

---

16) 야마무로 신이치, 윤대석 역, 『키메라, 만주국의 초상』, 소명, 2009 참조.

과 「신경」(5.19)의 연장선상에 놓여 있으며, 궁극적으로 이 사실은 이 시기 심연수의 작품들이 만주국의 국책이념과 지배정책에 동화되어 있음을 암시하기 때문이다.

한편 일전에 필자는 「신경」을 논의하면서 다음과 같은 입장을 밝힌 바있다. 새로운 논의를 위해 요약해서 옮겨 놓기로 한다.

「신경」이 심연수의 초기 작품이고, 따라서 이 시기 시인의 역사의식과 현실인식의 치열성이 확보되지 않았다는 점을 감안하면, 위의 시편 그 자체를 두고 새삼스럽게 문제 삼을 것도 없다. 그러나 이 시를 포함한 심연수의 기행시조를 두고 '민족시인', 또는 '저항시인'이라고 평가하는 선행 연구자들의 주장은 결코 가볍게 지나칠 사안이 아니다. 왜냐하면 다음의 대목에 오면 이러한 선행 연구들은 더욱 더 심각한 문제를 노출하기 때문이다. "그렇다면 우리는 한 가지 중요한 사실을 발견할 수 있었다. 바로 노산의 뒤를 이어 계속 전통장르의 시조를 창작해 간 사람은 바로 심연수라는 것이다. 심연수의 기행시조들은 바로 1940년 암흑기에 쓰여진 것이기 때문이다. 즉 시조문학의 맥을 이은 심연수의 기행시조는 근대시조사에서도 공백기를 채울 수 있는 중요한 위치를 차지할 뿐만 아니라 민족문학의 전통을 보존하려는 노력은 민족시인이라는 심연수의 위상확립에 일조를 한다. 왜냐하면 심연수의 전체작품 중에서 민족적 정서와 조국애가 가장 강하게 나타나는 작품들은 역시 수학여행 중에 지은 기행시조들이기 때문이다." 이 대목에서 보이듯이 이 글의 논자는 "심연수의 전체작품 중에서 민족적 정서와 조국애가 가장 강하게 나타나는 작품들은 역시 수학여행 중에 지은 기행시조들"로 규정한다. 또한 당시 심연수 시인이 "기존 창작형식인 자유시를 쓰지 않고 시조 형식을 취"하는 이유를 "심연수 본인의 민족 정체성 확인을 위한 자발적인 추구라 할 수 있었다."라는 주장을 반복적으로 제기한다. 그리고 급기야는 심연수 시인을 인용문에서처럼 "바로 노산의 뒤를 이어 계속 전통장르의 시조를 창작해 간 사람"으로 평가 한 후, "시조문학의 맥을 이은 심연수의 기행시조는 근대시조사에서도 공백기를 채울 수 있는 중요한 위치를 차지할 뿐만 아니라 민족문학의 전통을 보존하려는 노력은 민족 시인이라는 심연수의 위상확립에 일조를 한다."라고 강조한다. 이 과정을 통해서 인용 글이 도달한 지점은 다름 아닌, 문학사의 왜곡이다. "『근대시조선』에 실린 시조들과 비교해 바도 작품성에서 별반 차이를 느낄 수 없다."라는 이 글의 주장에는 노산 이은상과 가람 이병기 등의 시조세계와 만주국의 왜곡된 지배 이데올로기를 내장한 심연수의 「신경」을 대등한 것으로 파악하고자 하는 어떤 불합리한 의도가 숨겨져 있는 것이다. 동시에 습작시절 심연수 시인이 창작한 70여 편의 기행시조와 『근대시조선』을 동격으로 간주함으로써, 그를 '민족시조시인'의 맥을 잇는 적자로 추대하거나 혹은 한국근현대시조사의 근거 없는 계보학적 지형도 그리기를 시도하여, 궁극적으로는 심각한 문학사적 왜곡을 범하고 있는 것이다.[17]

이 논문을 준비하는 과정에서 필자는 하나의 난관에 봉착했다. 그것은 최근까지 경남지역에서 쟁점이 된 노산문학관 건립 및 폐지사건과 관련된다. 간략하게 언급하면, 이천 년대 들어 경남 마산시는 노산문학관을 추진했고, 이는 곧 뜻있는 시민단체들의 반발에 부딪혔으며, 결국에는 노산문학관의 간판을 마산문학관으로 변경했다는 내용이다. 이 과정에서 문제가 된 것은 여러 가지가 있겠으나 그 중의 쟁점 사안은 노산 이은상의 친일행적과 관련된다. 노산이 일제강점기의 대표적 친일잡지 『조광』의 주간이었다는 점, 아울러 만주국의 기관지 <만선일보> 간행에 깊숙이 개입하고 있었다는 것 등이 그것이다. 물론 노산 이은상의 친일 여부에 관한 세부적 논의는 본고의 관심사가 아니다. 다만 이 지점에서 논문이 지적해두고 싶은 것은 심연수의 시조양식의 차용과 노산을 향한 그의 "맹목적 숭경"[18] 그 자체를 두고 체계적인 논의를 생략한 채, '민족시인

---

17) 이성천 앞의 논문, 377-376쪽 참조.

심연수'와 같은 '당위적' 명명작업으로 이어지는 일은 차단되어야 한다는 사실이다.

3. '기억과 증언'의 한계와 사실적 삶의 이해

심연수의 생애사를 검토한 다수의 연구논문들이 시인의 동생 및 주변 지인들의 증언에 크게 의존하였다는 사실은 아무리 강조해도 지나침이 없다. 왜냐하면 이 점이야말로 심연수 시인의 현재적 위상을 마련하는데 직간접적인 영향[19]을 끼친 것으로 판단되기 때문이다. 그런데 만약 그 무수한 "기억과 증언"들이 실제 사실과 다르다면, 현재 알려진 시인의 전기적 사실이 잘못된 기억과 착각이 만들어 낸 무책임한 결과라면 심연수 문학의 위상은 어떻게 변모할까.

이 장에서 본고는 실증적 자료의 제시를 통해 선행연구의 실증적 한계와 오류, 더 나아가 연구자의 불성실한 연구 태도를 문제 삼기로 한다.

> 중학교 때 문예반장이었던 그는 키도 크고 미남인데다 운동도 좋아하였다고 한다. 소설가 강경애가 직접 그의 문학공부를 지도하였다. (강경애의 남편인 장하일이 동흥중학교 교무주임으로 있었다.)[20]

---

18) 심연수의 일기문(1940.3.28.)에는 노산에 대한 그의 "맹목적 숭경"심이 기록되어 있다, 그가 어떤 과정을 통해 1940년대 <만선일보>의 노산을 알게 되었는가의 문제, <만선일보>와 노산과 심연수의 상관성은 추후의 과제로 남긴다.

19) 한 예로 심연수의 일제 강점기 행적과 전기적 사실이 왜곡되었다는 필자의 문제제기가 있은 직후, <동아일보>(2012.1.19)에서 기사화 한 적이 있다. 당시 필자의 이런 주장에 대해 심연수선양사업위원회 측은 "동생 심호수 씨의 진술에 따른 것"이라고 소극적으로 답변했다.

20) 김해응, 『심연수 시문학 연구』, 2007, 26쪽.

혈기있는 문학소년이었던 심연수는 창작과 동시에 동흥중학교 교무주임이었던 장하일의 부인인 강경애와 교유하는 인연도 맺었다.[21]

위의 내용은 심연수가 동흥중학교 재학 당시 소설가 강경애와 교유하였으며, 그로부터 문학수업을 사사했음을 기록한 선행연구의 한 부분이다. 심연수의 동흥중학교 시절을 다룬 논문들, 평문과 신문기사는 물론 가장 최근(2012)에 발표된 박사학위논문에 이르기까지 거의 대부분의 글은 강경애와의 인연을 직접적으로 암시하고 있다.

그런데 필자는 최근에 심연수의 전집을 검토하면서 다음과 같은 새로운 자료, 시인의 편지를 발견했다.

존경하는 강선생님 존전
拜啓
의람히 올리는 글이 오나 용서하옵고, 받아주심을 바라나이다. 저는 선생님을 뵈온적이 없나이다. 벗을 통하여 알앗나이다. 얼마나 수고하십니까? 물론 不備한 촌학교 일 것이오매, 여러 선생님들이 하는 일 더 어렵겠지요. 추위와 어둠에 떨고 있는 어린이들 머리 속에 따뜻하고 명랑한 생활의 진리를 넣어 주십시오. 다만 그것이 저희들의 가장 큰 바람입니다.
<중략>
저는 비록 일개의 서생을 벗어나지 못한 몸이오나 쓰라린 世波를 겪었고 또 현재도 그렇고 앞으로도 그러하기 신의를 갖고 있는 벗을 찾앗나이다. 참으로 그 바람에 충만한 환희를 현해탄을 사이 둔 저쪽에서 만나게 되엿나이다.
<중략>
우리는 성별을 초월한 立場에서 힘있는 벗을 찾아야만 萬事를 무난히 넘길 줄로 아나이다.

---

21) 유하, 「윤동주와 심연수 시의식 연구」, 전남대 박사, 2012, 33쪽.

여가 계시오면 하교 던져 주시면 고맙겟나이다. 오늘 실례 많이 하
엿나이다.

시월 스무나흘날 초당에서
심수련 上書

*존경하는 강선생님 渡東하기 전 사이 있으면 한번 찾아뵈올질
모르겟나이다.
— 「존경하는 강선생님 존전」, 부분, 418−419쪽.(밑줄 필자)

심연수는 무려 254편에 이르는 시 이외에도 「농향」을 비롯한 네 편의
소설과 일기문, 서간문, 기타(만필, 평론, 수필, 감상문, 기행문) 등 다수의
작품을 남기고 있다. 특히 1940년 1월부터 12월까지의 일상을 기록한 일
기문과 40여 편에 가까운 편지글은 심연수의 문청시절과 일본 유학시기
의 생활상을 이해하는데 적지 않은 도움을 준다. 이로 인해 일부 연구의
경우에는 심연수의 소설과 일기문 및 서간문을 대상으로 별도의 논의[22)
를 전개하기도 했다.

위의 인용문은 심연수 시인이 <일본대학>에 진학한 후 방학을 맞아
용정의 집에 머물면서 쓴 서간문으로 여겨진다. "신의를 갖고 있는 벗을"
"현해탄을 사이에 둔 저쪽에서 만나게 되었"다는 것, 일본으로 건너기 가
기 전, 즉 "渡東"하기 전에 "한번 찾아" 뵙겠다는 내용 등이 이를 증명한
다. 그렇다면 여기서 "강선생님"이란 누구일 것인가. 편지의 내용으로 보
아 '강선생님'은 "성별을 초월"해야 하는 존재이므로 필시 여성일 것이다.
또한 그는 "不備한 촌학교"에서 여러 선생님들과 함께 지내는 교사이며,
극존칭의 '拜啓'(절하고 아뢴다)와 '上書'(웃어른에게 올리는 글)를 사용

---

22) 시 장르 이외에 심연수의 소설을 검토한 대표적인 논문은 오양호의 「심연수 소설
연구」(『현대소설연구』, 2007)를 들 수 있으며, 일기문만을 텍스트로 취한 것으로
는 우상렬의 「일기를 통해 본 심연수 및 그 시세계」(『한국시문학』, 2006)가 있다.

해야만 하는 연장자이고 주위의 존경을 받는 인물이다. 이 모든 상황을 종합해 볼 때, 편지에 등장하는 '강선생님'이 당시 만주 용정의 동흥중학교에 있었으며, 당대의 명망 있는 소설가로 활동하던 강경애일 것으로 추론해 볼 수 있다. 그런데 중요한 사실은 편지의 발신인인 심연수(심수련)는 수신자인 "존경하는 강선생님"을 이전에 단 한 번도 만난 적이 없다는 사실이다. "저는 선생님을 뵈온적이 없나이다. 벗을 통하여 알앗나이다."의 구절은 이를 명확하게 보여준다. 이렇게 보면 결국 심연수는 일본 유학시절 당시까지도 강경애와 일면식이 전혀 없었음을 알 수 있다. 그렇다면 동흥중학교 시절의 심연수가 강경애를 통해 문학수업을 받았다는 이제까지의 주장은 당연히 재고되어야 한다. 역사적 실증 자료는 분명, 기억과 증언의 '기록'에 앞설 수밖에 없는 까닭이다.

4. 실증주의적 연구를 통한 심연수 문학 재고

편지글과 일기문 등 여타 장르에 대한 세밀한 검토 작업의 필요성은 일본 유학 시절의 전기적 사실을 논의하는 과정에서도 필수적이다.

> 열혈의 청년 심연수는 마침내 1943년 7월 13일 세계2차 대전으로 인해 6개월 앞당겨 대학 졸업을 마치게 된다. 그는 일본 지바현 등지에서 일제의 학병강제징집을 피해 숨어 지내다가 그해 겨울 라진항을 거쳐 귀향하고, 다시 귀가 며칠 후 일제의 강제 징집을 피하기 위해 공무원증을 위조하여 유년시절에 몸담았던 녕안현 신안진으로 피신하게 된다.23)

> 심연수는 1943년 7월 일본대학을 졸업하고, 용정으로 돌아온 심연수는 학도병 징발을 피해 신안진으로 간다.24)

---

23) 엄창섭, 최종인 공저, 『심연수 문학연구』, 푸른사상사, 2006, 84쪽.

심연수의 시에 나타나는 항일, 반일 정신을 꾸준하게 포착하려는 일부의 연구는 그 한 증거로 시인이 "일제의 학병강제징집을 피해 다니다가 1943년 7월 13일 졸업을 하고 그해 겨울 나진항을 거쳐 만주 용정으로 귀환"한다는 사실에 주목한다. 이후 학병을 거부한 시인이 녕안현 신안 진 등지에서 소학교 교사로 근무하면서 학생들의 민족혼과 반일사상, 독립의식을 깨우치고, 결국 그것이 원인이 되어 두 차례 유치장에 구속된다는 것이다. 가령 위의 인용 글은 대표적인 예시에 해당한다. 이러한 논자들의 견해에 대해 필자는 두 가지 이유를 들어 적극적으로 반론을 펼친 바 있다. 하나는 일본대학의 졸업일자 문제이고, 다른 하나는 학병과 관련된 사안이다. 그런데 필자는 심연수 문학연구를 지속적으로 수행하는 과정에서 본인의 논의에 부분적인 오류가 있음을 발견했다. 그리고 그것의 확인 작업은 <일본대학> 교무처에서 찾아 낸 몇몇 심연수 관련 중요 자료의 확보를 통해서 가능할 수 있었다. 이 지점에서 다소 긴 인용이 될지라도, 이전 필자의 견해를 옮기어 자체 오류 부분을 해소하기로 한다.

첫째는 일본대학 문예부의 졸업일자의 문제이다. 심연수 시인의 1943년 일본대학 문예부 졸업일자를 언급한 연구 논문들은 대부분 시인의 졸업일자를 7월 13일로 못 박고 있다. 그러나 필자가 이 글을 준비하는 과정에서 일본대학 교무처에 직접 문의한 결과, 1943년 7월 13일에는 그 어떤 졸업식도 일본대학에서 진행된 바가 없다. 뿐만 아니라 당시 일본의 다른 대학들도 7월에는 졸업식을 거행하지 않았다. 1943년 당시 일본의 주요 대학들의 졸업식은 대부분이 9월 25일 혹은 26일에 거행된 것이다. 가령 9월 25일에 졸업식이 있었던 대학교는 동경대학, 메이지 대학 등이었으며, 9월 26일에는 와세다 대학의 졸업식이 진행된 것으로 파악되었다. 물론 심연수가 다녔던 일본대학의

---

24) 최종인, 「심연수 시문학 연구」, 관동대 박사, 2006, 68쪽.

졸업일도 다른 대학과 마찬가지로 9월 25일이었다. 이러한 사실을 놓고 보면 기존의 심연수 문학 연구자들은 실증적인 연구 측면에서도 분명한 한계를 보이고 있는 것으로 간주된다.

　　＜중략＞

　　이 장에서 본고가 역사적 사실과 실증적 접근의 차원에서 두 번째로 문제 삼는 부분은 심연수 시인의 '학병 거부' 문제이다. 본고가 심연수 시인의 일본대학 졸업 일자를 중요시하는 이유도 궁극적으로 이것과 관련이 있다. 기존의 연구에 따르면 심연수 시인은 1943년 7월 13일 일본대학을 졸업하고 일제의 강제징집을 피해서 만주 용정으로 돌아온 것으로 알려져 있다. 그런데 여기서 한 가지 의문이 드는 것은 일제의 학병제도 시행시기이다. 김윤식 교수가 여러 지면을 통해서 거듭 밝히고 있듯이, 일제가 조선학생의 징병유예를 폐지하고 재학징집연기임시특례법을 공포한 것은 1943년 10월 2일이며, 이후 학병제를 강제 실시한 날짜는 1943년 10월 20일이다. 그리고 징집영장은 같은 해 11월 8일에 발부되었다. 그렇다면 여기서 우리는 한 가지 이상한 점을 발견할 수 있다. 일제가 징병제를 실시한 날짜가 1943년 10월 20일이라면 1943년 7월에 일본 대학을 졸업한 심연수 시인이 '학병 징발을 피해' 다녔다는 선행 연구는 논리적으로 모순이다. 시기적으로 보아 심연수가 졸업할 무렵인 7월은 학병제가 실시되지 않았으며, 1943년 7월에 졸업한 심연수 시인에게 적어도 동년 11월 8일까지는 강제징집 영장이 통보되지 않은 것이다. 따라서 이 문제와 관련해서도 선행 연구자들의 보다 구체적이고 다각적이면서도, 논리적인 접근 태도가 요구된다고 하겠다.[25]

　　여기서 필자가 이전의 글을 다시 수록하는 이유는 여러 차례 언급했듯이 「재만시인 심연수 시 연구에 나타난 몇 가지 문제」의 자체 오류를 스스로 인정하고, 이와 관련된 새로운 논의를 개진하기 위함이다. 이 대목을 논의할 당시 필자는 졸업일시와 학병문제에 지나칠 정도로 민감하게

---

25) 이성천, 앞의 논문, 381−382쪽 참조

반응한 탓에 실증적 자료 확보를 위한 노력에 다소 소홀했고, 시 장르를 제외한 여타 장르의 1차 자료를 꼼꼼하게 분석하지 못한 측면이 있다. 이에 따라 위의 글은 결과적으로 적지 않은 착오를 범하게 되었다. 예를 들면 졸업 일시의 경우에는 각 단과대별로 날짜가 달랐음에도 불구하고 논문에서는 당시 일본 주요 대학의 졸업일자인 9월 25일로 단언했다. 하지만 필자가 직접 <일본대학> 졸업식 일정을 소개한 소화 18년(1943년) 9월 10일자 발행 <일본대학신문 411호> 자료를 다시 분석한 결과, 각 단과대 별로 졸업일시가 다름을 확인할 수 있었다. 법문과와 상경과는 9월 26일, 의학과와 치과는 9월 21일, 공학과의 학부는 9월27일, 전문부는 9월20일, 심연수가 다닌 예술과의 문예부는 9월 13일 오전 10시였다. 따라서 필자는 이전 논문에서 졸업식이 7월이었다는 선행 논의에 대한 9월 졸업식의 타당성은 유지할 수는 있으나, 13일을 25일로 제시하는 한계를 노출한 것을 시인하지 않을 수 없다. 다음에서 <일본대학 신문> 411호 (소화 18년, 9월 10일자)의 실증 자료를 제시하기로 한다.

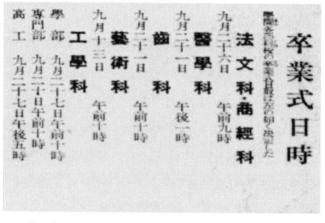

첨부자료<1> 일본대학 신문 411호(소화 18년, 9월 10일자)

한편 학병문제와 관련해서도 약간의 수정이 불가피하다. 그렇다고 해서 심연수 시인이 1943년 7월 일본대학 졸업을 앞두고 학병징집을 피해 만주로 숨어들었다는 주장을 되풀이해 온 기존 논의에 동의한다는 것은 결코 아니다. 필자는 이들 연구에 대해 일제가 재학징집연기임시특례법을 공포한 것은 1943년 10월 2일이며, 학병제를 강제 실시한 날짜는 1943년 10월 20일이고, 징집영장이 발부된 것이 11월 8일이라는 역사적 사실을 들어 1943년 7월에 일본 대학을 졸업한 심연수 시인이 '학병 징발을 피해' 다녔다는 주장이 논리적으로 모순임을 밝혔다. 학병일자와 관련된 이러한 본인의 주장에는 변함이 없다. 다만 당시 이 과정에서 필자는 사실적 자료를 확보하지 못한 탓에 세부적인 논의를 유보하였다. 그 뿐만 아니라 학병세대 당사자인 김준엽의 자서전 내용, 즉 "1943년 여름 방학을 고향에서 지내고 동경으로 돌아 왔는데 9월 초에 개학이 되자 조선인 전문 대학생들도 학병으로 징집한다는 소문이 파다하였다. <중략> 재빠른 조선인 학생 가운데는 학병을 피하기 위하여 고향으로 일찌감치 돌아가 만주나 깊숙한 산속으로 숨어버리기도 했다."[26]라는 진술을 바탕으로 심연수의 경우에도 이 사실을 확대, 적용해 볼 것을 제안하며 다각적 논의의 가능성을 열어 두었다. 그런데 필자는 심연수의 또 다른 서간문을 통해 심연수 시인이 "1943년 7월 13일 대학 졸업을 마치고 일본 지바현 등지에서 일제의 학병강제징집을 피해 숨어 지냈"다는 기존 논자들의 견해가 근거 없음을 재차 확인했다. 이들의 주장과 달리 심연수 시인은 적어도 8월 21일까지는 동경에 상주하고 있었던 것이다. 필자는 심연수의 편지글을 여기에 제시함으로써 필자를 포함한 '선행연구'의 문제점을 일시적으로나마 봉합하고자 한다.

---

26) 김준엽, 『장정1—나의 광복군 시절』 전4권, 나남, 1987, 24—25쪽 참조.

호수 앞

<전략>

오늘이 開學이다 開學도 마지막 開學인 것 같다. 그렇지만 또 학교
는 있다. 學校가 없는 바는 아니다. 그 동안 편지가 없어서 답답하였겠
고나. 電報도 받었다. 편지 없는 것은 便安할 때이다.

졸업식은 九月 十三日쯤 된다. 하나, 곳 갈는지는 疑問이다. 누가 붙
들어서가 아니라 떠나기 어려울 것이다. 金錢 實定도 있고 해서 몇 달
더 있을지는, 될 수 있는대로 速히 나가 집일을 돕고 싶으나 할 수 없
다. 만일 집에서 그만한 準備가 있어서 보내준다면 問題가 없으나 그
렇게까지 할 必要는 없고, 있는 김에 몇 달 더 있으면 어떠하니. 집에
서는 기달릴 것이다. 할 수 없는 일이다.

이번은 이만 끝인다.

八月 二十一日 형 씀27)

위의 편지글은 심연수 시인이 2000년대 심연수 문학의 '발원지'로 알
려진 동생 심호수 씨에게 보낸 것이다. 여기서 주목할 것은 편지를 쓸 무
렵의 심연수 시인은 '마지막 개학'을 맞이하고 있다는 것, 졸업식은 기존
에 논의되어 온 것처럼 7월 13일이 아닌, 9월 13일로 예정되어 있다는
것, 또한 다수의 선행연구자들이 주장한 "학병강제징집을 피해" 7월 말
경 만주로 숨어들어갔다는 사실과는 무관하게 그는 8월 21일까지 동경
에 머무르며, 용정의 집에 생활비를 부탁했다는 것 등이다. 그간에 심연
수 문학의 '전공자'들이 이 편지글을 발견하지 못한 이유는 여전히 의문
으로 남는다. 다만 필자를 비롯한 상당수 연구자가 일기와 서간문 등의
자료를 체계적으로 분석하지 않았다는 점은 명백하다. 이 논문이 선행연
구에 대한 비판이면서 동시에 자기비판 또는 자기 수정의 의미를 함의한
다고 한 것은 이런 사정에서 기인한다.

---

27) 『심연수 편』, 412쪽.

심연수의 편지글 발견을 계기로
필자는 적극적으로 자료 확보에
나선 결과, 1943년 일본대학의 졸
업 앨범과 졸업생 명부록(名簿錄)
및 <전문부예술과창작>과의 명
단을 추가로 구할 수 있었다. 이 자
료에는 심연수 본명 혹은 미스모
토(三本義雄)로 창씨개명 한 시인
의 이름이 또렷하게 기록되어 있
다. 논문에 첨부함으로써 후속 논
의의 진전을 기대하기로 한다.

첨부자료<2> 졸업 앨범—
심연수 시인(우측 두 번째)

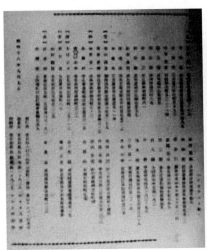

첨부자료<3> 소화18년 9월 9일자
졸업생 명부록(우측 위쪽에서 열 번째)

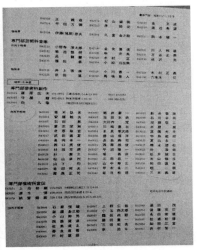

첨부자료<4> <일본대학예술학부졸업
생 명부>(가운데 오른쪽 맨 하단이
미스모토(三本義雄))

5. 맺음말

이상에서 본고는 재만 시인 심연수 문학에 나타난 선행연구의 오류를 검토하고, 실증주의적 연구 방법에 따른 새로운 논의의 가능성을 타진해 보았다. 주지하듯이 이천 년대 들어 심연수는 한국과 중국 학계에서 공통적으로 조명을 받고 있는 시인이다. 그럼에도 이제까지의 연구는 논리적 모순과 실증적 고찰의 미숙 등 여러 측면에서 많은 한계를 안고 있다. 특히 이 점은 선행 논의를 맹목적으로 반복, 답습해 온 연구자들의 태도와 무관하지 않다. 또한 '선양사업'을 목적으로 한 일부 연구자들이 그간에 "심연수 문학"을 '독점'하고 있었다는 점, 이로 인해 다소 무리한 논리 전개가 이루어졌다는 사실과도 밀접하게 연관된다. 따라서 앞으로의 논의는 사실적 자료를 바탕으로, 보다 공개된 장에서, 체계적이고 객관적으로 진행되어야 할 것으로 판단된다.

한편, 최근 전개되는 심연수 문학 논의는 그의 시에 '세계동포애'가 강하게 나타난 사실을 지적한다. 실제로 심연수 시세계에는 "보편적 세계주의나 철학적 보편주의"로 해석될 가능성을 보여주는 작품들이 다수 포진해 있다. 하지만 세계동포애와 관련해서 그의 시를 다룰 때에는 다음과 같은 사실을 각별히 유념할 필요가 있다. 만주국 지배정책의 하나인 오족협화, 왕도낙토 사상은 기본적으로 각 민족 사이의 경계를 지우고, 민족 이전의 인간에 대한 관심을 우선시 한다. 사회 역사적으로 규정되는 범주 이전의 '인간'이라는 명제 앞에서, 개인과 종족 사이의 차별은 무화될 수밖에 없다. 모든 사람은 인간이란 동일 범주 속의 동등한 개체로 존재하는 것이다. 그러나 이것은 만주를 지배하기 위해 일제가 고안한 조작된 이데올로기에 불과하다. 이러한 허구적 관념은 제국주의의 탄압으로부터 독립을 지향하는 민족주의와 민족자결주의에 대항적으로 형성된 혐의를 지울 수 없기 때문이다. 그 뿐만 아니라 여기에는 반일, 배일의 근간이 되었던 민족의식을 암암리에 없애려는 불순한 의도가 들어 있다. 그러므로 이후의 연구에서 심연수 시에 나타나는 세계동포애의 문제는 복합적이고 중층적인 의미망 안에서 견인되어야 할 것이다. 이와 관련된 구체적 논의는 추후의 과제로 남겨두기로 한다.*

---

* 논문출처 :「재만 시인 심연수 문학의 실증주의적 고찰」,『국제어문』제60집, 국제어문학회, 2014.

참고문헌

1. 기본자료

『21세기 중국 조선족 문학사료전집 제1집』(심연수 문학 편), 연변인민출판사, 2000.

『21세기 중국 조선족 문학사료전집 제1집』(심연수 문학 편), 중국조선민족문화 예술출판사, 2004.

2. 논문 및 저서

국사편찬위원회, 『일제강점기의 교육』, 탐구당, 2010.

권태억 외, 『일제강점 지배사의 재조명』, 동북아연구재단, 2010.

서울시립대학교 인문과학연구소, 『한국근대문학과 민족―국가담론』, 소명, 2005.

엄창섭, 『민족시인 심연수의 문학과 삶』, 홍익출판사, 2003.

_____, 『심연수 시문학 탐색』, 제이앤씨, 2009.

엄창섭, 최종인, 『심연수 문학 연구』, 푸른사상사, 2006.

유 하, 「윤동주와 심연수 시의식 연구」, 전남대 박사, 2012.

이성천, 「재만시인 심연수 문학연구에 나타난 몇 가지 문제」, 『어문연구』 70호, 어문연구학회, 2011.12.

_____, 「재만 시인 심연수 문학의 실증주의적 고찰」, 『국제어문』 제60집, 국제 어문학회, 2014.

_____, 「재만 시인 심연수 일기문의 비판적 검토」, 『한국시학연구』 제48호, 2016.11.

일본 역사교육자협의회 편, 송완범 외 역, 『동아시아 역사와 일본』, 동아시아, 2005.

정일성, 『인물로 본 일제 조선지배 40년』, 지식산업사, 2010.

조진기, 『일제말기 국책과 체제 순응의 문학』, 소명, 2010.

최종인, 「심연수 시문학 연구」, 관동대 박사, 2006.

한석정 외, 『만주, 동아시아 융합의 공간』, 소명, 2008.

고야스 노부쿠나, 이승연 역, 『근대 일본의 오리엔탈리즘/동아·대동아·동아시 아』, 역사비평사, 2005.

나카미 다사오 외, 박선영 역,『만주란 무엇이었는가』, 소명, 2013.

야마무로 신이치, 윤대석 역,『키메라, 만주국의 초상』, 소명, 2009.

오무라 마스오,『식민주의와 문학』, 소명, 2017.

요신 타카오, 노상래 역,『문학보국회의 시대』, 영남대출판부, 2012.

호쇼 마사오 외, 고재석 역,『일본현대문학사』, 문학과지성사, 1999.

히구치 유이치, 정혜경 외 역,『일제하 재일 조선인 통제조직 협화회』, 선인,
    2012.

송욱 시에 나타난 몸의 공간 연구

김 경 복

1. 서론

송욱은 1950, 60년대 당대 사회를 예리하게 풍자하고 비판한 대표적
시인이라 할 수 있다. 그는 풍자의 한 방법으로 몸의 특성을 수단으로 사
용한다. 다른 시인들과는 달리 그는 시적 의식이 인간이 가진 의식과 육
체가 경험한 것들을[1] 재구성한 결정체라는 것을 아는 시인이다. 그런 이
유 때문인지 그의 시는 일관되게 "몸과 말의 관계, 말과 세계의 관계"[2]에
천착해 왔으며, 이들의 관계성을 통해 현실에서 당면한 문제들을 풀어나
갔다. 송욱 시에 나오는 물리적 몸의 현상들은 언어의 치환인 동시에 현
실에 대응하는 시인의 의식이자 사회적 자아를 함축하고 있는 상징물이

---

1) 송욱은 『시학 평전』의 서문에서 "사람이란 의식과 육체라는 매우 색다른 두 가지가
   결합되어 있는 자기 자신과 사회를 대면"한다고 했다. 송욱, 『시학 평전』, 일조각,
   1964, 1쪽.
2) 장영진 엮음, 「서문」, 『송욱 시 전집』, 현대문학, 2013, 10쪽.

라는 것을 그의 여러 글들을 통해 알 수 있다.

송욱 시에 나오는 몸을 논자들3)은 대체적으로 현실적 세계와 비가시적인 세계의 매개체로 보는 경향이 있다. 신진숙은 송욱 시에서 보이는 몸과 정신을 현실과 이상향의 대립체로 해석을 하고 있으며, 서덕주는 몸을 타락한 현실을 풍자하는 수단이자, 순수한 생명력을 발견하는 자아와 타자의 통로로 보고 있으며, 최윤정은 몸의 언술을 전통적인 가치체계를 전복하거나 사회를 비판하는 카니발적 언어로 보고 있다. 특히 송욱 시에 나오는 몸의 언술을 사회세태를 비판하거나 풍자4)하는 수단으로 보는 논자5)들이 많은 것은 그의 시에서 몸이 그만큼 중요한 이미지로 자리하

---

3) 서덕주,「詩神과 몸과 말의 생명력」, 김학동 외,『송욱 연구』, 역락, 2000.
　　신진숙,「송욱의 초기 시에 나타난 정신과 육체의 의미 고찰」,『고황논집』제34집, 경희대학교 대학원 원우회, 2004.
　　_____,「송욱 시에 나타난 "신체적 주체"의 의미 고찰 : 시집『月情歌』를 중심으로」,『한국시학연구』제10집, 한국시학회, 2004.
　　오윤정,「알몸의 상상력과 에로스적 세계—월정가 연구」, 김학동 외, 앞의 책, 2000.
　　이민호,「몸과 말의 변주곡—시적 변이와 시속 양상」, 김학동 외, 앞의 책, 2000.
　　전미정,「한국 현대시의 에로티시즘 연구 : 서정주, 오장환, 송욱, 전봉건의 詩를 중심으로」, 서강대학교 박사학위논문, 1999.
　　최윤정,「중심 부재의 詩와 중심 찾기의 시학」, 김학동 외, 앞의 책, 2000.
4) 신진숙,「전후시의 풍자 연구 : 송욱과 전영경의 시를 중심으로」, 경희대학교 석사학위논문, 1994.
　•　이순욱,「1950년대 한국 풍자시 연구 : 송욱·전영경·민재식 시를 중심으로」, 부산대학교, 석사학위논문, 1995.
　　이승하,「풍자, 자기 비하의 아니러니—송욱론」,『한국의 현대시와 풍자의 미학』, 문예출판사, 1997.
5) 박몽구,「송욱 시와 상징의 언어—시집『何如之鄕』을 중심으로」,『語文硏究』제46집, 어문연구학회, 2004.
　　조미영,「송욱 시 연구 : 현상학적 창작과정을 중심으로」, 서울대학교 석사학위논문, 1994.
　　조영복,「송욱 연작시의 성격과 '말'의 탐구」,『한국시학연구』제1집, 한국시학회, 1998.
　　박숙희,「송욱 시 연구 : 언어관에 따른 시적 변모양상을 중심으로」, 경희대학교 석사학위논문, 1999.

기 때문이다. 어떠한 측면에서의 연구든 송욱 시에서의 몸은 세계를 표상하거나 비가시적인 세계를 연결하는 매개체로 규정되고 있다.

공간적 관점에서의 송욱 시 연구는 그리 활발하지 않다. 정문선[6]이 유일하게 공간적 관점에서 연구를 하고 있는데, 그는 모더니즘의 무시간성에 천착해 있는 송욱의 공간 지향성을 기호학적 차원에서 성찰하고 있다. 그는 송욱이 주로 비가시적인 세계로의 공간 지향성을 갖고 있다고 보는데, 그의 연구는 송욱의 공간적 양상을 포괄적으로 다루었다는 점에서 의의가 있지만 '실존적 틀'로서의 몸을 배제했다는 아쉬움을 남긴다. 송욱 시에서 몸의 언술 대한 중요성에도 불구하고 공간적 차원에서 연구가 되지 않고 있다.

몸이 가진 의미가 무엇이든 간에 그것은 기본적으로 공간과 함께 존재할 뿐 아니라 공간의 전유방식과 공간적 실천[7]에 따른 지각의 경험을 담고 있다. 인간에게 몸은 그 자체로 공간적 존재이면서 세계와의 관계를 만들어나가는 "실존적 장소틀"[8]이다. 인간의 몸은 공간을 차지하는 사물이기도 하지만 몸을 통해서 공간을 지각하고 생산하며, 의미를 만들어나가는 존재이기 때문에 존재가 움직이는 공간은 실존적 의미를 갖는 것이다. 공간이 갖는 이런 실존적 의미 때문에 하이데거는 몸이 만들어내는 공간적 세계를 '존재론적 사건(conto logisches Ereignis)'[9]으로 보기도 한

---

6) 정문선,「지향과 동경의 시학—유혹 연구」, 김학동 외, 앞의 책, 2000.

7) 공간적 실천은 몸의 이용, 즉 손을 비롯한 사지, 감각기관의 사용, 노동을 위한 몸짓, 노동 등의 활동을 위한 몸짓을 전제로 한다. 몸의 지각이 외부세계를 지각하는 실천적 토대가 된다. 그리고 이러한 실천 속에는 사회의 이데올로기와 문화 등 사회적 의미가 개입되어 있다. 앙리 르페브르, 양영란 옮김,『공간의 생산』, 에코리브르, 2011, 87쪽.

8) 박태일,『한국 근대시의 공간과 장소』, 소명출판, 1999, 34쪽.

9) 서도식,「공간의 현상학」,『철학논총』제54집 제4권, 새한철학회, 2008, 347—350쪽 참조.

다. 이것은 또한 몸이 공간을 전유하는 방식을 감각하는 몸의 요소, 즉 의식의 구조와 함께 봐야 하는[10]이유이기도 하다. 현상학에 의하면 몸은 현실을 의식화하는 '지각의 도구'이자 그것을 사상이나 절대정신으로 만들어나가는 사회적인 의사소통의 매체[11]이다. 이런 결과로서 인간의 몸은 이미 사회화된 공간적 의미에 영향을 받기도 하지만 의도적으로 공간의 의미를 만들어[12] 역사적 실존을 만들어나가기도 한다. 몸을 중심으로 하는 인간 활동의 의미에는 수많은 사회적 행위와 역사가 공유되어[13] 있는 것이다. 결국 몸의 공간적 의미란 절대적 방향에서 보는 시선의 결과가 아니라 현실에 대응해서 움직이는 감각적 신체가 만들어내는 '존재론적 사건'[14] 인 것이다.

이런 맥락에서 송욱 시에 나타나는 몸의 공간적 양상 또한 사회적 실존의 의미가 내포된 상징적 사건[15]이라 볼 수 있다. 시인의 현실 체험을 통해서 재구성된 '재현 공간'[16]이지만 역사 속에서 생성된 개인이나 민족의 실존적 사건들을 토대로 하고 있다.[17] 때문에 송욱의 시에 나오는 몸을 공간적 관점에서 연구하는 것은 개인의 의식과 사회적 자아를 알아

---

10) 앙리 르페브르, 앞의 책, 40쪽.

11) 메를로 퐁티, 류의근 역, 『지각의 현상학』, 문학과지성사, 2002, 522쪽 참조.

12) 마르쿠스 슈뢰르, 정인모·배경희 옮김, 『공간, 장소, 경계』, 에코리브르, 2010, 53 – 56쪽, 72쪽 참조.

13) 에드워드 렐프, 김덕현·김현주·심승희 옮김, 『장소와 장소상실』, 논형, 2008, 114쪽.

14) 신지은, 「사회성의 공간적 상상력 : 신체—공간론을 통해 본 공간적 실천」, 『한국사회학』 제46집 5호, 한국사회학회, 2012, 346쪽 참조.

15) 앙리 르페브르, 앞의 책, 89 – 90쪽 참조.

16) 앙리 르페브르는 작가나 철학자들의 상상력에 의해서 만들어지는 공간을 '재현 공간'이라 부른다. 이들은 현실 공간을 상상력으로 변화시켜 자기만의 방식으로 표출한다. 때문에 이 공간은 비언어적인 상징과 기호들로 주로 표출되어 있으며, 사회학적 의미와 미학이 동시에 연결되어 있다. 위의 책, 80쪽, 87쪽 참조.

17) 위의 책, 91쪽 참조.

보는 의미 있는 작업이 될 수 있다.

따라서 이 논문은 송욱 시에 나타나는 몸의 양상을 역사적이면서 동시에 개인의 실존 차원에서 살펴보는 것을 목적으로 한다. 공간적 관점에서 송욱 시의 몸은 세계 부정을 표상하는 정지된 몸이나 현실의 고통을 심리적으로 정화하려는 춤추는 몸, 그리고 현실을 극복하려는 의지와 좌절을 드러낸 움직이는 몸의 양상으로 나타난다. 이를 살펴보면서 송욱 시에 나타나는 몸의 움직임 양상이 개인과 민족의 실존적 자아와 상태를 어떻게 규정하고 있는지를 알아볼 것이다.

2. 몸의 공간적 재현 양상과 의미

1) 정지된 몸과 세계 부정

송욱은 1950년대 우리 민족의 처절한 현실과 실존적 상태를 공간을 스스로 만들지 못하는 정지된 몸으로 형상화한다. 이것은 시에서 '지각 공간(perceptual space)'[18]의 형태로 의미화되는데, 지각 공간이란 개인의 자각에 의해서 공간을 경험하고 만들어내는 것으로, 주체의 자아와 공간이 동일시되는 자아중심적인 공간을 말한다. 공간 형성에서 몸의 움직임에 따른 의미는[19] 주관적인 정의이기 때문에 경험과 의도가 혼재되어[20] 있으

---

18) 에드워드 렐프, 앞의 책, 42—43쪽 참조.
　　렐프는 공간 형태를 무의식적이고 실용적인 경험 공간, 개별적인 인간들이 의식적으로 경험하는 지각 공간, 건축물과 같은 인공 공간, 그리고 추상적이고 기하학적 공간으로 나누고 있다.
19) 위의 책, 36쪽 참조.
20) 마르쿠스 슈뢰르, 앞의 책, 320쪽 참조.

며, 자신이 몸담고 있는 세계를 중심으로 '지배 영역(field of dominnation)'의 개념을 가질 뿐 아니라 움직이는 몸의 방향성이나 거리, 타자에 따라서도 의미가 달라진다. 인간의 삶은 근원적으로 공간의 관계 속에 존재하며 생각에서조차 공간과 떨어질 수 없다. 공간은 인간이 만들어내는 사건의 자리로서 몸은 그 사건을 만들어내는 구성틀이고 실존의 양상이다. 몸이 공간을 전유하는 방식에 따라 인간의 실존과 의식이 규정되는 양상을 가진다.

실존의 자리로서의 몸은 송욱 시에서 자의로 공간을 전유하거나 통제할 수 없는 억압된 몸이나 시체, 파편화된 양상으로 나타나는데, 이런 몸은 공간적 관점에서 어떤 방향으로든 나아가지 못한다는 점에서 실존적 공간을 만들지 못하는 정지된 몸이다. 실존적 의미를 만들지 못한다. 이것은 혼란스러운 정치적 상황에 의해 고통 받던 당대 사회에 대한 송욱의 현실 감각을 몸으로 치환한 것으로 보인다.

아래 시들은 억압되어 통제당하는 시적 자아의 실존적 상태를 보여주는 것들이다.

그대는 내 몸을 알려준다
그대는 내가 설 땅을
점지해준다
— 「찬가(讚歌)」 부분, 『하여지향』[21]

솜덩이 같은 몸뚱아리에
쇳덩이처럼 무거운 집을
달팽이처럼 지고,
······(중략)······

---

21) 모든 시 텍스트는 장영진 엮음의 『송욱 시 전집』에 있는 것으로 한다.

뒤통수가 온통 피 먹은 백정(白丁)이라,
아우성치는 자궁(子宮)에서 시가 웃으면
망종(亡種)이 펼쳐가는 만물상(萬物相)이여!
아아 구슬을 굴리어라 유리방(琉璃房)에서—
윤전기(輪轉機)에 말리는 신문지처럼
내장(內臟)에 인쇄되는 나날을 읽었지만,
그 방에서는 배만 있는 남자들이
그 방에서는 목이 없는 여자들이
허깨비처럼 천장에 붙어 있고,
……(중략)……
이렇게 자꾸만 좁아 들었다간
내가 길이 아니면 길이 없겠고,
안개 같은 지평선뿐이리라.
　　　　　—「하여지향(何如之鄕) 1」부분,『하여지향』

　　인용 시들에서 몸은 어떤 힘에 의해 억압되어 있거나 파편화되어 있다.
공간적 관점에서 이러한 몸은 스스로 움직일 수 없어 공간을 만들지 못하
기 때문에 실존을 만들어 나갈 수 없는 존재들이다. 이것은 곧 시적 주체
의 실존이 누군가에 의해 억압되거나 통제되는 것을 의미하는 것으로, 능
동적으로 활동할 수 없는 세계에 대한 비판이며 부정을 의미화한 것이다.
　　「찬가」는 시적 주체의 몸이 스스로 공간을 만들지 못하기 때문에 실존
도 없다는 것을 보여준다. 이 시에서 공간의 방향성을 잡아나가는 것은
시적 주체가 아니라 "그대"라고 명명되어 있는 타자이다. 힘 있는 누군가
에 의해 내 몸의 공간성이 만들어진다는 것은 곧 시적 주체의 실존성이
타자에 의해 통제되고 규정되어 있다는 뜻이다. 시인은 억압적 현실과 자
아 인식을 이렇게 풍자적 언술로 표현하고 있다. 시적 주체의 자유가 박
탈되어 있는 이러한 양상은「하여지향(何如之鄕) 1」에서 더 구체화되어

나타나는데, 시적 주체의 "솜덩이 같은 몸뚱아리는 "쇳덩이처럼 무거운 집을/ 달팽이처럼 지고" 있다. 여기서 시적 주체의 몸을 억압하는 것은 다름 아닌 집이다. 공간적 의미에서 집을 확장된 인간의 몸[22]이라 볼 때 "무거운 집"은 시적 주체가 몸담고 있는 공동체, 즉 개인의 근원으로서의 가족이나 고향, 민족[23] 을 말한다. 이런 공간은 개인에게 사상이나 추억, 꿈들을 통합한 인간 실존의 근원적 표상이자 한 공동체의 구성원으로 정체성의 토대로 작용한다. 그런데 이 시에서는 시적 주체에게 생명적 뿌리로 작용해야 할 근원이 오히려 부담이 되는 존재로 표상되어 있다. 나라와 민족의 실존 위기는 나의 실존과 그리고 인간으로서의 실존까지도 위협에 빠뜨리고 있다는 것을 공간적으로 보여주는 것이다.

이 시가 상재되어 있는 『하여지향』은 1961년에 발간된 것으로, 1954년에 발간한 첫 시집인 『유혹』 이후 1955년~1961년 사이에 쓴 시들로 묶어져 있다. 시기적으로 볼 때 6·25 전쟁 이후의 남북한의 이데올로기 대립과 정치적 현실의 혼란 속에서 쓴 이 시들은 당대 현실을 많이 반영하고 있다. 때문에 사회적 현실로 인해 자유를 통제당하는 시적 주체의 몸은 짓눌린 채 느린 걸음으로 나아가거나 궁극에는 "목이 없는 여자들"처럼 몸이 파편화되어 죽음에 이른다. 건강한 실존을 기대할 수 없는 죽은 주체들이거나 사물로 표상된다. 이렇게 징벌을 받고 거세당하는 형상으로 묘사되는 몸은 당대 우리 민족의 처절한 실존성을 공간화한 것이라 할 수 있다. "뒤통수가 온통 피 먹은 백정"이라는 표현은 동족상잔이라는 집단적 살육 이후 그 후유증을 겪고 있는 우리 민족의 처참한 현실을 암시하는 것이라 할 수 있다. 이러한 현실로 인해 실존적 현실은 부정적인

---

22) 신지은, 앞의 논문, 377쪽 참조.
23) 이-푸 투안, 구동회, 심승희 역, 『공간과 장소』, 대윤, 2007, 240-259쪽 참조.

것으로 지각될 수밖에 없는데, 송욱은 아래 시들에서 우리 역사를 만들어
나가는 주체들이 얼마나 허구적 존재인지를 신랄하게 풍자하고 있다.

무덤 속에 떨어지는
나의 몸이여!

— 「쥬리엣트 에게」, 『유혹』

뭇왜란(倭亂)과 호란(胡亂)과 양요(洋擾)를 겪고
움직여야 하니까 동란(動亂)을 거쳐
목이며 사지(四肢)가
갈라지고 합치고 하는 사이에
역사(歷史)가 넣은
주릿대가 틀리는데,
……(중략)……
눈 뜬 송장이며
눈 감은 목숨들이
의안(義眼)과 의지(義肢)로 의리(義理)를 지켜간다.

— 「하여지향(何如之鄕) 3」부분, 『하여지향』

내 몸이 지닌 넓이여!
……(중략)……
입체(立體)다 죽음이다
서있는 송장이다.
……(중략)……
그 나라에는 열매가 있고 나무가 없다.
그 나라에선 손아귀에 제풀로
모든 것이 쥐어진다.
깜깜 나라에선
바보가 어느덧
바보 똘똘이

— 「하여지향(何如之鄕) 2」부분, 『하여지향』

시적 주체들의 몸은 지각될 수 없는 죽은 몸으로 사물화되어 있다. "송장", "해골", "무덤 속으로 떨어지는" 몸으로 표상되어 있는 시적 주체들은 스스로 실존을 만들어내지 못할 뿐 아니라 궁극적으로는 죽음으로 연결되어 있다. 공간적 의미에서 사물화된 몸은 지각할 수 없을 뿐 아니라 움직일 수 없기 때문에 현재 세계의 부재로 표상되며, 실존의 상실로 해석된다. 이는 결국 나의 부정을 통해 세계 부정을 추구하는 형식에 해당한다. 송욱은 그러한 것의 원인을 "왜란(倭亂)과 호란(胡亂)과 양요(洋擾)"와 "동란(動亂)"과 같은, 전쟁으로 점철된 민족의 역사로 들고 있다. "목이며 사지(四肢)가/ 갈라"진 건강하지 못한 주체들만 생성해내는 역사에 대한 지각은 이러한 역사를 만들어내는 상황과 주체들에 대한 비판으로 이어진다.

이러한 역사적 주체들에 대한 비판은「하여지향 2」에서 신랄하게 풍자되어 있는데, "눈 뜬 송장"으로 표상되어 있는 시적 주체들의 나라는 "열매가 있고 나무가 없"는 것으로 표상되어 있다. 이러한 시적 의식의 배경에는 전쟁이 끝난 한참 뒤에도 민족적 대립은 가속화되고 정치권은 부패되거나 독재화되어 가는 것에 대한 현실에 대한 분노가 내재되어 있다. 때문에 이는 모순되고 비극적 현실을 풍자하는 것으로 뿌리가 없는 나무는 죽은 생명체가 되듯이 나라 또한 죽은 몸으로 실존적 의미를 만들어나가지 못한다는 것을 의미한다. 나라의 실존적 상황이 개인의 실존을 죽음으로 몰아넣어 세계에 대한 부정 의식을 갖게 하는 것이다. 이로 인해 개인적 자아와 사회적 자아가 죽음에 이른 것이라 할 수 있다.

공간적 관점에서 현실에 대한 부정 의식은 폐쇄된 공간에 갇혔다는 불안한 심리를 유발한다. 이런 경우 인간은 새로운 세계로 나아가려는 '사회적 정향(orientation)'[24]을 갖게 되는데 그것이 시에서는 자신의 몸을 넓이로 인식하는 공간 양상으로 나타난다. 몸에 대한 지각을 구체적인 현실 공간 속에서 인식하지 않고 추상적인 넓이로 인식하는 것은 자신이 몸담고 있는 세계로 인한 우울한 심리[25]와 이로부터 벗어나고자 하는 욕망이 투사된 것이다.「하여지향(何如之鄕) 2」의 "내 몸이 지닌 넓이"는 바로 그런 의식을 추상 공간으로 표상화한 것이다. 추상 공간은 현실의 고통이 없는 장소로 현실 부정의 심리를 토대로 하고 있다.[26] 현실을 초월하고 싶은 시적 주체의 욕망의 대용화로 표상된 공간이다. 즉 심리적 안정을 꾀하는 재현 공간으로, 사회적 세계에서 필요한 이미지를 그 공간에서 찾는 것이다.

아이러니하게도 이 간절한 갈망은 시적 주체들을 이 공간 안에서 조종 당하게 하는 요인으로 작용한다. 시적 주체의 욕망이나 불안과는 달리 역사적 주체들은 여전히 실존적 의미를 만들지 못하는 송장으로 존재하며 이를 개인의 실존으로 전가하고 있다. 이러한 현실에 대한 시적 주체의 불안은 사후(死後)의 세계마저 부정하게 하는 의식으로 변주된다. 공간의 추상적 인식은 실존 공간과는 상대적 의미로 해석이 된다는 점에서 "입체"로 표상되어 있는 죽음은 사후세계의 실존을 거부하는 것이다. 현실세계에서 이미 부재하는 실존적 의미가 사후세계에는 있을 거라는 희망을 가지지 않는 것이다. 이 절대적 절망은 당대 사회에 대한 송욱의 불신이 얼마나 깊은가를 말해준다. 몸의 부정적 공간화는 송욱이 시인이기도 하지만 평론과 시학을 쓴 이론가이기 때문에 전략적으로 쓴 것으로도 보인다.

---

24) 위의 책, 67쪽 참조.

25) H. 텔렌바흐는「우울증 환자의 공간성」이라는 논문에서 심각한 우울증 환자는 공간적 깊이를 상실하고 세계를 평면으로 본다고 하였다. 오토 프리드리히 볼노, 이기숙 옮김,『인간과 공간』, 에코리브스, 2011, 305쪽.

26) 앙리 르페브르, 앞의 책, 355쪽, 446쪽, 460쪽 참조.

어떤 대상으로부터 하나씩 부정해 가면 마침내는 전체를 부정함으로써 무의 관념에 다다른다. ……(중략)…… 부정이 긍정과 다른 것은 그것이 이차적 긍정이라는 점이다.[27]

송욱은 어떤 대상을 하나씩 부정해나가다가 전체를 부정하게 되면 무의 관념에 다다른다고 한다. 송욱이 말하는 무의 관념은 새로운 생성을 위한 토대를 암시한다. 그런 점에서 부정은 이차적인 긍정이라는 것이다. 그렇다면 송욱의 시적 세계에서 부정의식은 세계를 긍정으로 바꾸기 위한 전략으로 볼 수 있다. 때문에 몸의 공간적인 추상화는 송욱의 시적 자아를 비추는 거울, 회복불능의 현실에 대한 심리이자 부재하는 역사적 실존을 긍정으로 바꾸고자 하는 의지인 것이다. 이러한 의지는 춤추는 몸을 현실로 표상하는 시에서 좀 더 무의 관념에 이르고 긍정의 방향성으로 발돋움한다.

2) 춤추는 몸과 심리적 정화

송욱 시에서 정지된 몸이 역사적 실존 상태에 대한 지각이라면 상대적인 의미에서 깨어나는 몸은 공간적 실천을 통해 현실을 잠시 탈피하려는 의식이 반영된 것이라 볼 수 있다. 이것은 그의 시에서 춤이라는 행위로 공간화되는데, 춤이 만들어내는 공간적 의미는 처음과는 전혀 다른 상징적인 특성들과 결부된다. 춤의 방향성은 무(無)목적성을 가지고 있기 때문에 미래로 나아가는 역사적 공간이 아니라 현상적 존재방식만을 나타낸다. 그리고 춤의 움직임은 현실 공간을 다른 관계로 맺어 심리적 전환을 경험하게 하는데,[28] 즉 공간 경험을 통해 주체는 부정적 현실을 긍정

---

27) 송욱, 『文物의 打作』, 문학과 지성사, 1978, 172—173쪽.

으로 바꾸어 세계와의 관계를 달라지게 한다.29)

송욱 시에서 이러한 것들은 1954년에 발간한 『유혹』에 실린 시에서 많이 보인다. 1950년대 초반은 6·25 전쟁의 아픔과 상흔으로 인해 민족의 정신과 몸은 피폐해진 상태였고, 정치·문화적으로도 혼란한 시대였다. 전쟁으로 인한 정신적 육체적 트라우마의 치유와 사회재건을 위해서는 어떠한 형태로든 마음을 추스르고 변화에 대한 의지를 가질 수밖에 없었다. 송욱이 말한 "나도 싫은 내 몸 추기"(「실변(失辯)」부분, 『유혹』)는 타의에 의한 것으로 현실 고통에 대한 심리적 정화가 불가피한 것임을 말하고 있다.

이러한 양상은 송욱 시에서 현실의 고통을 정화하려는 춤의 움직임 양상으로 나타난다.

> 가시도 햇살을 받고
> 서슬이 푸르렀다.
> 벌거숭이 그대로
> 춤을 추리라.
> 눈물에 씻기운
> 발을 뻗고서
> 붉은 해가 지도록
> 춤을 추리라.
>
> ─「장미(薔薇)」부분, 『유혹』

> 영생(永生)이란 근무시간 이십사 시간,
> 두리번거리는
> 잠자리의 눈알처럼

---

28) 오토 프리드리히 볼노, 앞의 책, 101쪽, 105쪽, 324쪽 참조.
29) 위의 책, 326, 328쪽 참조.

손발을 부비대는
파리의 조바심에
하늘과 땅이 더불어 도네.

우습다 하지 마라
춤을 추는데
흥에 겹다 하지 마라
매를 맞는데

　　　　　　　　　—「생생회전(生生回轉)」부분, 『유혹』

　인용 시에서 시적 주체의 춤은 현실의 고통을 망각하기 위한 것이지만
그 내면적 의미는 기존의 절서에 저항하거나 현실 고통을 해소하려는 성
향을 갖고 있다는 점에서 카니발적인 성격을 갖는다.

　「장미」에서 "벌거숭이"로 "춤"을 추며, "눈물에 씻기운/ 발을 뻗고서/
붉은 해가 지도록/ 춤을 추리라"라는 시적 주체의 의지는 방종한 쾌락으
로 현실의 질서에 저항하려는 의미로 해석된다. 또한 「생생회전」에서의
춤은 흥에 겨워 추는 춤이 아니라 "매를 맞는" 현실을 잊기 위해서 추는
춤이라는 점에서 둘 다 카니발적인 요소를 갖고 있다. 이때 시적 주체가
만들어내는 춤의 공간적 방향성은 멀리 뻗어나가지 못하고 제한되어 있
지만 일정한 질서로 규정되는 공간이 아니기 때문에 좁더라도 경계는 아
니며 자유롭다.30) 때문에 춤을 통해서 만들어지는 공간은 심리적 일탈을
합리화할 수 있는 그들만의 공간이다. 하지만 카니발적인 측면은 그 속성
상 지배자와 피지배자의 관계에서 만들어진 것이기 때문에 자의가 아니
라 타자와의 관계성 속에서 그 의미를 이룬다.

　카니발이 가진 이데올로기는 기존의 질서나 가치체계에 의문을 제기

---

30) 오토 프리드리히 볼노, 앞의 책, 323쪽 참조.

하는 동시에 사회를 비판하는 의식과 관계가 있다. 또한 현실에서 생긴 심리적 고통이나 불안을 방종한 쾌락으로 분출함으로써 일상으로 돌아갈 수 있는 재생에너지를 갖는 것이 목적이다.[31] 하지만 카니발적 이데올로기는 사회질서를 주도하는 지배자들에 의해서 의도적으로 만들어진다는 점에서 민중은 주체가 될 수 없다. 이것은 지배자들이 일상에서 피지배자들에 대한 억압을 강화하기 위해 일시적으로 열어놓은 불만 해소구이다.

그런 점에서 시적 주체가 만들어내는 벌거숭이 춤의 공간은 기존 질서와는 다른 세계이면서도 기존 질서로 통제되고 있는 세계이다. 공간적 의미에서도 춤이 만들어내는 공간은 전방과 후진을 거듭하면서 세계와 새로운 관계를 만들어낸다. 하지만 이것은 역사적 공간으로 이어지지 않기 때문에 심리적 정화 작용만 잠시 할 뿐이다. "춤추는 행위는 행복감과 해방된 움직임을 극대화하는 표현"[32]이지만 현실을 능동적으로 바꾸지 못하는 한계를 가지고 있다. 그들을 잠시 심리적으로 정화하여 내일을 견딜 새로운 에너지를 충전해 줄 뿐 공간 자체의 세계를 바꾸지는 못하기 때문에 실존의 양상도 바꾸지는 못한다.

하지만 같은 춤이라도 현실 공간의 성격에 따라서 의미가 증폭될 수는 있다. 종교적인 제의를 행하는 신성 공간에서 추는 춤은 춤 자체가 목적성을 가지고 있기 때문에 다른 세계를 연결하는 매개체로 작용을 한다.

바로 뒤로
앉고 선들, 앞뒤가 다 붙은
이 몸이 추는 춤을

---

31) 알프레드 시몽, 박형섭 옮김, 『기호와 몽상』, 동문선, 1999, 170쪽 참조.
32) 오토 프리드리히 볼노, 앞의 책, 315쪽.

두루 도는 마음을
디딘 두 발이,

하늘로
땅으로
소매로 칠까,
소리 없는
북을 가슴을,
둥둥
연꽃이
이 몸이 진다.

　　　　　　　　　　　　 ―「승려(僧侶)의 춤」부분,『유혹』

　시에서 보듯 절과 같은 신성 공간에서 추는 춤은 제의 형식과 결부되
어 비가시적인 세계와의 매개 공간으로 의미화된다. 종교적 제단에서 성
(聖)과 속(俗)의 영매자로서 "승려"가 추는 춤은 현실과는 다른 질서의 공
간을 잇는 존재가 된다. "바로 뒤로/ 앉고 선들, 앞뒤가 다 붙은" 승려 "몸
이 추는 춤"은 방향성을 가지지 않고 움직인다. "둥둥" "북"소리와 함께
격렬해지는 춤은 청각적 요소와 한 몸이 되는데, 소리의 한계 내에서는
현실적으로 균질된 공간이지만[33] 제의가 가진 목적성은 이 공간을 심리
적으로 비균질성(非均質性)을 가진 거룩한 공간[34]으로 전환한다. 몸은
현실 공간에 있지만 시적 주체는 영매 상태에 들어 "하늘로/ 땅으로" 확
장된 공간 속에서 영원을 경험[35]한다. 춤을 통해서 얻은 도취로 현실불

---

33) 오토 프리드리히 볼노, 앞의 책, 317쪽.
34) 멀치아 엘리아데, 이동하 옮김, 『성과 속』, 학민사, 2006, 17쪽.
35) 슈트라우스는 춤을 순수한 현재 속에서 실현되는 움직임으로 보고, 이를 현재적
　　(praisentisch)이라고 표현한다. 그리고 춤추는 공간은 현재적 공간(praisentiscer Raum)
　　이지만 춤은 목적성이 없다는 점에서 현존재의 목적성을 초월한다. 오토 프리드리

안을 긍정성으로 바꾸어36) "역사와 우주와 일상적 삶의 불가능한 결합"37)을 현실로 실현시킨다. 어떤 절대적인 힘을 빌려 현실에서 안전하게 존재할 수 있다는 심리적 안정감을 끌어낸다.

현실불안을 해소하려는 욕망은 "이 몸이 진다."에서 알 수 있듯 스스로를 제단의 희생물로 바치겠다는 의지를 통해 더 심화된다. 영매 상태에 들어간 시적 주체는 자신에게 초인간적인 존재양식을 부여하는 방식으로 영생의 의미를 추구한다. 영성(靈性)의 접근으로 현실의 재생을 꿈꾸는 "정신적인 생식"38)의 의미로 공간화된다. "인간 실존의 성화된 삶"39)의 양상을 제의적인 춤이 만들어내는 공간을 통해서 보여준다. 때문에 제의적 춤이 만들어내는 공간은 현실 공간 안에서 정신적으로 의지할 수 있는 상징적인 의미로 자리잡은 공간이다. 절대적인 힘을 통해서 역사적 실존이 바로잡아지기를 기원하는 곳이다. 하지만 그렇더라도 제의적인 춤이 만들어내는 공간은 현실이 아니라 춤추는 자의 내면이 투사된 공간이라는 점에서 역사적 실존의 방향을 바꾸지는 못한다. 현실불안의 해소로 잠시 현실을 견뎌낼 힘을 줄 뿐이다.

이렇게 송욱은 일시적인 고통의 분출이나 제의를 통해 현실에 대한 고통을 무화(無化)시키고 긍정으로 바꾸고 싶어하지만 이 또한 현실을 바꾸지는 못한다. 이러한 시적 의식은 송욱이 후기시로 갈수록 노자와 말라르메가 지향하는 무(無)를 지향하고 랭보나 공자, 자연과학이 내재하고 있는 존재에 천착하는 것이나 "몸을 자연"으로 여기는 것40)과 무관하지 않다.

히 볼노, 앞의 책, 326쪽.

36) 빈스방거는 『사고의 빈약』에서 기쁨과 충만한 상태에서 샘솟는 힘은 넓은 공간을 펼쳐 놓는다고 하였다. 위의 책, 307쪽.

37) 알프레드 시몽, 앞의 책, 180쪽.

38) 멀치아 엘리아데, 앞의 책, 175쪽 참조.

39) 위의 책, 163쪽.

그럼에도 불구하고 송욱은 좀 더 능동적인 역사적 실존 만들기라 할 수 있는 움직이는 몸의 양상, 즉 역사적 실존을 만들려는 의지를 드러내기도 했다.

3) 움직이는 몸과 현실극복 의지 및 좌절

송욱 시에서 전방과 후방으로 움직이는 몸은 현실불안을 극복하고, 건강한 역사적 실존을 만들려는 의지를 공간적으로 표상한 것이다. 공간적 의미에서 전방으로 나아가는 몸은 자유로운 실존을 의미하며 미래와 양(陽), 신성의 세계로 나아가려는 심리이다. 하지만 몸이 지나온 후방 공간은 과거로 간주41)되므로 되돌아오는 길은 전방이 갖는 의미와는 반대로 해석된다. 이때 목표 지점까지 최상의 길로 가는 것을 '호돌로지적(hodologisch) 공간'이라 하는데, 이 길은 타인의 존재로 인해 다양한 변수가 작용하는 실존적 의미를 가진 길이며,42) 미래로 나아가는 역사적 공간이다.43) 때문에 전방으로 나아가려는 몸의 움직임은 앞의 두 몸보다는 능동적인 실존의 의지를 보여주는 것이라 할 수 있다.

---

40) 송욱,「산문 자료」, 김학동 외, 앞의 책, 300―301쪽 참조.

41) 이―푸 투안, 앞의 책, 72쪽.

42) 호돌로지적(hodologisch) 공간은 목표점에 도달하는 최상의 길로서, 레빈이 도입하고 사르트르가 수용한 공간 개념이다. 여기에서 나아가 샤르트르는 현재와 목표점 사이에 타자의 존재가 변화 요소로 작용한다는 공간적 개념을 정립하는데, 이 길이 실존적 공간이다. (10, J. P. Sartre Das Sein und das Nichts, Vollstandige deutsche Ausgabe, ubers. v. J. Streller K. A. Ott u. A. Wagner. Hamburg, 1962, p. 392 이후) 오토 프리드리히 볼노, 앞의 책, 257쪽 재인용.

43) 슈트라우스는 분명한 방향성을 가지고 나아가는 공간을 역사적 공간이라는 부른다. 역사적 공간은 일반적으로 고향과 거주지 등 하나의 중심으로 고정되어 있다. 위의 책, 321―322쪽.

다음 시들은 전진과 후퇴를 거듭하는 몸의 움직임을 통해 역사적 실존
에 대한 송욱의 극복의지를 공간적으로 구체화한 것이다.

> 모지면 모진대로
> 무딘양하여,
> 집을 나간들
> 집으로 돌아오는 길을
> 두루루 뭉쳐서
> 씹어보면은
> 길목마다 손짓하며
> 오라고 한다.
>
> ─「한 걸음 한 걸음이」부분, 『하여지향』

> 굶주림도 싸움도 없는
> 달나라로 가는 길은 아직도 멀다!
> …(중략)…
> 갈 데까지는 가봐야지
> 돌아와서는 또 가야지
> 억만년 바라만 보던 곳을
> 디디고 선다
>
> ─「달을 디딘다」부분, 『월정가』

시적 주체들은 집을 중심에 두고 전방으로 나아가다가 다시 집으로 되
돌아오는 양상을 보인다. 공간을 만드는 방식이 갔다가 되돌아오는 나선
형으로, 미래로 나아가려는 의지를 보이지만 돌아올 수밖에 없는 현실적
상황으로 인해 좌절되는 양상을 함의한다. 이러한 시들은 1954년에 발간
한 『유혹』에서부터 1971년에 발간한 『월정가』까지 두루 보이는데, 이것
은 현실을 극복하여 건강한 역사적 실존성을 가지려는 송욱의 의지와는

달리 현실이 그렇게 허락되지 않았다는 것을 말한다. 전쟁 이후의 정치적 혼란을 바로잡으려는 4·19 혁명 역시 군부가 권력을 장악하면서 국민의 자유는 박탈되었고, 사회는 전반적으로 통제[44]되었다. 군사정권은 정치적인 억압을 가하는 한편, 경제적인 측면에서는 자본주의적인 근대화를 표방하면서 노동자들의 희생을 강요하는 등의 사회의 구조적인 모순을 배태한다.[45] 70년대 초반까지 이어지는 일련의 사회적 현실은 송욱으로 하여금 건강한 역사적 실존을 방해하는 타자들, 즉 역사를 주도하며 왜곡하는 주체들을 뛰어넘을 수 없다는 인식으로 남게 된다. 그런 점들이 송욱의 시에서 역사적 공간을 만드는 몸의 양상이 극복의지와 좌절로 나타나게 되는 것이다.

역사적 실존에 대한 좌절은 그의 또 다른 시에서는 역사적 실존 자체를 포기하는 양상으로 나타난다. 「달을 디딘다」를 보면 시적 주체는 실존적 의미를 만들 수 있는 역사적 공간을 포기하고, 비실존의 의미를 가진 추상 공간인 "달"을 목표 지점으로 잡는다. 추상 공간은 심리적으로 볼 때 현실을 견디고자 하는 긍정성의 장소이며 수단이지만[46] 엄밀히 말하면 현실 공간이 만들어내는 실존적 의미의 부정에 해당한다. 시적 주체의 몸은 여기서도 나선형으로 공간화되는데, "굶주림도 싸움도 없는/ 달나라"를 가기 위해 전진하지만 현실로 다시 되돌아온다. "갈 데까지" 갔다가 다시 "돌아와서" 길을 나서는 시적 주체의 움직임 양상은 또 다른 세계에 대한 희망이라도 있어야 살아갈 수 있음을 보여준다. 이때 달은

---

44) 이상록, 「1960~70년대 민주화운동 세력의 민주주의 담론」, 『한국역사연구회』, 역사와현실 77, 2010,9, 345−346쪽.

45) 문혜원, 「4·19혁명 이후 우리 시의 유형과 특징」, 『한국현대시문학사』, 소명출판, 2005, 215쪽.

46) 앙리 르페브르, 앞의 책, 104쪽 참조.

인간이 접근할 수 없는 상상의 공간이다. 현실극복의 방법으로서의 최상의 길, 즉 호돌로지적 공간을 비(非)실존적 세계로 인식하는 것이다. 정신적 영역에서 초시간성과 비시간성의 힘을 빌려 희망을 갖는47) 우주적 공간을 최상의 실존적 의미로 삼은 것은 현실에서의 좌절감을 극대화한 것이다. 이것은 곧 현실에는 미래가 없다는 사실을 공간화한 것이다. 건강한 역사적 실존의 회복불가능을 의미한다.

역사적 실존에 대한 회복불가능성은 비현실적 공간으로 몸을 움직이는 시에서 더욱 심화되어 나타난다.

하늘에 솟는 탑을
돌로 쌓지 마라.
열흘을
네 곱절을 굶어 왔으면,
부른 배 우에
나라를 세우라고.

어린이
어진이가 가슴을 치면
하늘과 땅이
물구나무를 선다
몸을 던져라.
몸을 던져라

— 「유혹(誘惑)」 부분, 『유혹』

범천(梵天)으로 가는 길
아아 나선형이다
단념(斷念)을 단식(斷食)하고

---

47) 이-푸 투안, 앞의 책, 194—220쪽 참조.

사람이 죽어야만
연석회의를
여는 여기는 맹장(盲腸)!
혹은 태평천국(太平天國)!
세계가 뒤볼 땐
육체가 뒤집히어
실밥이 난 영혼이며
—「하여지향(何如之鄕) 9」부분,『하여지향』

가운데를 걷기는
칼날을 밟기보다
하늘에 오르기
우주를 꿰뚫기
보다 어렵다
—「우주시대(宇宙時代) 중도찬(中道贊)」부분,『월정가』

　원래 직립의 모습은 완전한 인간의 지위[48]를 말한다. 때문에 직립하는
주체를 물구나무 세운다는 것은 인간이 만든 모든 질서를 부정한다는 말
이다. 인용 시들에서 시적 주체의 몸은 직립을 포기하고 나선형의 길을
만든다. 몸을 거꾸로 하는 행위는 인간의 몸이 발을 중심으로 이동하는
것이라 볼 때 하늘로 나아간 것이라 볼 수 있다. 하지만 도덕의 압력에 짓
눌려, 징벌 받고 거세당하는 몸이라 하더라도 그것이 현실 공간에서 방향
성을 가질 때는 실존과 관련이 있지만 그 몸의 방향성이 추상 공간을 향
할 때는 실존적 지위를 상실하게 된다.[49]
　「유혹」에서 시적 주체의 몸은 "하늘과 땅이/ 물구나무를" 서기 때문에
자동적으로 물구나무를 서게 된다. 이것은 인간적 질서가 바뀌기를 바라

---

48) 오토 프리드리히 볼노, 앞의 책, 67쪽 참조.
49) 앙리 르페브르, 앞의 책, 90쪽 참조.

는 갈망을 우주적 공간의 전복 양상을 통해서 드러낸 것이다. 이러한 의지를 더 강화시키는 것이 스스로 하늘로 "몸을 던"지는 것인데, 시적 주체의 의지와는 달리 하늘로 던진 몸은 다시 땅으로 떨어지게 마련이다. 시적 주체의 의지로는 현실세계의 전복이 불가능한 일이다.

이러한 현실 전복의 갈망은 「하여지향 9」에서도 보이는데, 1959년 『신태양』 1월호에 발표된 이 시는 현실을 냉소적으로 비판하면서 역사적 실존이 황폐화된 것을 풍자한 작품이다. 이 시가 발표된 1959년은 이승만 정부의 부정부패로 국민들의 불만이 극에 달한 시점이다. 이런 시대적 실존을 송욱은 "범천(梵天)으로 가는 길"로 공간화하고 있는데, 이 길도 다시 원점으로 되돌아오는 "나선형"이다. "범천"은 불교에서 색계의 초선천(初禪天)에서 하늘을 다스리는 왕으로, 제석천(帝釋天)과 함께 부처를 좌우에서 모시는 불법 수호의 신이다. 이것은 타락한 역사적 실존이 정화되기를 바라는 의지를 공간화한 것인데, 그 의지와는 달리 역사적 실존은 정화되지 못하고 다시 제자리로 돌아온다. 때문에 송욱은 신체에서 쓸모없는 장기인 "맹장(盲腸)!"을 "태평천국(太平天國)!"이라 부르면서 역사를 만들어나가는 주체들을 풍자하고 있다. 시적 주체는 스스로 "육체"를 "뒤집"어 세상을 바로 세우려 하지만 이 또한 원점으로 돌아올 수밖에 없다는 점에서 좌절을 의미한다.

그래서인지 송욱은 「우주시대 중도찬」에서 현실을 변화시키는 것이 "칼날을 밟기보다", "하늘에 오르기"보다, "우주를 꿰뚫기/보다 어렵다"고 말한다. 이것은 "가운데를 걷기", 즉 당대 질서체계를 바꾸는 데에 있어서 인간보다는 우주적 질서의 전복에 기대는 것이 더 희망적이라는 말로서, 이는 곧 그만큼 당대 현실극복에 대한 방안이 절망적이라는 의미를 갖는다. 결국 송욱의 움직이는 몸은 현실극복의 의지를 내서 실천하지만 역사적 상황의 제약에 의해 다시 주저앉고 마는 좌절의 양상을 띤다.

3. 결론

　이상의 논의를 통해 알 수 있듯 송욱 시에서 몸을 중심으로 만들어지는 공간은 회복불능의 현실에 대한 부정과 이러한 현실의 고통으로부터 벗어나려는 심리적 정화, 그리고 현실을 극복하려는 의지와 좌절 등의 정신적 측면을 공간으로 재현한 것임을 알 수 있다. 이것은 미시적인 차원에서는 시대를 지각하는 송욱의 사회적 자아이지만 거시적인 차원에서는 아사(餓死) 지경에 이른 역사적 실존에 대한 염려이자, 나라와 민족을 이렇게 만든 역사적 주체들에 대한 비판이다. 개인과 민족의 역사적 실존 상태를 몸의 공간적 양상으로 재현한 송욱 시는 다음과 같다.

　첫째, 시에서 정지된 몸의 공간화 양상은 당대 우리 민족의 역사적 실존과 상태를 의미화한 것이다. 이것이 시에서 타자에 의해 억압되어 통제당하거나 지각되지 않는 몸으로 구체화된다. 이러한 것의 원인은 역사적 실존을 만들어 나가는 주체들에게 있으며, 그로 인해 개인과 민족의 실존적 상황마저 절망적인 상태가 되었다는 것을 보여준다. 이것은 역사적 실존을 만들어나가는 주체들에 대한 송욱의 비판과 부정 의식으로, 몸의 부정을 통해 현실을 긍정으로 바꾸려고 한 것이다. 그렇지만 그렇게 되지 못하였기에 당대 우리 민족의 처절한 실존성이 정지된 몸으로 공간화한 것이다.

　둘째, 시에서 춤으로 표상되어 있는 공간은 현실불안을 인식하고, 이를 분출하거나 해소하는 심리적 정화의 의미를 갖는다. 이러한 심리적 정화는 자의가 아니라 타의에 의한 것으로 현실문제들을 해결할 수 없는 개인의 한계를 보여준다. 때문에 춤추는 몸은 스스로 현실을 깨우는 몸, 즉 일시적으로나마 현실불만을 해소해야만 하는 몸부림으로서의 깨어나는 몸이다. 전쟁 직후의 처참한 현실불안으로부터 벗어나려는 심리적 방어

기제를 몸의 깨어남, 곧 춤으로 공간화한 것이다.

셋째, 송욱 시에서 능동적으로 움직이는 몸은 건강한 역사적 실존을 회복하려는 의지로 보인다. 나선형의 양상으로 움직이는 몸은 역사적 실존의 회복을 방해하는 타자들을 극복하려는 의지를 표상하지만 곧 좌절의 양상을 보여주고 있다. 이러한 현실회복의 극복의지는 우주적 질서를 전복하여 세계를 바로 잡으려는 양상으로 변주되지만 이 또한 좌절되는 것으로 나타난다. 이것은 당대 사회의 회복불능의 상태를 공간화한 것이다.

이러한 송욱 시의 몸의 공간적 양상은 1950년대와 1960년대의 우리 현실이 얼마나 암울했는가를 보여준다. 몸의 지각적 부정을 통해서 현실을 바꾸려했지만 역사적 상황으로 좌절을 할 수밖에 없었다. 이것은 송욱이 살았던 시대가 그만큼 회복불능의 상태에 있었다는 것을 말해준다. 송욱 시에서 몸은 이러한 역사적 실존을 만든 민족과 나라를 비판한 동시에 구성원 한 사람으로서 시대적 실존을 반성적으로 성찰한 것이다. 그런 점에서 송욱 시에서 몸의 공간적 의미는 당대 사회상과 이에 대응한 시인의 의식을 재현한 것으로 그 가치를 찾을 수 있다.*

---

* 논문출처 : 「송욱 시에 나타난 몸의 공간 연구」, 『배달말』 54호, 배달말학회, 2014.

참고문헌

1. 기본자료

송욱, 『유혹』, 思想界社, 1954.

____, 『何如之鄕』, 일조각, 1961.

____, 『시학평전』, 일조각, 1964.

____, 『나무는즐겁다』, 문학사상사, 1978.

____, 『文物의 打作』, 문학과 지성사, 1978.

____, 『문학평전』, 일조각, 1984.

____, 『송욱 시선』, 지식을 만드는 커뮤니케이션북스, 2012.

송욱, 장영진 엮음, 『송욱 시 전집』, 현대문학, 2013.

2. 단행본 및 번역

김은자, 『현대시의 공간과 구조』, 문학과비평사, 1988.

김학동, 『송욱 연구』, 역락, 2000.

박종석, 『송욱평전』, 좋은날, 2000.

____, 『송욱 문학 연구』, 좋은날, 2000.

박태일, 『한국 근대시의 공간과 장소』, 소명출판, 1999.

이경희·황인교·우남득·김현숙 공저, 『문학 상상력과 공간』, 도서출판 창, 1992.

이승하 외, 『한국현대시문학사』, 소명출판, 2005.

이승하, 『송욱』, 새미, 2001.

____, 『한국의 현대시와 풍자의 미학』, 문예출판사, 1997.

가스통 바슐라르, 곽광수 옮김, 『공간의 시학』, 동문선, 2003.

마르쿠스 슈뢰르, 정인모·배경희 옮김, 『공간, 장소, 경계』, 에코리브르, 2010.

멀치아 엘리아데, 이동하 옮김, 『성과 속』, 학민사, 2006.

메를로 퐁티, 류의근 옮김, 『지각의 현상학』, 문학과지성사, 2010.

알프레드 시몽, 박형섭 옮김, 『기호와 몽상』, 동문선, 1999.

앙리 르페브르, 양영란 옮김, 『공간의 생산』, 에코리브르, 2011.

오토 프리드리히 볼노, 이기숙 옮김, 『인간과 공간』, 에코리브르, 2011.

에드워드 렐프, 김덕현·김현주·심승희 옮김, 『장소와 장소상실』, 논형, 2008.

이—푸 투안, 구동회·심승희 역, 『공간과 장소』, 대윤, 2007.

지그문트 바우만, 이익수 옮김, 『액체근대』, 도서출판 강, 2010.

CHRISTIAN NORBERG—SCHULZ, 민경호·배웅규·임희지·최강림 역, 『장소의 혼』, 태림문화사, 2001.

3. 논문 및 평론

김봉국, 「한국전쟁 이후 1950년대 간첩 담론의 양가성」, 『역사연구』22호, 역사학연구소, 2012, 105－138쪽.

김요한, 「송욱 시의'자아'연구」, 『한국언어문화』16집, 한국언어문화학회, 1998, 287－299쪽.

김한식, 「시학과 수사학」, 『상허학보』제12집, 상허학회, 2004, 313－341쪽.

_____, 「전후 모더니즘 시의 수사적 특성 연구 : 송욱의 「何如之鄕」을 중심으로」, 한국수사학회 월례학술발표회, 한국수사화학회, 2003, 22－38쪽.

문혜원, 「보들레르의 영향을 중심으로 한 송욱의 시론 연구」, 『한중인문학연구』제20집, 한중인문학회, 2007, 211－234쪽.

_____, 「4·19혁명 이후 우리 시의 유형과 특징」, 『한국현대시문학사』, 소명출판, 2005, 213－248쪽.

박숙희, 「송욱 시 연구 : 언어관에 따른 시적 변모양상을 중심으로」, 경희대학교 석사학위논문, 1999.

박몽구, 「송욱 시와 상징의 언어—시집 『何如之鄕』을 중심으로」, 『語文硏究』제46, 어문연구학회, 2004, 303－332쪽.

박종석, 「송욱시 연구(1)—〈유감〉시집을 중심으로」, 『동남어문논집』제7집, 동남어문학회, 1997, 113－132쪽.

배경열, 「50년대 실존주의론」, 『한국문학이론과 비평』20호, 한국문학이론과 비평학회, 2003, 229－261쪽.

서덕주, 「詩神과 몸과 말의 생명력」, 김학동 외, 『송욱 연구』, 역락, 2000, 159－

183쪽.

서도식, 「공간의 현상학」, 『철학논총』 제54집 제4권, 새한철학회, 2008, 335－358쪽.

신지은, 「사회성의 공간적 상상력 신체－공간론을 통해 본 공간적 실천」, 『한국사회학』 제46집 5호, 한국사회학회, 2012, 323－351쪽.

_____, 「장소의 상실과 기억」, 『한국사회학』 제45집 2호, 한국사회학회, 2011, 232－256쪽.

신진숙, 「전후시의 풍자 연구 : 송욱과 전영경의 시를 중심으로」, 경희대학교 석사학위논문, 1994.

_____, 「송욱 문학의 근대성과 시적 주체의 변모 양상 연구」, 경희대학교 박사학위논문, 2005.

_____, 「송욱의 초기 시에 나타난 정신과 육체의 의미 고찰」, 『고황논집』 제34집, 경희대학교 대학원 원우회, 2004, 93－115쪽.

_____, 「송욱 시에 나타난 "신체적 주체"의 의미 고찰 : 시집 『月情歌』를 중심으로」, 『한국시학연구』 제10집, 한국시학회, 2004, 159－202쪽.

오윤정, 「알몸의 상상력과 에로스적 세계－월정가 연구」, 김학동 외, 『송욱 연구』, 역락, 2000, 125－157쪽.

이명찬, 「1960년대 시단과 『한국전후문제시집』」, 독서연구 26, 한국독서학회, 2011, 12, 73－99쪽.

이민호, 「몸과 말의변주곡－시적 변이와 시속 양상」, 김학동 외, 『송욱 연구』, 역락, 2000, 21－52쪽.

이상록, 「1960~70년대 민주화운동 세력의 민주주의 담론」, 『한국역사연구회』, 역사와현실 77, 2010, 9, 39－71쪽.

이순욱, 「1950년대 한국 풍자시 연구 : 송욱·전영경·민재식 시를 중심으로」, 부산대학교, 석사학위논문, 1995.

이승하, 「풍자, 자기 비하의 아니러니－송욱론」, 『한국의 현대시와 풍자의 미학』,

문예출판사, 1997, 13－59쪽.

이봉범, 「1950년대 문화검열과 매체 그리고 문학」, 『한국문학연구』 34, 한국문학연구소, 2008, 7－49쪽.

이상봉, 「서양 중세의 공간 개념－장소에서 공간으로」, 『철학논총』 제62집 4권, 새한철학회, 2010, 285－311쪽.

이현석, 「4·19혁명과 60년대 말 문학담론에 나타난 비－정치의 감각과 논리 : 소시민 논쟁과 리얼리즘 논쟁을 중심으로」, 『한국현대문학연구』 35, 한국현대문학회, 2011, 12, 223－254쪽.

전미정, 「한국 현대시의 에로티시즘 연구 : 서정주, 오장환, 송욱, 전봉건의 詩를 중심으로」, 서강대학교 박사학위논문, 1999.

정문선, 「지향과 동경의 시학－유혹 연구」, 김학동 외, 『송욱 연구』, 역락, 2000, 47－72쪽.

정효구, 「송욱 시에 나타난 자연과 생명」, 『어문연구』 제63집, 어문연구학회, 2010, 395－427쪽.

조미영, 「송욱 시 연구 : 현상학적 창작과정을 중심으로」, 서울대학교 석사학위논문, 1994.

조영복, 「송욱 연작시의 성격과 '말'의 탐구」, 『한국시학연구』 제1집, 한국시학회, 1998, 300－320쪽.

진순애, 「송욱 시의 은유 연구」, 성균관대학교 석사학위논문, 1993.

천세웅, 「송욱 시 연구－허무의식의 극복의지를 중심으로」, 『한국시문학』 제11집, 한국시문학회, 2001, 311－358쪽.

최윤정, 「중심 부재의 詩와 중심 찾기의 시학」, 김학동 외, 『송욱 연구』, 역락, 2000, 87－130쪽.

한원균, 「송욱문학연구」, 경희대학교 석사학위논문, 1992.

홍부용, 「송욱 시 연구」, 동국대학교 석사학위논문, 1999.

김종삼 시의 공간 연구

―화자의 내면과 공간 인식의 상관성을 중심으로

박 주 택

1. 서론

김종삼은 1921년 황해도 은율에서 태어나 1953년≪신세계≫에 시「園丁」을 발표하며 작품 활동을 시작하였다. 그는 1984년 작고하기까지 200여 편의 시를 남겼는데, 작품 활동 기간에 비해 그리 많지 않은 작품을 남긴 것은[1] 시를 대하는 태도에서 비롯한다. 즉 "시의 경내(境內)에서 이미지의 관조 시간을 소중히 여기"고, "언어의 때가 묻어 버리면 큰일이라고 생각하는 퓨리턴에 속"한 청교도적인 정신을 지니고 있었기 때문이다.[2]

---

[1] 『김종삼 전집』(청하, 1988)에는 169편이 수록되었으나, 이후 『김종삼 전집』(나남출판, 2005)에는 「오동나무가 많은 부락입니다」, 「달구지 길」, 「배」, 「이산 가족」, 「베들레헴」, 「관악산 능선에서」 등 47편이 보완되어 모두 216편이 수록되어 있다.

[2] "시간을 거닐면서 마음의 방직(紡織)을 짜"는 것은 "풍경을 향해 셔터를 누르는 사진사"와는 다르다. 이는 즉각적인 이미지를 잡아내기보다는 새로운 언어로 아름다운 정신을 숙련시켜 형상화하고자 하는 그의 언어관에서 비롯한 것이라고 할 수 있다. 김종삼은 릴케의 시론을 "시작상(詩作上)의 좌우명"으로 삼아 오랜 숙성의 기간을 거친 때가 묻지 않은 세계를 형상화해 왔다. 김종삼, 「의미의 白書」, 『김종삼 전집』,

김종삼은 전후 중요한 시인으로 이미지를 간결하게 표현하며 시적 형식을 독창적으로 구현해낸 시인으로 평가할 수 있다. 리얼리즘과 대비적 관계에서 모더니즘 시인으로 평가[3]할 수 있지만, 이는 넓은 의미의 이해에 속하는 일이고, 실제로는 내면성을 담화의 형식 속에 지속적으로 담아냈다는 면에서, 또한 끊임없이 존재론적 성찰을 시 속에 체현하며 사회적 변화의 실천을 욕구했다는 면에서 그를 모더니즘 시인으로 한정적으로 평가하는 일은 범주화의 오류를 피할 길이 없다.

김종삼이 활발하게 활동했던 50년대와 60년대는 전쟁의 참상을 알리고 전쟁의 상처를 위무하기 위한 고투가 형상화되는 과정에서 정치와 이념이 현실 속에서 노정되었고 순수와 인간의 문제가 전면에 부각되기도 하였다. 김종삼과 동시대 시인이라 할 수 있는 김수영은 4.19를 기점으로 자유를 전면에 내세우며 서정과 현실을 매개하는 역동적 시학을 전개하였고 이를 통해 문학적 효능에 대한 가치를 시와 산문 속에 체화시켰다. 그런가 하면 신동엽은 김수영보다 한층 더 사회적 상상력을 바탕으로 실천적 응전을 내세우며 비판의 시선으로 현실에 대한 자각을 이루고자 하였다. 즉 현실 참여를 통해 전후 민족과 통일에 대한 인식의 변화를 요청하였다. 이와는 달리 언어에 천착한 김춘수는 시에 있어서 의미를 제거하는 감각을 바탕으로 일상적 사유를 새롭게 탐구하고자 존재에 천착하였다. 김종삼의 시는 이와 같은 문학적 상황 속에서 현실과 이상을 시 속에 혼효시키면서도, 이들 시와의 거리를 둔 채 독자적인 감성과 서정을 구축하고자 하였다.

나남 출판, 2005, 296—99쪽.

3) 김종삼은 50년대 문학 세류 속에서 자신만의 독특한 세계를 구축한 모더니즘 시인으로 평가 된다. 그러나, 모더니즘이 근대성에 대한 반성을 기획하고 물적 구성뿐만 아니라, 주체나 언어의 파괴를 검토한다고 볼 때 김종삼의 시는 묘사적 태도가 기반을 이루고 있고, 일종의 공감의 미학이랄 수 있는 장면화의 미를 추구하고 있어 굳이 평가하자면 영미 이미지즘에 가깝다고 볼 수 있다.

시인의 사회적 삶의 궤적에 따라 발생론적으로 시를 평가하는 것이 일 반적이라면 김종삼의 경우, 문단뿐만 아니라 사적 교유에 있어서도 폭넓 게 관련했다는 흔적을 찾을 수 없다. 오히려 그의 시에서처럼, 단절과 고 립을 통해 견인의 절대성을 체화시키며, 위대한 정신적 족적을 남긴 예술 가들과의 유비적 관계 속에서 현실의 고됨을 이겨내고자 했다. 근본적으 로는 그 어떤 것으로부터도 구속을 싫어했다. 이 자유의 현상학은 보헤미 안적인 낭만과 함께 낭만의 말미에 따라다니는 고립과 고독을 동반하며 자재(自在)의 시학을 보여 주었다. 정상성에 기초한 정직한 삶의 경관, 모 순을 끊임없이 재편하고자 하는 인식론적 언술, 따뜻한 인간애와 새로운 조건들과 가능성으로서의 선택적 시선, 평화의 염원과 추구는 김종삼 시 편에 담겨 다양한 층위 속에서 지속과 변동을 계속한다.

김종삼의 공간에 대한 인식은 지속하는 삶과 변화하는 삶 속에서도 다 양하게 드러나기보다는 내면을 옮겨 놓은 공간을 드러내고 있어 내면과 공간이 서로 동일화를 이루고 있다. 이와 같은 근거로 김종삼의 공간 의 식은 사회적, 문화적인 시대적 이해가 명시되지 않을뿐더러, 시의 문면에 화자를 연결시켜주는 시대적 사건들의 지리적 함의가 관찰되지 않는다. 또한, 현실 공간에 사로잡혀 그 공간이 생산하는 물적 분화에 구속받기보 다는, 존재를 지배하는 구조적이고 상황적인 국면을 깊이 성찰하고 그 내 재성의 집합을 공간 속에 체현시키고자 했다. 즉 사회적 이해나 역사적 이해에 있어 구체적 사건이나 사실을 적시함으로써 핍진한 진실성을 담 보하는 관심에 비해, 삶의 과정 속에 다양한 물적 요소들을 총합시켜 사 회적 총체로서의 내면을 시에 접근시키고자 했다. 추상성/구체성이 공간 의 창조에 깊이 관여한다면 김종삼은 공간의 추상적 인식에 의해 내면을 대체하고자 했는데 이는 내면이 복잡한 정신의 영역에 속한 까닭도 까닭이지만, 무엇보다 공간과 직접적 연계를 두려워하는 김종삼의 의식과 상관한다. 즉 관념에서 출발한 공간 의식은 내면의 해석에 따라 공간 또한 해석될 수 있다.

김종삼 시의 높은 성취에도 불구하고 그에 대한 연구는 그리 많지 않은 편이다. 이는 근대 문학에 집중되는 연구 관습뿐만 아니라, 아방가르드적인 면모가 두드러지지 않은데다 그 자신이 염결한 삶을 살았던 것 등이 복합적으로 작용했다고 할 수 있다. 그럼에도 불구하고 최근 그의 시에 대한 연구가 활발하게 진행되고 있는 것은 고무적인 일이라 하겠다. 김종삼 시에 대한 평가와 연구를 살펴보면 대략 다음과 같다.

한명희는 시에서 반복되어 나타나는 특정한 이미지들이 시인의 의식과 밀접한 관계를 맺고 있는 것이라고 보고 "김종삼의 시에는 집, 학교, 병원의 이미지가 자주 등장한다"며 "그것은 죽음과 관련"되어 "죽음과 평화에 대한 희구가 김종삼 시의 기저를 이루고 있다."4)고 평가한다. 김종삼 시를 통시적으로 연구한 심재휘는 김종삼 시에 나타난 공간이 "관념에 의해 주도되는 추상공간의 성격이 농후하다"라고 진단한 후 그 원인으로 "경험 현실과 연계되는 힘보다 상상력에 의해 창조되는 상징적 사유의 결과이기 때문"5)으로 파악한다. 그런가하면 김종삼 시와 음악적 공간의 상관성을 연구한 서영희는 김종삼 시에서 "음악은 초월자의 공간인 천상에 대한 추구이며 동시에 빛에 대한 추구로 나타나, 현실의 불안함과 절망을 초극하려는 강력한 의지로 표명된다."6) 고 언명한다. 구문

---

4) 한명희, 「김종삼 시의 공간 — 집, 학교, 병원에 대하여」, 『한국시학연구』 6호, 한국시학회, 2002, 279쪽.

5) 심재휘, 「김종삼 시의 공간과 장소」, 『아시아문화연구』 30집, 가천대학교 아시아문화연구소, 2012, 200쪽.

6) 서영희, 「김종삼 시의 형식과 음악적 공간 연구」, 『어문론총』 제53호, 한국문학언어학회, 2010, 388쪽.

에 천착한 강연호의 경우는 김종삼 시가 "묘사 중심으로 이루어진 일련의 시편들이 극도의 생략과 암시, 구문 구조의 불완전성, 논리적 단절과 모호성 등을 특성으로 한다"고 지적하며, "비극적 인식" 속에 김종삼의 시가 "공간의 초월적 방식"[7]을 취하고 있다고 평가한다. 김성조는 김종삼 시를 시간과 공간을 폭넓게 연구하며 김종삼 시의 공간을 다양한 층위로 해석한 뒤 "도피로서의 내부 공간이 내면으로 침잠하려는 의도를 내포하고, 승화 기제로서 회귀 공간을 통해 새로운 인식의 전환을 보여 준다"[8]고 진단한다.

김종삼은 다른 시인에 비해 공간이 주는 미학에 관심을 기울였다. 비단 생략이 주는 여백의 울림[9]뿐만 아니라 상상력을 동원해 의식 저 너머, 혹은 이국의 저 먼 곳에 이르기까지 공간의 외연을 넓혔다. 이 과정에서 결핍과 욕구 속에 감춰져 있는 표상들은 내면의 갈등을 거치면서 변장한 공간의 모습으로 나타난다. 그러면서도, 김종삼 시의 공간에 대한 인식이 특이한 것은 화자와 공간이 대립하여 나타나지 않고, 심지어 고립과 가난을 노래한 시에서조차 공간을 온전한 실체로 받아들이며 타자 공간을 따듯한 시선으로 감싸 안으려 하고 있다는 점이다. 넓은 공간을 시적 대상으로 삼은 것도 특이할 만한데 이는 공간을 통해 화자의 감정과 심리 상태를 확산하고자 하는 욕구에서 비롯한 것이라 볼 수 있다.

공간은 인간을 구성하는 가장 기본적인 존재물이다. 즉 공간은 단순히 인식되기만 하는 것이 아니라, 인간의 존재 양식이 이루어지는 곳이다.

---

7) 강연호, 「김종삼 시의 대립공간 연구」, 『현대문학이론연구』 제31집, 현대문학이론학회, 2007, 22쪽.
8) 김성조, 『부재와 존재의 시학』, 국학자료원, 2013, 256−257쪽.
9) "비어 있는 것은 실재성이 없는 것같이 생각되지만 이것은 방향성을 상기시킨다." 아모스 이 티아오 창, 『건축공간과 노장사상』, 윤장섭 역, 기문당, 1988, 31쪽.

공간은 "비어 있는 것이 아니라 인간의 의도와 상상, 그리고 공간 자체의 특성, 이 양쪽에서 비롯한 실체들로 채워져 있"10)다는 언술은 이런 의미에서 공간의 가치를 해명해 준다. 인간은 공간을 통해 자기 자신의 존재를 확인한다. 뿐만 아니라, 공간 역시 물질적이며 정신적으로 인간에게 실존 공간으로 자리한다. 인간은 공간을 떠나서는 결코 존재할 수 없다. 공간을 토대로 인간은 문화를 형성하고 사회와의 공동체를 영위해가는 "인간은 자신이 처한 공간에 대한 애착과 사랑을 갖는 토포필리아"11)를 꿈꾸며, 자신이 처해 있는 곳에서 최상의 가치를 찾으려고 애쓴다. 공간 안에서 "인간은 쾌락과 고통이 이어지"12)고 결국 공간 안에서 죽음을 맞이한다. 이 글은 이와 같은 논의를 바탕으로 김종삼 시에 나타난 공간과 공간 의식을 고찰하고자 시에 두드러지게 나타나는 공간13)을 네 공간으로 나누고, 그 속에 화자의 의식이 어떻게 인식되고 있는지를 살펴보고자 한다.

2. 공간 인식의 유형

1) 죽음과 고통이 있는 참극의 공간

김종삼의 시를 논할 때 분단과 전쟁에 대한 상처를 빼놓고는 설명할 수 없다. 분단과 전쟁은 집단정신에 의해 개인이 희생되거나 인격이 훼손

---

10) 에드워드 렐프, 『장소와 장소상실』, 김덕현외 옮김, 논형, 2014, 44쪽.
11) 이-푸 투안, 『토포필리아』, 이옥진 옮김, 에코, 2011, 17—21쪽.
12) 앙리 르페브르, 『공간의 생산』, 양영란 옮김, 에코, 2014, 113쪽.
13) 공간과 장소는 각각 추상성과 구체성을 환기한다. 이는 에드워드 렐프의 『장소와 장소상실』, 이-푸 투안의 『토포필리아』, 『공간과 장소』, 앙리 르페브르의 『공간의 생산』 등에서 공통적으로 정의되고 있다.

되는 영혼의 상실을 가져왔고, 시간이 지나도 지워지지 않는 고통의 기억으로 남아 있다. 김종삼에게 있어 고통의 기억은 '고향'과 '유년기' 회상에 뿌리 깊게 상존해 있으며, 이 기억 공간에는 죽음의 그늘이 드리워져 있다. 하지만 인간은 스스로 생각하고 판단하며 욕망하면서 자신을 새롭게 하고, 자신을 더 높은 위치로 끌어 올리려는 욕구를 지니고 있다. 따라서 분단과 전쟁이 몰고 온 죽음에 대한 의식은 자체의 절망으로 그치는 것이 아니라, 생존의 더 높은 욕구인 생의 충동과 매개한다. 죽음과 구원의 변증법이라 할 수 있는 극복 의지는 전적으로 육체의 죽음을 영혼의 죽음으로 받아들이지 않으려는 실존의 선택이라 할 수 있다. 절망이 절망으로 그칠 때 온전히 자기 상실의 형벌로 드러날 수 있고, 세상을 바라보고 살아가는 생활인으로서도 불구적으로 살 수밖에 없기 때문이다.

> 1947년 봄
> 深夜
> 黃海道 海州의 바다
> 以南과 以北의 境界線 용당浦
>
> 사공은 조심 조심 노를 저어가고 있었다
> 울음을 터트린 嬰兒를 삼킨 곳
> 스무 몇 해나 지나서도 누구나 그 水深을 모른다
> ―「民間人」, 전문

　이 공간은 개인적인 경험 공간이라기보다는 집단이나 공동체로 경험되는 공간이다. 개인의 장소가 주로 경험과 기억에 의해 의미를 부여하고 정체성을 확인하는 것이라면, 공동체의 장소는 나 ―타자― 우리라는 보다 넓은 의미를 지닌다. 개별적이고 독립적으로 이루어지는 개인적 공간이 아니라 보편적이고 사회적 의미로 환원될 수 있다는 뜻이다. 나— 타자— 우리는 서로 독립적일 수가 없다. 그것은 상호 연계적이다. 이 시는 전쟁을 이데올로기적으로 성찰하여 비극을 직접적으로 환기시키거나, 도륙의 참혹을 처연하게 그린 것이 아니라, '심야의 바다'를 공간으로 하여 '자식의 죽음'이라는 아픔을 형상화 하고 있다. 공간이 내면의 "정체성과 관련하며 더욱이 그것이 의미 있는 장소여서 세계에 존재하는 근본적인 속성"[14]이라고 한다면 '캄캄한 심야 바다'는 곧 김종삼의 내면을 상기시킨다.

가치중립적인 공간을 어떻게 의미화 시키는가는 전적으로 그것을 구성하는 의도와 시선에 달려 있다. 즉 공간과 공간의 구체성인 장소에 어떤 의미를 부여하는가는 시인의 의식이나 무의식과 밀접함을 이룬다. 공간이 의도의 산물이라면 공간을 채우고 있는 의미 역시 의도의 산물이다. 그리고 이것은 시인의 내면과 상관성을 갖는다. 따라서 "울음을 터트린 嬰兒를 삼킨 곳"은 전쟁의 공동체적 공간이 될 수 있고, 동시에 '아이'는 공동체적 생명이라 할 수 있다. 특히 '1947'이 함의하는 의미와 "以南과 以北의 境界線 용당浦"라는 의미를 상기할 때는 더욱 그렇다.[15] 이런 의미에서 이 시는 분단과 전쟁을 그린 시 중에서도 단연 압권이라 할 수 있다.

> 밤하늘 湖水가엔 한 家族이
> 앉아 있었다

---

14) 에드워드 렐프, 앞의 책, 34—35쪽.

15) 시간적 거리에 해당하는 "스무 몇 해"는 시인의 의식에 여전히 남아 있는 깊은 심상으로 '水深'은 슬픔의 깊이이자 상처의 깊이이다. 따라서 "스무 몇 해나 지나서도 누구나 그 水深을 모른다"는 개인과 분리될 수 없는 시간과 공적인 공간을 상기한다. 이처럼 이 공간은 역사적, 사회적 공간이며 유폐된 내면 공간이다. 그리고 이 내면은 아우슈뷔추 , 병원, 시체실, 무덤과 같은 밀폐 공간과 등위를 이룬다.

평화스럽게 보이었다

家族 하나하나가 뒤로 자빠지고 있었다
크고 작은 人形같은 屍體들이다

횟가루가 묻어 있었다

언니가 동생 이름을 부르고 있다
모기 소리만 하게

아우슈뷔츠 라게르

—「아우슈뷔츠 라게르」, 전문

　김종삼의 시는 이미지를 통해 공간의 혼합물로써 '비극적 기억'을 제시한다.16) 이는 경험, 이미지, 감정, 환상 등이 연합적으로 조합된 결과물이다. 김종삼은 비극의 해소 과정으로 공간을 대체하여 내상(內傷)을 대상(代償) 받거나, 기억과 정면으로 싸우기보다는 현실을 제거해 버린 공간의 투명성을 택한다. 이처럼 김종삼 시에는 비극적 화자가 많이 등장한다. 김종삼 시에는 아우슈뷔츠를 노래한 시가 많다. 이는 참상이 너무 커 차마 말을 할 수 없는 기억의 실어 증상 때문이며, 다른 하나는 회피이다. 김종삼 시가 전쟁을 그린 다른 시인과 다른 점이 있다면, 이들의 시가 참상 그 자체에 초점을 맞춰 비극을 형상화하고 있는데 반해, 김종삼 의 시

---

16) 이는 시적 방법일 수도 있지만 김종삼의 다른 전쟁에 관한 시를 살펴볼 때 이 점은 뚜렷하게 나타난다. 전쟁의 참상을 그린 시에서 흔히 나타날 수 있는 훼손된 육체나 파괴된 영혼의 문제를 깊이 있게 천착하지 않은 것도 이와 무관하지 않다. 또한 대상의 정면으로 들어가 그 속에서 일고 있는 참상을 재생하기보다는 그 공간을 바라보는 태도를 취하고 있는 특징을 보이고 있다. 따라서 김종삼의 시는 주로 시각에 의지할 뿐 진술을 회피한다.

는 우회적인 화법을 통해 내면을 은유적으로 표현한다. 「아우슈뷔츠 라게르」 역시 비극적 화자가 숨어 있다. 죽음이 닥쳐오는 순간을 내장하고 있기 때문이다.

이런 의미로 아우슈뷔츠는 6·25라는 전쟁 공간과 등가를 이룬다. 일종의 회피라고 할 수 있는 이러한 방어 심리는 김종삼의 시에서 나타나는 공간적 이미지가 역, 집, 종점, 원두막, 술집 등과 같은 고립된 공간이 많다는 것을 고려할 때 두드러진다. 공간이 "인지와 정신의 고안물로서 관념적 주관성으로 재현되고, 정신의 구성물인 사고방식으로 환원"[17]되는 내밀성이 있다는 점을 고려할 때 이는 시인의 기질에서 비롯한 것일 가능성이 있다. 즉 "전쟁 속에서 목도한 것은 죽음과 절망과 막막한 어둠의 경험이며, 그 속에서 사랑이랄까 연민의 정이랄까 할 것의 발견과 확인의 경험"[18]이라는 고백처럼 죽음의 안쪽에 삶의 평화를 바라는 간절한 염원을 품고 있었기 때문일 것이다.[19] 이 시에서처럼 김종삼 시에서 자주 보이고 있는 '평화'라는 말은 김종삼 시에서 눈에 띄게 보이는 '무시간성'과 함께 인식론적 측면에서 이해될 수 있다.

> 입원하고 있었읍니다
> 육신의 고통 견디어 낼 수가 없었읍니다
> 어제도 죽은 이가 있었고
> 오늘은 딴 병실로 옮아간 네 살짜리가
> 위태롭다 합니다

---

17) 에드워드 소자, 『공간과 사회비판이론』, 이무용 외 옮김, 시각과 언어, 1997, 162쪽.

18) 김종삼, 「피란길」, 『김종삼 전집』, 앞의 책, 305-306쪽.

19) 김종삼 시의 특징적 어법이랄 수 있는 대립적 구성은 「아우슈뷔츠 라게르」에서도 보이는 바, 평화스러운 한 가족의 장면은 인형 같이 쓰러지는 시체의 가족과 겹쳐진다. 이 중첩된 이미지는 양가적이다.

곧 연인과 死刑 간곡하였고
살아 있다는 하나님과
간혹
이야기 — ㄹ 나누며 걸어가고 싶었습니다
그러나 하나님은 저의 한 손을
잡아 주지 않았읍니다

―「궂은 날」, 전문

병실은 감금의 의미를 지닌다. 그것은 닫힌 세계다. 여기서 화자를 가두고 있는 것은 육신의 고통과 신에게 보호 받지 못하는 영혼의 고통이다. 그것은 바깥의 세계가 아니라, 안의 세계다. 안의 세계는 화자 내밀성의 세계를 향해 있다. 병이 인간을 존재 그 자체로 독립해 있지 못하게 하고, 결핍과 손상된 존재로 남게 할 때 장소 역시 병든 장소가 된다. 이때 내면 공간은 "사물들을 한 언어에서 다른 언어로, 낯선 외부의 언어에서 내면의 언어, 언어의 내부 그 자체로 옮긴"다. 이런 의미에서 "시의 공간은 영원한 움직임의 중심인 정신적 공모"20)의 공간이다. 김종삼 시에서 현실 공간은 병실과 같은 죽음과 고통이 있는 참상의 공간이다. 하지만 김종삼은 현실 저 너머의 세계 혹은 지상이 아닌 세계를 꿈꾸지 않았다. 보다 근원적으로는 현실의 공간을 정신적으로 인식하고, 아름다운 세상이 되기를 바랐다. 비록 신이 "손을 잡아주지 않았"다 하더라도 인간의 삶이 신의 흔적이기를 바라는 따뜻한 긍정의 시선을 간직하며 현실 공간이 신의 공간이 되기를 염원했다.

'용당浦', '아우슈뷔츠', '병실'은 모두 죽거나 죽어가는 공간이다. 이 공간들은 화자의 내면 공간의 번역 공간이며 죽음을 통하지 않고서는 죽음을 보지 못하는 죽음 안의 세계이다. 이 과정에서 김종삼은 자신을 곧 공

---

20) 모리스 블랑쇼, 『문학의 공간』, 이달승 역, 그린비, 2010, 202쪽.

간이자 죽음의 본래적인 모습을 띤다는 생의 그림자로 인식하고, 죽음을 초월하는 미결정의 영역이 아니라, 현세적인 현실로 인식하고 지금 ― 여기에서 보다 넓은 희망을 보려 했다. 나 ― 타자― 우리라는 믿음으로 사랑을 노래하며 따뜻한 인간애를 드러내고자 하였다. 공간은 역사, 사회적 맥락과 궤를 같이하고 공간을 경험하고 가치를 인식하는 방식에 따라 의미가 달라진다. 이런 의미에서 "공간은 완성된 것이 아니라, 되어가고 있는 것"21)이다.

2) 신성한 공간, 진정성의 실천 공간

김종삼 시에서 '수도원', '교회당'은 위엄과 권위의 공간이 아니라, 돌봄이 있는 베풂과 참됨의 공간으로 그려진다. 즉 공적 영역으로서 진정성의 실천 공간으로 작용한다. '수도원'이 유년기 기억에 좋은 장소로 뿌리 박혀 '수도사'나 '신부'와 같은 인물과 더불어 최초의 가치 혹은 시인의 내면에 자리잡은 근원적인 평화와 긴밀하게 연결되어 있다면, '교회당'은 생활 가까운 공간으로 자리하며 성찰과 더불어 타자와의 사랑을 실천하는 내면성의 연장(延長) 공간으로 나타난다. 신성한 장소로 기억되는 성소는 공간적으로 외부에 있어 위계적이거나, 내부적으로는 위계적 배치에 의해 권력적으로 보일 수 있다.22) 그러나 김종삼 시에 나타난 종교적 공간은 자신을 이해하는 근거인 선의 기억을 통해 삶의 변화 속에서 자신의 정체감을 끊임없이 확인하는 실체적 공간으로 나타난다.

---

21) 팀 크레스웰, 『장소』, 심승희 옮김, 시그마프레스, 2012, 156쪽.
22) 박승규, 『일상의 지리학』, 책세상, 2011, 113쪽.

고아원 마당에서 풀을 뽑고 있었다
선교사가 심었던 수十년 되는 나무가 많다

아직
허리는 쑤시지 않았다

잘 먹이지도 입히지도 못하지만
잠깨는 아침마다 오늘 아침에도
어린 것들은 행복한 얼굴을 지었다

— 「평화」, 전문

공간은 지각과 경험에 의해 인식되고 정서적 유대에 의해 친근감을 형성한다. 이 친근감은 의미 있는 경험을 했거나 거주의 장소로서 관계의 영역에 속한다. 가치와 관심이 공간 인식에 있어 중요한 면을 차지하는 것도 바로 이 때문이다. 이 시는 시인이 유년기를 회상하며 쓴 시로 추측된다. 공간과의 접촉은 매혹이 될 수 있고, 세계를 자신 쪽으로 끌어 와 자신을 새로운 영토로 만들어 갈 수 있다. 이 가능성은 시각에 의해 촉발되며, 친근감에 의해 매혹의 본질로 자리 잡는다. 이런 측면에서 다음과 같은 고백은 눈여겨 둘 만한 하다. "나의 의미의 백서에 노니는 이미지의 어린이들, 환상의 영토에 자라나는 식물들, 그것은 나의 귀중한 시의 소재들"23)이다.

감정이나 사유들을 공간에 이입함으로써 공간이 삶을 반영하는 것이라면, 김종삼 시의 종교적 공간은 이처럼 마음속에 있는 평화의 이미지를 구현하여 타자 공간과 결합하는 애착감에 뿌리 내린다. 이렇게 본다면, 행복한 얼굴이 있는 '고아원 마당'은 화자가 안락감을 느끼는 내면 공간

---

23) 김종삼, 「의미의 白書」, 『김종삼전집』, 앞의 책, 299쪽.

의 원형 심상으로, 평화와 대상관계(代償關係)를 표상한다. 바로―여기의 현실에서 신성한 가치들을 실현하는 인간애를 지향하여 일상의 공간을 새로운 공간으로 바꾸고자 하는 윤리를 끌어내고자 인간을 옹호하고 평화를 회원하는 인간애를 그려낸다. 타인에게 선의를 베풀고 자신을 희생하는 인간애는 이기적 욕망인 자기애와 대립을 이룬다. 인간애는 시인의 내면에서 출발하여 사랑과 평화의 장소 속으로 자리를 옮긴다.[24]

> 뾰죽집이 바라 보이는 언덕에
> 구름장들이 뜨짓하게 대인다
>
> 嬰兒가 앞만 가린 채 보드라운
> 먼지를 타박거리고 있다. 놀고 있다.
>
> 뾰죽집 언덕 아래에
> 아취 같은 넓은 門이 트인다.
>
> 嬰兒는 나팔 부는 시늉을 했다
>
> 장난감 같은
> 뾰죽집 언덕에
>
> 자줏빛 그늘이 와
> 앉았다.
>
> ―「뾰죽집」, 전문

24) 공간이 공간 그 자체로 비어 있는 것이 아니라 인간과 매개하며 인간의 감정과 사유를 드러낸다고 볼 때 다음과 같은 시는 타자에 대한 사랑을 엿볼 수 있다. "내가 재벌이라면／ 메마른／ 양로원 뜰마다／ 고아원 뜰마다 푸르게 하리니／ 참담한 나날을 사는 그 사람들을／ 눈물지우는 어린것들을／ 이끌어 주리니／ 슬기로움을 안겨 주리니／ 기쁨 주리니" 김종삼, 「내가 재벌이라면」, 권명옥 엮음, 『김종삼 전집』, 228쪽.

'뾰죽집'은 평화와 선함이 머무르는 공간이다. 뾰죽집은 어린 날의 기억에 있는 "선교사가 살던 벽돌집"이다.[25] 기억은 본질적으로 선택적이다. 그것은 경험된 의식 속에 특별히 남아 특별한 감정을 생산한다. 김종삼 시에서 유독 유년 기억에서 종교적 공간이 많게 상기되는 것은 그만큼 기억에 강렬하게 각인되었다는 것을 의미한다. 공간을 조직하고 공간에 의미를 부여하는 것은 전적으로 경험과 의식에 관련한다. 텅 빈 공간에 가치를 인식하는 것은 "지각의 범주에 초기의 감정들이 스며들"고, "순수의 사유를 일깨워 주는"[26] 애착에서 비롯한다. 그렇다면, 김종삼 시에서 종교와 관련한 공간이 많이 등장하는 까닭은 무엇인가? 그것은 삶의 위기와 현실의 위협으로부터 안정과 안전에 대한 회구로 나타나기 때문이다.

이렇게 본다면 '뾰죽집'의 공간은 시인 내부 공간이며, '아이'는 순수한 존재로서의 인간일 수 있다. 「民間人」에서 '용당浦'에 빠진 '아이'가 개인이 아니라, 공동체적 인간으로 인식될 수 있는 것과 마찬가지로, 우리가 환경을 이해하고 지각하는 것은 기분, 느낌, 분위기 등과 같은 감정과 매개한다. 즉 신체에 의해 공간이 다르게 지각되며, 다르게 구성된다. 이에 따라, 공간은 신성한 공간이 될 수 있고, 신성한 생명체가 될 수 있다. 이 공간 안에서 '아이'는 편안함과 안전감을 보호 받는다.[27]

> 야쿠르트 아줌마가 지나가고 있다
> 나는 이 동네에서 산다

---

25) 『김종삼 전집』, 앞의 책, 311쪽.

26) 이-푸 투안, 앞의 책, 40쪽.

27) 이럴 때 "아취 같은 넓은 門이 트인" 뾰죽집에서 "嬰兒"가 "나팔 부는 시늉을" 하는 천진함을 드러낼 수 있다. 그리고 이 천진함을 더욱 슬프고도 아름답게 만드는 것은 "자줏빛 그늘"로서의 노을이다. 시인이 시간과 공간을 인식하고 그것을 자신만의 세계로 구성하는 것이라면 '뾰죽집'에 그려진 세계는 화자의 의식에 주관적으로 자리 잡고 있던 내면이 실재화한 것이라 할 수 있다.

우중충한 간이 종합병원도 있다 그 병원엔 간혹 새 棺이 실려 들어
가곤 했다
야쿠르트 아줌마가 병실에서 나와 지나가고 있다
총총걸음으로 조심스럽게

— 「간이 교회당이 있는 동네」, 전문

이 시에서 교회당이 구체 공간으로 묘사되고 있지는 않지만, 생활공간
을 근거로 삼고 있다는 점에서 화자의 거처를 확장한 것이라 볼 수 있다.
교회당은 심리적 필요를 만족시키는 공간으로 이 영역은 치유와 영혼의
안정을 얻는 의식(儀式)의 공간으로 신화적 지리를 지닌다. 이는 다음과
같은 고백에서도 발견된다.

언덕길에서 교회의 종소리가 나의 이미지의 파장을 쳐 오면 거기서
노니는 어린 것들과 그들이 재잘거리는 세계에 꽃씨를 뿌리는 원정
(園丁)과도 같이 무엇인가 꿈꾸어 보는 것이다.[28]

인간은 신화에 물든 채 태어난다. 이 점에서 교회당은 중심부의 의미
를 지닌다. 비록 시인이 자신을 "무신론자"라고 고백[29]하고 있으나, 화자
의 의식에 중심을 이루는 거처로서 삶의 의지와 타인에 대한 사랑이 교차
를 이루며 지속하는 시간 속에서 유대를 이룬다. 동네는 마을 공동체뿐만
아니라 사회, 문화적 행위가 이루어지는 곳이다. 따라서, 교회당이 통상
적으로 위엄을 드러내기 위해 공간을 점유하고 있는 것을 떠올린다면 '간
이 교회당이 있는 동네'는 넉넉지 못한 사람들이 사는 공간이다. '우중충
한 간이 종합병원'도 마찬가지다. 이 두 공간 모두가 협소 공간이기 때문
이다. 화자는 이 협소 공간에 '棺'(죽음)과 '야쿠르트'(삶)를 대립시켜 놓은

---

28) 김종삼, 「의미의 白書」, 『김종삼 전집』, 298쪽.
29) 김종삼, 「먼 '시인의 영역'」, 위의 책, 302쪽.

채 삶과 죽음이 순환하는 공간이라는 것을 환기한다. 이 공간은 산 자가 죽은 자를 배려하는 "총총걸음으로"인해 사랑의 공간으로 재생된다. '간이 교회당이 있는 동네'는 천상과 맞닿는 공간이 아니라 인간과 맞닿는 공간이다. 김종삼은 초월적 공간에 이상적 세계를 마련하려고 하지 않았다. 현실에서 평화를 구하고자 내면의 신성을 공간으로 확장하였으며, 사랑과 배려가 있는 인간의 세상을 꿈꾸었다. 지금─여기에서 사랑의 실천을 구하였다.

3) 중심에서 벗어난 공간, 고립의 공간

김종삼은 "오십평생 단칸 셋방뿐이"(「山」)었다라고 말한다. "종로구 옥인동(玉仁洞)의 판잣집이 헐려서 정릉 산꼭대기에 셋방을 살"[30]거나 "無許可집들이 密集된 山동네 山팔번지 一帶", "개백정도 살"고 신문도 안보는 "文盲"들과 "한뜰에 살"(「맙소사」)거나, "인왕산 한 기슭 납작집"(「납작집」)에 살기도 하였다. 스스로 "나는 술꾼이다"(「첼로의 PABLO CASALS」)라고 고백하고 있듯이 평생 가난 속에서 술과 음악과 함께 살았다. 공간적 의미에서 이북 출신인 그에게 '서울'은 낯선 공간이었다. 그는 죽을 때까지 자신이 어린 시절을 보냈던 '평양'을 회억하는 시를 쓰며 지나가버린 시간과 공간의 비애를 노래했다. '평양'은 그에게 기억의 왕국이었으며, 추억의 중심 공간이었다. 생활공간이자 거주 공간인 '서울'은 그에게 정체성이 뿌리내리지 못하는 공간이었다. 단적인 근거로 김종삼은 10대 후반 '일본'으로 건너가 8년 가까이 유학 생활을 마치고 귀국함에도 불구하고, '일본' 시절을 회상하거나 이를 제재로 쓴 흔적이 보이

---

30) 김종삼, 「일간스포츠, 1979.9.27」, 『김종삼 전집』, 위의 책, 312쪽.

지 않는다. 공간이 유대감뿐만 아니라, 존재성의 깊이에까지 관여하기 때
문이다. '지역'이 공간에서 중요한 의미를 지니는 것도 바로 이 까닭이다.

> 새로 도배한
> 삼칸초옥 한칸 房에 묵고 있었다
> 時計가 없었다
> 人力거가 잘 다니지 않았다.
>
> 하루는
> 도드라진 電車길 옆으로 차플린氏와
> 羅雲奎氏의 마라돈이 다가오고 있었다
> 金素月氏도 나와서 求景하고 있었다.
>
> 며칠 뒤
> 누가 찾아왔다고 했다
> 나가본즉 앉은방이 좁은
> 굴뚝길밖에 없었다.
>
> ―「往十里」, 전문

지역으로서 거처는 "개인으로서 그리고 한 공동체의 구성원으로서의
우리 정체성의 토대, 즉 존재의 거주 장소"[31]이다. 지역은 삶이 뿌리를
내리는 공간으로. 일상적인 생활을 영위하는 서사적 공간이다. '往十里'
는 이런 의미에서 화자와 본질적 관계에 묶여 있으며 "새로 도배한/ 삼칸
초옥 한칸 房에 묵고 있었다"라는 말에서 드러나듯이, 애착이 형성되기
전의 공간이다. 이 공간에서 화자가 느끼는 감정은 낯섦과 외로움이다.
이때 외로움을 해소하는 것은 자신과 처지가 비슷하거나 예술적으로 고
독한 삶을 살았던 사람을 시적 공간으로 불러내는 일이다. 김소월, 나운

---

31) 에드워드 렐프, 앞의 책, 97쪽.

규, 드빗시, 피카소, 이중섭, 전봉래, 김수영, 에즈라 파운드 등이 바로 그런 경우로 이를 통해 자신의 처지를 위안 받거나, 동질감 속에 삶을 위치시키고자 했다.

　도시화와 근대화는 낡은 공간을 부수고 새로운 공간으로 공간을 채워간다. 새로 태어나는 공간은 삶이 묻어난 공간이 아니라 낯선 공간이다. 이 낯선 공간에서 느끼는 것은 배제에 의한 소외이다. 공간의 중심에서 밀려난다는 것은 존재의 밀려남을 의미하며, 공간에게서 받는 실존의 상처와 같은 것이다. 이 차이는 계층을 형성하며 나아가서는 계급을 규정짓는다. 따라서, 지역은 지역으로 그치는 것이 아니다. 그것은 언제나 영토의 투쟁이 도사리고 있는 권력의 공간으로 작용한다. 이 투쟁의 공간에서 밀려난 자는 당연히 소외와 고립이라는 자기 상실감에 빠질 수밖에 없다. 사회적 의미를 지니고 있는 공간은 결국 외관에 따라 위계가 결정된다. 이런 의미에서 "삼칸초옥"은 화자 내면이 이탈한 공간이자 가난의 공간이다. 이 공간이 "미개발 往十里/ 蘭草 두어서넛 풍기던 삼칸초옥"(「掌篇」)이라면 더더욱 그렇다. 김종삼 시에 있어 이는 '변두리 의식'으로 나타난다.

　　　나의 理想은 어느 寒村 驛같다
　　　(중략)
　　　나의 戀人은 다 파한 시골
　　　장거리의 골목 안 한 귀퉁이 같다.
　　　　　　　　　　　　　　　　　　　　　— 「나」, 부분

　　　나의 本籍은
　　　몇 사람밖에 안되는 고장
　　　겨울이 온 敎會堂 한 모퉁이다.
　　　　　　　　　　　　　　　　　　　　　— 「나의 본적」, 부분

나는 <u>진눈깨비 날리는 질짝한 周邊</u>이고
　　가동中
　　夜間鍛造工廠

　　　　　　　　　　　　　　　　　　　　　　　—「制作」, 부분

　　위 시에서 화자가 직접 고백의 형식으로 자신을 말하고 있는 "어느 寒
村 驛", "敎會堂 한 모퉁이", "진눈깨비 날리는 질짝한 周邊"은 모두 중심
에서 벗어난 공간으로 화자 의식을 반영한다. 인간과 공간은 서로의 존재
에 상호 영향 관계에 있으면서, 서로에게 감정을 교환하며 서로에게 의미
를 계속한다. 어떤 공간에 대해서는 두렵고 혐오스러운가 하면, 어떤 공
간에 대해서는 안정감과 친근감이 드는 것은 특정 공간에 특별한 감정이
속해 있다는 것을 뜻한다. 공간에 대한 애착은 공간감으로 드러나는데
"공간감은 인간이 특정 환경에 묶이도록 만드는 감정적이며 경험적인 흔
적을 의미한"[32]다. 장소감은 자신의 주거지인 거처를 통해서, 혹은 오랫
동안 시간을 보낸 경험의 공간을 통해서 형성된다. 어느 곳을 특별히 좋
아하고 어느 곳을 특별히 싫어하는 것 역시 공간에 대한 기억에서 비롯한
다. 공간이 정체성에 관련하는 것도 바로 공간에 대한 투사가 지속적으로
이루어지기 때문이다. 김종삼이 떠도는 내면을 공간에 이입한 것은 내면
이 지닌 지리적 인식에 기인한다.

　　그렇다면, '고립'의 공간이자 '변방'의 공간에 자신의 정체성을 갖는다
는 것은 무엇을 의미하는가? 공간에 대한 소속감이라고 할 수 있는 정체
성은 분리와 단절의 감정이 생기지 않을 때, 다시 말해서 공간에 뿌리 내
리고자 하는 공감에서 비롯한다. 경계를 짓지 않고 그대로 공간을 받아들
일 때 공간과 내면이 맞닿는다. 김종삼 시에서 주로 등장하는 인물들은

---

32) 존 앤더슨, 『문화, 장소, 흔적』, 이영민 외 옮김, 한울아카데미, 2013, 79쪽.

개똥이, 장사치기, 장님, 거지, 복덕방 영감과 같은 '주변부적 인물'이 많이 등장한다. 화자가 이러한 인물들에 관심을 갖는다는 것은 친근감을 느낀다는 것이다.

공간이 "분할되고 격리될 수 있고, 공간의 점유와 생산은 정치적이면서 다른 지역에 기반을 둔 다른 집단 사이의 권력관계를 포함하고 또 그것을 생산한"[33]다고 볼 때 김종삼 시의 타자는 화자의 내면과 일치를 이루는 내면에 체화된 무의식에 기반 한다. 즉 타자와 타자가 속한 공간을 어떻게 표현하는가는 화자의 내면의 선택에서 비롯한다고 할 수 있다. 이런 의미에서 중심 공간의 위치에서 바라본다면 중심 바깥의 공간이라는 측면에서 '변방'이자 소외된 '이방의 공간'이라 할 수 있다. 이와 같은 화자의 의식은 다음과 같은 시에서 발견된다.

> 亞熱帶에서 죽을 힘 다하여 살아온 나에게
> 햇볕 깊은 높은 山이 보였다
> 그 옆으론
> 大鐵橋의 架設
>
> ─「가을」, 부분

> 머지 않아 나는 죽을거야
> 산에서건
> 고원지대에서건
> 어디메에서건
> 모차르트의 플루트 가락이 되어
> 죽을거야
> 나는 이 세상엔 맞지 아니하므로
>
> ─「그날이 오며는」, 부분

---

33) 존 앤더슨, 앞의 책, 95쪽.

공간은 원래부터 있었던 것이 아니라 살아 있는 생명체로서, 인간과 함께 만들어 간다. 인간의 "모든 행위는 정체성에, 즉 우리가 누구이고 어디에 있는지에 영향을 미치는 여러 흔적들을 남김으로써 세계를 구성하고, 인간과 용도에 맞게 분류하도록 관념화된 규율에 따라 질서화/경계화된"[34]다. 김종삼 시의 화자가 스스로에 대해 '변두리 의식' 혹은 '변방의식'을 갖고 있는 것은 공간적 의미에서 비롯되는 것뿐만 아니라, 그 스스로 내면에서 공간에 뿌리내리지 못하는 '경계인'의 마음을 지니고 있었기 때문이다. 주지하다시피 우리나라는 "亞熱帶"지역이 아니다. 그럼에도 불구하고 "亞熱帶에서 죽을 힘 다하여 살"았다고 하는 것은 자신이 존재하는 공간을 부정하는 것이다. 공간에 대한 부정은 삶의 교란이다. 이것은 공간의 타자성에 대한 저항이다. 그러므로 시의 화자가 "나는 이 세상엔 맞지 아니하므로"라고 말하는 공간과의 괴리는 국가 혹은 지역에 국한하는 지리적 의미에 그치는 것이 아니라, 화자의 내면에서 발현되는 삶 그 자체를 가리키는 것이라 할 수 있다.

> 우리나라 영화의 선구자
> 羅雲奎가 활동사진 만들던 곳
> 아리랑고개
> 지금은 내가 사는 동네
> 5번 버스 노선에 속한다
> 오늘도 정처없이
> 5번 버스로
> 아리랑고개를 넘어간다
> 젊은 나이에 죽은
> 그분을 애도하면서.
>
> ― 「아리랑고개」, 전문

---

34) 존 앤더슨, 앞의 책, 212―213쪽.

‘아리랑고개’는 ‘정릉고개’로 불리던 것이 “羅雲奎”가 “활동사진”인 <아리랑>이라는 영화를 제작한 것에서 유래한다. 이 공간은 서울 ‘외곽’에 위치한 지역적 특성과 함께 “젊은 나이에 죽은/ 그분을 애도하”는 죽음이 서려 있는 곳이다. “고개”는 이런 의미에서 삶의 질곡을 응축한다. 흔적은 흔적으로 그치는 것이 아니라, 기억으로서 고통과 슬픔을 만들어낸다. 동시에, 아리랑고개는 “羅雲奎”에 의해 ‘나라 잃은 슬픔’을 떠올리게 한다. 이는 ‘나라 잃은 슬픔’은 화자의 의식과 연결되어 공간을 새롭게 생산한다. ‘나라 잃은 망국’과 ‘거처 잃은 상심’이 공간에 소속되지 못한 채 “정처없이”, “아리랑고개를 넘어가”고 있기 때문이다. 공간은 애착과 친밀감을 가질 때 소속감과 정체성을 갖는다. 김종삼은 가난과 질곡의 생활 속에서 공간적으로는 ‘변두리’, 내면적으로는 ‘변방의식’을 지니고 살았다. 공간의 물질성이 곧 정신과 연관된다고 볼 때 중심 공간과의 거리는 곧 중심적 삶과의 거리였다. 이로 인해 김종삼은 자신이 사는 지역에서조차 나라를 잃은 슬픈 자로서 경계인적인 삶을 살았다고 할 수 있다.

4) 살아 있는 인간애의 공간

김종삼 시에서는 화자가 경험한 사회, 문화적 공간이 잘 드러나지 않는다. 이는 화자의 시선이 외부적 공간에 열려 동일성을 이루기보다는, 내부적 공간인 내면과 친숙한 소속감을 그려내기 때문이다. 외부적 공간이 주는 의미와 이해에 관심이 크지 않다는 것은 외부 공간으로부터의 소외를 의미한다. 즉 외부 공간은 화자에게 있어 피상적인 공간일 뿐 실재적으로 인식하여 참여하는 경험의 공간이 아니다. 진정한 관계를 맺을 수 없다는 인식은 이동성과도 관련한다. 이동성은 다른 공간과의 연결을 의미한다. 그런데 이 이동은 단순히 육체의 이동만을 뜻하는 것이 아니라, 느낌, 감정, 성찰과 같은 가치를 수반한다. 유독 김종삼 시에서 여행시가 보이지 않다는 것도 이와 무관하지 않다. 다른 지역과의 연결이 되지 않는 육체는 분리와 단절이라는 인식을 드러낸다. 이와 같은 관점에서, 김종삼 시에서 사회, 문화적 공간에 대한 관심과 참여가 적다는 것은 자신의 공간으로 인식하는 것이 아니라, 내부적 시선의 지향성과 관련한다.

> 조선총독부가 있을 때
> 청계川邊 一0錢 均一床 밥집 문턱엔
> 거지소녀가 거지장님 어버이를
> 이끌고 와 서 있었다
> 주인 영감이 소리 질렀으나
> 태연하였다
>
> 어린 소녀는 어버이의 생일이라고
> 一0錢짜리 두 개를 보였다
>
> ─「掌篇 2」, 전문

이 시의 공간은 청계천변의 밥집이다. 밥집은 대중적이 공동체의 장소이다. 또한 생산과 소비가 이루어지는 경제의 공간이자 욕망이 지배하는 장소이다. 이 시에서 공간은 두 개의 층위로 분리되어 있다. 한 층위는 소리를 지르는 주인 영감이 차지하고 있는 지배 공간이며, 다른 한 층위는 거지소녀와 거지장님 어버이가 서 있는 비환대의 공간이다. 이 두 공간은 "문턱"에 의해 분리된다. "문턱"은 넘을 수도 있고, 넘지 못할 수도 있는 차단의 공간이다. 이 차단을 제거할 수 있는 것은 교환 가치이자 물질적 가치인 "一0錢짜리 두 개"이다. 이런 맥락에서 밥집은 상호 접촉이 이루어지는 관계의 섞임을 통해 행위가 이루어지는 자본의 공간이기도 하다. 그러나 화자는 이 자본의 공간을 따듯하게 그려 놓는다. 이것은 "조선총독부가 있을 때"라는 공간과 시간을 지정함으로써 더욱 빛을 발한다. 조선총독부라는 이미지가 주는 정치적, 사회적 함의인 지배/ 피지배라는 이원적 구조를 외피에 두르면서, 밥집이라는 공간이 주는 감정을 결합하여 하나의 공간을 구성한다.

모든 "사회적 공간은 의미작용, 비의미작용, 지각된 것, 체험된 것, 이론적인 것 등의 무수히 많은 측면과 움직임을 동반하는 과정에서 발생한"35)다. 이렇게 화자는 밥집을 그 공간이 만들어낸 시간과 공간 안에서 이루어진 수많은 경험들의 총체가 집합되어 있다는 점에서, 그리고 유동성을 통해 공간의 순환이 이루어지며 삶이 순환되고 있다는 재현의 측면에서, 가족애를 통해 살아 있는 인간애의 공간으로 변화시킨다. 이것은 화자 내면에서 비롯하는 것으로 공간에 대해서 감정의 공간으로 옮긴다. 공간에 대한 재현은 지각에 의해 이루어지고, 지각은 화자의 의도에 의해 흔적을 남긴다. 이 흔적을 어떻게 남기냐에 따라 좋은 장소 혹은 나쁜 장소로 나타나는데 이것은 공간에 대한 새로운 의식으로 요약될 수 있다. 즉, 주관에 의해 무수히 많은 측면과 움직임은 아름답거나 추한 공간으로 그려지고, 의식의 늘임에 의해 선택된 공간은 활성화 된다. 시간적 거리에도 불구하고 똑같이 교환이 이루어지는 물질적 공간을 그린 다음과 같은 시를 보면 김종삼 시의 화자 의식이 어떻게 공간에 투영되고 있는지를 알 수 있다.

> 두 소녀가 가즈런히
> 쇼 윈도우 안에 든 여자용

---

35) 앙리 르페브르, 『공간의 생산』, 앞의 책, 185쪽.

손목시계들을 들여다 보고 있었다
하나같이 얼굴이 동그랗고
하나같이 키가 작다
먼 발치에서 돌아다 보았을 때에도
조금도 움직이지 않고 들여다 보고 있었다
쇼 윈도우 안을 정답게 들여다 보던
두 소녀의 가난한 모습이
며칠 째 심심할 때면
떠 오른다
하나같이 동그랗고
하나같이 작은

　　　　　　　　　　　　　　　　　　　—「소공동 지하상가」, 전문

　지하상가는 근대의 효율성이 있는 획일 공간으로 구획된 자본의 공간
이다. 사각의 이 구획 공간은 자연 발생적인 지상의 상가에 비해 인공적
이고 비인간적인 느낌을 자아낸다. 이곳이 서울의 도심 한가운데에 위치
해 있는 '소공동 지하상가'일 때는 더욱 그렇다. 공간이 공간으로서 존재
하는 것이 아니라, 서로의 투쟁에 의해 권력 관계를 갖는다고 볼 때 소공
동은 자본의 권력이 지배하는 곳이다. 공간에 모든 것이 있고, 공간은 공
간 그 자체로 다양한 의미를 포관한다. 이 시도 「掌篇 2」와 마찬가지로
두 개의 공간 층위로 이루어져 있다. 하나는 "여자용 손목시계들"을 사고
파는 경제적 교환 가치가 이루어지는 상점 공간이고, 다른 하나는 가난한
"두 소녀"가 상품인 "손목시계"를 바라보는 상점의 점유 공간이다. 그러
나 이 두 개의 공간은 합쳐질 수 없다. 소비 행위가 일어나지 않았기 때문
이다. "쇼 윈도우"에 의해 분리된 이 두 개의 공간은 물질과 물질로부터의
소외라는 근대적 자본 구조를 함의하면서 계층에 대한 이해로 전이된다.
　근대성은 "동시대성에 대한 집단적 인식으로 간주될 수 있고, 이 경험

을 통해 인간 존재의 가장 기본적인 세 가지 차원— 공간, 시간, 그리고 존재—의 특정한 의미를 반영하는 인식을 포착할 수 있"다.[36] 좀 더 구체적으로 말하면 인간 존재의 공간적 의미는 사회적 생산과 그리고 그것을 소비하는 욕망의 실재로서 존재한다. 따라서, '소공동 지하상가'는 근대 공간이라는 의미와 함께 사회의 자본 구조가 재편성되는 시장의 원리가 지배하는 인식의 공간이다. 이 공간 안에서 "두 소녀"는 시장 원리인 상호성 대신 상품을 들여다보는 것에 그치며 교환 욕망이 차단된다.

이 분리와 차단의 공간을 하나로 재공간화 시켜주고 있는 것은 화자의 사유에 의해서이다. 즉 양자 사이의 자본에 대한 복잡하고 다양한 긴장과 모순을 사유의 공간으로 전유시켜 놓음으로써 비인간적인 느낌의 지하상가를 하나의 정신 공간으로 대체시킨다. 이를 통해 우리가 알 수 있는 것은 화자의 공간에 대한 확고한 기본 인식이다. 즉, 비록 화자가 현실 공간을 "廣漠한 地帶"(「돌각담」)나 "끝없는 荒野"(「투병기」)로 인식하고 있을지라도 정신 공간과 관련하여 "아름다운 햇볕이/ 놀고 있"(「따뜻한 곳」)는 따뜻한 공간이기를 바라는 마음은 의심할 여지가 없다. 김종삼에게 있어 현실 공간에 대한 인식은 다음과 같은 시에서처럼 따뜻함이 있는 "좋은 곳", 서로가 서로에게 사랑을 나누는 곳이다.

> 물먹는 소 목덜미에
> 할머니 손이 얹혀졌다
> 이 하루도
> 서로 발잔등이 부었다고,
> 서로 적막하다고
>
> —「墨畵」, 전문

---

36) 에드워드 소자, 『공간과 사회비판이론』, 앞의 책, 38쪽.

이 공간은 김종삼의 내면에 대한 의식을 환치한 공간이다. 이 시의 제목을 '墨畵'라고 한 것은 묵화가 공간의 의미성을 강조하고 여백을 남겨둠으로써, 마음으로 메우라는 뜻을 지니고 있다면 이 여백이 주는 의미는 서로가 서로에게 향한 '사랑'이다. 사랑이 공간 속에서 구체화된다고 하는 믿음은, 공간이 인식 가능한 사회적 실체이며 심리의 행위와 관계되기 때문일 것이며, 이 구체화 과정 속에서 화자는 내면에서 발화되는 인간 존재의 가능성을 참된 공간의 가능성으로 열어 놓는다. 그럴 때, 다음과 같은 화자의 진정한 내면 독백을 진정한 공간에 대한 희구로 받아들일 수 있다.

이 세상 모두가 부드롭다면
얼마나 좋을까
오랜만에 사마시는
부드로운 맥주의 거품처럼
高電壓 地帶에서 여러 번 죽었다가
살아나서처럼
누구나 축복받은 사람들처럼

여름이면 누구나 맞고 다닐 수 있는
보슬비처럼
겨울이면 포근한 눈송이처럼

나는 이 세상에
계속해 온 참상들을
보려고 온 사람이 아니다

— 「無題」, 전문

이 시의 공간은 "이 세상"이다. 세상은 우리가 살고 있는 공간 전체를 상기하고 있다는 점에서 존재론적 인식을 함의한다. 화자가 세상을 선택적으로 바라보는 것은 "부드롭"은 세상이다. 인간은 자신이 사는 곳에 근거를 세움으로써 자신의 정체성을 확인할뿐더러, 공간과의 결합을 통해 삶의 의미를 교호하며 일체감을 형성한다. 이 점에서 공간은 본질적으로 생성적이다. 이 생성은 화자의 현실 공간에 대한 인식에서 출발하는데, 화자에게 세상은 "참상들"이 계속된 곳이다. 참상은 경험에 의해 기억과 정신 속에 기호적 표상으로 자리 잡는다. 김종삼 시에서 많이 드러나는 꿈과 상상의 공간이 바로 이 경우로 이때 화자에 의해 창조된 공간은 정신적 구성물인 사유의 방식이 대체된 것이라 할 수 있다. 이로써 이미지가 인식보다 우선한다고 볼 때, "맥주의 거품", "축복받은 사람들", "누구나 맞고 다닐 수 있는 보슬비", "포근한 눈송이"는 모두 화자가 공간을 채우는 생성의 이미지들로서 이는 화자에게 "참상들"과 대비되는 공간의 상대성이다.

공간의 상대성은 화자의 현실이 어떠한가에 따라 달리 구성된다. 인간은 공간 속에서 존재의 구체성이 이루어지며, 반복에 의해 결정된다. 그러나 공간이 가변적이고 생산적이라는 점에서 그 공간을 어떻게 채우고 사회적 관계들과 행위들을 구현하느냐의 여부에 따라, 그 상대적 가치를 발휘한다. 공간은 이중성뿐만 아니라 차이에 의해 다양성이 실현되고, 사회적 실천에 따라 공간의 구조화가 발생할 수 있기 때문이다. 김종삼이 현실 공간과의 거리감을 통해 새로운 공간의 생산을 기원하는 것과 사회적 관계에서 파생될 수 있는 친밀성과 애착을 욕구하는 것은 공간이 새롭게 재생되기를 바라는 공간의 정체성과 관여한다. 이와 같은 점에서, 김종삼 시의 화자가 드러내고 있는 내면성은 "세상"에 대한 사회적 불만과 함께 미래적 공간을 압축하며, 상반된 공간을 인식하고 그 상대적 복수성의 공간을 지각의 내부에서 발생시키고 있다는 것은 의심할 여지가 없다. 결국 김종삼이 꿈꾸었던 "세상"은 다음과 같은 시라고 할 수 있지 않을까? 하루를 살아도/ 온 세상이 평화롭게/ 이틀을 살더라도/ 사흘을 살더라도 평화롭게// 그런 날들이/ 그날들이/ 영원토록 평화롭게 — (「평화롭게」)

3. 결론

김종삼 시는 비극 속에 안치된 평화와 현실을 재현하는 고통, 그리고 사자(死者)와의 몽환적인 상면과 약자에 대한 연민과 종교적 윤리 의식 등이 내용적 파문을 일으키며 감동을 자아낸다. 그러나, 의도적으로 주제를 형상화하여 독자의 변화를 요구하고 하는 것이 아니라, 실제로 경험한 세계를 담담하게 푸는 어조를 택하여, 보다 근원적인 문제에 천착하며 언어를 존재 실현의 장소로 인식한다. "어휘 선택에서 지독하게 골머리를 앓"으며 "거짓말이 끼어들지 말아야" 하는 것이 "시인의 영역"[37] 이라고 인식하고 있는 김종삼의 시는 실존의 문제를 자신의 내면으로 끌어들여 정직하게 형상화하려는 순수 의식을 발현한다. 김종삼의 시가 평화와 휴머니즘을 갈구하며 일상 속에서 윤리와 대결할 때 인간에 대한 시인의 참다운 고투로 읽히는 것도 바로 이런 까닭이다.

대체로 김종삼의 시는 서사적 진술에 의존하고 있는 긴 시보다도 단시에서 공간의 미적 선취를 얻고 있다. 긴 시가 이야기를 구축하며 통사적인 인과에 의해 연속으로 배열되며 의미를 이루는데 반해, 김종삼 시의 단시는 질서를 과감하게 배제하며 시적 내면의 공간을 확장하여 기억의 심층을 이룬다. 우리가 김종삼의 시를 읽음으로써 주제적 전언에 감동받기보다는 이미지가 주는 강렬한 인상이나 흔적이 오랫동안 기억에 남는

---

37) 김종삼, 「먼 '시인의 영역'」, 『김종삼 전집』, 앞의 책, 302—303쪽.

것도 바로 이 경우이다. 이는 시인이 시, 공간을 압축시키며 화자의 의식을 고도로 집중화하고 있는 형식적 특징에 기인하는 것으로, 형식을 응축하여 내용을 확산하는— 말을 아끼면서 의미를 전달하는— 김종삼 특유의 어법이 시인의 개결한 삶과 맞물리며 강한 효력을 발휘한다. 이로 인해 의미를 다양하게 감상할 수 있는 여지와 함께 독자와의 해석 공동체에 기여한다.

김종삼의 공간에 대한 의식은 다음과 같이 네 가지로 나누어 요약할 수 있다. 첫째는 분단과 죽음에 대한 공포와 두려움을 그린 시로 이 공간은 인간 존재에 대한 위협과 위기가 상존하는 이질적인 공간의 집합체로서의 실제 공간이다. 전쟁과 학살이 일어나는 이 공간은 인간애와 인류애가 무엇인지를 그리고 이것이 왜 필요한 지를 근본적으로 질문한다. 둘째는 수도원과 교회당과 같은 성스러운 공간을 그려냄으로써 현실 공간과 대비되는 이상 공간을 구현해 낸다. 수도원은 유년기 회상을 통해 베풂과 희생이 상존하는 공간으로 그려지며, 애착을 통해 내면에서 활성화되고 있는 안전과 안정의 공간을 생성한다. 생활 지역 공간으로서 교회당은 거주 지역을 위협으로부터 혹은 삶의 불안으로부터 균형 있는 삶으로 변화시키려는 내면의 공간과 결합한다. 셋째로는 화자의 실제적 현실 공간으로 이는 가난과 고립과 같은 '외곽 의식' 혹은 '경계인 의식'과 맞물리면서, 결핍에 내재하는 소속감과 정체감의 부재를 대항적으로 그려낸다. 넷째는 근대의 효율적 가치가 지배하는 시장과 문화 자본의 구조 속에서 물질적으로 소외되는 주변적 인물을 인유함으로써, 타자 공간 속에서 배제되는 공간의 차단을 고려의 대상으로 삼으며, 화자 내면에서 환치되는 평화 공간을 가능성의 공간으로 환기한다.

김종삼은 자신이 살고 있는 공간을 '참상의 공간'으로 인식하면서, 지상 공간이 '좋은 공간'이 되기를 바랐다. 마치 눈이 온 세상을 하얗게 덮어 '정결 공간'이 되듯이, 그가 바라마지 않던 천상의 음악이 온 세상에 퍼지듯이 타자와의 연대 속에서 '평화 공간'이 이루어지기를 소망했다. 그가 구현해 낸 공간은 곧 인간애와 인류애가 있는 감정과 정신의 공간이었다. 하지만, 김종삼은 공간에 대한 자신의 요구를 타자 윤리에 의존하거나, 자신의 과잉된 윤리를 내세워 공간을 귀속하려 하지 않았다. 마치 시 한 편 한 편은 일기를 써내려간 듯 성찰로 가득하다. 꾸밈없이 시적 성취와 함께 사회적 기원으로서 공간을 생성하고 그 공간 속에서 시원적인 인간 본성이 펼쳐지기를 기대했다. 우리 근대시에서 혹은 현대시에서 인간이 살아야할 공간을 재편성하고 새롭게 재현하여 세상을 살아볼 만한 가치로 만든 것은 전적으로 김종삼 내면의 심성에서 비롯한 것으로 이는 이미 그 자신 성스러운 세상의 공간이었다.*

---

* 논문출처 : 「김종삼 시의 공간 연구 - 화자의 내면과 공간 인식의 상관성을 중심으로」, 『비교한국학』26(2), 국제비교한국학회」, 2018.

참고문헌

1.기본 자료

권명옥 엮음,『김종삼 전집』, 나남 출판, 2005.

2.논문 및 단행본

강연호,「김종삼 시의 대립공간 연구」,『현대문학이론연구』제31집, 현대문학이
　　　론학회, 2007.
권명옥,『김종삼 전집』,「적막과 환영」, 나남출판, 2005.
김성조,『부재와 존재의 시학』, 국학자료원, 2013.
김종삼,「먼 '시인의 영역'」,『김종삼 전집』, 나남 출판, 2005.
_____,「의미의 白書」,『김종삼 전집』, 나남 출판, 2005.
박승규,『일상의 지리학』, 책세상, 2011.
서영희,「김종삼 시의 형식과 음악적 공간 연구」,『어문론총』제53호, 한국문학
　　　언어학회, 2010.
심재휘,「김종삼 시의 공간과 장소」,『아시아문화연구』30집, 가천대학교 아시
　　　아문화연구소, 2012.
한명희,「김종삼 시의 공간 ― 집, 학교, 병원에 대하여」,『한국시학연구』6호,
　　　한국시학회, 2002.

3.국외 이론서

모리스 블랑쇼,『문학의 공간』, 이달승 역, 그린비, 2010.
아모스 이 티아오 창,『건축공간과 노장사상』, 윤장섭 역, 기문당, 1988.
앙리 르페브르,『공간의 생산』, 양영란 옮김, 에코, 2014.
에드워드 렐프,『장소와 장소상실』, 김덕현외 옮김, 논형, 2014.
에드워드 소자,『공간과 사회비판이론』, 이무용 외 옮김, 시각과 언어, 1997.
이―푸 투안,『토포필리아』, 이옥진 옮김, 에코, 2011.
존 앤더슨,『문화, 장소, 흔적』, 이영민 외 옮김, 한울아카데미, 2013,
팀 크레스웰,『장소』, 심승희 옮김, 시그마프레스, 2012.

박재삼 초기시에 나타난 장소성 고찰

김 원 경

시의 공간 의식에 대한 고찰은 시인의 내적 정념과 사유구조, 대상을 열린 존재로 인식하고 형상화하는 방식과 밀접한 관계가 있다. 현상학 토대의 인본주의 지리학에서 생활세계는 '장소'라는 공간 범주에서 탐색된다. 즉 인간이 기억하는 장소나 경관, 지리적 명칭 등 형식적 개념을 넘어 인간 실존과 열린 존재의 인지적 사고 과정에서 비롯된 것이기 때문이다. 이것은 시인이 시적 피상물을 대상화하는 방식과 유사하다고 할 수 있으며, 본 논의는 박재삼 초기시의 장소성을 중심으로 시적 주체가 인지하고 있는 공간의 양태들과 장소정체성에 대해 살펴보았다. 박재삼에게 '장소성'이란 정신적 원형에 가닿아 있는 근원적 기억의 장소에 가까운 것이기 때문이다.

박재삼 시에서는 각인된 추상공간이 체험공간으로 구체화되는 방식을 통해 새로운 장소성이 탄생한다. 이는 '산', '별', '바다', '섬'과 같은 자연물을 사유하는 동안 시간적 거리를 압축함으로써 가능해진다. 과거의 기억과 죽음에 관한 체험들이 한 공간에서 동시에 병치됨으로써 시적 정서의 이행과 통로, 공간에서의 기억의 틈 등이 유발된다. 때문에 박재삼이 인지하는 장소는 응축된 장소이며 화자로 하여금 장소애와 장소 내상을 동시에 확보시키는 일상의 범상한 틈이라 할 수 있다.

박재삼 시에서 다수 엿보이는 물 이미지에 대한 변주 또한 현상학적 측면에서 고찰이 가능하다. 물의 공간이 고정, 정지되어 있는 것인지 흐름과 근원적 상상력을 담보하는 것인지에 따라 각각의 다른 관념화가 구상되고 있다. 즉 물의 이동과 운동성을 통해 물 시적 화자는 '장소감의 문턱'을 만들고 그 문턱에서 정념의 내부와 외부를 가로지르는 '중간의 호흡'을 발현시킨다. 판단을 유보하고 확정짓지 않음으로써 유보된 정념이라 할 수 있는 한국 서정시의 재래적 정체성을 재현시킨다.

공간의 개폐되는 양상을 통해 시적 화자가 품게 되는 슬픔의 깊이 또한 다른 모습으로 형상화된다. 타자(친구)의 이별과 춘향(공동체)의 이별을 통해 박재삼이 가공하는 슬픔의 편린들을 추적하였다. 이를 통해 박재삼 초기시가 가진 슬픔의 육화방식을 구체적으로 살펴볼 수가 있다. 전자가 '타자'라는 수평적 관계에서의 공간 구성이라면 후자는 수직적 관계의 공간 구성이다. 때문에 개방과 폐쇄의 장소 양식들이 시편들 속에서 구체화되는 것이다. 이와 같이 박재삼 초기시가 가지고 있는 공간 전략과 장소성 고찰을 통해 그간 박재삼 시의 현상학적 연구에 보다 깊은 이해를 더할 것이다.

1. 서론

박재삼은 유치환의 추천으로『현대문학』6월호에 시조「섭리」를 실었고 동시에 같은 해 11월호에 시「정적」을 서정주의 추천 받아 등단했다. 이보다 앞서 1953년 모윤숙의 추천으로『문예』지에 시조「강물에서」가 발표되었으나 박재삼의 등단 시기는 추천이 완료된 1955년 이후로 보는 것이 타당하다. 그의 등단 시기 추천사를 살펴보면 "고은 感性이 언어의 巧緻를 입어 완벽에 이른감"1)이 있다는 상찬과 함께 과도한 언어 집착에 대한 경계의 당부, 한문투 사용의 문제와 "체험의 奧達함의 신개척의 것"2)이라는 언어 감수성에 관한 평으로 압축된다. 이는 박재삼 시의 태동기와 초기, 중기, 후기의 시까지 아우르며 전통 지향의 언어적 구상이라는 측면에서 크게 벗어나지 않는 것이라 할 수 있다.

박재삼 시의 태동은 시조를 통해 구축되었고, 그로인해 그의 시에 내재되어 있는 전통주의적인 측면은 시 세계의 시적 좌표를 가늠하는 데 큰 구심축이 된다. 박재삼은 첫 시집『춘향이 마음』에서부터 작고 1년 전 1996년에 간행된『다시 그리움으로』에 이르기까지 14권의 시집과 시선집, 1권의 시조집을 상재하면서 활발한 시작 활동을 보여주었다. 1960~70년대 대표적인 순수서정, 전통 서정 시인으로 손꼽혀 왔던 박재삼 시에 대한 연구는 그간 그의 초기시에 대한 연구에 집중되었다. 다작이기도 하거니와 초기시 이후에는 일상적 소재시나 단품시, 반복적 자연물의 구상화라는 측면에서 주제와 소재의 반복적 경향이 보이기 때문이다. 통상 박재삼의 초기시는 1시집『春香이 마음』(신구문화사, 1962년), 2시집『햇빛 속에서』(문원사, 1970), 3시집『千年의 바람』(민음사, 1975)까지로

---

1) 유치환, 「詩薦後感(1)」,『현대문학』, 1955년, 6월.
2) 서정주, 「詩推薦辭」,『현대문학』, 1955년, 11월.

한정한다. 이는 14권이라는 시집이 묶여지는 시기와 시적 경향을 고려한 것이며, 이러한 초기시에서 박재삼은 한, 자연, 그리움, 모성, 가난, 슬픔, 허무, 죽음의식 등에 관한 시적 탐구를 보여주며 한국적 정한을 토대로 한 독특한 어법을 구사한다.

박재삼 시에 대한 선행 연구는 크게 세 가지 범주로 압축할 수 있다. 역사주의적 관점에서 바라 본 연구, 전후 전통 서정시의 형성 범주 안에서의 한, 슬픔, 가족, 허무, 죽음의식 등에 대해 고찰한 서정성 연구3), 박재삼 시의 특수성이라고 할 수 있는 언술 구조나 구문의 형상화에 대한 형식적 연구4)가 그것이다. 이밖에도 물, 바다와 같은 자연물의 이미지나 모계, 콤플렉스 등의 상상력과 같이 현상학적 측면의 연구5)를 들 수 있다.

---

3) 김강제, 『박재삼 시 연구』, 동아대학교 박사논문, 2000; 김양희, 「박재삼 초기시의 상상력과 시세계」, 『인문학연구』 제34호, 2007; 김종호, 「설화의 주술성과 현대시의 수용양상 ─ 서정주와 박재삼의 시」, 『한민족어문학』 제46호 2005; 맹문재, 「박재삼 시에 나타난 가난 인식 고찰」, 『비평문학』 제48호 2013; 맹문재, 「박재삼 시에 나타난 가족 의식」, 『박재삼 시의 사회의식』 제15회 박재삼문학제 문학세미나 자료집 2012; 문홍술, 「한의 질적 변용과 절대 세계로서의 자연」 『인문논총』 제17호 2008; 심재휘, 「박재삼의 시집 『춘향이 마음』에 나타난 상상력의 구조」, 『상허학보』 제28호 2010; 이경수, 「서정주와 박재삼의 춘향 모티프 시 비교연구─ 시선과 거리를 중심으로」, 『고려대 민족문화연구』, 1996; 이광호, 「한과 친화력─ 박재삼 시의 자리」, 『현대시학』, 1997.7; 이성희, 「박재삼 시에 나타난 연금술적 상상력 연구」, 서울대학교 석사논문, 2003; 이승원, 「박재삼 시의 자연과 생의 의지」, 『문학과 환경』 16권 2호, 2007; 조춘희, 「박재삼 시의 전통 구성방식 연구」, 『한국문학논총』 제 59호, 2011; 조춘희, 『전후 서정시의 전통 담론연구 ─조지훈, 서정주, 박재삼을 중심으로』, 부산대학교 박사논문, 2013; 한명희, 「박재삼 시 연구 ─ 성찰적 허무주의의 미학」, 『한국시학연구』 제15호, 2006; 황인원, 『1950년대 시의 자연성 연구 ─ 구자운, 김관식, 이동주, 박재삼 시를 중심으로』 성균관대학교 박사논문, 1998.

4) 고형진 「박재삼 시 연구 ─ 초기시의 시적 구문을 중심으로」, 『한국문예비평연구』 제21호, 2006; 윤석진 「박재삼 시의 문체 연구」, 전남대학교 석사논문, 2005; 여태천 「박재삼 시와 서정의 문법」, 『한국어문학연구』 제52호, 2009; 이광호 「박재삼 시 연구」 고려대학교 석사논문, 1987; 이광호 「한과 지혜」, 『울음이 타는 가을강』, 미래사, 1991.

40여 년의 시간동안 한국 시사의 서정적 중추의 자리를 지켜왔던 시인인 만큼 박재삼에 대한 연구는 그의 개별 시의 특징에 대한 연구보다는 '한', '전통서정'과 같은 용어로 수렴되는 한국 근대시의 재래적 특수성에 맞춰 연구되었다.

평론 논고를 제외하고, 연구 논문 중에 그의 실존적 사유 구조를 공간 분석에 초점을 맞춰 연구한 사례로는 김강제6), 장만호7), 박미정8)의 논의

---

5) 강경애, 「박재삼 시 연구 — 초기시에 나타난 물 이미지를 중심으로」, 원광대학교 석사논문, 2009; 김명희, 「박재삼 시론 — 바다와 저승 이미지」, 『새국어교육』 제35호, 1982; 박명자(라연), 「빛과 어둠의 콘트라스트, 恨 —박재삼 초기시에 나타난 눈물 이미지 연구」, 『한국 문학이론과비평』 제3호, 1998; 이연아, 「박재삼 초기시에 나타난 '물' 이미지 연구」, 동국대학교 석사논문, 2005; 이상숙, 「박재삼 시의 이미지 연구 — 초기시에 나타난 물을 중심으로」, 고려대학교 석사논문, 1996; 신현락 「물 이미지를 통해본 박재삼의 시 세계」, 『비평문학』 제12호, 1998; 장만호, 「박재삼 시의 공간 상상력 연구」, 고려대학교 석사논문, 2000; 한민훈 「박재삼 시의 모성적 세계 연구」, 공주대학교 석사논문, 2007.

6) 김강제는 박재삼 시의 공간 의식을 세 가지 양상으로 나누어 그의 의식에 공간이 어떻게 집중적으로 반영됐는지 고찰한다. 존재의 고독함에 근거하여 원형공간의 구축을 드러내고, 회귀적 공간이미지 제시를 통해 원형적 세계를 갈망하는 그의 시적 특이성을 밝히고자 했다. 이 두 공간 이미지에 대해서는 공통적 특성으로 자연 공간이 함께 발현되고 있음을 볼 수 있는데 이러한 시적 특이성과 구체성이 박재삼 시가 서정시로서의 가치나 문학사적 위치에 높은 평가를 받을 수 있는 근거가 된다고 말한다. 김강제, 「박재삼 시의 공간의식 연구」, 『동남어문논집』 제9호, 1999, 69—91쪽 참조.

7) 장만호는 박재삼 초기 시에서의 공간 유형과 그 의미를 분석하고 이를 통하여 각 공간에 내재되어 있는 시 의식을 규명하고자 했다. 그는 이러한 시각이 관습적이라고 평가되는 박재삼의 시적 공간을 시인의 상상력이 충분히 발휘된 창조적 공간이라고 확인 해 줄 것이라 기대했다. 장만호는 공간 상상력을 통해 시인의 내적 인식을 분석하는 방법으로 박재삼의 초기 시집 『춘향이 마음』에 수록된 시들에 형상화된 공간을 분류하고 각각의 공간에 대한 상상력을 해명한다. 대표하는 공간으로는 '섬/감옥'과 '꽃'을 명명 하였는데 이는 한과 기다림 그리움의 공간에서 생명력이 있는 화합의 공간으로 나아가고 있음을 해명하는 구체적인 공간으로 쓰인다. 장만호, 「박재삼 초기시의 공간 유형과 의미 — 박재삼 시집 『춘향이 마음』을 중심으로」, 『한국문학이론과비평』 제30호, 2006, 201—224쪽 참조.

가 있다. 이 논자들의 선행 연구는 박재삼 시의 의식 속에 드러난 본질을 현상학적으로 접근한다는 면에서는 유의미하나 한 시인의 세계관, 개별 작품의 깊이를 객관적인 해명을 통해 명징하게 구체화된 것인지에 대해서는 숙고해보아야 한다. 박재삼 시의 공간이미지가 지나치게 '한'과 '눈물'과 같은 '박재삼식 서정'에 고립된다든지, 자연에서 느껴지는 서정성이 강조되어 재래적 감성에 한정되어 버린다는 비판에서 자유롭지 못하기 때문이다. 더 나아가 공간에 대한 연구다고 하더라도 시적 정서가 발생하는 장소와 공간, 혹은 박재삼의 실존적 삶의 표지를 충분히 드러내는 시 의식에 대한 고찰은 부족한 편이다. 특히 추상적인 공간이 동적인 활동의 장소로 누적되면 그로인해 생긴 공간의 성격은 인간에게 일정한 '장소성' 즉 '장소 정체성'을 부여할 수 있는데 이러한 논의에 대한 연구가 부족하다.

따라서 본고는 기존의 연구를 심화하여 박재삼 초기시 안에서 시 의식이 투사된 장소성을 구체화시키고 세계와 교감하는 시인의 주관성과 실존적 삶의 의미를 추적하고자 한다. 그리하여 공간 속에서 획득하게 된 '장소 정체성'을 밝혀보고자 한다.

현상학적 공간론자들이 공통적으로 경유하고 있는 하이데거는 현존재의 의미를 공간을 점유하는 존재자 그 자체로 사유하지 않는다. 현존재는

---

8) 박미정은 박재삼 시에 나타나는 바다의 공간성에 집중했다. 자연은 영원성과 퇴행성이 동시에 내재되어 있는 공간이며 현실은 시인에게 실존적 자각의 공간임을 고찰하며 시인이 자연의 부산물인 바다라는 공간을 무수히 변화하는 인식을 통해 어떠한 방식으로 실존적 자각의 공간으로 사유하였는지를 시기별로 분류하여 규명하고자 했다. 박재삼의 바다에는 원형의 반복적 회상이 두드러지게 나타나고 있으며 시간으로 인한 변용된 공간으로 인하여 슬픔과 비애를 극복하고, 나아가 소멸과 생성으로 현실을 자각하는 수용의 공간으로 전환됨을 알 수 있다고 밝힌다. 박미정, 「박재삼 시에 나타나는 바다의 공간성 고찰」, 『동남어문논집』 제32호, 2011, 31—56쪽 참조.

실제적인 사물이나 도구와 달리 공간의 한 부분을 채우는 존재자가 아니며, 공간 속에서 객체적으로 존재하는 것도 아니다. 하이데거가 말하는 존재의 '공간 점유'란 물체적인 육체가 채우고 있는 공간의 일부에 현존재가 들어 차 있는 의미가 아니라, 실존하면서 언제나 자신의 활동공간을 허용하고 있는 양태이다. 즉 현존재가 자기의 소재를 정할 때 현존재는 공간으로부터 자신이 점유하고 있는 '장소'로 되돌아오는 방식으로 존재하게 된다. 따라서 존재는 '거리 없앰'과 '자기 허용'의 방식으로 사적이며, 개인적인 심리 공간을 구축한다.9)

공간은 사적 장소이든 공적 장소이든 존재의 의식과 관련하며 나아가 심층 의식과도 매개함으로써 그 의미를 부여 받으며 실존에 관여한다. 정체성이 신체뿐만 아니라 사유가 공간과 만나 공간 속에서 형성되는 것이라면 공간은 물적 토대를 이루는 대상이라기보다는 사회 문화적 공간 활동을 통해 정신과 경험적 관계를 이루는 생명체라는 인식이 가능해진다. 앙리 르페르브는 '공간의 생산'이라는 용어를 성찰하며 헤겔주의적 의미를 공간에 적용한다. 인간이 사회와 역사 속에서 세계를 생산하듯이 공간 역시 생산과 재생산의 유비적 구조를 이루는 것으로 파악하고 있다. 이런 의미에서 공간이 사회화되었다기보다 사회화시킨다고 말할 수 있다.10)

공간은 인간의 의도, 태도, 목적과 경험이 모두 집중되어 있는 장소와는 구별된다.11) 공간이 추상적 의미를 띠고 있다면 장소는 생활의 중심을 이루며 흔적과 경험을 환기하고 애착과 같은 심리가 뿌리 내리고 있다는 점에서 보다 정신적이며 정체성과 연계한다. 우리가 어떤 공간에 특별한 의미를 느끼고 중요성을 인식할 때 공간은 장소로 변모한다. 따라서

---

9) 마르틴 하이데거, 『존재와 시간』, 동서문화사, 2008, 472−473쪽.
10) 앙리 르페르브, 『공간의 생산』, 애코리브르, 2011, 289쪽.
11) 에드워드 렐프, 『장소와 장소 상실』, 논형, 2005, 104쪽.

공간이 의식 속에서 구성되는 대상이라면 장소는 보다 깊은 심층 속에서 이해하고 지각하는 대상이 된다. 즉 공간이 가치로 변화할 때 장소로 변화한다. 이 때문에 장소는 선택이며 심리적인 진정성과 매개하여 '장소성'으로 전이된다.

박재삼 초기시에서 구축되고 있는 공간 또한 '장소성'으로 남아 있는 부산물들이다. 박재삼에게 있어 배경은 객관적인 대상으로서의 거리가 아니라 화자의 심리와 밀접한 관계를 이룬다는 점에서 보다 근원적이고 본질적인 의미체로서의 장소가 된다. 이 공간은 시적 화자가 점유하려고 하는 정념의 축과 점유될 수 없는 기억이나 외부적 자연물에 가닿아 미끄러지는 허무감을 통해 가시화되는 객관적 상관물의 축으로 양분화 되어 있다. 다시 말해, 자연과 인간 간의 '거리 없앰'과 공간에서 휘발되어버린 기억과 망각의 화학 작용의 '거리 줄이기'와 같은 장소애를 가지게 되는 것이다. 이로 인해 인본주의적인 근원 공간을 호출하고 점유하게 된다. 즉 현존재가 공간 안에 빠져 있는 상태가 아니라 장소로 되돌아오는 과정을 형상화한다. 특히 장소가 서로 상호작용을 하며 화자의 의식을 구성하고 이 구성을 통해 사유의 분리와 환원이 변환하고 있다는 점에서 박재삼 초기시에서 장소란 실제의 '장소'라기보다는 '정신적 원형'에 가닿는 '근원적 장면'에 가까운 실존적 삶의 의미를 표출하는 '장소성'의 의미를 가진다.

이와 같은 논의를 바탕으로 본고는 박재삼 초기시에 두드러지게 나타나는 장소성에 대해 살펴보고자 하는 데 그 목적이 있다.

2. 원형적 상상력과 장소성

박재삼 시의 주체는 존재하는 모든 것들에 선행하는 신화적 사고에서 태동한 '빈 공간 이념'에서 시작하여 변화의 장소인 어머니의 자궁으로 상징되는 공간을 거쳐 미세한 사물들로 응축된다. 공간 이미지들의 다양한 변주를 통해 헤게모니를 구가해온 추상적 공간, 객관적 공간, 빈 공간 개념으로부터 채워진 충만한 공간, 구체적 공간, 실천적 공간으로의 변화로 나아간다.12) 이에 따라 시에 설정된 공간의 변화는 시인의 복잡한 사유 체계를 반영하고 드러낸다.

하이데거는 현존재를 '거기존재'로 독해하면서 '거기'를 존재와 공간이 중첩되어 있는 곳으로 존재가 공간을 통해 현시되고, 공간이 존재를 통해 현시된다고 말한다.13) 공간이 현시된다는 것은 무엇보다도 주체가 그 공간 안에 내던져 있음을 의미한다. 이는 이—푸 투안이 말한 '공감체험'과도 일맥상통 한다. 개인의 다양한 체험들이 개인의 주체에 상호 침투함으로써 이 바탕 위에 다시 공간 체험이 일어나게 된다. 이러한 '공간체험'은 주체의 감성과 정서의 차원에서도 새로운 의미를 생성하며 나아가 공간 그 자체의 대상에서도 의미가 발생한다. 이로써 공간은 단순한 공간이 아니라 의미체로서의 장소14)가 되는 것이다. 즉, '공간체험'은 주체의 실제 삶과의 관련성 속에서 이루어지며 기억은 주체와 공간을 묶어주는 연결성을 가지게 된다.15) 그러므로 시에 나타난 공간 이미지는 시인이 세계

---

12) 앙리 르페브르, 위의 책, 339—349쪽.

13) 마르틴 하이데거, 앞의 책, 70—73쪽.

14) "공간은 장소보다 추상적이다. 무차별적 공간에서 출발하여 우리가 공간을 더 잘 알게 되고 공간의 가치를 부여하게 됨에 따라 공간은 장소가 된다." 이—푸 투안, 『공간과 장소』, 대윤, 2007, 19쪽.

15) 이—푸 투안, 앞의 책, 93—108쪽.

에 대한 실존의식을 구축해 놓는 것으로 볼 수 있다. 따라서 시인이 표출하고 있는 공간 이미지는 시적 주체의 실존 의식이 시에 어떤 방식으로 구현되고 있는지를 가늠해 볼 수 있는데 박재삼의 경우 공간이라는 기존 체계에 자신의 상상력을 불어 넣음으로써 정서와 이미지를 생성시킨다. 이러한 정서와 이미지의 변이 관정을 통해 기존의 공간은 자신만의 의미를 가진 '장소성'으로 재탄생한다.

산에 가면
우거진 나무와 풀의
후덥지근한 냄새

혼령도 눈도 코도 없는 것의
흙냄새까지 서린
아, 여기다, 하고 눕고 싶은
목숨의 골짜기 냄새,

한 동안을 거기서
내 몸을 쉬다가 오면
쉬던 그때는 없던 내 정신이
비로소 풀빛을 띠면서
내 몸 전체에서
정신의 그릇을 넘는
후덥지근한 냄새를 내게 한다.
— 「산에 가면」전문

시의 화자는 전원 심상을 다루면서 산의 상승 이미지를 통해 생명의지를 회복하고자 한다. 1연의 "나무와 풀의 후덥지근한 냄새"와 2연의 "흙냄새까지 서린" 생명력을 지닌 냄새들이 3연에서 "풀빛을 띠면서/ 내 몸

전체에"서 "냄새를 내게"하면서 "그때는 없던 내 정신"을 치유하고 회복시켜 준다. 풍요로운 산의 이미지가 냄새로 전이되면서 활발한 상승적 이미지를 구축하여 자연공간은 생명적 가치로 충만한 곳이라는 인식을 심어주는 것이다. 자연을 통한 평화로운 세계의 인식은 불안한 현실에서 평화로운 미래를 지향한다는 사실만으로도 가치가 있다고 볼 수 있으며 이는 위 시가 지닌 공간에 대한 상상력의 변주를 살펴볼 때 더 명확해진다. 렐프는 장소에 대하여 그곳은 인간이 공동체로서 뿌리를 내리고 그곳을 중심으로 세계를 바라보며 세계와 관계를 맺는 인간 실존의 근원적 중심이라고 말한바 있다. 이러한 측면에서 장소는 일종의 '장소의 정체성'을 내포하고 있는 것이기에 박재삼에게 있어'산'은 생명적 가치를 지니고 있는 동시에 주체에게 충만감을 주는 장소가 된다.

추상공간은 경험이 없더라도 장소와 장소를 경험하는 주체인 인간의 상호작용을 통해 만들어지는 공간이라고 이해할 때16), 냄새의 공간은 추상의 공간 즉 '빈 공간'으로 이해 할 수 있으며 이것은 위 시의 '냄새'가 바슐라르가 말한 '구석', 곧 스스로를 응집시켜 웅크리고 싶은 공간 또는 통로의 공간, 이행의 공간으로 볼 수 있다.17)

'빈 공간'은 서구 사상의 공간 표상의 시작이며 희랍신화에서의 질서 잡힌 세계이다. 이러한 두 공간에 경계를 만드는 동시에 모든 것을 아우를 수 있는 '빈 공간'의 이념은 이후 현상학적 사고에 전승된다.18) 이렇게 본다면 위 시의 '냄새'라는 이행의 공간도 후각적 이미지와 공간의 결합을 통해 공간성을 확장해 나간다고 볼 수 있다. 즉 '나무'와 '풀'의 풍요로

---

16) 에드워드 렐프, 앞의 책, 69쪽.

17) 가스통 바슐라르, 앞의 책, 254쪽.

18) 이기홍, 「빈 공간에서 충만한 공간으로 —2자 공간의 연구」, 『로컬리티 인문학』 제5호, 2011, 170쪽.

움으로 가득 찬 '산'의 공간에서 주체의 안식을 유도하며, 주체는 냄새라
는 이행의 공간을 통로로 이동하면서 산의 포용성을 받아들여 삶의 의지
를 갱신한다. 이러한 측면에서 박재삼은 산이라는 표상공간을 박재삼 특
유의 '장소성'으로 재생산하고 있다. 바슐라르에 의하면 이러한 표상 공
간은 시인의 상상력에 의해 새롭게 '표상'됨으로써 실제의 '장소' 이상의
의미를 지니며 궁극적으로는 시를 읽는 이로 하여금 '원형적인 감각'의
교감을 가능하게 하는 시화(詩化)된 '기억'의 장소[19)가 된다고 한다. 이러
한 측면에서 '후각'의 이미지는 유년기 흙의 냄새, 고향의 냄새이기에 생
명이 담긴 공간으로 박재삼 시의 '공간적 특질', 즉 '장소성'에 해당된다.
바슐라르의 '현상학적 시학'은 상상을 통한 의식의 지향이 특정한 대상을
향할 때, 비로소 '현상화'하여 상상하는 의식의 대상이 된다고 한다.[20) 이
런 의미에서 박재삼의 시적 상상력이 지향하는 대상은 단순한 장소가 아
니라 유년기 기억과의 교감 또는 공동체적 충만감의 정서이자 그런 정서
를 불러일으키는 장소이기에 실존적 장소성을 획득하게 된다.

바슐라르의 『공간의 시학』 제5장 「조개껍질」에서는 과장된 몽상 다음
에는 언제나 원초의 소박성으로 규정되어 있는 몽상으로 되돌아와야 함
을 이야기한다. 즉 조개껍질 속에서 살기 위해서는 혼자가 되어야하며 자
아 회복의 삶으로써 고독을 받아들여야 한다고 말한다. 이것은 자아의 응
집과 응축의 이야기이며 이 응집과 응축은 좁은 방에서 기운을 회복하는
조개껍질 속에서의 최대의 휴식이다. 여기에서 주목할 것은 거대한 소용
돌이 이후의 휴식을 이야기하는 것이며 휴식의 가치가 모든 실존의식을
지배하고 있다는 사실이다. 박재삼은 어디든지 이행될 수 있는 광활한 추
상적 공간을 형상화한 다음 자신이 꿈꾸는 세계와 합일하여 생명력을 확

---

19) 가스통 바슐라르, 앞의 책, 105~106쪽 참조.
20) 가스통 바슐라르, 앞의 책, 35쪽.

대시켰으나 그것을 다시 거시 공간에서 미시 공간으로 이행시킨다. 이러한 미시 공간은 박재삼만의 '장소성'을 창출해내며 근본적으로는 박재삼의 '정신적 원형'을 보여주는 것이라 볼 수 있다.

더 나아가 위 시 3연에서 "내 몸 전체에서" 나는 냄새가 비록 "정신의 그릇을 넘"기기는 하나 그 모든 "후덥지근한 냄새"가 일차적으로 그릇 안에 응축되어 있는 모습으로 형상화되어 있는 것에서 공간 이미지의 수축 현상을 살펴 볼 수 있다. 공간 이미지의 수축 현상은 바슐라르의 『공간의 시학』에 비추어 볼 때 주체의 소극적 저항의식이 아닌 세계에 대한 대응의식으로 바라봄이 적당하다. 이에 따라 박재삼의 시 세계가 한국적 서정과 언어적 표현에는 성공했으나 현실과 시대에 대한 성찰이 부족하다고 말한 기존의 논의는 재해석되어야 할 것이다. 이는 다음과 같은 시를 보면 여실히 드러난다.

> 1
> 화안한 꽃밭같네 참
> 눈이 부시어 저것은 꽃핀 것가 꽃진 것가 여겼더니 피는 것 지는 것을 같이한 그러한 꽃밭의 저것은 저승살이가 아닌것가 참 실로 언짢달것가 기쁘달것가
> 거기 정신없이 앉았는 섬을 보고 있으면
>
> 우리가 살았닥해도 그 많은 때는 죽은 사람과 산 사람이 숨소리를 나누고 있는 반짝이는 봄바다와도 같은 저승 어디쯤에 호젓이 밀린 섬이 되어 있는 것이 아닌것가
>
> (중략)
> 돛단배 두엇 해동갑하여 그 참 흰나비 같네
> ― 「봄바다에서」 부분

박재삼 시에서 이행되는 장소성은 어린 시절 화자가 겪은 남평 문씨 부인의 죽음을 대상으로 한 시편들[21] 속에서도 유사하게 형상화된다. 남평 문씨의 죽음이라는 사건은 연민과 공감을 통해 이해가 되는 사랑이기는 하나, 화자가 겪은 구체적인 정서는 아니다. 문씨 부인의 죽음은 산 사람(화자)이 체화된 간접적 죽음이고, 저승과 이승이라는 이분법적 공간 도식 가운데서 저승이라는 공간은 화자에게 추상 공간으로 남을 수밖에 없다. 그러므로 추상 공간이 시편 속에서 환기시키는 방법으로 "섬"이라는 특수 공간을 형상화하며 자신만의 장소성을 가진다. 섬은 육지와는 동떨어진 외지이지만, 바다 안의 섬은 바다를 견디는 유일한 안식처다. 바다가 죽음과 건넘, 감각될 수 없는 공간이라면 섬은 외로움과 서글픔을 토대로 한 삶과 죽음의 경계부인 것이다. 따라서 섬은 경계의 공간으로 추상 공간인 이행의 공간을 표상하고 있으며 화자 개인에게는 미시적 불안을 가중화시킨다. 이는 재래적 한국 전통 공동체의 산물로서 이별과 고독, 죽음의 입구, 틈의 상태를 더 구체화한다. 그러나 저승을 '봄바다'와 동일시하면서 바다 공간 안에서는 이승과 저승의 경계가 허물어지고 있다. 섬 또한 "봄바다와도 같은 저승 어디쯤에 호젓이 밀린 섬"이라고 표현하며 하나의 사물이나 현상을 다양한 인식으로 확장시키는 동시에 세계에 대한 양면적 태도를 보인다. 또한 "섬"과 "돛단배" "흰나비"와 같은 공간을 일체화시킴으로써 통합이라는 또 하나의 삶의 이해방식을 보여준다. 따라서 어린 시절 남평 문씨 부인의 죽음은 기억 속에 내재된 '체험적 자각'이며 이러한 구체적 감각을 통해 고유한 시적 장소성이 발현되는 것이다. 특이한 점은 박재삼의 시에서 장소성은 동일시되는 공간을 미시적인 장소로 응축시키는 방식으로 전개된다는 점이다. 따라서 이러한 장소성

---

21) 남평 문씨 부인의 죽음을 다룬 직접적인 시편으로는 「봄바다에서」, 「어지러운 혼」, 「밀물결 치마」 등이 있다.

은 '특정한 장소'에 대한 시인의 정서와 상상력이 결합된 결과를 표현하게 되며 이를 통해 주체는 현실 속에서 초월적 자아의 소망을 획득하게 된다.

3. 물 이미지와 장소애

박재삼 초기 시편들 중에서 물 이미지는 바다, 강물, 섬, 개울 등으로 다양하게 변주된다. 물이라는 유동적, 근원적 특수 물상을 통해 물이 가지고 있는 정화 능력, 재생 능력, 회귀, 귀소 본능들을 개별 작품마다 형상화 하고 있다. 이것은 물의 운동태에 박재삼의 시의식이 다양하게 투사되어 물이 즉물 대상으로 머무는 것이 아니라 '물의 액체성'을 근거로 하여 '물의 장소감'을 표출해내는 시인의 독특한 시각이 반영된 결과라고 할 수 있다. 그러므로 물은 박재삼 시의 특수한 장소애를 드러내는 '토포필리아'[22)가 된다. 여기서의 토포필리아는 단순히 장소를 예찬하는 단선적 정서가 아니라 복합적 입체적 정서로서의 '장소애'를 의미한다. 따라서 그의 시에 나타나는 토포필리아는 '장소애'인 동시에 '원망 공간'이며, '장소 위기', '장소 위험'의 공간이다. 이때 이 공간은 물을 중심으로 표상되는데 이는 물의 방랑성 때문이다.

---

22) 바슐라르는 『공간의 시학』에서 행복한 공간의 이미지를 검토하는 데에 있어서, 장소애(topophilic)라는 용어를 사용한다. 여기서 바슐라르는 '장소애'란 장소분석 연구를 총칭하는 용어로 '장소시학'이라는 용어가 더 합당하다. 이—푸 투안은 '인간 존재가 물질적 환경과 맺는 모든 정서적 유대'라는 뜻으로 이 용어를 확장하는데, '특별한 장소에 대한 정서적 애착' 혹은 '예찬되는 공간'이라는 의미로 쓰인다. 또한 에드워드 렐프는 "장소에 대한 애착은 전적으로 즐거운 경험만은 아니다"라고 인지하며 장소애(체험)와 원망공간이라는 두 층위로 장소감을 구분한다. 다시 말해, 장소는 억압적으로 감옥 같은 것일 수도 있으며, 애착이 가는 공간이란 애착과 억압이 공존하거나 각각의 특징 속에서 주체 내부에 다른 기억이나 상흔을 남길 수 있는 것이다.

옛날의 우리 누님이 흰 옷가지를 주무르던 그리운 빨래터의 그 닦
인 빨랫돌이 멀리서 시방 쟁쟁쟁 반짝이고 있는데…… 참 새로 보것
구나.

그리고 천지가 하는 별의별 가늘고 희한한 소리도 다듣것네, 수풀
이 소리하는 것은 수풀이 반짝이는 탓으로 치고, 저 빨랫돌의 반짝이
는 것은 또한 빨랫돌의 소리하는 법으로나 느낄까 보다.

그렇다면…… 오늘토록 남아서 반짝이는 빨래터의 빨랫돌처럼 개
개(個個)보아 우리 목숨도 흐르는 햇살 속에 한쪽은 몸을 담그어 잠잠
하고 다른 한쪽은 무얼 끝없이 뇌고 있는, 갈수록 찬란한 한 평생인지
도 모를레라.

— 「한나절 언덕에서」 전문

"빨래터"는 박재삼에게 있어 누님과 함께 한 추억이 담긴 기억 속의 장
소이다. 이푸 투완에 따르면 경험적으로써의 공간은 종종 장소의 의미와
섞이고 공간 또한 장소보다 추상적이지만 우리가 공간 속에서 일정한 활
동을 하고 그 공간에 가치를 부여하게 됨으로써 공간이 곧 장소가 된
다.23) 이 말은 추상적인 공간이 동적인 활동의 장소라면 그러한 활동의
누적으로 인해 생긴 공간의 성격은 그 공간 속에서 활동하는 인간에게 일
정한 '장소 정체성' 즉 '장소성'이 부여되는 것이다.

"옛날의 우리 누님이" 빨래를 하던 개울물이기 때문에 화자의 기억에
각인된 물이며, 이미 기억과 함께 소모되고 흘러가버린 물들이다. 더 나
아가 화자가 주목해서 형상화하고 있는 것은 흐르고 있는 물 그 자체이기
도 하지만, 표면적으로는 "빨래터"라는 남아 있는 공간과 그 빨래터에 남

---

23) 이—푸 투안, 앞의 책, 19—20쪽.

아 있는 "빨랫돌"이다. 끊임없이 흐르는 물과 시간 속에서 그 자리를 여전히 버티고 있는 돌의 장소감은 물의 방랑성과 돌의 고정성으로 대치되어 낯선 공간이 된다. "참 새로 보것구나"와 같은 영탄형 구문 또한 같은 장소이되 다른 장소로 화자에게 인식되고 있는 빨래터에 대한 감상적 토로라 할 수 있겠다. 옷가지에 배인 땟물은 개울을 따라 흘러갔는데 옷가지를 주무르고 있던 그 빨랫돌만 "쟁쟁쟁 반짝이고" 있어서, 이 낯익은 공간에서 발견한 낯선 물상의 형태 때문에 화자는 '한나절 언덕에서' 그 유년의 돌을 보면서 회상 공간으로 들어간다.

그러면서 2연에서는 유년 빨래터 풍경에서의 기억들을 복구시킨다. 그것은 마을 여인들이 나누던 시끄러운 소리거나 누님과 얽힌 일화들을 다 표현하고 있지는 않으나 "수풀이 소리하는 것"으로서 그 추상 공간을 형상화해낸다. "빨랫돌" 또한 반짝이며 소리하고 있다는 표현을 통해 추상 공간을 횡단하는 객관적 상관물을 제시한다. 따라서 흐르는 물 곁에서 멈춘 빨랫돌과 사연을 담아 소리를 내는 수풀의 이미지를 통해 "찬란한 한 평생"과 그곳에서 흐르는 "목숨"의 면면들이 구체화된다. 흐름과 멈춤이 공존하는 빨래터에서 기억의 공간을 호출하는 문턱은 물 이미지가 아니라 '반짝이는 돌'인 것이다. 엘리아데[24]에 의하면, '문턱'이란 내부와 외부의 경계 구분지음과 동시에 경계라는 중간, 몽상의 공간으로 진입하는 첫 도약이라 정리할 수 있다. 이처럼 '한 나절 언덕'이라는 현재의 시

24) 에드워드 렐프는 『장소와 장소상실』에서 엘리아데의 논의를 빌어, "문턱이란 내부와 외부의 경계일 뿐 아니라 한 곳에서 다른 곳으로 이동 가능성" 모두 포괄한다고 요약한다. 또한 바슐라르의 논의 보충하여 외부와 내부는 구분되는 것이 아니라, "외부와 내부는 서로 매우 밀접한 관계여서 언제 둘의 위치가 역전되고 대립하는 입장으로 바뀔지도 모르는 일"이라고 요약하였다. 여기서 내부와 외부는 이원성인 동시에 문턱이라는 경계로 인해 중간의 표지, 즉 삼원성의 사고도 가능한 것이다. 내부, 중간, 외부라는 장소의 세밀한 구분은 시에 있어서 시인의 실존적 정서 유발 장소를 보다 명징하게 범주화할 수 있다.

공간에서 화자는 과거의 토포필리아가 각인된 정서적 공간으로 입체적 공간 사유를 경험한다. 여기서 물의 이동과 운동성을 통해 시적 화자는 '장소감의 문턱'을 만들고 그 문턱에서 정념의 내부와 외부를 가로지르는 '중간의 호흡'을 발현시킨다. 즉, 판단을 유보하고 확정짓지 않음으로써 유보된 정념이라 할 수 있는 한국 서정시의 재래적 정체성을 재현하는 것이다.

집을 치면, 정화수(精華水) 잔잔한 위에 아침마다 새로 생기는 물방울의 선선한 우물 집이었을레. 또한 윤이 나는 바루의, 그 끝의 평상(平床)의, 갈앉은 뜨락의, 물냄새 창창한 그런 집이었을레. 서방님은 바람 같단들 어느 때고 바람은 어려올 따름, 그 옆에 순순(順順)한 스러지는 물방울의 찬란한 춘향이 마음이 아니었을레.

하루에 몇 번쯤 푸른 산 언덕들을 눈 아래 보았을까나. 그러면 그때마다 일렁여오는 푸른 그리움에 어울려, 흐느껴 물살짓는 어깨가 얼마쯤 하였을까나. 진실로, 우리가 받들 산신령(山神靈)은 그 어디 있을까마는, 산과 언덕들의 만리 같은 물살을 굽어보는, 춘향은 바람에 어울린 수정(水晶)빛 임자가 아니었을까나.

— 「수정가(水晶歌)」 전문

이 시의 주된 정서는 시적 정황은 정화수를 떠놓고 사랑하는 임을 기다리는 재래적 한국 여성의 염원과 그리움이다. 정화수를 떠 놓은 '이곳' 장소에 대한 묘사는 명징하지 않다. 우선은 "—었으래", "—을까나"와 같은 종결 어미를 사용하여 사물에 화자의 의식이 끼어들고 깃드는 과정을 유보시킨다. 이것은 체험된 공간의 구상화가 아니라 체험되었을 법한 가능성의 공간과 추상의 영역에서의 공간 의식을 내치는 결과를 가져온다. 감정의 절제임과 동시에 감정의 해소 불능의 상태, 즉 한국적 한의 정서를 심화시키는 것이다. 그리고 여성(춘향)은 집이라는 고정된 공간을 통한 표상으로, 남성(몽룡)은 어디든지 이동하는 바람의 표상으로 제시된다.

여기서 박재삼 시의 독특한 공간 인식 지점은 집이라는 공간성이 거주하는 용도와 안락의 정서적 공간으로 표현되는 것이 아니라, "정화수"와 같은 고정된 물이 갖는 불안 의식이 함의된 공간으로 역전된다는 것이다. 바람이 불어 정화수의 물 표면이 떨리는 상황을 묘사하는 부분은 "서방님"을 기다리는 여인의 마음과 같다. 그릇에 담겨있는 물과 아침마다 새롭게 이슬이 맺히는 물은 화자의 그리운 정서를 심화시킨다. 그 후에는 "산과 언덕들의 만리 같은 물살을 굽어보는" 마음으로 물이 딱딱한 수정처럼 굳어 아름다운 고체가 되고 그 고체에 명확하게 가닿지 못한 추상적 정념(유보된 정념)은 또 다른 물상(성)으로 순환된다. 즉 공간 계열의 집, 평상, 우물집, 산, 언덕과 같은 자연적, 향토적 소재들과 바람, 냄새와 같은 비고정계열의 소재가 대치되어, 기다리는 여성의 장소애와 남성으로 인해 상실된 장소감을 동시에 확보하는 것이다. 그리고 "정화수"라는 반(牛) 고정적 물 이미지의 구현을 통해 다시 장소애를 불러들이는 "수정"의 이미지를 환기시킨다. 여기서 장소의 문턱에 해당하는 객관적 상관물은 정화수 위에 떨리는 "물살"이라 할 수 있다. 이 물살은 화자의 정념이 투사된 과정에 해당하고, 수정은 한이 해소되지 않는 결과에 해당한다. "사람은 자신이 살고 있는 장소이고, 장소는 곧 이곳에 살고 있는 사람"[25]이라는 에드워드 렐프의 말의 의미를 곱씹어 보면 주체가 공간에 길들여지면 그것이 바로 '장소 정체성'이 된다는 것을 의미한다. 여기서 실제의 '장소'는 사실 중요하지 않다. 존재론적 의미에서 박재삼의 정신적 원형, 근원적 장소성을 탐색하는 것이 중요하다. 그런 의미에서 정화

---

25) 에드워드 렐프, 앞의 책, 205쪽.

수를 떠 놓은 '이곳'은 백석의 상상력에 의해서 새로운 장소성을 획득하고 있으며 그리움이라는 정서를 발현시키는 장소이다.

4. 표상공간과 장소정체성

지금까지 박재삼에 대한 연구가 춘향 설화에 모티브를 가진 시편들[26]과 그에 대한 비교 연구로 주목된 이유는 박재삼의 시의 슬픔을 한국 전통적 한의 육화의 측면에서 고찰해왔기 때문이다. 춘향 설화를 통해 형상화 하려 했던 슬픔과 한은 공동의 슬픔을 구체화하려는 것에 목적을 두고 있다. 하지만 춘향 설화를 육화할 수 있는 고통의 시작은 개인적 체험을 은폐하고 난 이후에나 가능하다. 그러므로 공공의 설화 모티프의 차용해서 보이는 한과 개인의 체험에서 읽어낼 수 있는 고통[27]은 서로 '부재'와 '죽음'의 현시화라는 짝을 이루게 된다.

> (1)
> 마음도 한자리 못 앉아 있는 마음일 때,
> 친구의 서러운 사랑 이야기를
> 가을 햇볕으로나 동무삼아 따라가면,
> 어느새 등성이에 이르러 눈물나고나.

---

26) 춘향 계열 시편들 중 「수정가」를 제외하고 「화상보」, 「녹음의 밤」, 「포도」 등은 옥중이라는 공간을 설정하고 있다. 즉 임이 부재한 공간과 춘향이 구속된 공간이 동시에 체화되어 시적 화자로 하여금, 한의 최대치를 경험하도록 하는 통고의 공간이다.

27) 「봄바다에서」, 「어지러운 혼」, 「밀물결 치마」, 「밤바다에서」, 「광명」, 「섬」과 같은 시편들은 어린 시절 시적 화자가 경험한 남평 문씨 부인의 죽음을 구체화한 시이다. 그 밖에 「울음이 타는 가을강」에서는 친구의 실연에서, 「추억에서」, 「진달래꽃」은 가족사와 가난 체험에서 슬픔을 형상화한다.

제삿날 큰집에 모이는 불빛도 불빛이지만,
해질녘 울음이 타는 가을강을 보겄네.
저것 봐, 저것 봐,

네보담도 내보담도
그 기쁜 첫사랑 산골 물소리가 사라지고
그 다음 사랑 끝에 생긴 울음까지 녹아나고
이제는 미칠 일 하나로 바다에 다 와 가는
소리죽은 가을강을 처음 보겄네.

　　　　　　　　　　　　　　　　　—「울음이 타는 강」 전문

(2)
형(刑)틀에 매여 원통하던 일을 이승에서야 다 풀고 갔으려만
저승에 가 비로소 못 잊겠던가
춘향이 마음은 조롱조롱 살아 다시 열렸네.

저것은 가냘피 아파 우는 소리였던 것을,
저것은, 여럿이 구슬 맺힌 눈물이던 것을,
못 견딜 만큼으로 휘드리었네.

우리의 무릎을 고쳐, 무릎 고쳐 뼈마치는 소리에 우리의 귀는 스스
로 놀라고,
　절로는 신물이 나, 신물나는 입맛에 가슴 떨리어,
　다만 우리는 혹시 형리(刑吏)의 손아픈 후예(後裔)일라……

　　　　　　　　　　　　　　　　　—「포도(葡萄)」 부분

　「울음이 타는 강」과 「포도」는 화자의 슬픔을 내재화하고 있다. 그러나
슬픔을 겪고 있는 화자의 처지는 상이하다. 「울음이 타는 강」은 화자 본
인의 슬픔이 아니라 '친구'의 슬픔이고, 「포도」는 옥에 갇혀 있는 춘향의

슬픔이다. 그런데 여기서 전자는 친구의 이별을 간접적으로 경험한 화자의 상황이기 때문에 서글픔의 강도가 「포도」만큼의 깊이를 획득하지 못하고 있다. "무릎을 고쳐, 무릎 고쳐 뼈마치는 소리에 우리의 귀는 스스로 놀라고,"와 같은 강한 그리움을 내포한 심사도 드러나지 않으며, 일정한 거리를 두고 "가을 햇볕으로나 동무삼아 따라가"며 눈물이 흐른다거나 "사랑 끝에 생긴 울음"을 물소리에서 발견하게 되는 직관 정도가 제시될 뿐이다. 즉 화자가 구현해내고 있는 슬픔의 실존적 자리가 다르다고 볼 수 있다. 「울음이 타는 강」에서는 타자(친구)의 경험이 화자로 이행된 것이고, 이 정황에서의 서글픔이란 주체(근대)가 갖게 되는 슬픔의 질감인 데 반해 「포도」에서의 투사된 슬픔은 주체(전근대)의 임을 향한 그리움이자 포박을 당한 괴로움과 통고의 정황이 포착되기 때문이다. 그러므로 각각의 슬픔 상황에 대한 표현에 있어서도 '서글픔'과 "원통"으로 표현되는 것이다.

두 시편에서 구축되는 공간 전략 또한 차이를 보인다. 「울음이 타는 강」은 개방형 장소 속에서 화자의 정서가 이동하는 반면, 「포도」는 폐쇄형 장소인 '옥중의 상황'을 전제로 한다. 전자의 시에서는 "마음도 한자리 못 앉아 있는 마음" 즉 방랑하는 마음의 운동성의 집중하면서 화자의 마음에 따라 이동하게 되는 장소감이 나열된다. "가을 햇볕"— "등성이"— "큰집"— "(해질녘) 가을 강"— "산골 물소리"— "하늘"— "바다"에 이르기까지 정처 없는 이별의 고통을 여러 자연물들과 기억의 장소들을 경유해서 분산하고 이동시킨다. 이와 같이 움직이는 과정을 통해 화자는 이별로 인해 구속되고 속박된 정서로부터 해방된다. 반면 「포도」에서는 옥이라는 특수성을 정황으로 두면서 그것이 화자를 가둔 '장소 압박'의 권력임을 암시하게 한다. 춘향이 겪고 있는 옥 속의 처지는 당대의 부당한 권력을 상징화하고 있으며 피지배계층과 지배계층의 상하·수직적 관계마저도 함의하고 있는 억압의 공간이다. 따라서 이 시는 춘향 개인의 고통을 드러내고 있는 듯 보이지만 춘향 개인의 연사의 시이면서, 당대 여성들의 수동적 처지를 환기시키는 시인 것이다. 이를 통해 박재삼의 시는 개인의 체험을 통해, 타자, 타자들(공동체)의 슬픔을 육화하려는 방법론적 공간으로 볼 수 있다. 이를 통해 개방과 폐쇄의 토포필리아를 형상화한다고 할 수 있다. 더 나아가 바슐라르에 따르면 표상공간은 시인의 상상력에 의해 새롭게 '표상'되기 때문에 장소 이상의 의미를 지닌다고 한다. 다시 말해 공간이 주는 체험은 '원형적인 감각'의 교감을 가능하게 하는 시화(詩化)된 '기억'의 장소28)가 되는 것이다. 이러한 측면에서 "강"과 "옥"이라는 '특정한 장소'는 일종의 표상 공간으로서 시인의 정서와 상상력에 의해 생산된 것이며 슬픔이 탄생하는 근원적 장소성의 의미를 가진다.

5. 결론

공간의식을 통해 시를 이해한다는 것은 시인의 내적 정념과 사유구조, 대상을 열린 존재로 인식하고 형상화하는 방식과 밀접한 관계가 있다. 현상학 토대의 인본주의 지리학에서 생활 세계는 '장소'라는 공간 범주에서 탐색된다. 그것은 인간이 기억하는 장소나 경관, 지리적 명칭 등 형식적 개념을 넘어 인간 실존과 열린 존재의 인지적 사고 과정에서 비롯된 것이기 때문이다. 따라서 특정한 장소에 대해 시인의 정서와 상상력이 작동한 결과, 생성된 공간은 그저 실제 '장소'라기보다는 '정신적 원형'을 담지하고 있고 새로운 의미를 창출시키는 장소가 된다. 특정 장소와 경험이 상

---

28) 가스통 바슐라르, 앞의 책, 105-106쪽 참조.

호 작용함으로써 공간은 그 공간 속에서 활동하는 인간에게 일정한 '장소 정체성'을 부여하게 되며 이러한 '장소성'은 자신만의 정서를 발현시킨 다. 이는 시인이 시적 피상물을 대상화하는 방식과 유사하다고 할 수 있 다. 이에 본 논고는 박재삼 초기시에 나타난 장소성을 중심으로 주체가 인지하고 있는 공간의 양태들과 장소성에 대해 살펴보았다.

박재삼에게 각인된 추상공간이 장소성으로 구체화되는 방식은 '산', '별', '바다', '섬'과 같은 자연물을 사유하는 동안 시간적 거리를 압축함으 로써 가능해진다. 과거의 기억과 죽음에 관한 체험들이 한 공간에서 동시 에 병치됨으로써 시적 정서의 이행과 통로, 공간에서의 기억의 틈 등이 유발된다. 이 때문에 박재삼이 인지하는 장소는 응축된 장소이며 화자로 하여금 장소애와 장소 내상을 동시에 확보시키는 일상의 범상한 틈이라 할 수 있다. 이러한 장소성은 어떤 특정한 '장소' 이상의 의미를 내포하게 되며 시를 감상하는 이로 하여금 보다 근원적인 감각을 교감할 수 있게 하는 공간이다. 이러한 측면에서 '후각'의 이미지는 유년기 흙의 냄새, 고 향의 냄새이기에 생명이 담긴 공간으로 고향 합일이라는 공동체를 지향 한다. 이런 의미에서 박재삼의 시적 상상력이 지향하는 대상은 단순한 장 소가 아니라 유년기 기억과의 교감 또는 공동체적 충만감의 정서이자 그 런 정서를 불러일으키는 장소이기에 근원적 장소성을 획득하게 된다.

더 나아가 박재삼 시에서 다수 엿보이는 물 이미지에 대한 변주 또한 현상학적 측면에서 장소 고찰이 가능하다. 그것은 물의 공간이 고정, 정 지되어 있는 것인지 흐름과 근원적 상상력을 담보하는 것인지에 따라 각 각의 다른 관념화가 구상되고 있다. 물의 이동과 운동성을 통해 물의 시 적 화자는 '장소감의 문턱'을 만들고 그 문턱에서 정념의 내부와 외부를 가로지르는 '중간의 호흡'을 발현시킨다. 즉, 판단을 유보하고 확정짓지 않음으로써 유보된 정념이라 할 수 있는 한국 서정시의 재래적 정체성을 재현하는 것이다.

공간의 개폐되는 양상을 통해 화자가 품게 되는 슬픔의 깊이 또한 다른 모습으로 형상화된다. 타자(친구)의 이별과 춘향(공동체)의 이별을 통해 박재삼이 창조한 슬픔의 편린들을 추적하여 박재삼 초기시가 가진 슬픔의 육화 방식을 구체적으로 살펴볼 수 있다. 전자가 '타자'라는 수평적 관계에서의 공간 구성이라면 후자는 수직적 관계의 공간 구성인데, 이를 통해 개방과 폐쇄의 공간들이 시편들 속에서 구체화되는 것이다. 더 나아가 '강'과 '옥'이라는 '특정한 장소'는 시인의 정서와 상상력에 의해 생산된 것이기에 슬픔이 탄생하는 원형적 장소성의 의미를 가진다.

이와 같이 박재삼 초기시가 가지고 있는 장소성 고찰을 통해 그간 박재삼 시의 현상학적 연구에 보다 깊은 이해를 더할 것으로 기대된다.*

---

* 논문출처 : 「박재삼 초기시에 나타난 장소성 고찰」, 『국어문학』 69, 국어문학회, 2018.

참고문헌

고형진, 「박재삼 시 연구―초기시의 시적 구문을 중심으로」, 『한국문예비평연구
　　　』제21호, 한국문예비평연구학회, 2006.
권정우, 「박재삼 시에 나타난 슬픔 연구」, 『한국시학연구』제37호, 한국시학회,
　　　2013.
김강제, 「박재삼 시의 공간의식 연구」, 『동남어문논집』제9호, 동남어문학회,
　　　1999.
＿＿＿, 『박재삼 시 연구』, 동아대학교 박사논문, 2000.
김명희, 「박재삼 시론―바다와 저승 이미지」, 『새국어교육』제35호, 한국국어
　　　교육학회, 1982.
박명자, 「빛과 어둠의 콘트라스트, 恨 ―박재삼 초기시에 나타난 눈물 이미지 연
　　　구」, 『한국문학이론과 비평』제3호, 한국문학이론과비평학회, 1998.
박미정, 「박재삼 시에 나타나는 바다의 공간성 고찰」, 『동남어문논집』제32호,
　　　동남어문학회, 2011.
박재삼, 『박재삼 시전집1』, 민음사, 1998.
＿＿＿, 『박재삼 시전집』, 경남, 2007.
서정주, 「詩推薦辭」, 『현대문학』, 1955. 11.
신현락, 「물 이미지를 통해본 박재삼의 시 세계」, 『비평문학』제12호, 한국비평
　　　문학회, 1998.
여태천, 「박재삼 시와 서정의 문법」, 『한국어문학연구』제52호, 동악어문학회
　　　2009.
유치환, 「詩薦後感(1)」, 『현대문학』, 1955. 6.
이광호 「박재삼 시 연구」, 고려대학교 석사논문, 1987.
이기홍, 「빈 공간에서 충만한 공간으로―2자 공간의 연구」, 『로컬리티 인문학』
　　　제5호, 부산대학교 한국민족문화연구소, 2011.
이성희, 「박재삼 시에 나타난 연금술적 상상력 연구」, 서울대학교 석사논문,
　　　2003.
장만호, 「박재삼 초기시의 공간 유형과 의미―박재삼 시집『춘향이 마음』을 중심
　　　으로」, 『한국문학이론과비평』제30호, 한국문학이론과비평학회, 2006.

조춘희, 『전후 서정시의 전통 담론연구―조지훈, 서정주, 박재삼을 중심으로』, 부산대학교 박사논문, 2013.

황인원, 『1950년대 시의 자연성 연구―구자운, 김관식, 이동주, 박재삼 시를 중심으로』 성균관대학교 박사논문, 1998.

가스통 바슐라르, 『공간의 시학』, 곽광수 역, 동문서, 2003.

마르틴 하이데거, 『존재와 시간』, 전양범 역, 동서문화사, 2008.

앙리 르페브르, 『공간의 생산』, 양영란 역, 에코리브르, 2011.

에드워드 렐프, 『장소와 장소 상실』, 김현덕 외 역, 논형, 2005.

이―푸 투안, 『공간과 장소』, 심승희 외 역, 대윤, 2007.

필자소개

▶고봉준 경희대학교 (bj0611@hanmail.net)
  경희대학교 후마니타스칼리지 교수, 주요 논저로는 『반대자의 윤리』,
『다른 목소리들』, 『모더니티의 이면』, 『유령들』, 『비인칭적인 것』, 『고
유한 이름들의 세계』 등이 있다.

▶김경복 경남대학교 (kkbyh@kyungnam.ac.kr)
  경남대학교 국어교육과 교수, 주요 논저로는 『풍경의 시학』, 『한국
아나키즘시와 생태학적 유토피아』, 『서정의 귀환』, 『생태시와 넋의 언어』,
『시의 운명과 혼의 형식』, 『한국 현대시의 구조와 의식지평』, 『시와 비
평의 촉기』 등이 있다.

▶김원경 경희대학교 (tpaclub@naver.com)
  경희대학교 후마니타스칼리지 강사, 주요논저로 「김수영 시에 나타난
욕망: J. Lacan의 욕망이론을 중심으로」, 「박재삼 초기시에 나타난 장소
성 고찰」이 있고, 공저로 『문화산업과 스토리텔링』이 있다.

▶김학중 경희대학교 (pulza23@hanmail.net)
  경희대학교 후마니타스칼리지 강사, 주요 논문으로는 「재만 조선인
시에 나타난 '다른 공간' 문제 연구」, 「임화 시에 나타난 "태평양"의
의미 연구」 등이 있다. 편저로 『정원석 동화선집』, 『한윤이 동화선집』,
『오일도 시선』, 『최남선 평론선집』, 공저로는 『키워드로 읽는 아프리카
소설』이 있다.

▶박성준 군산대학교 (a18000w@naver.com)
  군산대학교 교양교육원 강사, 주요 논저로는 『일제강점기 저항시의 낭
만주의적 경향 연구』, 「친일시인 김용제 재고」, 「이육사 후기시의 연애시
편」, 「윤동주 시의 戀歌」 등이 있고, 편저로 『구자운 시 전집』이 있다.

▲박주택 경희대학교 (sesan21@hanmail.net)

　경희대학교 국어국문학과 교수, 주요 저서로는 『낙원회복의 꿈과 민족정서의 복원』, 『반성과 성찰』, 『현대시의 사유구조』 등이 있다.

▲송기한 대전대학교 (khsohng@dju.kr)

　대전대학교 국어국문창작학부 교수, 주요 논저로는 『1960년 시인 연구』, 『최남선 문학 연구』, 『서정의 유토피아』 등이 있다.

▲이 석 경희대학교 (postspring@khu.ac.kr)

　경희대학교 후마니타스칼리지 강사, 주요 논저로는 「김수영 시의 ‘주체’ 문제 연구」, 「김준오 시론의 페르소나(persona) 문제 연구」 등이 있고, 편저로 『고원 시선집』이 있다.

▲이성천 경희대학교 (postspring@khu.ac.kr)

　경희대학교 후마니타스칼리지 교수, 주요 저서로는 『시, 말의 부도』, 『위반의 시대와 글쓰기』, 『현대시의 존재론적 해명』 등이 있다.

▲이지영 경희대학교 (the－doom88@hanmail.net)

　경희대학교 후마니타스칼리지 강사, 주요 논문으로 「기형도 시에 나타나는 종합적 사랑의 의미」, 「1920년대 계몽적 글쓰기 공간으로서의 『開闢』」이 있다.

한국 현대시의 공간연구

초판 1쇄 인쇄일	2018년 11월 25일
초판 1쇄 발행일	2018년 11월 30일

엮은이	고봉준 김경복 김원경 김학중 박성준 박주택 송기한 이석 이성천 이지영
펴낸이	정진이
편집장	김효은
편집/디자인	우정민 박재원
마케팅	정찬용 정구형
영업관리	한선희 이성국
책임편집	우민지
인쇄처	국학인쇄사
펴낸곳	국학자료원 새미(주)
	등록일 2005 03 15 제25100-2005-000008호
	경기도 파주시 소라지로 228-2 (송촌동 579-4 단독)
	Tel 442-4623 Fax 6499-3082
	www.kookhak.co.kr
	kookhak2001@hanmail.net

ISBN	979-11-88499-78-6 *93800
가격	23,000원